KB233433

Light in August

팔월의 빛 2

문학의 세계

Light in August

팔월의 빛 2

윌리엄 포크너

이윤성 옮김

책세상

일러두기

1. 이 책은 윌리엄 포크너William Faulkner의 장편소설 《팔월의 빛*Light in August*》
(The Corrected Text, New York : The Modern Library, 2002)을 옮긴 것이다.
2. 원문의 이탤릭체 부분은 고딕체로 표시했다.
3. 주석은 모두 옮긴이주이며, 미주로 처리했다.

13

시골 농부가 불이 난 것을 목격하고 채 5분도 지나지 않아서 사람들이 몰려들기 시작했다. 그중에는 토요일을 시내에서 보내려 마차를 타고 지나다 들른 사람들도 있었다. 일부는 아주 가까운 이웃에 살아서 걸어온 사람들이었다. 이곳은 흑인들이 사는 오두막이 밀집해 있는 지역으로, 피폐하고 황량한 벌판이었다. 이곳이라면 형사들을 몇 명씩 투입해도 남녀노소를 합쳐 채 열 명도 조사하지 못했을 것이다. 하지만 지금 채 30분도 안 지났는데 개별적으로 아니면 가족 단위로 수많은 사람들이 갑자기 떼를 지어 모여들었다. 이들 가운데는 그 지역 보안관——다부지고 반듯한 이마, 인정 넘치는 외모의 조금 뚱뚱하고 마음씨 좋아 보이는 남자——도 있었으며, 그는 모여 있는 사람들을 헤치고 앞으로 나왔다. 사람들은 얇은 천 위에 놓인 시신을 내려다보고 있었다. 어른들은 시신이 마치 피할 수 없는 자신들의 초상화이기라도 한 듯, 움직이지도 않은 채 어린아이와 같은 놀라운 표정으로 주의 깊게 바라보고 있었다. 사람들 중에는 노동자 출신의 북부에서 온 양키도 있었고, 가난한 백인들과 잠시 동안 북부에 살았던 남부 출신 사람들도 있었다. 그들은 이번 사건이 누군지는 모르지만 흑인이 저지른 범죄로, 한 명의 흑인이 아닌 흑인종에 의해 저질러진 범죄라고 확신하고 있었다. 또 그들은 그녀가 능욕도 당했다고, 그것도 목이 떨어져 나가기 전에 적어도 한 차례, 그리고 그 이후에도 적어도 한 차례 능욕을 당했다고 믿었으며, 또 그것이 사실이기를 바라고 있었다. 보안관은 시신 앞으로 다가와 자기 눈으로 확인한 다음, 처참한 시신이 사람들 눈에 띄지 않도록 다른 곳으로 보내버렸다.

그러자 시신이 누워 있었고 화재가 발생한 장소 이외에 사람들이 구경할 것은 아무것도 남아 있지 않았다. 머지않아 천이 어디에 깔려 있었는지, 어느 지점을 덮고 있었는지 아무도 기억할 수 없게 되었고, 그러자 눈에 띄는 것은 화재 현장밖에 없었다. 그래서 사람들은 불구경을 했다. 지식이라는 것이 생기기 시작한 악취 나는 동굴에서 살던 시절부터 내려온 그 멍하고 정지해 있는 놀라운 표정으로 사람들은 불이 난 광경을 구경했다. 시신을 구경했던 것과 마찬가지로, 사람들은 마치 불이 난 것을 이전에는 본 적이 없다는 듯한 표정으로 불구경을 하고 있었다. 이윽고 소방차가 요란하게 경적과 종소리를 울리며 멋진 모습으로 도착했다. 소방차는 새것으로, 빨간색으로 칠해져 있었고, 차체에 금박을 두르고 있었으며, 수동식 사이렌 장치와 금색으로 칠해진 종을 달고 있었다. 종소리는 차분했지만 음색은 거만하고 당당했다. 소방차 둘레에는 모자도 쓰지 않은 남자들과 젊은이들이 놀랍게도 파리도 알고 있는 자연 법칙을 무시한 채 매달려 있었다. 소방차에는 실크 해트처럼 손으로 만져주면 엄청난 높이까지 도달하는 기계식 사다리가 달려 있었다. 하지만 이번 경우 기계식 사다리가 높이 올라가야 할 목표물은 하나도 없었다. 소방차에는 깔끔하게 새 호스도 감겨 있었는데, 그 모양이 하도 산뜻해서 대중 잡지에 등장하는 전화 회사의 광고 장면을 떠올리게 했다. 하지만 화재 현장에는 호스를 걸어놓을 만한 받침대도 또 호스를 통해 흘려보낼 물도 보이지 않았다. 카운터나 책상에 뿔뿔이 흩어져 있다가 달려온 모자도 쓰지 않은 사람들이 모두 차에서 뛰어내렸다. 손으로 손잡이를 돌려 경적을 울려대던 사람도 차에서 뛰어내렸다. 그 사람들도 시신을 싼 천이 깔려 있던 곳 근처의 여러 곳을 둘러보았고, 몇몇은 벌써 주머니에 권총을 넣은 채 범인을 잡아들이기 위해 수색을 시작했다.

그러나 범인으로 보이는 사람은 아무도 없었다. 그녀는 너무도 고요한 삶을 살았고 자신의 문제에만 관심을 쏟았기 때문에, 그녀가 외지인으로 또 이방인으로 태어나서 죽은 이 도시에 일종의 유산으로 남긴 것이 있다면 그것은 놀라움이나 분노 따위였다. 비록 그녀가 마침내 마을 사람들에게서 감정적 흥분을 유발하고 그들에게 야만적인 구경거리를 제공하기는 했지만, 그들은 결코 그녀를 용서하거나 평화롭고 고요히 죽도록 내버려두려 하지 않았다. 전혀 그렇지 않았다. 평화는 죽어서까지 그렇게 쉽게 찾아오는 것이 아니었다. 그래서 사람들은 떼를 지어 부지런히 돌아다녔던 것이다. 사람들은 3년 전에 죽은 육체와 화염과 피가 다시 살아나 원수를 갚아달라고 부르짖고 있다고 믿고 있었다. 또 사람들은 분노로 미친 듯이 타오르는 화염과 움직이지 않는 시신이 인간에게 당할 수 있는 해악과 손상을 넘어 모든 것을 긍정하는 영역에 속한다는 사실을 믿지 않았다. 전혀 그렇지 않았다. 왜냐하면 다른 어떤 식으로, 즉 그녀가 살해당하기 전후에 능욕을 당했다고 믿는 것이 더 편했기 때문이었다. 사람들은 오래전에 사 온 친숙한 물건들로 가득한 선반이나 계산대보다 그런 이야기를 더 잘 믿었다. 물건 주인들은 소유하는 데서 오는 즐거움 때문에 그것들을 욕망하거나 좋아하는 것이 아니라, 손님들을 부추기고 속여 그것들을 사게 함으로써 이윤을 남기기 위해 선반이나 계산대에 물건을 가득 채워 넣는 것이다. 그리고 물건 주인들은 이따금 아직 팔려 나가지 않은 물건들과 물건을 살 수 있지만 아직 사지 않은 손님들을 분노와 증오감 때로는 절망이 뒤엉킨 복잡한 마음으로 곰곰이 관찰하기도 한다. 오래된 욕정이나 거짓말 같은 망령들 사이에서 실마리를 찾기 위해 숨어서 기다리는 변호사들의 곰팡내 나는 사무실이나, 환자는 인쇄된 경고문 따위에 의지하지 말고 의사 자신들의 궁극적인 목표가 더 이상 할 일이 남아 있지 않을 정도로 모든 병을 치료하는 것임을 믿어야 한다며 날카로운 수술용 칼과 독한 약을 준비하고 기다리는 의사들의 진료실보다 그런 이야기를 사람들은 더 잘 믿었다. 여자들도 사건 현장에 나타났다. 그들은 화려한 옷차림으로 나타나거나 때로는 허둥대며 옷가지를 걸친 채 나타나기도 하는, 비밀스럽고 열정적이고 호기심 가득한 표정의, 좌절된 비밀을 가슴에 간직한 한가한 사람들이었다. (그들은 지금껏 평온함보다는 죽음 같은 자극적인 사건에 더 애착을 보여왔다.) 여자들은 쉬지 않고 누가 그런 짓을 했대? 도대체 누가 그런 끔찍한 짓을 한 거야? 하고 속삭이면서 사건 현장을 걸어 다녔고 작고 단단한 구두 뒤축으로 수없이 많은 점을 찍듯 그 남자가 아직 버젓이 돌아다니고 있단 말이야. 원 세상에. 아직도 그 남자가 잡히지 않았단 말이야? 아직도? 하고 멋대로 마침표를 찍어댔다.

보안관 역시 분노와 놀라움으로 화염을 바라보았다. 사고 현장에는 특별하게 조사해볼 만한 게 없었다. 그는 아직 자신이 인간이 저지른 어느 행위 때문에 좌절을 겪고 있다고는 생각하지 않았다. 그것은 화재였다. 그에게는 화재가 자신에게 좌절을 안겨주려는 의도와 목적 때문에 발생한 것처럼 보였다. 그가 보기에 화재가 발생한 것은 선조들의 오랜 원죄가 악행과 음모와 결탁해 자신에게까지 이어졌기 때문이었다. 보좌관 하나가 다가와 저택 너머에서 오두막을 발견했고 최근까지 거기에서 사람이 기거했던 흔적을 발견했다고 보고할 때까지, 보안관은 희망과 파멸의 색깔이 뒤엉켜 있는 불타는 집 주변을 당황하고 초조한 태도로 어슬렁거리고 있었다. 바로 그때, 화재 현장을 처음 발견한 시골 사람이(그는 아직도 시내로 가지 못한 상태였다. 두 시간 전에 그가 내린 후 마차는 단 2인치도 앞으로 나가지 못했다. 그리고 그는 이제 머리가 헝클어진 채, 손짓과 발짓을 해가며, 멍하고 지쳤지만 호기심 가득한 표정으로, 목이 쉬는 바람에 겨우 속삭이는 정도로 이야기를 해대며 사람들 사이를 돌아다니고 있었다) 문을 부수고 집 안으로 들어간 순간 자신이 어떤 남자를 봤다는 사실을 곧바로 기억해냈다.

"백인 남자였나?" 보안관이 물었다.

"그렇습니다, 보안관님. 그 남자는 계단에서 방금 굴러떨어진 듯 허둥거리며 우왕좌왕하고 있었죠. 제가 위층으로 올라가는 것을 막더군요. 자기가 이미 위에 올라가봤지만 거기엔 아무도 없었다고 하더군요. 제가 다시 아래층으로 내려왔을 때 그는 사라지고 없었죠."

보안관은 보좌관과 시골 남자를 쳐다보았다. "오두막에는 누가 살았지?"

"누가 살았는지 모르겠습니다." 보좌관이 대답했다. "뭐, 검둥이겠죠. 그녀가 자기 집에서 검둥이들을 데리고 살았을 수도 있습니다. 그렇다고 들었습니다. 그녀에게 이런 일을 저지른 놈이 지금껏 없었다는 게 오히려 놀랄 일이죠."

"검둥이 한 명 데려와보게." 보안관이 명령을 내렸다. 그 보좌관과 두세 사람이 검둥이 한 명을 데리고 왔다. "오두막에는 누가 살고 있었나?" 보안관이 다그쳤다.

"잘 모릅니다. 와트 보안관님." 검둥이가 말했다. "그런 것엔 전혀 신경 쓰지 않았죠. 오두막에 누가 살고 있다는 것조차 몰랐어요."

"저 친구를 아래로 데리고 가게." 보안관이 말했다.

사람들은 이제 보안관과 보좌관 그리고 검둥이 주변에 모여들었다. 서로 비슷비슷하게 생긴 얼굴에 탐욕스러운 눈초리로 주변을 살피던 그들도 공허한 화염만이 계속 타오르자 관심이 시들어버린 듯했다. 마치 모든 사람들의 오감이 시각 하나에 집중된 것 같았고, 바람처럼 시중에 떠다니는 말이라도 신의 말씀이라도 되는 것처럼 숭배되었다. 저놈인가? 저놈이 그런 짓을 저질렀나? 보안관이 저놈을 체포했군. 보안관이 벌써 저놈을 잡아들였어 보안관이 마을 사람들을 바라보았다. "자, 집으로 돌아가세요." 보안관이 마을 사람들을 설득했다. "모두 가서 불구경이나 해요. 도움이 필요하면 사람을 보낼 겁니다. 자, 돌아들 가요." 그는 몸을 돌려 수사에 필요한 사람들을 데리고 오두막으로 내려갔다. 보안관 뒤로 퇴짜를 맞은 마을 사람들이 무리를 이루고 서서 백인 남자 세 명과 검둥이 한 명이 오두막으로 들어가 문을 닫는 모습을 지켜보았다. 마을 사람들 바로 뒤에서는 꺼져가는 화염이 이글거리며 타오르고 있었고, 허공을 메우며 불길이 타오르는 소리는 마을 사람들의 목소리보다 크지 않았지만 그들보다 더 많이 원한에 사무쳐 있는 것 같았다. 원 세상에, 만약 저 검둥이 놈이 범인이라면 우린 여기 서서 뭐하고 있는 거야? 저런 검둥이 새끼가 백인 여자를 죽였는데…… 마을 사람들 가운데 그녀의 집에 들어가본 사람은 없었다. 그녀가 살아 있는 동안 마을 남자들은 자기 아내가 그녀의 집에 드나드는 것조차 허락하지 않았을 것이다. 그들은 좀 더 어렸던 시절, 어린아이 시절에는 (그들의 아버지들 가운데 몇몇도 그렇게 했지만) 길거리에서 그녀의 뒤를 졸졸 따라다니며 "검둥이를 좋아하는 년! 검둥이를 좋아하는 년!" 하고 큰 소리로 외치곤 했다.

오두막 안에서 보안관은 간이침대 중 하나를 골라 그 위에 육중하게 앉아 있었다. 그는 한숨을 쉬었다. 그는 거구의 땅딸막한 외모에, 바위같이 단단하고 우직하게 밀어붙이는 성품의 소유자였다. "자, 이제 난 이 오두막에서 누가 살고 있었는지 알아야겠어." 그가 입을 열었다.

"전 모른다고 이미 말씀 드렸습니다." 검둥이가 말했다. 그의 목소리는 조금 시무룩했고, 자신도 모르게 조금은 경계하는 듯했다. 그는 보안관을 쳐다보았다. 다른 두 명의 백인은 검둥이의 뒤쪽에 서 있어서 그는 그들을 볼 수 없었다. 그는 몸을 돌려 그들을 보지도 않았고, 그들에게 눈길조차 보내지 않았다. 그 검둥이는 마치 거울 속에 비친 자신을 들여다보듯 보안관의 얼굴을 주시하고 있었다. 마치 거울 속에서 일어나는 변화처럼, 그는 보안관의 표정에 나타나는 변화를 눈치 챘을지도 모른다. 어쩌면 그러지 못했을지도 모른다. 왜냐하면 보안관의 표정에 나타나는 변화는 섬광보다도 빨리 얼굴에서 사라졌기 때문이었다. 어쨌거나 검둥이는 뒤를 돌아다보지 않았다. 가죽 혁대가 그의 등허리에 떨어졌을 때도, 갑자기 순간적으로 입을 씰룩거리는 바람에 입 언저리가 잠시 위로 올라갔을 뿐, 그의 얼굴에는 마치 웃는 것처럼 잠깐 동안 이를 드러낸 표정이 떠올랐을 뿐이었다. 잠시 후 그의 얼굴은 평온을 되찾았고, 더 이상 그의 의중을 파악하는 것이 불가능했다.

"글쎄, 아직 자네가 기억해내려고 충분히 노력한 것 같지 않다는 생각이 드는군." 보안관이 대꾸했다.

"모르니까 기억을 못하는 거 아닙니까." 검둥이가 말했다. "전 이 근처에 살지도 않습니다. 백인 나리들은 제가 어디 사는지 다 아시지 않습니까."

"버퍼드 씨가 그러더군. 자네는 길 아래 저쪽에 산다면서." 보안관이 말했다.

"길 아래 저쪽에 사는 사람은 많습죠. 버퍼드 씨는 제가 어디에 사는지 잘 알고 있을 겁니다."

"저 자식이 거짓말을 하는군요." 보좌관이 끼어들었다. 그의 이름이 버퍼드였다. 그가 버클 달린 쪽을 앞으로 해서 가죽 혁대를 채찍처럼 휘두른 사람이었다. 그가 또다시 가죽 혁대를 내리칠 자세를 취했다. 그러면서 보안관의 얼굴을 보며 눈치를 살폈다. 그는 주인의 명령에 따라 물속에 뛰어들 태세를 갖춘 스패니얼 종 개 같았다.

"그럴 수도 있고 아닐 수도 있지." 보안관이 내뱉었다. 그는 생각에 잠기면서 검둥이를 유심히 쳐다보았다. 그는 육중한 몸을 움직이지도 않고 침대의 스프링을 내리누르며 앉아 있었다. "저 녀석은 내가 한가하게 장난이나 치려고 여기 온 줄 아는 모양이야. 저 자식한테 좋지 않은 일이 일어날 수도 있으니, 밖에 모여 있는 사람들에게 굳이 저 녀석을 처넣을 감방 따위를 구하지 말라고 해야겠어. 하기야 적당한 감방을 찾아낸다면 저 녀석을 집어 처넣는 건 일도 아니지." 보안관의 눈에 암시나 신호가 있었을 수도 있고 아닐 수도 있다. 그것을 검둥이가 보았을 수도 있고 아닐 수도 있다. 가죽 혁대가 다시 등허리에 떨어졌고, 버클이 갈퀴처럼 그의 등을 할퀴고 지나갔다. "이제 기억이 나나?" 보안관이 다그쳤다.

"백인 두 사람이었습니다." 검둥이가 대답했다. 그의 목소리는 냉정하고 시무룩했지만 아무 감정도 섞여 있지 않았다. "하지만 그들이 누구인지, 무엇을 하는 사람인지는 정말 모릅니다. 둘 다 내 일이 아니니까요. 난 그 두 사람을 보지도 못했습니다. 백인 둘이 그곳에 살고 있다는 말을 전해 들었을 뿐입니다. 그들이 누구인지 관심도 없습니다. 제가 아는 것은 그게 전부입니다. 피가 나도록 두들겨 패도 제가 아는 건 그것뿐입니다."

보안관은 다시 한숨을 내쉬었다. "그럴 거야. 그 말이 맞을 거야."

"그 사람은 크리스마스라는 작자입니다. 제재소에서 일했죠. 다른 한 사람은 이름이 브라운입니다." 세 번째 남자가 말했다. "입에서 위스키 냄새가 나는 제퍼슨 남자들 아무나 붙잡고 물으면 그 정도 이야기는 누구든 해줄 겁니다."

"그 말도 맞다고 생각하네." 보안관이 맞장구를 쳤다.

보안관은 시내로 돌아왔다. 보안관이 자리를 뜨려고 하는 것을 눈치 챈 사람들이 뿔뿔이 흩어졌다. 이제 그곳에는 구경할 만한 것이 아무것도 남아 있지 않은 듯했다. 시신도 치워졌고, 이제 보안관도 자리를 뜨고 있었다. 그는 마치 한숨을 내쉬는 육중한 살덩이 어디쯤에 비밀을 감추고 떠나는 것처럼 보였다. 그 비밀은 답답하고 단조로운 그 사람들의 생활에 활기를 불어넣고 자극을 준 것이었다. 그러자 그곳에는 불타는 건물 외에는 구경할 게 아무것도 남아 있지 않았다. 사람들은 불타는 건물을 세 시간째 바라보고 있었다. 이제 불구경을 하는 것이 습관처럼 익숙해져 있었다. 언제든 돌아와 그들의 삶에 영향을 끼치게 될 기념비적 사건보다 더 높고 당당하게, 마치 난공불락의 요새처럼 바람에 흩날리지도 않으면서 하늘로 피어오르는 연기 기둥 아래서, 이제 화재는 사람들의 경험뿐 아니라 삶의 영원한 일부가 되었다. 그리고 사람들이 대열을 이루며 시내로 돌아올 때, 그 광경은 영구차를 뒤따르는 오만한 장례 행렬의 엄숙함을 조금은 드러내려는 것 같았다. 사람들은 보안관의 차가 선두에 서고 나머지 차량은 그 뒤를 따르는 가운데, 경적을 요란하게 울리고 온통 먼지를 일으키며 시내로 입성했다. 하지만 그 행렬은 광장 근처 교차로를 지날 때, 승객을 내려주기 위해 길을 막아선 시골 마차 때문에 잠시 멈춰 서야만 했다. 밖을 내다보던 보안관의 시야에 젊은 여인이 만삭의 몸을 이끌고 몹시 조심스럽고 힘든 동작으로 천천히 마차에서 내리는 모습이 들어왔다. 마차가 옆으로 길을 내주자, 행렬은 교차로를 지나 보안관 사무실을 향해 계속 앞으로 나아갔다. 보안관 사무실에서는 이미 은행 수납 직원이 금고에서 꺼낸 봉투를 들고 대기하고 있었다. 그 봉투는 죽은 여인이 그 수납 직원에게 맡겨두었던 것으로, 겉면에는 다음과 같이 쓰여 있었다. 내가 죽은 다음에 펼쳐볼 것. 조애나 버든 보안관이 사무실에 들어서자 수납 직원은 봉투와 내용물을 들고 그를 기다리고 있었다. 봉투 속에 들어 있는 것은 종이 한 장이 전부였고, 거기에는 봉투에 써 있는 것과 똑같은 필체로 다음과 같이 적혀 있었다 E. E. 피블스, 변호사——빌 스트리트, 멤피스, 테네시 주, 그리고 너새니얼 버링턴——세인트엑서터, 뉴햄프셔 주 그것이 전부였다.

"여기 적힌 피블스는 흑인 변호사입니다." 수납 직원이 덧붙였다.

"그래요?" 보안관이 말했다.

"그렇습니다. 제가 어떤 일을 해야 하는지?"

"이 종이에 써 있는 그대로 좀 해주시오." 보안관이 말했다. "어쩌면 내가 하는 게 더 나을지 모르겠군." 그는 두 통의 전보를 쳤다. 그리고 30분 만에 멤피스로부터 답전을 받았다. 나머지 답전은 두 시간 후에 받았다. 그러고 나서 채 10분도 지나지 않아 뉴햄프셔 주에 사는 버든 양의 조카가 살인자 체포에 현상금 1,000달러를 걸었다는 소문이 시내 전역에 퍼졌다. 그날 밤 아홉시에, 화재를 처음 발견한 시골 농부가 앞문을 부수고 안으로 들어갔을 때 불이 난 집에서 보았던 그 남자가 시내에 나타났다. 사람들은 그 남자가 바로 그 사람이라는 것을 모르고 있었다. 그는 그들에게 그 사실을 이야기하지 않았다. 사람들이 그에 대해 알고 있는 것은 그가 시내에서 기거한 지 오래되지 않았고, 밀주업자이며, 이름이 브라운이라는 것 정도였다. 하지만 사람들은 그가 당시로 치면 대단한 밀주업자는 아니라는 것도 알고 있었다. 그런 그가 흥분한 상태로 광장에 나타나 보안관을 찾고 있었다. 그러자 이번 사건에 관한 이야기의 앞뒤가 맞아 들어가기 시작했다. 보안관은 브라운이 또 다른 남자와 어느 정도 연관이 있다는 사실을 알게 되었다. 그 낯선 남자의 이름은 크리스마스였고, 그가 제퍼슨에서 산 지 3년이나 되었는데도 보안관이 그에 대해 아는 것은 브라운에 대해 아는 것보다 적었다. 이제야 비로소 보안관은 크리스마스가 버든 양의 저택 뒤에 있는 오두막에서 3년 동안이나 살았다는 사실을 알게 되었다. 브라운은 이야기하고 싶었다. 그는 큰 소리로 다급하게 자신이 이야기를 해야만 한다고 우겨댔다. 그 순간 그가 하는 모든 행동이 그 1,000달러의 현상금을 노린 것이라는 사실이 드러났다.

"자네에게 불리한 상황 증거들을 뒤집어보자는 건가?" 보안관이 그에게 물었다.

"뒤집고 싶은 것 따위는 없습니다." 브라운이 대답했다. 거칠고 쉰 목소리에 표정은 약간 거칠어 보였다. "누가 했는지 알고 있단 말입니다. 현상금만 받으면 알려드리죠."

"범인을 잡기만 한다면 현상금은 자네 차지야." 보안관이 일러주었다. 따라서 사람들은 그의 신변을 보호하기 위해 그를 감방에 투옥했다. "글쎄, 그렇게까지 할 필요가 있을지 모르겠군." 보안관이 내뱉었다. "1,000달러 현상금의 냄새를 맡은 이상 달아나는 일은 없을 텐데." 브라운이 여전히 씩씩거리며 고함을 치고 몸부림을 치면서 끌려 나가자, 보안관은 이웃 마을에 전화를 걸어 수색용 경찰견 두 마리를 보내달라고 요청했다. 경찰견은 다음 날 아침 일찍 기차 편으로 도착할 거라고 연락이 왔다.

비탄에 잠긴 일요일 새벽, 황량한 기차역 승강장에서 30～40명의 사람들이 기차가 들어오기를 기다리고 있었다. 불 켜진 창문들이 순식간에 지나가면서 덜컹거리는 소리와 함께 기차가 잠시 멈추기 위해 역으로 들어왔다. 그 기차는 특급 열차로, 제퍼슨에 항상 정차하지는 않았다. 그래서 기차는 개 두 마리를 내려놓을 수 있을 정도로 잠시 동안만 정차했다. 복잡하고 호기심을 자극하는 1,000톤이 넘는 쇳덩어리가 번쩍거리며 울려대는 굉음이, 거의 침묵에 가까울 정도로 소곤거리는 주변 사람들의 가냘픈 목소리 속으로 파고들었다. 그런 다음 기차는 수척하고 움츠러든 두 마리의 짐승을 토해냈다. 축 처진 귀에 유순한 얼굴을 한 두 마리 경찰견은 피곤에 지쳐 비굴할 정도로 구슬픈 표정을 지으며 그것들을 기다리고 있던 사람들의 창백한 얼굴을 쳐다보았다. 사람들은 간밤에 잠을 많이 자지 못했고, 사건의 실마리라도 얻을 수 있을까 하는 기대에 부풀어 두 마리 경찰견을 반겼으며, 상당한 열의에 차 있기도 했지만 무기력하기도 했다. 마치 살인에 대한 최초의 분노가 계속 이어져, 그 이후의 모든 행동이 그들의 이성과 본성과는 반대로 괴이하고 모순되고 잘못된 방향으로 흘러가는 것 같았다.

보안관이 소집한 민병대가 다 타버려 이제는 차가운 숯이 된 저택 뒤편의 오두막에 도착한 것은 막 해가 떠올랐을 때였다. 두 마리 경찰견은, 태양의 빛과 온기로 용기를 얻었는지, 아니면 사람들의 긴박하고 강렬한 흥분을 감지한 탓인지, 오두막 주변으로 달려가 짖어대기 시작했다. 개들은 킁킁거리는 소리를 내면서, 일심동체가 되어 끈을 잡고 있는 사람을 이끌며 추적을 시작했다. 두 마리 경찰견은 100여 야드를 나란히 달려가다가 멈춰 서서 미친 듯이 땅을 파헤치더니, 최근에 누군가 먹어 치운 빈 깡통이 묻혀 있는 구멍을 찾아냈다. 사람들은 있는 힘을 다해 개들을 옆으로 끌어냈다. 그들은 경찰견 두 마리를 오두막에서 조금 떨어진 곳으로 끌어낸 다음 다른 냄새를 찾게 했다. 개들은 잠시 동안 이곳저곳을 돌아다니며 킁킁거리다가 다시 달려 나가기 시작했다. 혀를 완전히 늘어뜨린 채 침을 질질 흘리며 뛰어가는 경찰견들이, 투덜대며 겨우 따라가는 사람들을 전속력으로 오두막 뒤편으로 끌고 갔다. 개들은 그곳에 버티고 서서 고개를 뒤로 돌려 눈알을 굴리며, 마치 이탈리아 오페라에 등장하는 두 명의 바리톤 가수처럼 열정적인 목소리로 텅 빈 오두막 입구를 향해 마구 짖어댔다. 사람들은 두 마리 경찰견을 차에 태워 시내로 돌아와 먹이를 주었다. 그들이 광장을 가로질러 걸어갈 때 교회의 종소리가 천천히 평화롭게 울려 퍼졌고, 잘 차려입은 사람들이 성경책과 기도서를 들고 양산을 받쳐 든 채 차분하게 걸어가고 있었다.

그날 밤 한 시골 청년이 아버지와 함께 보안관을 만나러 왔다. 청년은 지난주 금요일 밤 차를 타고 집에 갈 때 살인 현장으로부터 1~2마일 떨어진 곳에서 어떤 남자가 총을 들고 차를 막아 세웠다는 이야기를 해주었다. 청년은 자신이 강도를 당하거나 심지어 살해당할 뻔했다고 믿고 있었으며, 자신이 그 남자를 속여 자기 집 앞마당 쪽으로 차를 몰고 온 이야기, 또 집 앞에서 차를 세우고 밖으로 뛰쳐나가 도움을 청하려고 마음먹은 순간 그 남자가 낌새를 알아채고서 강제로 차를 세우고 내렸다는 이야기를 들려주었다. 소년의 아버지는 1,000달러의 현상금 가운데 자신들이 차지할 수 있는 돈이 얼마쯤 되는지 알고 싶어 했다.

"당신이 범인을 잡으면 그때 생각해봅시다." 보안관이 말했다. 그래서 그들은 개를 깨워 다른 차에 태운 다음, 소년이 그 남자가 내렸다고 말한 지점에 도착해서 개를 풀어놓았다. 개들은 즉시 숲 속으로 뛰어들어, 금속이면 어떤 것도 놓치지 않는 후각 능력을 발휘해 순식간에 두 발의 탄약이 장전된 구식 권총을 찾아냈다.

　"뇌관에 탄약을 장전하는 구식 권총입니다. 남북 전쟁 때 사용하던 거죠." 보좌관이 말했다. "탄약 한 발에는 공이가 때린 흔적이 있지만 불발이었군요. 이 권총을 가지고 무슨 짓을 하려고 했던 것일까요?"

　"개들을 풀어주게." 보안관이 명령했다. "끈 때문에 움직이는 데 불편할 수 있으니까." 사람들이 개들을 풀어주었다. 이제 개들은 자유로웠고, 30분도 되지 않아 사라져버렸다. 사람들이 개를 놓친 것이 아니라, 개들이 사람들에게서 사라져버린 것이었다. 개들은 작은 개울 바로 맞은편에 있었고, 사람들은 그들이 내는 소리를 분명히 들을 수 있었다. 개들은 이제 자신감과 확신, 그리고 아마도 기쁨에 의해 짖고 있지 않았다. 이제 개들이 짖어대는 소리는 길게 늘어졌으며, 희망이 없어 구슬프게 우는 것 같았다. 하지만 사람들은 줄기차게 개들을 향해 소리치고 있었다. 그러나 두 마리 중 어느 놈도 사람들이 부르는 소리를 듣지 못한 것 같았다. 두 마리 경찰견의 목소리는 서로 달랐고, 종소리 비슷하고 비굴하게 들리는 목소리는 마치 구부리고 있는 두 놈의 옆구리가 서로 붙어버리기라도 한 것처럼, 하나의 목에서 나오는 것만 같았다. 잠시 후 사람들은 웅덩이에 빠져 웅크리고 있는 개들을 발견했다. 그 순간 개들이 짖는 소리는 거의 아이들 목소리 같았다. 사람들은 자동차로 돌아가는 길이 보일 만큼 날이 밝아올 때까지 그곳에 쭈그리고 앉아 기다렸다. 그러자 월요일 아침이 밝아왔다.

* * *

　월요일이 되자 기온이 오르기 시작했다. 화요일 밤, 더운 낮 시간이 지나고 찾아온 어둠은 답답하고 고요하면서도 사람들을 내리누르는 분위기였다. 바이런은 집 안으로 들어서자마자 홀아비가 사는 집 특유의 퀴퀴하고 역한 냄새와 먼지 때문에, 자신의 콧구멍 양쪽이 팽팽하게 당겨지면서 허옇게 변하는 것을 느낀다. 그리고 하이타워가 가까이 다가오자, 비대하고 잘 씻지 않은 몸에서 풍기는 악취와 잘 빨지 않은 옷에서 풍기는 역한 냄새——늘 앉아서 생활하는 바람에 생긴 냄새와 자주 씻지도 않는 움직이기 힘들 정도의 비대한 몸집 때문에 생긴 냄새——가 그를 완전히 압도할 지경이다. 집 안으로 들어온 바이런은 이전에 그랬던 것처럼 생각에 잠긴다. '이렇게 사는 것도 그의 권리야. 내가 사는 방식은 아니지만. 하지만 이게 그의 방식이고 그의 권리인 거지.' 그리고 마치 영감이나 예시가 떠오르기라도 한 것처럼, 언젠가 자신이 그 답을 발견한 듯했던 일을 기억한다. '그것은 선(善)의 냄새야. 악하고 죄 많은 우리에겐 나쁜 냄새일 수도 있지만 말이야.'

　두 사람은 서재에서 등불이 켜진 책상을 가운데 두고 마주 앉는다. 바이런은 고개를 숙인 채 조용히 다시 딱딱한 의자에 앉는다. 그의 목소리는 침착하지만 확고하다. 그것은 유쾌하지 않을 뿐만 아니라 믿을 수도 없는 이야기를 하려는 남자의 목소리이다. "그녀를 위해 다른 장소를 찾아볼 작정입니다.

좀 더 은밀한 장소가 좋을 것 같습니다. 그곳에서 그녀가……."

하이타워는 숙이고 있는 그의 얼굴을 주시한다. "왜 그녀가 다른 곳으로 옮겨야 하지? 지금 있는 곳이 편하고, 필요하면 도와줄 여자도 있는데 말이야." 바이런은 대답을 하지 않는다. 그는 시선을 내리깔고 꼼짝도 하지 않고 앉아 있다. 그의 얼굴 표정은 단호하고 차분하다. 그의 얼굴을 주시하고 있던 하이타워는 생각에 잠긴다. '너무 많은 일이 일어나기 때문이겠지. 너무나 많은 일이. 그것 때문일 거야. 사람이란 너무 많은 일을 하려고 하고 또 일으키려고 한단 말이야. 어떤 일이든 자기가 견딜 수 있는지 아닌지 알아보려고 하지. 바로 그거야. 하지만 바로 그게 끔찍한 건데. 그래서 자신은 어떤 일이든 견딜 수 있다고 생각하는 거야. 어떤 일이든.' 그가 바이런을 지켜본다. "그녀가 거처를 옮기려는 것이 비어드 부인 때문인가? 다른 이유는 없고?"

여전히 바이런은 고개를 들지 않은 채, 차분하고 단호한 목소리로 말한다. "그녀는 자기 집처럼 편하게 쉴 수 있는 그런 곳이 필요합니다. 그녀는 아직 충분히 쉬지 못했어요. 더구나 하숙집에는 온통 남자들뿐이라……. 해산할 때는 조용한 방이 필요한데, 복도를 지나다니는 사람들은 말 장수나 일용직 법원 직원들뿐이라……."

"알겠네." 하이타워가 말한다. 그는 바이런의 얼굴을 주시한다. "자네는 그녀를 이곳에 데려오고 싶은 모양이군." 바이런이 말을 하려고 했지만 하이타워가 말을 잇는다. 그의 음성은 차분하고 한결같다. "그건 안 될 것 같네, 바이런. 이 집에 다른 여자라도 살고 있으면 모를까. 방이 이렇게 많고 조용하기까지 한데도 그럴 수 없다는 게 유감이긴 하지만 말이야. 자네도 알겠지만, 나도 그 여자를 생각한 것이네. 나 자신 때문은 아니야. 남들이 뭐라든 나는 상관없어."

"전 그걸 부탁드리는 게 아닙니다." 바이런은 시선을 들지 않는다. 그는 하이타워가 자신을 보고 있다는 것을 느낀다. 그는 생각에 잠긴다 목사님은 내 말이 그게 아니라는 걸 알고 있어. 목사님은 알고 있어. 단지 말만 그렇게 한 거야. 목사님이 무슨 생각을 하고 있는지 난 알아. 사실 내가 기대한 것도 바로 그거야. 사실 목사님이 남들과 다르다고 생각할 이유가 하나도 없지. 나에 대해서도 목사님이 남들과 다르게 생각할 이유는 없는 거야 "목사님께서도 아셔야 합니다." 아마 하이타워 목사도 그것을 알고 있을 것이다. 하지만 바이런은 목사의 얼굴을 확인하기 위해 고개를 들지 않는다. 그는 이야기를 계속한다. 그의 목소리는 둔탁하고 기복이 없고, 시선은 아래를 향하고 있다. 하이타워는 책상 맞은편에 약간 비스듬히 앉아, 거친 날씨와 힘든 노동으로 젊음과 생기가 사라진 남자의 얼굴을 바라본다. "아무 상관도 없는 목사님이 이 일에 말려들게 하고 싶지 않습니다. 목사님은 지금까지 그 여자를 본 적도 없고, 앞으로 볼 일도 없는데 말입니다. 또 목사님이 그 남자를 만나본 적도 없다는 걸 제가 알고 있고요. 전 그저 혹시나 해서 말씀을……" 그의 목소리가 잦아든다. 책상 너머에서 느긋한 표정의 목사가 그에게 도움을 주지도 않은 채 다음 말을 기다리고 있다. "어떤 일을 하지 않는 것이 문제일 때, 사람은 자신을 믿고 스스로에게 조언을 구하면 된다고 생각합니다. 하지만 어떤 일인가를 해야 하는 문제에 당면하면, 사람은 가능한 모든 충고에 귀 기울여야 한다고 봅니다. 하지만 전 목사님이 이 일에 말려들게 하지는 않겠습니다. 이 일 때문에 걱정을 하시게 하고 싶지 않습니다."

"그 점은 나도 잘 알지." 하이타워가 말한다. 그는 상대방이 고개를 숙이고 있는 모습을 바라본다. '나는 더 이상 세상 속에서 살고 있지 않아.' 그가 생각한다. '그러니 사람들 일에 끼어들어 간섭하려고 해봐야 아무 소용이 없지. 저 친구는 내게서 아무 말도 들을 수 없을 거야. 설령 내가 세상 사람들 일에 끼어들려고 노력해본들, 그나 그 여자나 (아 참, 이제 아이도 있군) 내가 하는 말에는 신경도 쓰지 않을걸.' "하지만 그 여자는 자기 남편이 이곳에 있다는 걸 알고 있다고 자네가 내게 말했잖은가."

"네." 바이런이 골똘히 생각하며 말한다. "제가 말한 그곳은 남자나 여자, 심지어 아이까지도 저를 찾지 못한 채 해를 당할 수도 있는 곳이죠. 그리고 그곳에 가기 전에 제가 모든 것을 털어놨다면 그녀는 그곳에 가려고 하지도 않았을 겁니다."

"난 그것에 대해 물은 게 아니야. 그때는 자네도 잘 몰랐고. 자네가 말한 것 이외에 또 뭔가 있지 않았나 하는 걸세. 그 남자에 관한 것이나 또 뭐냐 하면——그녀가 제퍼슨에 도착한 지 사흘이 지났군. 자네가 이야기를 했든 안 했든, 이제 그녀도 분명히 알고 있을 거란 말이야. 지금쯤이면 그녀도 들어서 다 알고 있을 거란 말이지."

"크리스마스 말씀이군요." 바이런은 고개를 들지 않는다. "그 남자의 입 근처에 흰색 상처가 있느냐고 그녀가 물은 다음부터 전 아무 말도 하지 않았습니다. 그날 저녁 시내로 들어오는 동안 내내 전 그녀가 물을까 봐 걱정이 이만저만이 아니었습니다. 전 그녀에게 이 상황을 어떻게 이야기할까 하는 생각에 정신이 팔려 계속 떠들어댔고, 그래서 그녀는 제게 질문할 기회를 잡을 수 없었을 겁니다. 그리고 그 여자와 함께 시내로 들어오는 내내 저는 그녀가 다음과 같은 사실을 모르게 하려는 생각뿐이었죠. 브라운이 그녀를 버리고 도망치는 바람에 여자가 곤경에 처했으며, 그는 이름까지 바꿨고, 마침내 그녀가 그를 찾아냈을 때 그는 이미 밀주 판매업자가 되어 있었다는 것 등등 말입니다. 그런데 그녀는 이미 알고 있더군요. 브라운이 좋은 남자가 아니라는 사실을 알고 있더란 말입니다." 바이런은 이제 그런 사실을 생각하니 너무 놀랍다는 듯한 태도로 이야기한다. "굳이 그런 사실을 숨기거나 거짓말을 그럴듯하게 늘어놓을 필요도 없었어요. 그녀는 제가 말하려 했던 것, 거짓말로 둘러대려 했던 것들을 이미 알고 있는 것 같았습니다. 마치 그런 사실들을 미리 생각했다는 투였어요. 제가 말을 꺼내기도 전에 그런 말을 믿지 않기로 마음먹은 것 같더군요. 하기야 어쨌든 상관없는 일이긴 했지만 말입니다. 하지만 그녀가 이미 진실을 알고 있는 부분에 대해서, 그 부분에 대해서는 저도 어떻게 속일 수가 없었지요……." 그는 말을 더듬거리며 적당한 표현을 찾으려고 애쓰고 있고, 건너편에서 느긋한 자세로 그를 바라보고 있는 목사는 도와줄 생각이 전혀 없는 듯 그를 바라보기만 한다. "그녀는 마치 두 부분으로 이루어진 사람 같았지요. 한편으로 그녀는 브라운이 건달이라는 사실을 알고 있었던 거지요. 다른 한편으로 그녀는 남자와 여자가 아이를 갖게 되면, 하느님께서 적절한 때를 아시고 두 사람을 결합시켜주신다고 믿고 있더군요. 마치 신께서 여자를 돌봐주시고, 남자들로부터 보호해주신다고 그녀는 믿는 것 같았어요. 글쎄, 주님께서 그 두 부분이 만나거나 그 두 부분을 서로 비교하는 것이 적절치 않다고 생각하신다면, 저도 굳이 나서서 그럴 마음은 없습니다."

"말도 안 되는 소리." 하이타워가 언성을 조금 높인다. 그는 책상 건너편에 앉아 있는 바이런의 차분하면서도 완고하고 금욕적인 얼굴을 지켜본다. 그것은 모래바람이 휘날리는 황량한 곳에서 오랫동안 살아온 은둔자의 얼굴이다. "중요한 단 한 가지 일이 있다면, 그것은 그녀가 친척들이 살고 있는 앨라배마로 돌아가는 거야."

"전 그렇게 생각하지 않습니다," 바이런이 응수한다. 그는 그런 말이 나오기를 오랫동안 기다렸다는 듯이, 즉각적으로, 즉시 딱 잘라 말한다. "그녀는 그것을 원하지 않을 겁니다. 전 그녀가 그럴 필요가 없다고 생각합니다." 말을 하면서도 바이런은 고개를 들지 않는다. 그는 목사가 자신을 주시하고 있다는 것을 느낄 수 있다.

"그 부——브라운인가 하는 사람은 그녀가 제퍼슨에 있다는 사실을 아는가?"

순간적으로 바이런은 거의 미소를 띠는 것 같다. 그의 입술이 위쪽으로 약간 치켜 올라간다. 기쁨을 드러내는 것은 아니고 거의 그림자 같은 흐릿한 동작이다. "그 작자는 너무 바쁩니다. 1,000달러를 타내려고 말입니다. 그 작자 하는 짓을 보고 있으면 웃음이 절로 나오더군요. 소리도 낼 줄 모르는 사람이 나팔을 크게 불기만 하면 순식간에 음악이 흘러나올 거라고 기대하는 형국이더군요. 사냥개로 하여금 그 작자를 쫓아내게 해도 쫓아낼 수 없었는지, 그는 손에 수갑을 찬 채 열두 시간에서 열다섯 시간마다 끌려가다시피 하며 광장을 지나다니더군요. 그는 토요일 밤을 유치장에서 보냈는데, 사람들이 자신이 살인 사건에서 크리스마스를 도운 것으로 만들어 현상금 1,000달러를 뺏으려 한다고 고래고래 소리를 질렀던 모양입니다. 할 수 없이 경찰서장인 벅 코너가 그의 감방까지 와서, 다른 죄수들이 잠을 잘 수 있도록 입을 닥치지 않으면 입에 재갈을 물리겠다고 했다더군요. 그래서 간신히 그 작자 입을 다물게 했답니다. 일요일 밤 사람들이 개들을 데리고 야간 수색을 나가려는 순간 그 작자가 하도 말썽을 피우니까 사람들이 그를 유치장에서 꺼내 함께 가자고 했나 봐요. 그런데 이번에는 개들이 꼼짝하지 않았나 봅니다. 그러자 그는 수색을 하지 않는다고 개에게 고함을 치고 저주를 퍼부은 다음, 크리스마스를 제일 처음 신고한 사람은 자기이고 자기가 원하는 것은 공정한 정의 집행이라고 모여 있는 사람들에게 떠들어 댄 모양이에요. 그러자 보안관이 그 작자를 옆으로 끌어내서 무슨 말인가 했다더군요. 하지만 사람들은 보안관이 그에게 무슨 말을 했는지는 몰랐지요. 그를 다시 감방에 처넣는다거나 아니면 다음번 수색에 끼워주지 않는다거나 뭐 그런 내용이었겠죠. 어쨌거나 그 작자가 조용해졌고 사람들은 수색을 떠났습니다. 그들은 월요일 밤 늦게 시내로 돌아왔어요. 그때까지도 그는 조용히 있었지요. 지쳐서 말할 기운조차 없었던 건지도 모르고요. 사람들이 그러는데 그는 한동안 잠도 자지 않았답니다. 그가 개보다 앞서 달려 나가는 바람에 마침내 보안관이 수갑을 채우겠다고 협박을 하고, 보좌관에게 그 친구를 뒤로 끌고 와 감시하라고 시킨 모양입니다. 그래서 사냥개가 그 친구 옆에서 뭔가 냄새를 맡을 수 있었죠. 토요일 밤 사람들이 그 작자를 감방에 가둘 때 벌써 그는 면도를 해야 할 정도로 수염이 나 있었으니까 지금쯤 볼만할 겁니다. 크리스마스보다 그 작자가 더 살인자처럼 보였을 게 분명해요. 그는 지금도 크리스마스에게 저주를 퍼붓는다고 하더군요. 크리스마스가 흔적도 없이 자취를 감춘 것은 야비하게도 자신에게 앙심을 품어 현상금 1,000달러를 못 타게 하려는 것이라고 하면서 말입니다. 사람들이 그날 밤 그를 감방으로 데리고 가 다시 가뒀다고 하더군요. 그리고 오늘 아침 수색을 떠날 때 그를 감방에서 꺼내 새로운 냄새를 찾아 개와 함께 출발한 모양이에요. 수색대가 마을을 완전히 빠져나갈 때까지 큰 소리로 떠들어대는 그 작자의 목소리가 들렸다고 하더군요.”

“자네는 그 여자가 아직 그런 사실을 모르고 있다고 했어. 그녀가 그런 소식을 알지 못하게 했다고 그랬어. 그러니까 자네는 그 여자가 그를 바보가 아니라 흉악한 건달로 알아줬으면 좋겠다, 뭐 이런 거로군. 그런가?”

바이런의 얼굴은 여전히 담담하지만 더 이상 미소 띤 얼굴이 아니며, 무척이나 진지한 표정이다. “모르겠습니다. 지난 토요일 밤이었습니다. 목사님과 대화를 나누고 집으로 돌아가는 길이었죠. 전 그녀가 침대에 누워 잠이 들었을 것으로 생각했지요. 그런데 그녀는 여전히 거실에 앉아 있더군요. 그리고 그녀가 묻더군요. ‘도대체 무슨 일인가요? 이곳에서 무슨 일이 일어났나요?’ 전 그녀를 쳐다보지 않았지만 그녀가 저를 보고 있다는 것을 느낄 수는 있었습니다. 그래서 저는 한 검둥이가 백인 여자를 죽였다고 알려주었지요. 그때까지만 해도 전 거짓말을 하지 않았습니다. 거짓말을 하지 않아도 되니 얼마나 좋던지요. 그런데 채 생각이 정리되기도 전에 ‘그리고 집에 불까지 질렀다고 하더군요’ 하고 입 밖으로 말이 새어 나왔지 뭡니까. 한번 내뱉은 말이니 주워 담을 수도 없고. 아차 싶었죠. 그래서 연기가 나는 곳을 가리킨 다음, 그곳에 브라운과 크리스마스라는 이름을 가진 두 명의 남자가 살고 있다는 말까지 하고 말았습니다. 그러고 나니 그 여자가 지금 목사님이 저를 뚫어지게 쳐다보는 것처럼 저를 지켜보고 있다는 걸 느낄 수 있었죠. 그때 그 여자가 이렇게 묻더군요. '검둥이의 이름이 어떻게 되나요?' 여자들은 남자들의 거짓말로부터 자신들이 알고 싶은 것을 알아내는 데는 귀신이랍니다. 여자들은 묻지도 않아요. 알 필요가 없는 것은 알아내려고도 하지 않죠. 사실 알 필요가 없는 것이 무엇인지 알지도 못하면서 말이에요. 그래서 그녀가 무엇을 알고 있고 무엇을 모르고 있는지 전 확실히 알 수가 없습니다. 저는 다만 그녀가 쫓고 있는 남자가 살인범을 신고한 바로 그 남자라는 것, 또 그 남자가 자기를 밀주 판매업에 끌어들인 제법 친하게 지냈던 사내를 경찰견과 함께 추적할 때를 제외하면 지금 감방에 있다는 것 등등은 그녀가 모르도록 했을 뿐입니다."

"그렇다면 자네는 이제 어떻게 할 작정인가? 그 여자를 어디로 옮기고 싶은데?"

"그 여자는 지금 있는 곳을 나가 그 남자를 기다리고 싶어합니다. 그래서 제가 그 남자는 보안관하고 하는 일이 있어서 지금 이곳에 없다고 했죠. 그러니까 제가 완전히 거짓말을 한 것은 아닌 셈이죠. 그 여자는 벌써 그 남자가 어디에 사는지 물었고, 저도 이미 그녀에게 알려주었죠. 여자는 또 그 남자가 돌아올 때까지 그곳에 머물겠다고 하더군요. 그곳이 그 남자 집이니까요. 그리고 자신이 그렇게 하는 것을 그 남자도 원할 거라고 했습니다. 그래서 전 그 오두막이 그런 작자가 그녀에게 보여주고 싶어 하는 최후의 장소가 결코 아니라는 식으로 말을 할 수는 없었습니다. 그날 저녁 제가 제재소에서 집으로 돌아오는 즉시 그녀는 그곳으로 가길 원했죠. 그녀는 짐을 꾸리고 모자까지 쓴 채, 제가 집으로 돌아올 때까지 기다렸죠. '저 혼자 그 집을 찾아 나설까 했어요. 하지만 집이 있는 곳을 몰라 그러지 못했어요' 하고 그녀가 말하더군요. 그래서 저는 그랬군요 했죠. 그리고 오늘은 너무 늦었으니 내일 떠나자고 했어요. 그랬더니 그녀가 그러더군요. '해가 지려면 한 시간도 더 남았어요. 그곳까지 2마일밖에 안 되는 거 맞죠?' 그래서 제가 그랬죠. 우선 좀 물어봐야 한다고 말입니다. 그랬더니 묻더군요. '누구한테 물어본다는 거죠? 그 집이 루커스의 집이 아닌가요?' 전 그녀가 절 노려본다는 것을 느낄 수 있었고, 이어서 그녀가 이렇게 말하더군요. '그곳에 루커스가 살고 있다고 말씀하신 걸로 아는데요.' 그러더니 그녀는 저를 빤히 쳐다보다가 말했어요. '당신이 저에 대해 상의하려는 목사님은 어떤 분이신가요?'"

"그렇다면 자네는 그녀가 그곳에 가서 머물도록 내버려둘 생각이었나?"

"그게 최선일 수도 있으니까요. 그곳이라면 그녀가 누구의 방해도 받지 않고 조용히 지낼 수 있다고 생각했죠. 이 모든 문제가 해결될 때까지 남의 입에 오르내리는 일도 없을 테니 말입니다."

"그러니까 그녀는 이미 그렇게 하려고 마음을 먹었고, 자넨

그녀를 막고 싶은 생각이 없었다, 이런 말이군. 그녀를 막고
싶지 않았다, 그런 거로군."

　바이런은 고개를 들지 않는다. "어쨌거나 그 오두막은 그
작자의 집이니까요. 아마 그 작자가 살아온 집 가운데 그 오두
막이 가장 집다운 집일 겁니다. 그리고 그는 그녀의……."

　"곧 아이를 낳을 텐데, 그곳에 나가 혼자 지낸다, 이런 말인
가. 가장 가까운 집이라고 해야 몇 마일이나 떨어진 흑인들의
오두막밖에 없는 곳에서 말이야." 목사는 바이런의 얼굴을 지
켜본다.

　"저도 그 문제를 생각했었죠. 하지만 일이 잘 풀릴 방도가
있을 것도……."

　"무슨 방법이 있겠나? 그곳에서 그녀를 보호하기 위해 자
네가 할 수 있는 일이 도대체 뭐란 말인가?"

　바이런은 즉시 대답하지 않는다. 그는 고개를 들어 목사를
쳐다보지도 않는다. 그가 입을 열어 단호한 음성으로 말한다.
"목사님, 악한 일을 저지르지 않고도 비밀리에 할 수 있는 일
이 있는 겁니다. 사람들에게 그 일이 어떻게 비칠지는 모르겠
지만요."

　"바이런, 난 자네가 매우 사악한 일을 할 수 있으리라고는
생각하지 않아. 사람들에게 그 일이 어떻게 보이든 말이야. 하
지만 자네 혹시 악이 어디까지 그 모습을 드러내는지, 아니면
악의 겉모습과 악행 자체를 어디까지 구별할 수 있는지 스스
로 보여줄 생각은 아니겠지?" "아닙니다." 바이런이 대답한

다. 이어서 그는 천천히 움직인다. 마치 그 자신이 막 깨어난 것처럼 이야기한다. "그렇지는 않습니다. 다만 제 양심에 비추어 옳은 일을 하려는 것뿐입니다."──하이타워는 생각에 잠긴다. '그렇다면 저 말은 그가 나에게 한 첫 번째 거짓말이 되겠군. 남자든 여자든, 심지어 자신에게조차 처음으로 하는 거짓말일 거야.' 그는 책상 건너편의, 아직 자신에게 눈길도 주지 않은, 확고하고 단호하면서도 진지한 표정의 얼굴을 바라보았다. '아직 거짓말이라고 할 수 없을지 몰라. 그것이 거짓말인지 본인은 아직 모르고 있으니 말이야.' 그가 말한다.

"그렇다면 좋아." 그는 지금 일부러 퉁명스럽게 말하고 있지만, 축 늘어진 턱 밑 살과 움푹 들어간 눈을 하고 있는 얼굴에 어울리지 않는 어조다. "그렇다면 이제 모든 것이 해결된 셈이군. 그렇다면 그녀를 데리고 나와 그 작자 집으로 가도록 하게. 그러면 그녀가 편안해하는지 알 수 있을 거고, 아무런 방해도 받지 않고 무사히 아이를 낳을 수 있을 테니 말이야. 그런 다음에 그 작자──버치, 아니지 브라운이라고 했지── 에게 그녀가 그곳에 있다고 알려주게."

"그러면 그 작자는 도망칠 겁니다." 바이런이 말한다. 그는 고개를 들지 않는다. 하지만 그의 얼굴에는 승리와 환희의 물결이 넘실거리고, 그는 그 표정을 억제하고 숨기려 하지만 그러기에는 너무 늦어 보인다. 그 순간 그는 일부러 표정을 숨기려 하지도 않고, 딱딱한 의자 등받이에 허리를 밀어 넣으며, 자신감 있는 표정을 지으면서 처음으로 목사를 쳐다본다. 상대방은 그런 그의 눈빛을 차분하게 받아준다.

"자넨 그 작자가 도망가길 바라는 것 아닌가?" 하이타워가 묻는다. 두 사람은 등불 빛을 받으며 그 상태로 앉아 있다. 열린 창문을 통해 숨이 멎을 듯한 밤의 뜨거운 정적이 흐른다. "자네가 지금 하고 있는 일을 생각해보게. 자네는 남편과 아내 사이에 끼어들려는 거야."

바이런은 정신이 번쩍 든 모양이다. 그의 얼굴에는 더 이상 승리에 도취한 표정이 서려 있지 않다. 하지만 그는 침착하게 나이 든 남자를 바라본다. 목소리도 가다듬으려고 노력했을지 모른다. 하지만 아직은 그렇게 차분하지 않은 모습이다. "그들은 아직 부부 사이가 아닙니다." 바이런이 말한다.

"그 여자도 그렇게 생각할까? 자네는 그 여자가 그렇게 말할 거라고 믿나?" 두 사람은 서로 쳐다본다. "아, 이보게 바이런. 신 앞에서 간절한 소망을 중얼거리며 올리는 기도가 뭔지 아나? 여인의 확고부동한 의지 앞에서, 또 막무가내로 고집을 부리는 어린아이 앞에서 할 수 있는 말이 뭔지 아나?"

"글쎄요, 그 작자가 도망치지 않을 수도 있어요. 그 돈 말이에요, 현상금을 받게 된다면 말입니다. 현상금 1,000달러면 곤드레만드레 술에 취할 수도 있을 테고 결혼도 할 수 있겠죠."

"세상에. 이보게, 바이런."

"그럼 우리가——제가 어떻게 하면 된다고 생각하세요? 어떤 충고를 해주시겠어요?"

"떠나게. 제퍼슨을 떠나란 말일세." 두 사람은 서로 쳐다본다. "아니야." 하이타워가 말한다. "자네는 내 도움이 필요 없네. 자네는 이미 나보다 더 강력한 사람의 도움을 받고 있으니까."

한동안 바이런은 입을 열지 않는다. 두 사람은 차분하게 서로를 쳐다본다. "제가 누구의 도움을 받고 있다니요?"

"악마의 도움을 받고 있단 말일세." 하이타워가 말한다.

* * *

'그리고 악마가 그 사람[20]도 돌봐주는 모양이군.' 하이타워는 생각한다. 그는 물건이 담긴 조그만 장바구니를 팔에 걸치고 느긋하게 집을 향해 걸어가고 있다. '그 사람도. 그 사람도.' 하이타워는 생각한다. 더운 날이다. 그는 소매가 있는 셔츠를 걸치고 있고, 키는 큰 편이다. 검정 바지 아래로 드러난 두 다리는 앙상하고, 팔과 어깨는 수척하게 야위었으며, 살이 쪄 늘어진 배는 무슨 괴물이라도 잉태한 것 같다. 셔츠는 흰색이지만 새것은 아니다. 옷깃은 지저분하고, 마치 흰색 면으로 된 타이를 아무렇게나 맨 것 같다. 그리고 이틀이나 사흘 정도 면도를 하지 않은 모습이다. 그가 쓴 파나마모자는 더럽고, 모자와 머리 사이로 더위를 피하기 위해 뒤집어쓴 지저분한 손수건의 가장자리가 삐죽이 튀어나와 있다. 그는 일주일에 두 번 정도 물건을 사기 위해 시내에 갔다. 흉한 몰골에 엉거주춤한 자세, 더부룩하게 자란 회색 수염, 눈동자를 확인하기

어려운 짙은 색안경, 땟자국이 있는 손, 앉아만 있고 몸을 씻지 않아 생기는 지독한 홀아비 냄새를 풍기며 그가 상점으로 들어섰다. 상점은 향기롭고 물건이 가득했다. 하이타워는 그 상점의 단골이었고, 현금으로 계산을 했다.

"저기 말입니다. 수색대가 마침내 검둥이의 흔적을 찾았나 봅니다." 상점 주인이 말했다.

"검둥이라고요?" 하이타워가 말했다. 그는 거슬러 받은 잔돈을 주머니에 넣다 말고 몸이 완전히 굳어버렸다.

"그놈의 자식이——아니, 그 작자가 살인자랍니다. 전 그 자식이 수상쩍다고 늘 말했었죠. 역시나 그 자식은 백인이 아니었답니다. 뭔가 이상한 구석이 있었다니까요. 하지만 남들에게 대놓고 말하기는 좀——"

"그 작자가 어디 있는지 알아냈단 말인가요?" 하이타워가 물었다.

"바로 맞히셨네요. 정말이지, 그 바보 같은 자식이 이 지역을 벗어날 생각도 못한 모양입니다. 보안관은 그 자식을 잡아들이기 위해 전국에 전화를 걸고 난리를 피웠지요. 그 검둥이 자식을 잡기 위해서 말이에요. 어, 그런데 알고 보니 그 자식이 보안관 코밑에 있었던 거지요."

"그래서 그들이……." 그는 물건이 담긴 바구니 위로 몸을 굽혀 카운터에 몸을 기댔다. 그는 배로 지그시 누르고 있는 카운터의 모서리를 느낄 수 있었다. 그것은 단단하고 견고했다. 하지만 그것은 이제 막 움직일 준비를 하며 미세하게 흔들리고 있는 대지와 같았다. 그러자 그것이 정말 움직이는 것 같았다. 천천히 서두르지 않으면서도 갑자기 일격을 가하듯 무언가가 풀려 나오는 것 같았다. 하지만 카운터 뒤에 서 있는 상점 주인의 화가 났으면서도 요령껏 손님을 대하는 태도에 속아 넘어가, 하이타워는 파리똥 자국이 덕지덕지 묻어 있는 깡통들이 늘어선 지저분한 선반과 주인이 전혀 움직이지 않았다고 믿을 수밖에 없었다. 그리고 하이타워는 생각에 잠긴다. '이번에는 말려들지 않겠어! 절대로 끼어들지 않겠어! 난 이미 죗값을 치렀어. 죗값을 치렀어.'

"하지만 아직 그 자식을 잡지는 못했습니다." 상점 주인이 말했다. "하지만 곧 잡힐 겁니다. 오늘 아침 동트기 전에 보안관이 수색견을 앞세워 교회 쪽으로 갔으니까요. 추격대가 한 여섯 시간 정도 뒤처졌을 겁니다. 그 멍청한 자식이 이곳을 벗어날 생각도 못하고⋯⋯다른 건 몰라도 그 자식이 검둥이라는 건 밝혀진 셈이죠⋯⋯." 상점 주인이 계속 말했다. "오늘은 이게 다인가요?"

"뭐라고요?" 하이타워가 말했다. "뭐라고요?"

"필요하신 게 그것이 전부예요?"

"그래요, 그래. 이거면 됐지요⋯⋯." 그는 주머니를 뒤적거리기 시작했고, 상점 주인은 그 모습을 지켜보고 있었다. 하이타워는 여전히 주머니를 뒤지며 손을 앞으로 내밀었다. 그는 허둥거리며 동전을 카운터 위에 쏟아놓았다. 상점 주인은 카운터 아래로 굴러 떨어지려는 동전 두세 개를 잡아 세웠다.

"이건 무슨 돈이죠?" 주인이 물었다.

"그건……." 하이타워의 손이 물건을 담은 바구니를 만지 작거리고 있었다. "그건──"

"이미 돈을 다 치르셨어요." 상점 주인은 호기심이 발동한 표정으로 그를 주시하고 있었다. "그건 목사님이 받으신 잔돈입니다. 제가 조금 전에 드렸잖아요. 1달러짜리 지폐를 내셨고요."

"아, 그렇지." 하이타워가 말했다. "맞아, 내가……난 그저──" 상점 주인은 동전을 주워 모으기 시작했다. 그리고 그것을 하이타워에게 돌려주었다. 상점 주인이 목사의 손을 잡았을 때 그의 손은 얼음장같이 차가웠다.

"정말 더운 날이네요." 주인이 입을 열었다. "정신을 차릴 수가 없는 날씨군요. 집으로 가시기 전에 잠시 앉아 쉬시는 게 어떨까요?" 하지만 하이타워는 그의 말에 귀 기울이지 않고 있는 것이 분명했다. 상점 주인이 지켜보는 가운데, 그는 이제 문을 향해 움직이기 시작했다. 그는 문을 지나 거리로 나섰다. 바구니를 팔에 걸고 뻣뻣하게 굳은 채 조심스럽게 걸어가는 모습이 마치 얼음 위를 걷는 사람 같았다. 몹시 더운 날이었다. 열기가 이글거리며 아스팔트 위로 올라오고 있었고, 광장을 둘러싸고 늘어선 낯익은 건물들이 후광을 받은 듯, 마치 살아서 휘청거리는, 흰색과 검은색의 명암만 도드라진 한 폭의 그림 같았다. 지나가는 사람이 그에게 말을 걸기도 했지만, 그는 그것조차 알아차리지 못했다. 그는 계속 걸으며 생각에 잠

긴다 그 사람도. 그 사람도 이제 그는 빨리 걷고 있었다. 마침
내 그가 골목을 돌아, 생기도 없고 황량한 그의 집이 서 있는
쥐 죽은 듯 고요하고 인적도 없는 거리에 접어들었을 때 그는
거의 헐떡거리고 있었다. '날씨가 너무 더워서 그래.' 그의 마
음이 깊은 곳에서 그에게 반복해서 설명하고 있었다. 가던 길
을 멈춰 서서 이미 시야에 들어온 자신의 성역인 집과 거리 표
지판을 볼 때나 자신을 기억할 사람이 거의 없는 조용한 거리
에서조차, 그는 마음속 깊은 곳에서 자신을 속이고 달래기 위
해 계속 속삭인다. '난 끼어들지 않을 거야. 그러고 싶지 않
아. 난 이미 죗값을 치렀어.' 이제 속삭임은 입 밖으로 내뱉는
것만큼이나 소리가 크다. 그는 끈기 있게 반복적으로 자신을
변호한다. '난 이미 대가를 치렀어. 난 얼버무려 적당히 죗값
을 치르지 않았어. 누구도 그렇게 말할 수 없어. 난 이제 평화
를 원할 뿐이야. 난 발뺌하지도 않았고 대가를 톡톡히 치렀
어.' 거리가 흔들리는 것만 같고, 그는 현기증을 느낀다. 그는
땀을 뻘뻘 흘리고 있지만, 이제는 한낮의 더운 바람도 그에게
서늘하게 느껴진다. 그러자 땀, 열기, 환각, 이 모든 것이 한데
섞여 마지막 단계, 즉 마치 불꽃이 모든 것을 태워 없애듯, 이
사태를 거부했던 모든 논리와 정당화를 포기하는 단계를 받
아들이라고 외치는 것 같다. '난 끼어들지 않을 거야! 난 말려
들지 않을 거야!'

＊ ＊ ＊

　초저녁에 서재 창가에 앉아 있던 하이타워 목사는 바이런이 가로등 불빛 속으로 들어갔다 다시 나오는 것을 보고 갑자기 의자에서 앞으로 몸을 내밀었다. 그렇게 한 것은 그 시간에 그곳에서 바이런을 본 것에 놀랐기 때문은 아니었다. 바이런의 모습을 알아본 그는 먼저 생각에 잠겼다 아. 오늘 밤에 그가 찾아올 거라고 생각했었지. 그에게서는 사악함이 뒤를 봐주는 모습은 눈을 씻고 찾아봐도 없군 그는 이런 생각을 하면서 몸을 앞으로 당겨 앉은 것이었다. 가로등 불빛을 온몸에 받으며 사람이 나타난 것을 인식한 직후, 그는 자신이 사람을 잘못 보지는 않았는지 생각하기도 했다. 물론 그럴 리가 없다는 것을 알고 있었지만 말이다. 그 사람이 이미 자기 집 문을 향해 방향을 틀었기 때문에 그가 바이런 이외에 다른 사람일 수 없다는 사실을 잘 알면서도 하이타워는 그저 한번 의심을 품어본 것이었다.

　오늘 밤 바이런은 사람이 완전히 달라져 있다. 그의 걷는 모습과 태도에서 그것이 그대로 드러난다. 저 친구 마치 자긍심과 반항심이라도 배운 모양이야 바이런은 고개를 꼿꼿이 쳐든 채, 몸을 똑바로 세우고 빠르게 걷는다. 갑자기 하이타워가 거의 외치듯이 말한다. '저 친구 결심을 굳혔군. 이미 발을 들여놓기로 마음먹은 거야.' 그는 쯧쯧 혀를 차면서, 어둠이 깔린 창문에 기대어, 바이런이 잽싸게 창문 너머 시야에서 사라지면서 현관과 앞문을 향하는 모습을 보고 있다. 이어서 하이타워는 바이런의 발소리와 문 두드리는 소리를 듣는다. '저 친구, 내게 말하려고 하지 않았어.' 그는 생각에 잠긴다. '내가 기꺼이 들어줬을 텐데. 내게 자기 생각을 알릴 수 있었는데.' 하이타워는 벌써 방을 가로질러 가 책상 앞에 멈춰 서서 그 위의 등불을 켠다. 그리고 앞문을 향해 걸어간다.

"접니다, 목사님." 바이런이 소리친다.

"자넨 줄 이미 알고 있었네." 하이타워가 응수한다. "이번에는 맨 아래 계단에서 넘어지지도 않았어. 자네는 일요일 밤에도 이 집에 들렀지만, 오늘 밤까지 마지막 계단에서 넘어지지 않은 적이 없었지, 바이런." 이것은 언제나 바이런의 방문을 맞는 방식이었다. 이렇게 가볍고 따뜻하면서 약간은 과장된 방식이 상대를 편안하게 해주고, 손님은 천천히 그리고 시골 출신다운 조심하는 태도로 예의를 표시하곤 한다. 때때로 하이타워는 바이런이 마치 돛을 올린 배라도 되는 듯, 자신이 조심스럽게 바람을 불어넣어 그를 집 안으로 끌어들이곤 했다는 느낌이 들기도 했다.

하지만 이번에는 하이타워가 인사말을 끝내기도 전에 바이런이 이미 집 안으로 들어서고 있다. 그는 확신과 저항 사이 어디선가 얻은 새로운 태도를 보이며 순식간에 집 안으로 들어선다.

"제가 집 안으로 들어올 때 계단에서 넘어지지 않으면 목사님은 아주 서운하신 모양입니다." 바이런이 말한다.

"그건 자네의 희망인가, 아니면 협박인가, 바이런?"

"협박하는 건 아닙니다." 바이런이 말한다.

"아, 그래." 하이타워가 말을 받는다. "다른 말로 하면, 자넨 희망을 줄 수 없다 이 말이군. 하기야 난 이미 경고를 받은 셈이지. 가로등 불빛을 받으며 이리로 오고 있는 자네를 보는 순간, 난 경고를 받은 거니까. 하지만 적어도 자넨 내게 이야기해주겠지. 자네가 어떤 결정을 내렸는지 말이야. 미리 말하는 게 적절하지 않다고 생각할 수도 있겠지만 말이야." 두 사람은 서재로 향한다. 바이런이 걸음을 멈추고 고개를 돌려 자기보다 키가 큰 사람의 얼굴을 올려다본다.

"목사님도 아시는군요." 바이런이 말한다. "이미 들으셨군요." 비록 고개를 돌리지는 않았지만, 그는 상대방을 더 이상 쳐다보지 않는다. "그래요." 그는 말을 이어간다. "누구든 말할 자유는 있는 법이죠. 여자도 마찬가지죠. 하지만 누가 목사님에게 그런 말을 했는지 궁금하네요. 부끄럽지는 않습니다. 목사님께 숨길 생각도 없고요. 말씀드릴 때가 오면 제가 직접 말씀드리려고 했습니다."

두 사람은 불 켜진 서재 문 밖에 멈춰 섰다. 하이타워는 이제야 식료품을 담은 것으로 보이는 꾸러미와 보따리가 바이런의 손에 들려 있는 것을 본다.

"뭐지?" 하이타워가 물었다. "무슨 말을 하려고 온 거지?——여하튼 들어오게. 무슨 말인지 내가 이미 알고 있을지도 모르지. 하지만 난 그 말을 하는 순간의 자네 얼굴을 보고 싶다네. 바이런, 난 자네에게 이미 경고를 했네." 두 사람은 불이 켜진 서재 안으로 들어간다. 바이런이 들고 있는 꾸러미에는 식료품이 들어 있다. 그는 자신도 무엇을 샀는지 모를 정도로 많은 식료품을 사가지고 왔다. "앉게나." 하이타워가 말한다.

"아닙니다." 바이런이 대꾸한다. "그렇게 오래 머물지 않을 겁니다." 그는 여전히 온정이 넘치면서도 차분하고 자제하는 듯한 태도로 그 자리에 서 있다. 하지만 그 태도는 확신에 차 있지 않으면서도 단호하고, 단정적이지 않으면서도 자신 있어 보인다. 그것은 마치 자신을 아껴주는 사람이 이해할 수도 용인할 수도 없는 무언가를 행동으로 옮기려는 태도 같다. 하지만 그것은 자기 스스로는 옳다고 믿지만 자신의 친구는 결코 그렇게 생각하지 않으리라는 것을 알고 있는 태도 같기도 하다. "목사님이 안 좋아하실 겁니다. 하지만 달리 방도가 없습니다. 목사님이 그 점을 알아주셨으면 합니다. 하지만 그러실 수 없다는 것도 이해합니다. 그래도 어쩔 수 없다는 생각이 듭니다." 바이런이 말한다.

책상 건너편에서 자세를 고쳐 앉은 하이타워가 심각하게 바라보고 있다. "바이런, 자네 무슨 일을 저지른 건가?"

바이런은 이제 새로운 음성으로 이야기한다. 그 목소리는 간단명료하며, 단어 하나하나에 분명한 의미를 담고 있고, 더 듬거리지도 않는다. "제가 오늘 저녁에 그녀를 그곳으로 데리고 갔습니다. 제가 미리 오두막을 정돈하고 깨끗하게 청소를 해두었죠. 이제 그녀는 그곳에 정착한 셈입니다. 그녀가 그렇게 하기를 원했습니다. 그 오두막은 그래도 그 작자가 지금까지 소유해본, 또 앞으로 소유할 어떤 것보다 훨씬 집에 가까울 겁니다. 그래서 저는 그녀가 그 오두막을 사용할 자격이 있다고 봅니다. 더군다나 오두막 주인이 지금 그곳을 사용하고 있지 않으니까요. 그 작자 지금 어딘가에 구금되어 있다고 하신 것 같은데요. 목사님은 이 모든 게 마음에 안 들겠지요. 여러 가지 그럴듯한 이유를 말씀하실 수 있을 겁니다. 그 오두막이 그 작자의 것이 아니니 그녀가 거기에 머물게 해서는 안 된다고 하실 테죠. 맞는 말씀입니다. 그러면 안 되겠죠. 하지만 이 마을이나 이 주(州)에 사는 어떤 남자나 여자도 그녀가 그 오두막을 사용해서는 안 된다는 말은 못할 겁니다. 그녀의 몸 상태로 보아 누군가 그녀 옆에서 보살펴줄 사람이 필요하다고 하셨죠. 예, 옳은 말씀입니다. 검둥이 여자 하인도 한 명 구했습니다. 분별 있게 행동할 정도로 나이도 들었습니다. 오두막에서 한 200야드 떨어진 곳에 살고 있습니다. 그 여자는 침대나 의자에서 일어나지 않고도 검둥이 하녀를 부를 수 있지요. 하지만 목사님은 그 하녀는 백인 여자가 아니지 않느냐고 말씀하시겠지요. 그럼 제가 묻겠습니다. 출산이 임박했을 때, 그녀가 제퍼슨에 있는 백인 여자들한테 무슨 도움을 받을 수 있겠습니까. 그녀가 제퍼슨에 온 지 일주일도 채 되지 않았습니다. 어떤 여자라도 그녀와 이야기를 나누게 되면 10분도 되지 않아 그녀가 아직 결혼식도 올리지 않았다는 사실을 알아챌 겁니다. 더군다나 그 건달 놈이 근처에서 얼쩡거리고 그녀가 그 작자에 대한 소문을 심심찮게 듣는 한 그녀는 결혼을 할 수 없을 겁니다. 그런 상황에서 그녀가 백인 여자들한테 뭐 그리 대단한 도움을 받을 수 있겠습니까? 그 사람들이야 그녀가 누울 침대와 밖에서 볼 수 없도록 그녀를 감춰줄 벽 정도면 충분하다고 생각할지도 모르죠. 전 그런 것들을 말하는 게 아닙니다. 그녀가 그 모양이 된 것도 벽이 없는 곳에서는 아니었을 테니까 그 정도 대접이면 충분하다고 말하는 사람도 크게 틀리지는 않았다는 것, 저도 인정할 수 있습니다. 하지만 태어날 아이는 자신이 선택한 게 절대로 아닙니다. 설령 그렇다 하더라도, 새로 태어나는 가여운 아이가 이 세상에서 보게 될 모습은 좀 더 좋은 환경이어야 마땅합니다──좀 더 나은 환경── 무슨 말인지 목사님이 더 잘 아시잖아요. 목사님이 더 잘 말씀하실 수 있을 거라 생각합니다." 책상 건너편에서 하이타워는 그를 지켜보고 있다. 그동안 내내 바이런은 한결같은 목소리와 자제하는 어조로 말한다. 그는 자신이 느끼는 것 이상으로 낯설고 막연한 상태에 이를 때까지 단 한 번도 더듬거리지 않고 말을 쏟아내고 있다. "그리고 목사님은 세 번째 이유를 들먹이실 테죠. 백인 여자가 그런 곳에 혼자 있으면 안 된다고 말이에요. 목사님은 절대로 그런 상황을 좋아하시지 않을 겁니다. 아니 그런 상황을 가장 싫어하실 겁니다."

"아, 세상에. 바이런, 바이런."

바이런의 목소리는 이제 아주 강경하다. 하지만 그는 여전

히 고개를 들고 있다. "전 그 집에서 그녀와 함께 지내지 않을
겁니다. 천막을 마련했어요. 집에서 그렇게 가까운 곳에 천막
을 치지도 않았습니다. 제가 필요해 그녀가 소리를 치면 들릴
수 있을 만큼 떨어져 있는 곳이지요. 그리고 제가 오두막 문에
다 빗장을 설치해두었습니다. 누구라도 언제든 제 천막으로
와서 저를 만날 수 있습니다."

"아, 바이런, 바이런."

"목사님이야 다른 사람들이 생각하는 것처럼 생각하실 분
이 아니라는 것을 저도 압니다. 그들처럼 생각하실 분이 아니
죠. 목사님이 더 잘 이해하시리라 봅니다. 그녀가 임신을 하지
않았더라도——또 그녀가 다른 사람하고의 결혼을 생각하고
있지 않더라도 그러시리라고 생각합니다. 목사님이 탐탁지
않게 생각하시는 게 남들이 어떻게 생각할지를 아시기 때문
이라는 것도 압니다."

하이타워는 의자 팔걸이에 양팔을 올려놓은 채, 동양의 불
상 같은 자세로 다시 고쳐 앉는다. "바이런, 이제 떠나게. 즉
시 이곳을 떠나란 말일세. 이 끔찍한 지역을 영원히 떠나. 이
무시무시하고 끔찍한 곳을. 자네 마음을 알겠네. 자넨 나에게
사랑을 막 배웠다고 말하고 싶을 거야. 하지만 난 자네가 희망
을 막 배웠다고 말하고 싶군. 그래 그거야. 그것은 희망이야.
희망의 대상은 문제가 되지 않아. 희망 자체에게도, 자네 자신
에게도 말이야. 여기서 자네가 선택할 수 있는 길은 하나밖에
없어. 죄를 지을 것인가 아니면 결혼을 할 것인가. 자네야 죄

를 짓지는 않을 테지. 그래, 원 세상에, 하느님 저를 용서하십시오. 그렇다면 자네에게 남은 선택은 결혼을 하느냐 아니면 아무것도 하지 않느냐 하는 것뿐이네. 자네는 결혼을 하겠다고 우겨댈 테지. 자네는 그녀를 납득시킬 수 있을 거야. 벌써 납득시켰는지도 모르고. 자네 마음을 안다면 그녀는 그 제안을 받아들이겠지. 그렇지 않고야 그녀가 이곳에 머무는 데 만족하면서 자신이 찾아야 할 사람을 만나기 위해 별다른 노력을 하지 않을 이유가 없지 않은가? 난 자네에게 죄를 선택하라고 말할 수는 없네. 그렇게 되면 자네는 나를 미워하게 될 뿐만 아니라, 자네의 증오심이 곧장 그녀를 향하게 될 테니까. 그래서 하는 말인데, 이곳을 떠나게. 지금. 즉시. 당장 고개를 돌리고 뒤를 돌아보지 말게. 바이런, 이곳을 돌아보면 안 되네.”

두 사람은 서로를 쳐다본다. “목사님이 좋아하지 않으실 줄 알고 있었습니다.” 바이런이 대꾸한다. “여기 앉아 손님 행세를 하지 않은 것은 잘한 일이었네요. 하지만 이러실 줄은 몰랐습니다. 목사님이 학대받고 배신당한 여자를 외면하시다니요——”

“어린아이를 가진 여자는 결코 배신당하는 법이 없네. 아이 엄마의 남편이라면, 그가 친아버지든 아니든, 아내가 아이에게 신경을 쓰는 바람에 이미 버림받은 것이나 다름없지만 말이야. 이번에 꼭 이런 식으로 결혼해야 하는 이유를 하나만이라도 대보게, 바이런. 자네가 결혼을 해야겠다면 미혼 여성, 젊은 여성, 처녀 등등 상대는 얼마든지 있네. 이미 누군가를 선택했다가 이번에는 그 선택을 거부하는 여자를 위해 자신을 희생한다는 것은 공평한 일이 아니야. 그것은 옳은 일이 아니란 말일세. 하느님께서 결혼이라는 장치를 고안해내셨을 때 그렇게 생각하시지는 않았을 거야. 하느님께서 고안하셨다고? 아닐 거야. 결혼은 여자들이 고안해낸 거야."

"희생이라고 하셨나요? 제가 희생을 하는 거라는 말씀이에요? 제가 보기에 희생은——"

"그 여자에 대한 희생이 아니라네. 리나 그로브 같은 여자에게는 이 세상에 언제나 두 종류의 남자가 있다네. 물론 남자의 숫자는 무수히 많고. 하나는 루커스 버치 같은 사람들이고 다른 하나는 바이런 번치 같은 사람들이네. 리나도, 그 어떤 여자도, 두 부류의 사람들 모두로부터 사랑을 받을 수는 없어. 어떤 여자도 말이야. 술이나 그런 것 때문에 야수 같은 남자들에게 고통을 당하는 좋은 여자들도 많이 있지. 하지만 좋은 여자로부터 남자가 고통을 당하는 식으로 여자가, 좋은 여자든 나쁜 여자든, 남자로부터 고통을 당하는 것 봤나? 말해보게, 바이런."

두 사람은 흥분하지 않고 조용히 대화를 나눈다. 단어 하나하나를 강조하면서 말을 이어가느라 잠시 대화를 멈추기도 한다. 두 사람은 각자의 확고한 신념과 의지를 내세워, 물러설 기미가 보이지 않는다. "목사님 말씀이 옳다고 생각합니다." 바이런이 말한다. "어쨌거나 전 목사님이 틀렸다고 말씀드리는 게 아닙니다. 목사님도 제가 틀렸다고 말씀하시는 건 아니리라고 생각해요. 설령 제가 틀렸다 해도 말입니다."

"물론 그건 아니네." 하이타워가 말한다.

"설령 제가 틀렸다 해도요." 바이런이 말한다. "안녕히 계시라는 인사는 드려야죠." 그는 차분하게 말을 잇는다. "그곳까지 가려면 꽤 걸어야 하거든요."

"그렇지." 하이타워가 응수한다. "나도 이따금 그곳까지 걷곤 했어. 한 3마일은 될 거야."

"2마일입니다." 바이런이 대답한다. "그럼 전 이만." 그가 돌아선다. 하이타워는 꼼짝하지 않는다. 바이런은 바닥에 내려놓지도 않았던 꾸러미를 다른 팔로 옮겨 든다. "안녕히 계시라는 인사를 드립니다." 이렇게 말하며 그는 문 쪽으로 움직인다. "조만간 다시 찾아뵙겠습니다."

"그렇게 하게." 하이타워가 말한다. "내가 할 일이 있나? 필요한 거라도 있나? 침대 시트나 뭐 그런 거라도?"

"감사합니다, 목사님. 그 여자도 그런 건 준비를 한 모양입니다. 그곳에 이미 그런 것이 좀 있습니다. 다시 한번 감사드립니다."

"내게 연락할 거지? 무슨 일이 있으면 말이야. 아이가 곧 나온다든가——의사에게 미리 약속은 해두었나?"

"의사 선생님께 부탁할 겁니다."

"아직 의사를 만나지 않은 모양이지? 약속을 잡지 않은 건가?"

"모든 일을 차질 없이 준비해두겠습니다. 그런 다음 연락드리죠."

　그러고 나서 바이런은 떠났다. 하이타워는 다시 창문을 통해 그가 집 앞을 지나쳐 거리를 향해 올라가는 모습을 지켜본다. 그는 종이로 싼 식료품 꾸러미를 들고, 시내 변두리까지 2마일이나 되는 길을 걷기 시작한다. 그는 몸을 꼿꼿이 세우고 빠른 걸음으로 이내 시야에서 사라진다. 그런 걸음걸이는 이미 살이 찌고 숨이 가빠진 노인, 다시 말해 너무 오랫동안 앉아만 있던 노인은 도저히 따라잡을 수 없는 것이다. 그리고 하이타워는 창문에 기댄 채 팔월의 열기 속에서, 자신의 삶에 깃들어 있던 냄새——더 이상 인간다운 삶을 누리고 있지 않은 사람의 냄새, 마치 무덤의 전조를 알리는 것 같은, 지나치게 살이 쪄 생명력이 다 빠져버린 듯한, 악취를 풍기는 삼베와 같은 그런 냄새——도 잊고서, 바이런의 힘찬 발소리가 더 이상 들리지 않게 된 지 오래임을 알면서도 여전히 들릴 것 같은 그 발소리에 귀를 기울이고 있다. 그는 생각에 잠긴다. '하느님, 그에게 축복을 내리소서. 하느님 그를 도와주소서.' 그는 다시 생각에 잠긴다 젊다는 것. 젊다는 것. 이 세상에 그런 것은 또 없어. 세상에 그런 것은 또 없지 그는 조용히 생각에 잠긴다. '기도하는 습관을 버리는 게 아니었는데.' 이제 그는 더 이상 발소리를 들을 수 없다. 이제 그는 창문에 기대어 무수히 많은 벌레들의 울음소리를 듣고 있을 뿐이다. 그는 무덥고 고요하면서도 짙게 풍기는 대지의 비릿한 냄새를 맡으며, 젊은 시절 자신이 밤중에 숲 속에서 홀로 거닐거나 앉아 있으면서 어둠을 얼마나 좋아했는지 생각한다. 그럴 때면 대지와 나무껍질이 살아나 사나워졌고, 즐거움과 공포가 뒤섞인 온갖 낯설고 불길한 것들을 불러내 주변을 가득 채우곤 했다. 그는 그런 것들이 무서웠다. 하지만 두려움에 빠지는 것을 좋아하기도 했다. 신학교에 다니던 어느 날, 그는 자신이 더 이상 공포를 느끼지 않는다는 사실을 깨달았다. 마치 어디선가 문이 닫혀버린 것 같았다. 그는 더 이상 어둠이 두렵지 않았다. 다만 어둠을 미워할 뿐이었다. 그는 어둠을 피해 벽 쪽으로 아니면 불빛 속으로 달아나곤 했다. '맞아.' 그는 생각한다. '난 기도하는 습관에서 벗어나지 말아야 했어.' 그는 창가에서 몸을 돌린다. 서재 한쪽 벽에는 책이 가득 꽂혀 있다. 그는 잠시 책들 앞에서 걸음을 멈추고, 자신이 원하는 책을 찾을 때까지 서 있는다. 그가 찾아낸 책은 테니슨[21]의 시집이다. 시집은 군데군데 책장이 접혀 있다. 그는 이 시집을 신학교 시절부터 지녀왔다. 그는 등불 아래 앉아 책을 펼친다. 그리고 얼마 있지 않아, 생기 없는 나무들과 활력을 빼앗긴 욕망으로 가득한, 나약하고 끊어질 것 같으면서도 세련되고 능숙한 운율의 시어들이 부드러우면서도 빠르고 평화롭게 그의 입에서 흘러나오기 시작한다. 기도는 또렷한 소리로 올려야 한다는 생각에 매달릴 필요가 없어서인지 시 낭송이 기도보다 훨씬 훌륭하다. 그가 시를 낭송하는 모습은, 성당에서 거세당한 남자가 자신도 의미를 모르기 때문에 굳이 이해하지 못한다는 내색조차 할 필요가 없는 언어로 부르는 성가에 귀 기울이는 것과 유사해 보인다.

14

"오두막에서 누군가가 살고 있습니다." 보좌관이 보안관에게 보고했다. "숨어 있는 것이 아니라, 누군가가 살고 있습니다."

"가서 알아보게." 보안관이 명령했다.

보좌관은 오두막에 갔다 돌아왔다.

"여자가 살고 있습니다. 젊은 여자입니다. 오래 머물려고 살림살이까지 준비를 다 해놓은 듯합니다. 그렇게 보이는데요. 그리고 바이런 번치가 오두막에서 제법 떨어진 곳에서 천막을 치고 야영을 하고 있습니다. 여기서 우체국 정도의 거리에다 말입니다."

"바이런 번치가?" 보안관이 의아한 듯 묻는다. "그 여자는 누군가?"

"저도 모르겠습니다. 이 지역 사람이 아닙니다. 젊은 여자더군요. 그 여자가 다 이야기해주었습니다. 제가 오두막 안으로 들어가기도 전에 이야기를 시작했습니다. 무슨 연설이라도 하는 것 같았습니다. 그 이야기를 하는 것이 익숙해 보이더군요. 마치 버릇이 된 것 같더라고요. 앨라배마 주를 떠나 이곳으로 온 모양이에요. 남편을 찾으러 말입니다. 남편은 일자리를 찾아 그녀보다 먼저 이곳으로 온 것 같아요. 그녀가 남편을 찾아 길을 떠난 후, 길에서 만난 사람들이 남편이 이곳에 있다고 알려준 모양이에요. 그런 이야기를 하는 중에 바이런이 오두막 안으로 들어왔고, 그는 자신이 모든 것을 이야기해줄 수 있다고 했습니다. 보안관님에게도 이야기할 작정이었답니다."

"바이런 번치라." 보안관은 중얼거린다.

"예, 그렇습니다." 보안관이 대꾸한다. 그는 다시 말을 잇는다. "아이를 낳을 모양입니다. 곧 낳을 것 같던데요."

"아이를 낳는다고?" 보안관이 놀란다. 그는 보좌관을 쳐다본다. "앨라배마에서 왔단 말이지. 어디서 왔건, 아무튼. 바이런 번치에 대해 뭐 알아낸 거 있나?"

"노력은 했지만 별로 알아낸 것이 없습니다." 보좌관이 대답한다. "바이런 자신에 대한 것은 아닙니다. 바이런은 자신에 대한 얘기는 거의 하지 않았습니다. 지금부터 말씀드리는 것은 그가 제게 한 이야기입니다."

"아, 그래." 보안관이 말한다. "알겠네. 그런데 그녀는 왜 그 오두막에 있는 건가? 그렇다면 두 사람 가운데 한 사람이 아이의 아버지란 말이군. 아이 아버지가 크리스마스겠군. 그런가?"

　"아닙니다. 제가 바이런에게 들은 이야기는 이렇습니다. 그는 저를 밖으로 끌어내더니, 그녀가 들을 수 없는 곳에서 이야기를 하더군요. 보안관님께 직접 와서 말씀드릴 작정이었다고 하더군요. 그 아이는 브라운의 아이가 맞답니다. 다만 그 친구 이름은 브라운이 아니랍니다. 그 친구 이름은 루커스 버치랍니다. 바이런이 말해주더군요. 어째서 브라운인지 버친지 하는 친구가 그녀를 앨라배마에 남겨두고 떠나왔는지 말입니다. 그 친구는 일자리를 알아보고 집을 장만한 다음 그녀에게 사람을 보내겠다고 한 모양입니다. 하지만 출산은 임박해오고 남자는 어디서 무엇을 하는지 소식이 없고, 그래서 그녀는 더 이상 기다릴 수 없다고 결심했다더군요. 그래서 맨발로 길을 떠났고, 사람들에게 루커스 버치라는 사람을 아느냐고 묻고, 이곳저곳에서 마차를 얻어 타고, 만나는 사람마다 루커스 버치를 아느냐고 물어가면서 여기까지 오게 된 모양입니다. 누군가 그녀에게 버친지 번친지 아무튼 그런 이름을 가진 사람이 제퍼슨에 있는 제재소에서 일하고 있다고 알려주었고, 그래서 그녀가 이곳으로 온 거죠. 그녀는 마차를 얻어 타고 토요일에 제퍼슨에 도착했습니다. 그동안 우리는 살인 현장에 나가 있었고요. 그녀는 제재소로 찾아가, 버치가 아니라 번치가 그곳에서 일하고 있다는 것을 알게 되었죠. 바이런이 말하더군요. 자기도 모르게 그녀의 남편이 제퍼슨에 살고 있다고 그녀에게 털어놓았다고요. 그녀가 그곳이 어디냐고 하도 캐물어서 브라운이 사는 곳을 알려줄 수밖에 없었다고 하더군요. 하지만 브라운인지 버친지 하는 작자가 이번 살인 사건에 크리스마스와 함께 연루된 것에 관해서는 그녀에게 이야기하지 않았답니다. 바이런은 다만 브라운이 사업 때문에 떠나 있다고만 말했답니다. 보안관님도 그가 하는 일을 사업이라 부르실 테죠. 어쨌든 일은 일이니까요. 1,000달러를 손에 넣기 위해 그 친구처럼 막무가내로 달려들어 고생을 자초한 사람을 저는 본 적이 없습니다. 그리고 그 여자가 그러더 군요. 브라운의 집은 루커스 버치가 자신이 들어가 살도록 준비해둔 것임이 틀림없기 때문에, 브라운이 지금 하고 있는 사업을 마치고 돌아올 때까지 그곳에서 기다리기 위해 거처를 옮긴 것이라고요. 바이런은 그런 그녀를 말릴 수가 없었답니다. 이미 거짓말을 해버린 터라 그녀에게 브라운에 대한 진실을 알리고 싶지 않았대요. 보안관님을 찾아와 미리 이 모든 것을 말씀드리려고 했는데 보안관님이 모든 걸 너무 일찍 아시게 됐고, 또 그녀가 머무는 곳을 정리하느라 아직까지 말씀을 못 드리고 있었대요."

"루커스 버치라고?" 보안관은 놀란 듯이 묻는다.

"사실 저 자신도 좀 놀랐습니다." 보좌관이 말한다. "이 일을 어떻게 처리하실 겁니까?"

"처리할 거 없어." 보안관이 대답한다. "그들이 거기서 무슨 나쁜 짓을 할 수 있겠나. 나가라고 할 수도 없고. 내 집도 아닌데 말이야. 바이런이 그 여자에게 말한 대로, 버치 아니 브라운, 이름이 뭐든, 여하튼 그 작자 한동안 엄청 바쁠 테니까."

"브라운에게 그 여자 이야기를 하실 작정입니까?"

"그럴 생각 없네." 보안관이 말한다. "내가 상관할 일이 아니야. 앨라배마든 어디든, 그 작자가 버리고 도망친 마누라에게는 전혀 관심이 없네. 내가 관심 있는 건, 제퍼슨에 온 이후 뭔가 일을 저지르고 다닌 그 남편이라는 작자야."

보좌관이 낄낄거리며 웃는다. "맞는 말입니다." 그가 말한다. 그는 진지한 표정으로 생각에 잠긴다. "그 작자, 1,000달러를 손에 쥐지 못하면 아마 죽어버릴걸요."

"그렇지 않을걸." 보안관이 말한다.

*　*　*

수요일 새벽 세시에 어떤 검둥이가 안장도 없는 노새를 타고 시내로 들어왔다. 그는 곧장 보안관 집으로 가서 그를 깨웠다. 그는 20마일이나 떨어진 흑인 교회에서 곧장 그곳으로 왔다. 그 교회에서는 매일 밤 부흥회가 열렸다. 그 전날 저녁, 사람들이 찬송가를 부르고 있는데 교회 뒤쪽에서 엄청나게 큰 소리가 들려왔다. 교회에 모인 사람들은 고개를 돌려 어떤 남자가 문 앞에 서 있는 것을 보았다. 문은 잠겨 있지도, 심지어 닫혀 있지도 않았었는데, 그 남자가 문손잡이를 움켜쥐고 문을 벽 쪽으로 팽개치듯 열어젖히면서 문짝이 벽에 부딪히는 바람에 마치 총성과 같은 소리가 모여 있는 신도들의 합창 소리 속으로 파고든 것이었다. 그리고 나서 남자가 미끄러지듯 통로에 들어서자 합창 소리가 갑자기 뚝 끊겼고, 그 남자는 목사가 여전히 팔을 들어 올리고 입을 벌린 채 몸을 뒤로 젖히고 서 있는 설교단을 향해 걸어갔다. 그 순간 사람들은 그 남자가 백인이라는 것을 알아차렸다. 어둠침침하고 칙칙한 교회 안에는 석유등이 두 개밖에 없어서 주변이 오히려 더욱 어두워 보였기 때문에, 그 남자가 통로 중간쯤에 이를 때까지 그가 어떤 사람인지 바로 알 수가 없었다. 그때 사람들은 그 남자의 얼굴이 검지 않다는 것을 알아차렸고, 어떤 여자 신도가 비명을 지르기 시작했다. 그리고 뒷좌석에 앉아 있던 사람들은 자리에서 벌떡 일어나 문을 향해 달리기 시작했다. 교회 맨 앞줄 참회석에 앉아 있던 다른 여자는 벌써 반쯤 정신이 나가서, 자리에서 벌떡 일어나 빙빙 돌면서 희번덕거리는 눈으로 그 남자를 잠깐 노려보더니 "저건 악마다! 저건 바로 사탄이다!" 하고 비명을 질러댔다. 그러고는 미친 듯이 달려 나갔다. 그녀는 그에게 곧장 달려들었고, 그는 걸음도 멈추지 않고 그녀를 때려눕힌 다음 그녀를 뛰어넘어 계속 걸어갔다. 비명을 지르며 멍하니 바라보던 사람들은 혼비백산해 그의 면전에서 뒤로 물러났고, 그는 곧장 설교단을 향해 걸어가 목사에게 자기 손을 올려놓았다.

"그때까지 누구도 그 남자를 막지 못했습니다." 검둥이가 상황을 설명했다. "모든 일이 순식간에 일어났습니다. 그 남자가 누구인지, 무엇을 원하는지, 아니면 원하는 게 아무것도 없는지, 조금이라도 아는 사람은 아무도 없었습니다. 여자들이 고함을 치며 비명을 질러댔지요. 그 남자는 설교단으로 가더니 비덴베리 목사님의 목을 붙잡아 설교단 밖으로 목사님을 패대기치려고 했습죠. 우리는 비덴베리 목사님이 그 남자를 진정시키고 달래기 위해 말씀하시는 것을 볼 수 있었습니다. 그러자 그 남자는 비덴베리 목사님을 갑자기 끌어당기더니 손으로 따귀를 올려붙였습니다. 여자들이 고함을 치며 비명을 지르는 바람에 비덴베리 목사님이 무슨 말씀을 하시는지 도저히 들을 수가 없었지요. 하여간 목사님은 그 남자에게 주먹질 따위는 하지 않으셨지요. 나이 든 신도들, 집사님들이 그에게 다가가서 몇 마디 하자, 그 남자는 목사님을 놓아주더니 잽싸게 몸을 돌려 일흔 살이나 먹은 톰슨 할아버지를 참회석 아래로 보기 좋게 메다꽂아버리더군요. 그런 다음 자신도 설교단 아래로 내려가 의자를 집어 들더니, 통로를 막고 있던 사람들이 뒤로 물러설 때까지 휘두르더군요. 사람들은 여전히 소리를 지르고 고함을 쳐대며 교회 밖으로 빠져나가기 위해 발버둥을 쳤습니다. 그때 그 남자가 설교단으로 올라가더군요. 그곳에 계시던 비덴베리 목사님은 옆으로 피해 설교단에서 내려오셨고요. 그 남자는 그곳에 서서——그는 온통 진흙투성이였죠. 바지며, 셔츠며, 심지어 수염으로 검게 뒤덮인 턱도——마치 설교하는 목사처럼 두 손을 들었습니다. 그러더니 저주를 퍼붓기 시작했습니다. 사람들을 향해 고함을 질러댔습니다. 여자들의 비명 소리보다 더 큰 소리로 하느님에게 저주를 퍼부었어요. 몇몇 사람은 톰슨 할아버지의 외손자인 로즈 톰슨을 붙잡고 있느라 정신이 없었죠. 그 아이는 키가 6피트나 되는 거구인데, 손에 면도칼을 쥔 채 고함을 지르고 있었습니다. '저놈을 죽여버리겠어. 날 좀 놔줘요. 저 자식이 우리 할아버지에게 주먹을 휘둘렀단 말이에요. 저놈을 죽여 버릴 거야. 날 좀 놔. 제발 좀 놓으란 말이에요.' 그러자 사람 들이 교회 밖으로 빠져나가기 위해 통로로 몰려들면서, 문으 로 먼저 나가기 위해 밀고 당기고 서로 밟고 하는 난리가 벌어 졌죠. 그러는 동안 그 남자는 설교단 위에서 하느님에 대해 저 주를 퍼붓고 있었어요. 남자들은 로즈를 끌어내느라 안간힘 을 쓰고 있었고, 로즈는 제발 좀 놔달라고 애걸하고 있었고요. 사람들이 로즈를 끌어냈고 모두가 수풀 속으로 몸을 피했지 만, 그 남자는 여전히 설교단 위에서 고함을 지르며 저주를 퍼 붓고 있었습니다. 그러다가 갑자기 그가 저주를 멈추더니, 잠 시 후 문으로 걸어 나와 떡하니 버티고 서는 것이었습니다. 사 람들은 로즈를 다시 붙잡고 있어야 했어요. 로즈를 붙잡느라 소란 피우는 소리를 들었는지, 그 남자가 웃기 시작하더군요. 그 남자는 문 앞에 버티고 서 있었고, 불빛을 등진 채 웃어대 기 시작했습니다. 그러더니 다시 저주를 퍼붓더군요. 우리는 그 남자가 의자의 다리를 잡아 뽑아 마구 휘두르는 모습을 볼 수 있었죠. 그러고 나서 첫째 등잔이 깨지는 소리가 들렸습니 다. 그러자 교회 안이 어두워지더니 또 다른 등잔이 깨지는 소 리가 들렸고, 주변이 완전히 컴컴해지는 바람에 우리는 더 이 상 그 남자의 모습을 볼 수 없었습니다. 로즈를 붙잡고 있던 곳에서 소동이 벌어졌고, 사람들은 '그를 붙들어! 단단히 붙들어! 꼭 잡아! 꼭 잡아!' 하고 고함을 질러댔습니다. 그러자 누군가 '로즈가 빠져나갔어' 하고 소리를 질렀죠. 그리고 우리는 로즈가 다시 교회 쪽으로 달려가는 소리를 들을 수 있었습니다. 그때 바인스 집사님이 제게 말하셨어요. '로즈가 그 남자를 죽일 거야. 즉시 노새에 올라타 보안관에게 달려가게. 보안관에게 자네가 본 것을 그대로 전하게.' 그리고 누구도 로즈를 막을 수 없었습니다, 보안관님." 검둥이는 여기까지 말했다. "우리는 그 남자 이름도 모릅니다. 전에 그를 본 적도 없습니다. 우리는 로즈를 붙잡으려고 애썼습니다. 하지만 로즈는 워낙 거구이고, 그 남자가 일흔 살이나 먹은 로즈의 할아버지를 패대기쳤으니 로즈가 면도칼을 펼쳐 들고, 길을 막는 사람은 누구라도 베어버릴 태세로, 백인 남자가 있는 교회 안으로 다시 들어간 겁니다. 맹세코 우리는 로즈를 막으려고 있는 힘을 다했습니다."

이것이 그 검둥이가 들려준 이야기였다. 이것이 그 검둥이가 알고 있는 내용이었던 것이다. 그는 즉시 출발했다. 보안관에게 이야기를 할 때 그는 검둥이 로즈가 머리가 깨진 채 근처 오두막에 정신을 잃고 누워 있다는 사실을 모르고 있었다. 이제는 컴컴해진 교회 안에 있던 크리스마스는 교회 안으로 달려 들어오는 로즈의 머리를 의자 다리로 내리쳤다. 크리스마스는 뛰어드는 로즈의 발소리를 듣고 있다가, 교회 출입문으로 돌진해오는 큼직한 물체를 단 한 번, 강하고 무자비하게 내리쳤다. 그러고 나서 뒤집어진 예배용 긴 의자들 사이로 거대한 물체가 나뒹굴다가 이내 잠잠해지는 소리를 들었다. 그런 다음 크리스마스는 퍼뜩 정신이 들었다. 그는 가볍게 몸을 지탱하고 서 있었다. 그는 여전히 의자 다리를 손에 들고 있었고, 냉정했고, 호흡도 거의 거칠지 않았다. 그는 무척이나 차분했고, 땀도 흘리지 않았다. 한밤의 서늘한 기운이 그를 엄습했다. 교회 앞마당은 평평하게 다져진 반달 모양의 땅이었고, 주변에는 덤불과 나무가 무성하게 자라 있었다. 크리스마스는 그 덤불 속에 수많은 검둥이들이 숨어 있다는 것을 알고 있었다. 그는 검둥이들의 시선을 느낄 수 있었다. '나를 보고 있군. 살피고 있어.' 그는 생각했다. '내가 보이지 않는다는 것도 모르는 모양이야.' 그는 크게 숨을 쉬었다. 그는 자신이 마치 이전에는 한 번도 만져본 적이 없는 것을 들고 무게를 달아보려 하는 것처럼 무거운 의자 다리를 들고 있다는 것을 깨달았다. '내일 이 의자 다리에다 저울처럼 눈금을 표시해야겠군.' 그는 생각했다. 그는 옆에 있는 벽에 의자 다리를 조심스럽게 기대어놓은 다음, 셔츠에서 담배와 성냥을 꺼냈다. 그는 성냥을 긋고 잠시 동작을 멈췄다. 노란 불꽃이 아주 작게 피어올라 그가 서 있는 자리를 잠시 비췄다. 그 순간 그는 고개를 살짝 돌렸다. 그가 들은 것은 말발굽 소리였다. 말발굽 소리는 처음에는 생생하게 들리면서 점점 빨라지더니 이내 가늘어지면서 점점 멀어져갔다. "노새로군." 그가 크게 말했다. 아주 큰 소리는 아니었다. "좋은 소식을 전하러 시내로 가는 모양이군." 그는 담배에 불을 붙이고 성냥을 먼 곳으로 집어 던졌다. 그는 그 자리에 서서, 검둥이들의 시선이 타들어가는 담뱃불 빛에 쏠리는 것을 느끼며 담배를 피웠다. 담배가 다 타들어갈 때까지 그 자리에 서 있었지만 그는 극도로 주변을 경계했다. 그는 등을 벽에 기댄 채, 오른손으로 의자 다리를 다시 움켜쥐었다. 그는 담배를 끝까지 다 피운 다음, 아직 끝이 빨갛게 타고 있는 꽁초를 가능한 한 멀리, 검둥이들이 웅크리고 있는 것이 느껴지는 수풀을 향해 손가락으로 튕겨냈다. "꽁초라도 피워라, 이것들아." 그가 말했다. 그의 목소리가 주변의 정적을 깨고 갑자기, 크게 울렸다. 수풀 속에서 웅크리고 있던 검둥이들은 꽁초가 반짝거리며 땅에 떨어져 잠시 동안 타들어가는 것을 지켜보았다. 하지만 그들은 그가 언제, 어느 쪽으로 사라졌는지 알지 못했다.

　다음 날 아침 여덟시, 보안관은 추격대와 수색견을 이끌고 그곳에 도착했다. 그들은 즉시 단서 하나를 발견했다. 하지만 수색견은 그 일에 아무런 도움도 되지 않았다. 교회에는 아무도 없었다. 눈에 띄는 검둥이는 한 명도 없었다. 대원들은 교회 안으로 들어가 엉망이 된 현장을 조용히 살폈다. 그런 다음 밖으로 나왔다. 수색견들이 갑자기 무엇을 발견한 듯했다. 그러나 수색견들이 출발하기 전에 보좌관이 교회 벽면에 둘러쳐진 판자 틈에 끼워진 종잇조각을 발견했다. 누군가 사람이 끼워 넣은 것이 분명했다. 펼쳐보니 그것은 뜯어서 잘 펼쳐놓은 빈 담뱃갑이었다. 담뱃갑 안쪽의 흰 부분에 연필로 쓴 문구가 있었다. 누군가가 갈겨쓴 것으로, 교육을 많이 받지 않은 사람이 쓴 것이 아니면 어둠 속에서 쓴 것 같았고, 내용이 그다지 길지도 않았다. 보안관의 이름이 수신인으로 되어 있었고, 도저히 입 밖에 낼 수 없는 문장이 하나 적혀 있었다. 서명도 되어 있지 않았다. "제가 말씀드리지 않았습니까?" 사람들 가운데 한 명이 말했다. 그 역시 면도를 하지 않았고 온통 진흙투성이였다. 본 적은 없지만 범인은 아마도 방금 말한 사람과 흡사할 거라고 사람들이 생각할 정도였다. 그의 얼굴은 분노와 실망감 때문에 극도로 긴장하고 약간 정신이 나간 것처럼 보였다. 그가 최근에 몸을 살피지 않고 너무나 많이 외치고 떠들어댄 탓에 그의 목소리는 좀 쉬어 있었다.

"제가 늘 말씀드렸잖습니까! 말씀드렸잖아요!"

"무슨 말을 했는데?" 보안관이 의아한 듯 물었다. 그의 목소리는 차분하고 평탄했으며, 연필로 갈겨쓴 쪽지를 손에 들고, 냉정하고 침착한 눈초리로 상대방을 바라보았다. "내게 언제, 무슨 말을 했다는 거야?" 상대방은 인내심이 한계에 달했다는 듯이, 울화가 치밀고 절망에 빠져 신경이 극도로 날카로워진 시선으로 보안관을 쳐다보았다. 그런 그를 바라보던 보좌관이 생각했다. '저 친구, 현상금을 못 받게 되면 죽어버리겠군.' 상대방은 아무 말 없이 입만 쩍 벌린 채, 당황하고 깜짝 놀라 도저히 믿을 수 없다는 듯한 표정으로 보안관을 노려보았다. "나도 자네에게 말한 적이 있지." 보안관은 쌀쌀맞고 차분한 음성으로 말했다. "내가 하는 방식이 마음에 안 들면 시내로 돌아가 기다리면 돼. 시내에 가면 자네가 기다릴 만한 장소는 얼마든지 있지. 시원한 곳에 가서 기다리게. 여기이 뙤약볕에 나와 더위에 시달릴 필요도 없을 테니까. 자, 이제 나도 자네에게 말한 셈이지? 할 말 있나?"

상대방은 입을 다물어버렸다. 그는 마치 엄청난 노력을 기울여 하는 행동이기라도 한 듯이 보안관을 외면했고, 마치 엄청난 노력을 기울여 하는 말이기라도 한 듯이 "알겠어요" 하고 숨이 막혀 목이 멘 것처럼 겨우 한마디 내뱉었다.

보안관은 종잇조각을 구기며 둔중한 것에 눌린 사람처럼 천천히 몸을 돌렸다. "그렇다면 다시는 그런 마음이 생기지 않도록 단단히 조심하게." 보안관이 말했다. "그런 생각이 마음속에서 자꾸 떠올라도 꾹 참으란 말이지." 사람들은 이른 아침의 햇살을 받으며 조용하면서도 흥미진진한 얼굴로 모여들었다. "너나 다른 사람이 알고 싶어 하는 만큼, 나도 궁금해 미칠 지경이라고 이 친구야." 누군가 한번 낄낄거리며 말했다. "그만들 입 닥쳐." 보안관이 소리쳤다. "자, 출발하지. 수색견들을 앞세우게, 버프."

수색견들은 끈에 묶인 채 냄새를 찾기 시작했다. 그리고 즉시 흔적을 찾아냈다. 발자국은 선명했으며, 이슬 때문에 따라가기가 수월했다. 도망자는 흔적을 감추거나 하는 노력을 하지 않은 것이 분명했다. 추격대가 샘물에서 그가 물을 먹기 위해 엎드렸을 때 생긴 무릎과 양손의 자국을 발견할 수 있을 정도였다. "추적하는 사람보다 더 똑똑한 살인자는 본 적이 없

지만, 이 얼간이 같은 놈은 우리가 수색견들을 이용하리라고
는 생각도 못한 모양이네요." 보좌관이 말했다.

"일요일부터 하루에 한 차례씩 수색견들을 풀어 추적을 하
고 있지만 아직도 우린 그 자식을 잡지 못했어." 보안관이 대
꾸했다.

"별로 신통치 않은 단서였겠지요. 오늘까지 제대로 된 단서
를 찾지 못한 것뿐이지요. 하지만 마침내 그 자식이 실수한 흔
적을 찾아냈으니, 오늘 중에 그 자식을 잡을 수 있을 겁니다.
정오가 되기 전에도 가능할 것 같은데요."

"어디 두고 보자고." 보안관이 응수했다.

"그렇게 될 겁니다." 보좌관이 말했다. "흔적이 철길처럼 곧
장 나 있습니다. 저 혼자서도 충분히 따라갈 수 있을 정돕니
다. 그 멍청한 자식은 도로 쪽으로 빠질 머리도 없었나 봅니
다. 먼지 가득한 도로 쪽으로 도망쳤다면, 워낙 많은 사람들이
걸어 다녀서 수색견들도 냄새를 못 맡았을 텐데 말입니다. 수
색견들이 열시도 못 돼서 발자국을 끝까지 따라잡겠는데요."

수색견들은 그렇게 했다. 이윽고 흔적은 오른쪽으로 갑자
기 꺾여 있었다. 사람들은 흔적을 따라 도로로 들어섰고, 코를
땅에 박고 열심히 냄새를 맡는 수색견들 뒤에서 도로를 따라
걸었다. 조금 뒤에 개들은 도로 가장자리로 갔다. 그곳에 난
소로는 근처 벌판에 세워진 면화 창고까지 이어져 있었다. 수
색견들은 끈을 잡아당기며 격렬하게 짖어대기 시작했다. 개
짖는 소리가 우렁차고 부드럽게 멀리 퍼져나갔고, 개들은 홍

분한 나머지 컹컹거리며 위로 솟구쳐 오르기도 했다. "세상에, 저렇게 멍청한 자식이 있나!" 보좌관이 놀란 듯 입을 열었다. "그 자식이 여기 앉아서 쉬었던 모양입니다. 발자국이 나 있습니다. 구두 밑창이 똑같은 고무창이네요. 그 자식은 채 1마일도 앞서 가지 못했을 겁니다. 자, 모두들 갑시다." 사람들이 움직였다. 개를 묶은 끈이 팽팽하게 당겨졌고 수색견들이 짖어댔다. 사람들은 이제 거의 속보 수준으로 달려갔다. 보안관이 면도하지 않은 남자를 돌아보았다.

"자, 이제 자네가 앞서 나갈 기회가 왔군. 그 자식을 붙잡아 1,000달러의 현상금을 타야지." 보안관이 말했다. "왜 달려가지 않나?"

그 남자는 대답하지 않았다. 모든 사람이 숨이 가빠서 말을 할 수가 없었다. 특히, 여전히 목줄을 잡아당기며 짖어대는 수색견들 뒤를 1마일 이상 따라온 다음, 다시 소로를 따라 수색을 하면서 언덕을 올라 옥수수 밭에 당도했을 때는 더욱더 숨이 찼다. 거기서 수색견들은 더 이상 짖지 않았다. 하지만 개들은 더욱 기세가 올라 있는 것 같았고, 사람들은 이제 달리기 시작했다. 사람 키만큼 자란 옥수수 밭 뒤로 검둥이가 사는 오두막이 있었다. "그 자식이 저곳에 있겠군." 보안관은 이렇게 말하면서 권총을 꺼냈다. "자, 조심들 하라고. 그 자식도 지금 권총을 지니고 있을 테니까."

체포 작전은 치밀하고 능숙하게 이루어졌다. 무장한 대원들이 몸을 숨기고 오두막을 포위했고, 보좌관을 대동한 보안관은 거구에도 불구하고 신속하고 민첩하게 오두막 벽에 몸을 바싹 밀착시켰다. 그곳은 오두막의 어느 창문에서도 사격 각도가 나오지 않는 지점이었다. 그는 여전히 벽에 몸을 바싹 붙인 채 모퉁이를 돌아 문을 발길로 차서 열어젖히고는, 권총을 앞세우고 안으로 뛰어 들어갔다. 오두막 안에는 검둥이 아이 혼자 있었다. 아이는 완전히 벌거벗은 상태였고, 재마저 차갑게 식어버린 벽난로 앞에서 무엇인가 먹고 있었다. 아무도 없이 아이 혼자뿐이었다. 조금 뒤 안채로 통하는 문에서 한 여자가 나타났다. 그녀는 깜짝 놀라 하마터면 들고 있던 쇠 냄비를 떨어뜨릴 뻔했다. 그녀는 남자 구두를 신고 있었는데, 대원 중 한 사람이 그 구두가 도망자의 것과 일치한다고 확인해주었다. 그녀의 말에 따르면, 동이 틀 무렵 길에서 백인 남자를 만났는데, 그가 그녀에게 신발을 바꿔 신는 게 어떻겠느냐고 했고, 그러자 그녀는 자기가 신고 있던 남편의 작업화를 그 남자의 신발과 바꿔 신었다는 것이었다. 보안관은 그녀의 이야기를 다 들었다. "그 일이 일어난 곳이 면화 창고 근처 아니었나?" 그가 말했다. 그녀는 그렇다고 했다. 그는 대원들과, 끈에 묶인 채 기세등등한 수색견들이 있는 곳으로 돌아갔다. 대원들이 뭔가 말을 꺼내려 하다가 입을 다문 사이, 그는 수색견들을 내려다보았고, 함께 따라나선 그 남자를 노려보았다. 사람들은 보안관이 권총을 다시 집어넣은 다음 뒤로 돌아 수색견들을 있는 힘을 다해 걷어차는 모습을 지켜보았다. "이 똥개 새끼들을 시내로 보내버려." 보안관이 고함을 질렀다.

하지만 보안관은 훌륭한 경찰이었다. 그는 자기 부하들과 마찬가지로 면화 창고로 되돌아가야 한다는 것을 알고 있었다. 보안관은 크리스마스가 내내 그곳에 숨어 있었다고 믿었다. 물론 자신들이 면화 창고로 되돌아갔을 때 크리스마스는 그곳에 있지 않으리라는 것 또한 보안관은 알고 있었다. 수색견들을 오두막에서 끌어내는 데 시간이 좀 걸려서, 사람들이 면화 창고에 도착한 시각은 햇볕이 뜨겁게 내리쬐는 열시경이었다. 그들은 면화 창고를 조용히, 조심스럽고 능숙하게 포위했다. 그다음 그들은 대단한 희망을 걸지는 않았지만, 교범대로 총을 뽑아 들고 창고를 급습했다. 하지만 그들이 발견한 것은 깜짝 놀라 떨고 있는 들쥐 한 마리가 전부였다. 하지만 이번에도 보안관은 수색견들을 끌고 왔다. 처음에는 개들이 좀처럼 면화 창고 쪽으로 다가가려 하지 않았다. 도로를 벗어나려 하지도 않았고, 방금 끌려 나온 오두막을 향해 고개를 돌리고, 목줄이 팽팽하게 당겨지도록 버티고 서 있었다. 두 사람이 온 힘을 다해 겨우 수색견들을 끌고 왔지만, 끈이 조금 느슨해지자마자 개들은 마치 한 몸처럼 튀어 나가 면화 창고 주변으로 돌진했다. 두 마리 수색견은 면화 창고 뒤편, 아직 이슬이 마르지 않은 키 큰 잡초 사이에 남겨진 도망자의 발자국을 지나, 사람들을 도로 뒤쪽으로 끌어당기며 달려갔다. 남자 두 명이 거의 50야드나 끌려간 다음 어린 묘목들이 서 있는 곳에서 끈을 놓쳤지만, 다행히 수색견들이 그곳에서 멈춰 섰다. 하지만 이번에는 보안관도 개들을 걷어차지 않았다.

* * *

　마침내 야단법석을 피운 소란과 소동, 추적하는 동안의 격렬함에서 나오는 소음이 멀리 사라져, 더 이상 그의 귀에 들리지 않았다. 사람들과 수색견들이 지나갈 때, 그는 보안관이 생각한 것과 달리 면화 창고 안에 있지 않았다. 그는 그곳에 단지 작업화의 끈을 묶을 정도의 시간밖에 머물지 않았다. 그 작업화는 검은색으로, 검둥이 냄새가 났다. 마치 무딘 도끼로 철광석을 깎아 만든 것 같은 신발이었다. 조악하고 거칠고 흉하고 본때 없는 구두를 내려다보던 그는 '어휴' 하는 탄식을 잇새로 내뱉었다. 그는 백인들에 쫓겨 마침내 시커먼 심연 속으로 빠져든 것만 같았다. 30년 동안 자신을 삼키기 위해 기다려온 그 심연에 이제 정말로 발을 들여놓게 된 것 같았고, 복사뼈까지 차오른 구정물을 도저히 씻어낼 수 없을 뿐만 아니라 오히려 그 구정물이 계속 위쪽으로 올라오는 것 같았다.

　막 새벽 동이 텄다. 희뿌옇고 시간이 멈춰버린 적막한 세상은 새벽을 여는 새들이 지저귀는 평화로운 소리로 가득하다. 그가 들이마신 신선한 공기는 마치 솟아오르는 샘물 같다. 천천히 깊은 숨을 들이쉬자, 숨을 한 번 쉴 때마다 내면에서 알 수 없는 회색의 기운이 온몸으로 퍼져나가, 분노와 절망 따위는 전혀 모르는 고독하고도 차분한 상태가 되는 듯했다. '내가 원하는 건 그것뿐이었지.' 그는 조용하게 서서히 다가오는 경이로움 속에서 이렇게 생각한다. '30년 동안 그것뿐이었지.

30년 동안이나 찾아다닐 만큼 대단해 보이진 않았지만.'

　그는 지난 수요일 이후 잠을 충분히 자지 못했고, 이제 자신도 모르는 사이에 수요일이 다시 왔다가 갔다. 시간에 대해 생각해보니 이제 그는, 30년 동안 질서정연하게 늘어선 수없이 많은 정해진 날들이 마치 울타리처럼 둘러쳐진 곳에서 살아왔는데 어느 날 잠에서 깨보니 자신이 그 울타리 밖으로 나와 있더라 하는 식의 기분이 들었다. 금요일 밤 도망친 이후 얼마 동안 그는 오랜 습관에 따라 날짜를 기억하려고 노력했다. 한 번은 그는 건초 더미 위에서 밤새 잠을 자고 시골 농부들이 잠에서 깨어나는 시간에 눈을 떴다. 그는 동이 완전히 트기 직전, 부엌에서 등불이 노랗게 타고 있는 것을 보았다. 그리고, 주변은 아직 어스름하고 희뿌연 회색빛이 감돌았지만, 천천히 장작 패는 소리와 사람들 움직이는 소리가 들렸다. 근처 우리에서는 잠에서 깬 가축들의 소리와 남자가 부산하게 움직이는 소리가 들려왔다. 그러고 나서 그는 연기 냄새와 음식 냄새, 특히 코를 찌르는 매운 음식 냄새를 맡을 수 있었다. 그리고 그는 자신에게 여러 번 반복해서 속삭이기 시작했다 그날 이후 음식을 먹지 못했구나 그날 이후 음식을 먹지 못했구나 그는 제퍼슨에 있는 식당에서 저녁을 사 먹은 금요일 이후 며칠이나 흘렀는지 곰곰이 생각했다. 그러고 나서도 여전히 덤불에 누워 시골 남자들이 식사를 마치고 밭으로 나갈 때까지 기다리다가 그는 문득 음식보다도 오늘이 무슨 요일인지를 아는 것이 더 중요하다는 생각이 들었다. 그래서 남자들이 마침내 일터로 떠나 그가 바닥으로 내려와 노란 수선화 빛깔의 아침 햇살을 받으며 부엌문으로 갔을 때도 그는 음식을 달라는 말 따위는 한마디도 하지 않았다. 그런 말을 입 밖에 내려고 마음을 먹기는 했었다. 하지만 그는 마음속에서, 정확히는 목구멍 바로 뒤에서, 튀어나오기 위해 대기하고 있는 거친 말들을 느낄 수 있었다. 그때 야위고 가죽처럼 거칠어 보이는 여자가 문으로 나와 그를 쳐다보았다. 그 순간 그는 그녀의 눈에서 자신을 알아보고 충격을 받아 공포가 떠오르는 것을 볼 수 있었다. 그러는 동안 그는 생각에 잠겼다 저 여자는 내가 누군지 알고 있어. 그녀는 이미 사건에 대해 어떤 이야기를 들은 것이 분명해 그는 자신의 입에서 조용한 목소리가 흘러나오는 것을 들었다. "오늘이 무슨 요일인지 좀 알려줘야겠어. 난 단지 오늘이 무슨 요일인지 알고 싶을 뿐이야."

"무슨 요일이냐고요?" 그녀의 얼굴은 그의 얼굴처럼 수척했고, 몸은 쉬지도 못하고 피곤을 느낄 겨를도 없이 노동에 시달려 바짝 말라 있었다. 그녀가 말했다. "여기서 나가요! 오늘은 화요일이에요! 여기서 나가요! 남편을 부르겠어요!"

문이 쾅 소리를 내며 닫히자 그는 조용히 "고맙군" 하고 인사를 했다. 그러고 나서 그는 달렸다. 그는 자신이 달리기 시작했다는 것도 기억하지 못했다. 잠시 동안 그는 자신이 달려야 할 이유와 목적지에 대해 생각하기도 했다. 그는 갑자기 달리고 싶어서 달렸을 뿐이고, 그렇다면 굳이 달리는 이유 같은 것에 신경 쓸 필요는 없다고 생각했다. 또 달리는 것은 그다지 어려운 일도 아니기 때문이었다. 사실 달리기는 매우 쉬운 일이었다. 그는 전혀 무게를 느끼지 않을 만큼 매우 가벼운 느낌이 들었다. 전속력으로 달릴 때조차, 그의 다리는 가볍게 천천히 움직였고 근육이 긴장하지 않았으며 착실하게 발을 옮겨가며 마음먹은 대로 대지를 달리는 것처럼 보였다. 그러다가 그는 드디어 넘어지고 말았다. 발에 걸린 것은 아무것도 없었다. 그는 그냥 넘어져서 큰대자로 뻗은 것이었다. 그래서 한동안 그는 자신이 계속 달리고 있다고 믿고 있었다. 그러나 그는 넘어진 것이었고, 잘 갈아놓은 밭고랑 가장자리의 얕은 도랑에 얼굴을 처박고 엎어져 있었다. 그러다가 그는 갑자기 중얼거렸다. "일어나는 게 좋겠어." 그가 일어나니 해는 하늘에 반쯤 걸려 있었고, 이제 햇살이 정반대쪽에서 그를 비추고 있었다. 그는 처음엔 단지 자신이 방향을 틀었다고 생각했다. 그러다가 이미 저녁 시간이 되었다는 것을 깨달았다. 그가 넘어진 것은 아침이었고, 그는 자신이 곧장 일어났다고 생각했지만 때는 이미 저녁이었다. '그동안 내가 잠을 잤구나.' 그는 생각했다. '여섯 시간 넘게 잤는걸. 달리면서 나도 모르게 잠이 들었던 게 틀림없어. 맞아, 그런 거야.'

그는 전혀 놀라지 않았다. 시간, 즉 밝음과 어둠의 공간은 이미 질서를 잃은 지 오래였다. 이제 두 영역은, 아무 예고 없이 그저 눈꺼풀만 두 번 깜빡이면 한순간에 하나가 되는 것 같았다. 언제 한쪽에서 다른 쪽으로 넘어왔는지, 또 누운 기억도 없는데 언제 잠에 곯아떨어졌는지, 또 잠에서 깨어난 기억도 없는데 어느 틈에 걷고 있는지 그는 전혀 알 수가 없었다. 때로는, 건초 더미 위에서, 도랑에 코를 처박고, 폐가의 처마 밑에서 잠을 청한 밤이 낮 시간을 빼먹고, 다시 말해 도망칠 곳을 찾는 데 필요한 해가 떠 있는 시간도 없이, 곧바로 다음 날 밤으로 이어진 것 같았다. 하루하루가 편히 쉴 밤도 여유롭게 쉴 시간도 없는 도망과 다급함의 연속이었다. 마치 태양이 지지도 않고, 하늘에서 방향을 바꿔 지평선에 떨어지기도 전에 하늘로 방향을 바꿔 다시 왔던 길을 거슬러 아침으로 되돌아가버린 것 같았다. 걸으면서 잠을 자거나 샘물가에 무릎을 꿇고 물을 마시는 동작을 하다가 잠에 빠질 때, 그는 자신이 다음에 눈을 뜨면 태양을 보게 될지 별을 보게 될지 도무지 알수 없었다.

그러는 동안 그는 언제나 굶주림에 시달렸다. 그는 썩고 벌레 먹은 과일들을 모아 허기를 달랬다. 이따금 밭으로 기어들어 옥수수 줄기를 끌고 나와, 감자 강판처럼 단단하게 팬 이삭을 씹어 먹기도 했다. 그는 요리나 음식 따위를 떠올리며 언제나 먹을 것을 생각했다. 그는 3년 전 부엌 식탁에 자신을 위해 준비돼 있었던 음식을 생각하기도 했고, 후회와 한탄과 분노에 휩싸여 몸부림치고 괴로워하면서, 접시를 벽에다 집어 던지기 위해 단호하고도 신중하게 팔을 뒤로 뺐던 일을 생생하게 떠올리기도 했다. 그러던 어느 날, 그는 더 이상 허기를 느끼지 않았다. 그 느낌은 갑작스럽고 평온하게 찾아왔다. 그는 머리가 맑아지면서 차분한 느낌이 들었다. 하지만 그는 음식을 먹어야만 한다는 것을 알고 있었다. 그는 썩은 과일과 딱딱한 옥수수를 억지로 입속에 집어넣고 천천히 씹어봤지만 아무 맛도 나지 않았다. 그런 것들을 너무 많이 먹어서 그는 혈변(血便)을 보기도 했다. 하지만 그 즉시 음식을 먹어야 한다는 새로운 욕구와 충동에 사로잡히곤 했다. 이제 그가 강박적으로 매달리는 것은 음식이 아니라 음식을 먹어야 한다는 긴박한 요구였다. 그는 요리된 음식, 제대로 된 음식을 마지막으로 먹은 게 언제였던지 기억하려고 애썼다. 그는 어딘가 있었던 집과 오두막을 기억하고 느낄 수 있었다. 집이었는지 오두막이었는지, 집주인이 백인이었는지 검둥이였는지는 기억이 분명하지 않았다. 그는 움직이지 않고 조용히 앉아 있었다. 수척하고 안색이 좋지 않았고, 수염이 덥수룩하게 난 얼굴은 넋을 잃고 생각에 빠진 것 같은 표정이었다. 그러다가 그는 검둥이의 냄새를 맡았다. 꼼짝도 하지 않고(그는 샘물 옆 나무에 등을 기대고 양손을 무릎 위에 얹은 채 앉아 있었고, 얼굴 표정은 지쳐 보이기도 했지만 평화로움이 깃들어 있기도 했다) 그는 검둥이의 접시들을 보고 검둥이의 음식 냄새를 맡았다. 방 안이었다. 그는 어떻게 그곳에 가게 되었는지 기억하지 못했다. 하지만 방 안에 있던 사람들이 갑자기 공포에 질려 도망이라도 친 듯, 그 방은 급히 자리를 뜨려고 한 흔적으로 어질러져 있었다. 그는 식탁에 앉아 가만히 기다리면서, 멍한 상태로 아무 생각도 하지 않았다. 주변은 긴박하게 자리를 뜨려고 부산을 떨던 흔적이 남긴 침묵 속으로 빠져들었다. 그런데 눈

앞에 음식이 놓여 있었다. 접시를 부여잡으려는 순간에도 도망칠 준비가 되어 있는 민첩하고 거무튀튀한 양손 사이로 갑자기 음식이 등장했다. 음식을 씹고 삼키는 소리와 더불어, 그는 자기가 내쉬는 한숨보다도 더 고요하게 들려오는, 공포와 비탄에 잠겨 흐느끼는 집 안 검둥이들의 통곡 소리를 귀 기울이지 않고도 들을 수 있었다. '그래, 그때 그곳은 오두막이었어.' 그는 생각했다. '자기들의 형제인데도 검둥이들은 무서움에 떨었지.'

그날 밤 이상한 생각이 떠올랐다. 그는 졸리지도 않았고, 잠을 잘 필요도 없을 것 같았지만, 잠을 자기 위해 자리에 누웠다. 그것은 더 이상 음식에 대한 욕망도 욕구도 없지만 위장에게 음식이면 무엇이든 받아먹을 준비를 시키는 것과 같아 보였다. 왜 욕망이나 욕구가 사라졌는지 그 이유나 동기나 설명도 발견할 수 없다는 점에서 그것은 이상한 일이었다. 그는 그날이 무슨 요일인지 자신이 열심히 계산하고 있다는 것을 알게 되었다. 어떤 목적을 달성하기 위해 언제 어떤 행동을 완수할 것인지, 모자라지도 넘치지도 않는 정확한 시기와 구체적 행동을 분명히 정해야 할 실제적이고도 절박한 욕구가 이제 막 그에게 떠오른 것 같았다. 그는 그런 욕구를 마음에 떠올리며, 혼수상태와 같은 깊은 잠에 빠지고 말았다. 그는 이슬이 내린 희뿌연 새벽에 깨어났다. 이제 그런 욕구는 너무도 명백해져, 그에게 더 이상 이상하게 여겨지지 않았다.

이제 막 동이 텄다. 그는 자리에서 일어나 샘이 있는 곳으로 내려와 주머니에서 면도칼과 면도용 브러시와 비누를 꺼낸다. 하지만 물에 비친 자신의 얼굴을 정확히 보기에는 주변이 너무 어둑하다. 그래서 그는 샘물 곁에 앉아 얼굴이 또렷이 보일 때까지 기다린다. 그는 끈기 있게 손이 시릴 정도로 찬물을 얼굴에 바르며 비누 거품을 일으킨다. 손이 떨리고, 다급함에도 불구하고 나른해서 그는 자신을 재촉해야만 한다. 면도칼의 날은 무디다. 그는 작업화의 옆가죽에 칼날을 갈아보려고 하지만, 가죽은 쇳조각처럼 단단하고 더구나 이슬에 젖어 있다. 그는 그런대로 면도를 한다. 손이 떨고 있어서 쉽지 않다. 그는 서너 군데를 면도칼에 베이고 만다. 그는 찬물로 피가 멈출 때까지 지혈을 한다. 면도 도구들을 다시 주머니에 쑤셔 넣은 다음 그는 걷기 시작한다. 그는 밭둑에 난 편한 길을 내버려두고 곧장 걸어간다. 얼마 걷지 않아 도로 위로 올라온 그는 길옆에 앉는다. 소리 없이 나타났다 소리 없이 사라지는 조용한 길이다. 뽀얀 먼지 위로 드문드문 지나간 폭 좁은 마차 바퀴 자국과 말이나 노새의 발굽 자국이 찍혀 있고, 간간이 사람들의 발자국도 찍혀 있다. 그는 겉옷도 입지 않은 채 길옆에 앉아 있다. 한때 흰색이었던 셔츠와 줄이 서 있었던 바지에는 진흙과 얼룩이 묻어 있다. 수척한 얼굴에는 군데군데 깎다 만 수염이 남아 있고, 핏자국이 여기저기 엉겨 있다. 그의 깡마른 얼굴은 해가 떠올라 몸에 온기가 퍼지자 외로움과 한기로 천천히 떨고 있다. 잠시 뒤 검둥이 아이 둘이 굽은 길을 돌아 나타나 그에게 다가온다. 두 아이는 그가 물어올 때까지 그를 보지 못한다. 아이들은 눈이 휘둥그레져서 죽은 듯이 숨을 죽이고 그 자리에 멈춰 선다. "오늘이 무슨 요일이냐?" 그는 반복해서 묻는다. 두 아이는 그를 바라볼 뿐 아무 대답도 하지 않는다. 그는 머리를 조금 움직인다. "어서 가거라." 그가 말한다. 두 아이는 그 자리를 떠난다. 그는 그들을 보지 않는다. 그는 앉아서, 두 아이가 서 있던 곳을 유심히 바라보고 있는 듯하다. 그에게 두 아이는 단지 조개껍질에서 빠져나와 움직이는 것에 불과했지만 말이다. 그는 그들이 도망치듯 달려가고 있는 것을 보지 않는다.

그러고 나서 그는 그 자리에서 그대로 앉아 있다. 태양이 그의 몸을 천천히 따뜻하게 덥혀주자 그는 자기도 모르는 사이에 잠에 빠진다. 왜냐하면 다음에 그가 의식한 것은 나무와 쇳조각이 부딪치며 땡그랑거리고 덜거덕거리는 굉음과 질주하는 말의 발굽 소리였기 때문이다. 그는 적절한 순간에 눈을 뜨고 저 멀리서 굽은 도로를 돌아가는 마차의 바퀴를 본다. 마차에 탄 사람들은 고개를 돌려 그를 힐긋 쳐다보고, 채찍을 든 마부의 손은 오르락내리락한다. '저들도 나를 알아봤어.' 그는 생각한다. '저들도, 그리고 함께 마차에 타고 있던 백인 여자도. 내가 음식을 먹던 날 오두막에 있었던 검둥이들도. 마음만 먹으면 나를 붙잡을 수 있었을 텐데. 그들 모두가 원하는 게 내가 붙잡히는 거니까. 하지만 그들은 도망치기 바빴어. 그들은 모두 내가 붙잡히길 원해. 그래서 내가 나타나 나 여기 있다고 말하면 그래 맞아 나 여기 있다 하고 말해줘야지 바구니에 계란 담는 것처럼 내 생명을 도망치는 것에 맡기는 것에 지쳤어 정말 지쳤다고 그들은 모두 도망치느라 여념이 없지. 나를 붙잡는 데 무슨 규칙이라도 있는 모양이야, 나를 그런 식으로 잡으면 안 된다는 규칙이라도 있나 보군.'

그래서 그는 다시 덤불 속으로 들어간다. 이번에는 그는 주의를 기울인다. 그래서 마차가 시야에 들어오기에 앞서 마차 소리를 듣는다. 이번에는 그는 모습을 드러내지 않고 있다가 마차가 다가와 자기와 나란해졌을 때 앞으로 튀어 나가 말을 던진다. "어이." 마차가 갑자기 뒤로 홱 물러서며 멈춰 선다. 검둥이 마부 역시 고개를 뒤로 확 젖힌다. 마부의 얼굴에는 놀란 기색이 역력하다. 그러다가 그를 알아보았는지 공포의 빛이 감돈다. "오늘이 무슨 요일이지?" 크리스마스가 묻는다.

검둥이는 입을 쩍 벌리고 그를 뚫어지게 쳐다본다. "뭐라, 뭐라고요?"

"오늘이 무슨 요일이냐고. 목요일? 아니면 금요일? 도대체 무슨 요일이냐니까? 너를 해칠 생각은 없어."

"금요일이에요." 검둥이가 대꾸한다. "하느님 맙소사, 오늘은 금요일입니다."

"금요일이라." 크리스마스가 조용히 중얼거린다. 그는 다시 고개를 쳐든다. "가던 길 계속 가라고." 채찍이 다시 떨어지자 노새가 앞으로 튀어 나간다. 이 마차 역시 채찍이 오르락내리락하더니 쏜살같이 곧장 앞으로 달려가 시야에서 사라진다. 하지만 크리스마스는 벌써 몸을 돌려 덤불 속으로 들어가버렸다.

  이번에도 그의 진행 방향은 측량 기사의 계측 실처럼 똑바로 앞을 향한다. 언덕이나 구릉이나 습지 따위가 나와도 그는 전혀 상관하지 않는다. 그렇다고 서두르지도 않는다. 그는 마치 어디로 가야 하는지, 또 어디로 가고 싶은지, 그곳에 도착하기 위해서는 시간이 분 단위까지 정확히 얼마나 걸리는지 알고 있는 사람처럼 보인다. 그는 마치 생애 처음이자 마지막으로 자신이 태어난 이 대지의 모든 양상을 보기를 갈망하는 것 같다. 그는 그 시골 지역에서 성년이 되었다. 마치 수영을 못하는 선원처럼, 그곳에서 그의 육체적인 외형과 사고방식은, 그가 그곳의 실제 모습과 감정에 대해서는 아무것도 배우지 못한 채, 그곳의 강압에 의해 형성되었다. 지금까지 거의 일주일 동안 그는 이 고장의 낯선 장소를 기어 다니고 숨어 다녔다. 하지만 그는 대지가 따라야 하는 변함없는 법칙에 대해서는 여전히 문외한이었다. 줄곧 걸으면서 때때로 그는 이런 것들이――자기가 보는 것들, 자기 눈앞에 펼쳐지는 것들이――바로 자신에게 평화와 한가로움과 고요함을 선사하는 것이라고 생각한다. 그러다가 갑자기 그 진정한 답이 찾아온다. 그는 욕심 없는 가벼운 기분을 느낀다. '난 이제 먹는 일에 신경 쓸 필요가 없어.' 그는 생각한다. '그래야 내 마음도 평온해지는 거야.'

  정오 무렵, 그는 벌써 8마일이나 걸었다. 그는 이제 자갈이 깔린 넓은 간선 도로로 접어든다. 그가 손을 치켜들자 이번에는 마차가 와서 조용히 멈춘다. 마차를 몰던 젊은 흑인의 얼굴에는 놀라거나 그를 알아보는 기색이 떠오르지 않는다. "이 길은 어디로 가는 길이지?" 크리스마스가 묻는다.

"모츠타운으로 가는 길이죠. 저도 그곳으로 가는 중이에요."

"모츠타운이라. 제퍼슨에도 갈 건가?"

젊은이가 머리를 긁적거린다. "거기가 어딘지 모르는데요. 여하튼 전 모츠타운까지 갑니다."

"그렇군." 크리스마스가 대꾸한다. "알겠어. 그렇다면 자네는 이곳 출신이 아닌 모양이군."

"맞습니다. 제가 사는 곳은 군(郡) 지역을 두 개나 지나야 나옵니다. 길 떠난 지 사흘이나 지났죠. 아버지가 사두신 송아지를 데리러 가는 길이죠. 모츠타운까지 가세요?"

"그래." 크리스마스가 대답한다. 그는 마차에 올라 젊은이의 옆자리에 앉는다. 마차는 계속 움직인다. '모츠타운이라.' 그는 속으로 생각한다. 제퍼슨은 20마일이나 떨어져 있다. '한동안은 마음을 놓아도 되겠군.' 그는 생각한다. '일주일 동안이나 마음 편히 지내지 못했어. 이제 잠시 동안이라도 마음을 좀 놓아도 되겠지.' 그는 마차가 움직이는 대로 몸을 맡기고 잠시 눈이라도 붙이려 했는지 모른다. 하지만 그는 잠들지 않는다. 그는 졸리지도, 배가 고프지도 않고, 심지어 피곤하지도 않다. 그는 아무 생각도 없이, 아무 느낌도 없이, 흔들리는 마차에 몸을 맡긴 채, 앞서 말한 세 가지 상황 중 두 가지 혹은 세 가지 사이의 어디쯤에 있다. 그는 시간과 거리의 감각을 잃었다. 한 시간이 흘렀을 수도 있고, 세 시간이 흘렀을 수도 있다. 젊은이가 말한다.

"모츠타운에 다 왔습니다."

눈을 뜨니, 알 수 없는 골목 저 너머의 하늘에 연기가 낮게 드리워 있는 것이 보인다. 그는 그 거리로 다시 들어간다. 그곳으로부터 30년 동안이나 도망쳤지만 말이다. 거리는 포장이 되어 있었고, 그 위에서는 모든 것이 빠르게 움직여야 한다. 거리는 원(圓)을 그려놓은 듯한 모습이다. 그런데 그는 여전히 원 안에 있다. 지난 이레 동안, 그는 포장된 길을 걸어보지 못했다. 하지만 그는 지난 30년 동안 돌아다닌 것보다 훨씬 더 멀리까지 돌아다녔다. '지난 30년 동안 돌아다닌 것보다 이레 동안 더 멀리 돌아다녔어.' 그는 생각한다. '하지만 난 아직도 원 밖으로 나가지 못했어. 난 내가 이미 했고 영원히 취소할 수 없는 일의 원을 결코 부수지 못했어.' 그는 마차 흙받기 위에 구둣발을 올려놓은 채 여전히 자리에 앉아 조용히 생각한다. 검은색 작업화에서는 검둥이 냄새가 난다. 너무도 분명하게 그어진 표시와 같이 발목까지 차오른 시꺼먼 구정물을 도저히 내몰 수 없고, 나아가 그 구정물이 마치 죽음이 그를 엄습하듯 다리를 타고 그의 발끝으로부터 위쪽으로 올라오고 있는 듯하다.

15

크리스마스가 모츠타운에서 체포된 금요일[22], 그 마을에는 하인스라는 이름의 노부부가 살고 있었다. 그들은 나이가 상당히 많았다. 그들은 검둥이들이 모여 사는 곳 근처의 작은 방갈로식 주택에서 살았다. 그들이 어떻게 해서 그곳에 살게 되었는지, 무엇을 해서 먹고사는지 마을 사람들은 알지 못했다. 그들은 그저 찢어지게 가난하고 무척 게으른 사람들로 보였다. 마을 사람들이 아는 한, 25년 동안 하인스 부부가 꾸준하게 한 일이라고는 아무것도 없었다.

그들은 모츠타운에 들어와 산 지 30년쯤 되었다. 어느 날 마을 사람들은 어떤 여자가 그 작은 집에 들어와 사는 것을 알게 되었고, 두 사람은 그 집에서 평생을 살았다. 그 후 5년 동안 남편인 하인스 씨는 한 달에 한 번, 그것도 주말에만 집에 있었다. 그 이유는 곧 밝혀졌는데, 그것은 그가 멤피스에 일자리를 갖고 있기 때문이었다. 하지만 정확히 그 일자리가 어떤 것인지는 아무도 몰랐다. 왜냐하면 그 당시만 해도 그는 나이가 서른다섯인지 쉰인지조차 정확히 알 수 없을 만큼 비밀에 싸인 인물이었기 때문이었다. 언뜻 보아도 그의 눈초리는 질문이라든가 호기심 따위를 사전에 차단하려는 듯 냉혹하고 폭력적인 느낌이었고, 광적이기까지 했다. 마을 사람들은 그들을 이웃과 전혀 왕래가 없는 사람들로 생각했다. 두 사람은 외로웠고, 어딘지 그늘진 구석이 있었고, 다른 남자나 여자들보다 체구가 좀 작은 탓에 다른 인종의 사람들 같았다. 하지만 아내가 살고 있는 작은 집에서 영구히 함께 살 작정으로 남자가 모츠타운에 나타난 이후 5~6년 동안, 마을 사람들은 그가 잘할 것으로 보이는 여러 가지 허드렛일거리를 마련해주었다. 마을 사람들은 그들이 어떻게 생활을 꾸려나가는지 궁금해하다가도, 그런 것에 관심을 갖는 일조차 잊어버리곤 했다. 그러다 얼마 후 마을 사람들은 남편인 하인스가 걸어서 그 지역을 돌아다니며 검둥이 교회에서 부흥회를 열고 있다는 사실을 알게 되었다. 더불어 그들은 이따금 검둥이 여자들이 음식이 담긴 접시임이 분명해 보이는 물건을 들고 이 부부가 살고 있는 집 뒷문으로 들어갔다가 빈손으로 나온다는 것도 알게 되었다. 마을 사람들은 이런 일들을 이상하게 생각하다가도 곧 잊어버리고 말았다. 어느 정도 시간이 흐르면서 마을 사람들이 용서해주거나 눈감아준 것인지도 모른다. 왜냐하면 하인스는 노인이었고 사람들에게 해를 끼치지도 않았기 때문이었다. 하지만 그가 젊은 사람이었다면 그는 반드시 대가를 치렀을 것이다. 마을 사람들은 모여서 쑥덕거리기도 했다. "그 사람들 미쳤어. 검둥이들에게 미쳐서 머리가 어떻게 된 모양이야. 북쪽에서 온 양키들이라던데." 하지만 사람들은 그들을 내버려두었다. 마을 사람들이 눈감아준 것은 하인스가 검둥이들의 영혼을 구원하는 일에 헌신했기 때문이 아니라, 그들 부부가 검둥이들로부터 원조를 받고 있다는 사실을 마을 사람들이 애써 무시하고자 했기 때문이었을 것이다. 왜냐하면 인간의 마음속에는 양심상 받아들일 수 없는 일은 슬쩍 피해 가는 절묘한 능력이 있기 때문이었다.

그렇게 이 노부부는 25년 동안이나 뚜렷한 생계 수단 없이 지내왔다. 그리고 마을 사람들은 하나같이 검둥이 여자들이 들고 오는 뚜껑 덮인 접시와 프라이팬에 대해서 눈을 감아버렸다. 특히 그릇에 담긴 몇 가지 음식은 십중팔구 백인의 부엌에서 검둥이 여자들이 만든 것이리라고 생각하면 그렇게 눈을 감아버리는 것은 아주 쉬운 일이었다. 어쩌면 그렇게 하는 것 역시 슬쩍 눈감아버리는 양심의 일부였는지도 모른다. 어쨌거나 마을 사람들은 그들을 모르는 척했고, 지금까지 25년 동안 이 부부는 마치 북극에서 길을 잃은 두 마리 사향소처럼 혹은 빙하기가 끝난 후 집을 잃고 무리에서 뒤처진 짐승들처럼 쓸쓸하고 고립된 자신들만의 은둔지에서 살아왔다.

아내는 거의 볼 수가 없었다. 하지만 남편은——사람들은 그를 약간의 존경심을 나타내는 '아저씨'라는 호칭으로 불렀다——광장에 설치된 붙박이 장치 같았다. 그는 지저분하고 왜소한 노인으로, 얼굴 표정에는 한때 용감하고 난폭했던 흔적——몽상가이거나 극도의 이기주의자였을 것처럼 보이는 흔적——이 남아 있었고, 깃 없는 더러운 청색 데님 옷을 입고 손잡이가 벗겨진 무거운 히코리 나무로 만든 짙은 색의 지팡이를 짚고 있었다. 벗겨진 손잡이는 호두나무처럼 색깔이 짙었고 표면이 유리처럼 반들거렸다. 처음에는, 즉 아직 멤피스에 일자리를 갖고 있던 시절에는, 그는 한 달에 한 번꼴로 집에 들러 조금씩 자신에 관한 이야기를 들려주곤 했었다. 그가 말하는 태도에는 독립적인 사람들에게서 볼 수 있는 자신감뿐만 아니라, 마치 과거 자신의 삶에는 단지 독립적인 것 이상의 무엇이 있었다는 듯한 투도 배어 있었다. 물론 과거도 그다지 오래전은 아니었지만 말이다. 그에게는 의기소침해하는 태도 따위는 전혀 없었다. 오히려 그는 아랫사람들을 다뤄보고 또 자발적으로 일을 처리해본 경험 덕분에 자신감이 넘치는 사람이었고, 누구도 자신에게 의문을 품을 수도 자신을 이해할 수도 없기 때문에 자신을 변하게 할 수도 없다고 믿는 인물이었다. 하지만 그가 자신에 대해 한 말이나 또 그가 현재 하고 있는 일은, 겉으로 드러나는 일관성에도 불구하고 앞뒤가 맞지 않았다. 따라서 사람들은 심지어 그 당시에도 그가 조금은 제정신이 아니라고 믿었다. 하지만 그가 다른 이야기를 동원해 자신이 했던 말을 감추려고 노력하는 것 같지는 않았다. 다만 그의 말이나 그의 이야기가, 그것을 들은 여러 사람

들이 그것이 한 사람에 관한 것이라고 믿을 만큼 일치하는 것
은 아니었다는 말이다. 때때로 마을 사람들은 그가 한때는 목
사였다고 결론을 내리기도 했다. 그러면 그는 모호하면서도
화려한 언변으로 멤피스라는 도시에 대해 이야기하곤 했다.
자신의 인생 전체가 멤피스에 있는 어떤 중요한 직책, 여전히
정확한 명칭도 없는 시의 어떤 직책에 매달려왔다는 식이었
다. 모츠타운 사람들은 그의 뒤에서 이런 이야기들을 했다.
"그는 그곳에서 철도 회사 감독관을 했어. 도로 한복판에 서
서 기차가 지나갈 때마다 붉은 깃발을 흔들어대면서 말이야."
"그는 거대 신문사를 경영해. 공원 벤치 밑에 떨어져 있는 신
문들을 줍고 다니는 거지." 사람들은 이런 말을 그의 면전에
서 하지는 않았다. 최고로 뻔뻔하다고 알려진 사람도, 나름대
로 재치가 있다고 평가받는 사람들도 그렇게 하지 않았다.

　그러다가 그는 멤피스의 일자리를 잃었다. 아니면 스스로
그만뒀는지도 모르는 일이었다. 어느 주말에 그는 집으로 돌
아왔고, 월요일이 되었는데도 일하러 떠나지 않았다. 그 후 그
는 시내의 광장에서 하루 종일 있었다. 말도 없었고, 더러운
모습에다가 몹시 화가 난 것 같았고, 눈에는 사람들의 호기심
을 미리 차단하려는 듯 방어적인 표정을 띠고 있었다. 사람들
은 그의 눈을 보고 그가 미쳤다고 오해했다. 마치 억울함을 호
소하기 위해 고약한 냄새를 풍기는 케케묵은 방식을 동원하
기로 작정한 것 같았다. 그의 표정에서 사람들은 마치 사그라
지고 꺼져가는 불꽃 같은 광기의 두 가지 요소가 뒤엉킨, 즉

광기의 4분의 1에 해당하는 강력한 신념과, 광기의 나머지 4분의 3에 해당하는 물질적인 궁핍이 결합된 복음주의를 보는 것 같았다. 따라서 사람들은 그가 걸어서 그 지역을 돌아다니며 검둥이 교회에서 설교를 한다는 것을 알았을 때도 별반 놀라지 않았다. 그리고 일 년쯤 지난 다음, 그가 하는 설교의 주제를 알고도 사람들은 마찬가지 태도를 보였다. 생존을 위해 검둥이들의 선심과 자비에 의존하는 이 백인은 먼 곳에 있는 검둥이들의 교회까지 찾아가 예배를 중단시키며 설교단을 차지하고 나서, 귀에 거슬리는 쉰 목소리로 간혹 심한 외설적인 표현도 써가면서, 검둥이들에게 그들보다 피부색이 옅은 사람들에게 겸손하라고 설교를 했다. 그리고 그는 광적이고 자신도 의식하지 못하는 역설에 빠져, 스스로를 A등급 인간의 표본으로 내세우곤 했다. 검둥이들은 그가 하느님께 너무도 벅찬 감동을 받았거나, 아니면 하느님을 직접 대면하는 바람에 미친 것이라고 믿었다. 검둥이들은 그가 하는 말을 그다지 귀 기울여 듣지 않았을 것이고, 그다지 잘 이해하지도 못했을 것이다. 어쩌면 그 남자가 하느님이라고 잘못 생각했을 수도 있다. 왜냐하면 검둥이들의 눈에는 하느님 역시 백인으로 비쳤고, 하느님이 하시는 일 또한 약간은 이해할 수 없는 것으로 보였기 때문이었다.

크리스마스라는 이름이 사람들 입에 오르내리고 있던 그날 오후, 그는 시내에 있었다. 어린아이들, 어른들——상인들, 사무원들, 빈둥거리던 사람들, 호기심이 발동한 사람들, 거의 모두 작업복을 걸친 시골 농부들——이 달리기 시작했다. 하인스 역시 달렸다. 하지만 그는 빨리 달릴 수 없었고, 현장에 도착해서는 작은 키 때문에 모여 있는 사람들의 어깨 너머로 잘 내다볼 수가 없었다. 하지만 그는 거기 있던 사람들만큼이나 거칠고 끈기 있게, 소동을 벌이며 떠들고 있는 사람들을 뚫고 들어가기 위해 안간힘을 썼다. 그 순간 그의 얼굴에는 오래 전부터 드리워져 있던 폭력성이 되살아나는 듯했다. 그는 앞에 서 있는 사람들의 등허리를 쥐어뜯고, 마침내 들고 있던 지팡이로 그들을 후려치기 시작했다. 그러자 사람들이 고개를 돌려 그를 알아보고 꽉 붙잡았지만, 그는 여전히 무거운 지팡이로 그들을 내려치면서 발버둥을 쳤다. "크리스마스?" 그가 외쳤다. "사람들이 크리스마스라고 말한 거야?"

"크리스마스요!" 그를 붙잡고 있던 사람들 중 한 명이 긴장하다 못해 눈에 불을 켜고 소리쳤다. "크리스마스! 지난주에 제퍼슨에서 살인을 저지른 놈이 바로 저 희멀겋게 생긴 검둥이 놈이라고요!"

하인스는 그 사람을 노려보았다. 이가 하나도 없는 그의 입에서 침이 거품이 되어 조금씩 흘러나왔다. 그가 버둥거리며 격렬하게 욕을 해댔다. 어린아이처럼 가볍고 연약한 골격을 가진 작은 체구의 노인은 자신을 붙잡고 있는 사람들로부터 벗어나기 위해 지팡이를 마구 휘두르며, 체포된 사람이 얼굴에 피를 흘리며 서 있는 광장 중앙으로 뚫고 나가려고 발악을 하고 있었다. "하인스 아저씨." 사람들이 그를 붙잡으며 소리쳤다. "하인스 아저씨, 그놈이 붙잡혔어요. 그놈은 이제 도망칠 수 없어요. 자, 이제 그만."

하지만 그는 여전히 욕을 하며 앞으로 나가기 위해 버둥거리며 싸우고 있었다. 그의 목소리는 갈라져 가느다랗게 들렸고, 그의 입에서는 침이 흐르고 있었다. 그를 제지하던 사람들 역시 뒤엉켜 버둥거렸고, 그것은 마치 용량에 비해 너무 큰 압력이 들어간 호스를 잡고 내리누르려고 난리를 피우는 듯한 형국이었다. 광장에 모인 사람들 가운데 붙잡혀 온 사람만이 차분했다. 사람들은 욕설을 퍼붓는 하인스를 간신히 붙잡고 있었는데, 늙고 연약한 뼈대와 가는 실 같은 근육이 그 순간만큼은 성난 족제비처럼 유연하고 나긋나긋한 본연의 위력을 드러냈다. 그는 사람들로부터 빠져나와 땅굴을 파듯이 길을 내며 앞쪽으로 튀어나오더니, 붙잡혀 온 사람과 얼굴을 마주 보았다. 그는 그 자리에 잠시 멈춰 서서 붙잡힌 사람의 얼굴을 뚫어지게 노려보았다. 그는 얼어붙은 것처럼 멈춰 서 있었다. 그러나 사람들이 자신을 붙잡으려 하자, 그는 지팡이를 들어 붙잡힌 사람을 한 차례 후려쳤다. 그가 한 차례 더 내려치려는 순간 사람들이 그를 붙들어 꼼짝 못하게 만들었다. 그러자 그는 입에 옅고 묽은 거품을 물고 고래고래 소리를 질렀다. 사람들은 그의 입은 막지 않았다. "저 자식을 죽여버려!" 그가 외쳤다. "죽여. 저 자식을 죽여."

30분쯤 지난 다음, 두 남자가 그를 차에 태워 집으로 데려다 주었다. 한 사람은 운전을 하고 다른 한 사람은 뒷자리에서 하인스를 붙들고 있었다. 이제 삐죽삐죽 솟은 수염과 더러운 얼룩 아래의 그의 얼굴은 창백했다. 그들은 하인스의 몸을 번쩍 들어 차에서 내린 다음, 그대로 그를 들고 대문을 지나고 무너진 벽돌과 콘크리트 더미를 통과해 계단 앞까지 걸어갔다. 하인스는 눈을 뜨고 있었지만 두 눈은 멍한 상태였고, 눈동자가 머리 뒤로 넘어가서 지저분하고 푸른 기운이 도는 흰자위만이 드러났다. 하지만 그의 몸은 여전히 축 늘어져 꼼짝하지 않았다. 그들이 현관에 도착하기 직전에 현관문이 열리고 그의 아내가 나와 문을 닫더니 그 앞에 서서 그들을 지켜보았다. 그가 살고 있다고 알려진 집에서 그녀가 나왔기 때문에 사람들은 그녀가 그의 아내라는 사실을 알 수 있었다. 그들 가운데 한 사람은 시내에 살고 있으면서도 전에 그녀를 본 적이 없었다. "무슨 일이죠?" 그녀가 물었다.

"아저씨는 괜찮으십니다." 첫 번째 남자가 입을 열었다. "방금 광장에서 무척 흥미진진한 일이 있었죠. 다만 오늘 날씨가 더워서 아저씨가 견디시기 힘들었던 것 같습니다." 여자는 그들이 집 안으로 들어서는 것을 막으려는 듯, 문 앞에 버티고 서 있었다. 그녀는 땅딸막한 체구에 약간 살이 쪘고, 지저분하고 아직 오븐에 굽지 않은 밀가루 반죽 같은 둥그런 얼굴을 하고 있었고, 숱이 적은 머리칼을 머리 뒤쪽으로 단단히 동여매고 있었다. "지난주 제퍼슨에서 그 여성을 살해한 크리스마스라는 검둥이가 붙잡혔습니다." 한 남자가 입을 열었다. "아저씨가 그 일 때문에 조금 흥분하신 것 같습니다."

하인스 부인은 문을 열려는 듯, 벌써 몸을 뒤로 돌리고 있었다. 첫 번째 남자가 나중에 친구에게 말했듯이, 그녀는 마치 누가 던진 돌멩이에 가볍게 머리를 맞은 것처럼, 몸을 돌리는 동작을 멈추고 말았다. "누구를 붙잡았다고요?" 그녀가 물었다.

"크리스마스라더군요." 남자가 대답했다. "그 살인자 이름이 크리스마스랍니다."

그녀는 현관문 문지방에 선 채로 흐릿하고 무표정한 얼굴로 그들을 내려다보고 있었다. "그녀는 마치 내가 하려는 말을 이미 알고 있는 것 같았어." 그들이 차가 있는 곳으로 돌아올 때 그 남자가 친구에게 말했다. "그녀는 내가 범인이 그 작자라고 말하기를 바라기도 하고 동시에 범인이 그 작자가 아니라고 말하기를 바라기도 하는 것 같았어."

"그 사람 생김새가 어떻던가요?" 그녀가 물었다.

"자세히 보지는 못했습니다." 남자가 대답했다. "체포하는 도중에 그 자식이 좀 다친 모양입니다. 피도 나고요. 젊은 놈이었습니다. 그런데 그놈은 검둥이 같지 않던데요. 저만큼이나 말이에요." 여자는 그들을 보았다. 그들을 내려다보았다. 두 사람 사이에 있던 하인스는 이제 자기 발로 서서, 마치 잠에서 깨어난 사람처럼 잠시 중얼거렸다. "아저씨를 어떻게 할까요?" 한 남자가 물었다.

그녀는 아무 대답도 하지 않았다. 그녀가 남편의 존재를 의식하지 못하는 것 같았다고 그 남자는 나중에 친구에게 말했다. "그 사람을 어떻게 처리하게 될까요?" 그녀가 물었다.

"그 사람이요?" 남자가 되물었다. "아, 그 검둥이 자식이요. 그야 제퍼슨 시에서 알아서 할 일이죠. 그 자식을 관할하는 곳이 그곳이니까요."

그녀는 흐릿하고 무표정하고 초연한 얼굴로 그들을 내려다보았다. "사람들이 제퍼슨에서 대기하고 있게 되나요?"

"사람들이요?" 남자가 되물었다. "아." 남자는 말을 이었다. "글쎄요. 이곳에서 일 처리를 제때 한다면, 제퍼슨에 있는 경찰들이 이곳까지 오지는 않을 겁니다." 그는 노인의 팔을 고쳐 잡았다. "아저씨를 어디로 모실까요?" 그러자 여자는 몸을 움직였다. 그녀는 계단을 내려와 그들에게 다가갔다. "아저씨를 집 안으로 모셔 갈까 합니다만." 남자가 말했다.

"내가 안으로 모시고 갈 수 있어요." 그녀가 대꾸했다. 그녀가 조금 더 무겁기는 했지만, 그녀와 하인스는 키가 거의 같았다. 그녀는 남편의 두 팔 아래 손을 넣어 그를 붙잡았다. "유퍼스." 그녀는 남편의 이름을 조용히 불렀다. "유퍼스." 그녀는 두 남자에게 조용히 말했다. "그만 돌아들 가세요. 내가 받치고 있으니까." 두 남자는 하인스를 잡고 있던 손을 풀었다. 그는 이제 제 발로 약간씩 걸었다. 그들은 그녀가 남편을 부축해 계단을 올라 문 안으로 사라지는 것을 지켜보았다. 그녀는 뒤도 돌아보지 않았다.

"고맙다는 인사도 없네." 두 번째 남자가 말했다. "차라리 그 영감을 끌고 가 검둥이와 함께 감방에 처넣는 건데. 그 영감이 그 자식을 잘 아는 눈치던데."

"유퍼스라." 첫 번째 남자가 말했다. "유퍼스. 난 그 영감의 이름이 무엇일까 하고 15년 동안이나 생각했는데. 그런데 그 영감의 이름이 유퍼스라."

"자, 어서 돌아가지. 우리가 없는 사이에 무슨 일이 일어날 수도 있으니까."

첫 번째 남자는 그 집을 유심히 쳐다보았다. 특히 노부부가 안으로 사라진 닫힌 문을 노려보았다. "그녀 역시 그 자식을 알고 있어."

"누구를 알고 있다는 거야?"

"그 검둥이 자식 말이야. 크리스마스라는 놈 말이야."

"자, 어서 가자고." 그들은 차가 있는 곳으로 돌아왔다. "그 머저리 같은 자식을 어떻게 생각하나? 범행을 저지른 곳에서 20마일밖에 떨어지지 않은 이곳으로 숨어들어, 누군가 자신을 알아볼 때까지 대로를 활보했다니 말이야. 그 자식을 알아본 게 나였으면 좋았을걸. 그럼 내가 그 현상금 1,000달러를 써보는 건데. 하지만 난 정말 운이 없지." 자동차가 움직이기 시작했다. 첫 번째 남자는 노부부가 사라진 아무 장식도 없는 문을 여전히 바라보고 있었다.

그 작은 집의 어둡고 비좁아 토굴처럼 고약한 냄새가 나는 현관에 노부부가 서 있었다. 노인은 탈진한 상태에서 약간 회복되어 혼수상태를 벗어난 듯 보였고, 아내가 그를 부축해 의자에 앉히고 편안한 자세를 취할 수 있게 해주었을 때 그것은 남편이 걱정되어 취한 응급조치로 보였다. 그러나 현관으로 다시 가서 문을 잠글 필요가 없었는데도 그녀는 그렇게 했다. 그녀는 다시 돌아와 남편 곁에 잠시 서 있었다. 얼핏 보면 남편에 대한 걱정과 근심으로 그를 지켜보는 것 같았다. 하지만 제삼자라면 그녀가 몹시 떨고 있었고, 또 그녀가 남편을 의자에 앉힌 것은 잘못하면 남편을 놓쳐 마룻바닥에 떨어뜨릴 것 같아서, 아니면 남편과 이야기를 나눌 수 있게 될 때까지 그를 붙잡아두기 위해서였다는 사실을 알아차릴 수 있었을지도 모른다. 그녀는 남편 위로 몸을 굽혔다. 그녀는 전체적으로 회색 빛이 감돌았고 땅딸막한 체구에 좀 뚱뚱한 편이었으며, 얼굴은 물에 빠져 죽은 사람처럼 부풀어 있었다. 그녀가 입을 열었을 때 목소리가 떨리고 있었다. 그녀는 떨리는 목소리를 진정시키려고 몸을 부르르 떨었고, 두 손으로 남편이 반쯤 몸을 걸치고 누운 의자의 팔걸이를 움켜잡았다. 하지만 그녀의 목소리는 여전히 떨리고 있었고, 무척이나 억제된 듯했다. "유퍼스, 내 말 좀 들어봐요. 내 말을 꼭 들어야 해요. 내가 전에는 당신에게 걱정을 끼친 적이 없잖아요. 30년 동안 걱정을 끼친 적이 없어요. 하지만 이제는 좀 그렇게 해야겠어요. 난 알아야 겠어요. 그러니 당신이 꼭 말해줘야 해요. 밀리의 아기를 어떻게 한 거죠?"

* * *

그날 오후 내내 사람들은 광장 주변과 유치장 앞에 몰려들었다. 사무원들, 할 일 없는 사람들, 작업복을 입은 시골 사람들 등등이 모여들어 끊임없이 이야기를 만들어냈다. 그 이야기는 시내 이곳저곳으로 퍼져나갔고, 바람과 불처럼 꺼질 듯하다가도 다시 살아나곤 했다. 그림자가 길어지는 늦은 오후가 되자 시골 사람들은 마차나 먼지를 뒤집어쓴 자동차를 타고 자리를 뜨기 시작했고, 시내에 사는 사람들은 저녁 식사를 하려고 움직이기 시작했다. 그러자 그 이야기는 다시, 전깃불이 켜진 방에서, 또 저 멀리 등잔불을 밝힌 언덕 위 오두막에서 식탁에 둘러앉은 아내와 가족들에게로 퍼져나갔다. 그리고 다음 날인 느긋하고 상쾌한 시골의 일요일, 사람들은 깨끗한 셔츠에 장식이 달린 멜빵바지를 입고, 한가롭게 파이프 담배를 피우며 시골 교회 주변이나 집의 그늘진 현관 앞마당에 모여 있었다. 그곳을 찾은 방문객들의 마차와 자동차가 울타리를 따라 묶여 있거나 주차되어 있었다. 여자들은 부엌에 모여 식사를 준비하면서 다시 그 이야기를 입 밖에 냈다. "그는 나처럼 백인으로 보이지 흑인 같아 보이지는 않더군요. 하지만 검둥이 피가 흐르는 것은 확실해요. 마치 무슨 결혼이라도 하려는 사람처럼 밖으로 나와 기웃거리다 잡힌 것 같아요. 꼬박 일주일이나 잘 숨어 지냈는데 말이에요. 그가 집에 불을 지르지 않았다면, 사람들은 한 달이 지나도 살인 사건이 일어난

줄 몰랐을 거예요. 브라운이라는 작자가 아니었으면 사람들은 그를 전혀 의심하지 않았을 거예요. 그 검둥이는 백인인 척하면서 위스키를 팔았다는군요. 그런데 위스키를 몰래 판 것이나 살인 사건을 모조리 브라운에게 덮어씌우려 한 모양이에요. 그러자 브라운이 다 불어버린 거지요.

그러니까 어제 아침, 그가 백주에 모츠타운으로 기어 들어온 거죠. 토요일 시내는 사람으로 들끓고 있었죠. 그 작자는 백인처럼 백인 전용 이발소에 들어갔어요. 근데 그 작자가 백인처럼 보여서 누구도 그를 의심하지 않았던가 봐요. 구두닦이는 그 작자가 자기 발보다 너무 큰 낡은 작업화를 신은 걸 보고도 그를 전혀 의심하지 않았지요. 이발소에서 면도를 하고 머리를 깎은 그는 돈을 내고 밖으로 걸어 나온 다음 곧장 가게로 들어가서 새 셔츠와 타이 그리고 밀짚모자를 샀답니다. 자신이 살해한 여자에게서 훔친 그 돈으로요. 그러고 나서 대낮에 거리를 걸어 다닌 겁니다. 마치 마을이 제 것이나 되는 것처럼, 시내를 오르내리면서 수없이 많은 사람들 곁을 지나쳤지만, 아무도 그 작자를 알아보지 못했죠. 그러다 할리데이가 그를 알아보고 달려가 그를 붙잡고 물었죠. '자네 이름이 크리스마스 아닌가?' 하고 말이죠. 그러자 그 검둥이는 자기 이름이 맞다고 대답하더랍니다. 부인하지 않았대요. 사실 그는 대단한 행동을 하지 않았어요. 그는 검둥이처럼 행동하지도 않고 백인처럼 행동하지도 않았어요. 바로 그거죠. 바로 그게 사람들로 하여금 분통을 터뜨리게 한 점이죠. 살인자 주제에 말쑥하게 차려입고 마치 나 잡아봐라 하는 식으로 시내를 활보하고 다녔으니까요. 살인자라면 당연히 흙이 묻은 지저분한 옷을 걸친 채 숲 속에서 살금살금 기어 다니거나 숨어 다녀야 정상일 텐데 말이에요. 그 작자는 자신이 검둥이라는 사실은 말할 것도 없고, 살인자라는 사실도 모르고 있는 것 같았답니다.

그래서 할리데이가(그는 흥분해 있었어요. 1,000달러의 현상금을 생각하면서 말이에요. 그리고 그는 이미 그 검둥이 자식의 얼굴을 몇 대 때리기까지 했죠. 그리고 그 작자는 처음으로 검둥이처럼 행동했습니다. 그 사실을 받아들인 거죠. 아무 말도 하지 않고요. 시무룩한 표정으로 잠자코 피만 흘리고 있었답니다)——할리데이가 그 작자를 붙잡고 고함을 치고 있을 때, 하인스 아저씨라고 불리는 노인이 다가서더니 지팡이로 그 검둥이를 마구 내리치기 시작했어요. 그러자 마침내 두 사람이 달려들어 하인스 아저씨를 제지하고 조용하게 만든 다음, 차에 태워 집으로 돌려보냈지요. 그 검둥이가 하인스 아저씨가 아는 사람인지 어떤지는 누구도 모르는 상황이었어요. 하인스 아저씨는 다만 절름거리면서, '저 자식 이름이 크리스마스야? 크리스마스라고 했어?' 하고 고래고래 소리를 지르면서 다가갔어요. 노인은 사람들을 밀치고 그 검둥이를 한차례 노려보더니 지팡이로 내리치기 시작했어요. 최면이나 뭐 그런 것에 걸린 사람 같았어요. 사람들이 하인스 아저씨를 붙잡지 않을 수 없었죠. 그는 눈을 희번덕거려 눈동자가 뒤로 넘어갔고, 입에 거품을 물며 지팡이를 뻗어 사정없이 휘둘러 댔어요. 그러더니 털썩 주저앉더군요. 그때 두 남자가 그를 차에 태워 집으로 데려갔어요. 그의 아내가 나와서 그를 집 안으로 데리고 들어갔지요. 그런 다음 두 사람은 다시 시내로 돌아왔습니다. 그 검둥이가 붙잡히자 그 노인이 왜 그렇게 흥분했는지 사람들은 도무지 알 수 없었지요. 여하튼 사람들은 이제 그 노인이 괜찮을 거라고 생각했지요. 하지만 30분도 채 지나지 않아서 그 노인이 다시 시내에 나타났어요. 그는 이제 완전히 미쳐 있었어요. 길모퉁이에 서서 지나가는 사람 아무에게나 소리를 지르고, 제퍼슨에서 사람이 오든 말든 그 검둥이를 유치장에서 끌어내 당장 교수형시키지 못하는 걸 보니 전부 겁쟁이들이라며 노발대발했답니다. 미치광이 얼굴 같아 보였대요. 정신병원에서 도망쳤지만 얼마 안 있어 다시 끌려갈 것을 알고 있는 미치광이 꼴이었대요. 사람들은 그 노인의 전직이 전도사라고 말하기도 하더군요.

노인은 자신이 그 검둥이를 죽일 권리가 있다고 말했지요. 그 이유는 말하지 않았어요. 하기야 그렇게 미친 듯이 날뛰니, 사람들이 그를 제지하고 이유를 물어본다 해도 제대로 대답할 리 없었겠지만요. 그때 그의 주변에는 엄청나게 많은 사람들이 모여 있었는데, 노인은 그 검둥이를 죽일지 살릴지를 말할 수 있는 권한은 누구보다 자기에게 있다고 말했어요. 사람들이 저 노인은 검둥이와 함께 유치장에 있는 편이 낫겠다는 생각을 하기 시작할 무렵, 노인의 아내가 나타났지요.

모츠타운에서 30년 동안 살아온 사람들 중에도 전에 그녀를 본 적이 없는 사람들이 많다고 하더군요. 사람들은 그녀가 그 노인에게 말을 걸 때까지 그녀가 누구인지 몰랐답니다. 그 여자를 본 적이 있는 사람들이라 해도 그 부부가 살고 있는 검둥이 마을 근처의 작은 집 주변에서 잠시 본 게 전부였으니까요. 늘 여성용 가운을 걸치고 낡아빠진 모자를 쓴 모습이었죠. 그런데 이번에는 완전히 정장 차림으로 나타난 거예요. 자주색 비단 옷을 입고 깃털 꽂은 모자를 쓰고 양산을 받쳐 든 채 사람들이 모여 있는 곳에 나타난 겁니다. 노인은 사람들 앞에서 고래고래 소리를 지르고 있었죠. 여자가 '유퍼스' 하고 남편의 이름을 불렀어요. 그러자 남편은 고함을 멈추고 아내를 쳐다봤죠. 여전히 지팡이를 휘두르면서, 턱이 조금 아래로 빠진 듯 입에 거품을 물고서요. 그때 여자가 그의 팔을 붙잡았어요. 사람들은 지팡이가 무서워서 그 노인 근처에는 가지도 못했는데 말이에요. 노인은 자기도 모르는 사이에 언제라도 지팡이를 휘둘러 누구든 내리칠 기세였거든요. 하지만 그녀는 지팡이 아래쪽으로 걸어가 노인의 팔을 잡아끌더니 그를 가게 앞에 있는 의자에 앉히더군요. 그러고는 말했어요. '내가 올 때까지 여기 가만히 앉아 있어요. 절대로 움직이면 안 돼요. 고함치지도 말아요.'

그랬더니 노인이 따르더군요. 노인은 아내가 앉혀준 의자에 가만히 앉아 있었고, 그녀는 뒤도 돌아보지 않았어요. 모든 사람들이 그 광경을 지켜봤죠. 아마 그녀가 집에 있을 때, 집 근처에 있을 때를 제외하면 거의 그녀를 본 적이 없기 때문이었을 거예요. 그리고 그 노인의 성격이 괴팍하기 때문이기도 했을 거고요. 노인의 성격을 아는 사람이라면 결코 그와 마주치려고 하지 않죠. 어쨌거나 사람들은 무척 놀랐답니다. 그 노인이 다른 사람의 명령을 따르리라고는 누구도 생각을 못했으니까요. 마치 아내는 남편의 비밀이라도 알고 있고 남편은 그런 아내의 말을 잘 들어야만 하는, 뭐 그런 상황 같았지요. 노인은 아내가 시키는 대로 의자에 앉아 있었고, 고함도 치지 않고 말도 그다지 큰 소리로 하지 않았답니다. 노인은 고개를 숙이고, 떨리는 손으로 커다란 산책용 지팡이를 잡은 채, 여전히 셔츠 위로 침을 흘리며 앉아 있었어요.

아내는 곧장 유치장으로 갔습니다. 유치장 앞에는 엄청나게 많은 사람들이 모여 있었어요. 제퍼슨에서 그 검둥이를 호송하기 위해 사람을 보냈다는 전갈이 왔기 때문이죠. 그녀는 사람들을 뚫고 유치장으로 들어가 멧캐프에게 '붙잡힌 살인자를 좀 보고 싶군요' 하고 말했답니다.

'무슨 일로 그러시는데요?' 멧캐프가 말했어요.

'아무 일 없을 테니 걱정 말아요. 난 단지 그자를 보고 싶을 뿐이에요.' 그녀가 말했지요.

멧캐프는, 그렇게 하고 싶은 사람들이 엄청나게 많은 것도 알고 있고, 그녀에게 그 살인자를 탈출시킬 의사가 전혀 없다는 것도 알고 있지만, 자신은 간수에 지나지 않기 때문에 보안관의 허락 없이는 누구도 유치장 안으로 들일 수 없다고 말했어요. 그녀는 자주색 옷을 입고 거기 서 있었고, 모자에 꽂힌 깃털은 앞으로 휘거나 흔들리지도 않았지요. 그 여자는 그 정도로 침착했답니다. 그러자 '그럼 보안관은 어디 있나요' 하고 그녀가 물었어요.

'보안관님은 사무실에 계실 겁니다.' 멧캐프가 대답했지요. '보안관님을 찾아가 허락을 받아 오세요. 그러면 그 검둥이 자식을 면회할 수 있을 겁니다.' 멧캐프는 그것으로 일이 다 끝났다고 생각한 것 같아요. 그래서 그녀가 몸을 돌려 유치장을 나가, 유치장 앞에 몰려 있던 사람들 사이를 뚫고 다시 거리를 거슬러 광장으로 걸어가는 모습을 지켜본 모양이에요. 그제야 모자에 꽂힌 깃털이 흔들렸다고 하더군요. 멧캐프는 울타리 위로 솟은 깃털이 울타리를 따라 흔들리는 모습을 지켜보았답니다. 그러다가 그녀가 광장을 가로질러 군청 건물로 들어가는 것을 보았지요. 사람들은 그녀가 왜 그곳에 갔는지 몰랐습니다. 유치장 안에서 어떤 일이 있었는지 멧캐프가 사람들에게 이야기해줄 틈이 없었으니까요. 여하튼 사람들은 그녀가 건물 안으로 들어가는 것을 지켜봤지요. 러셀이 말하길, 자기가 사무실 안에 있다가 고개를 들어보니 카운터 앞 유리 너머로 깃털 꽂힌 모자가 보이더래요. 그는 자신이 고개를 들 때까지 그 여자가 얼마나 오랫동안 그곳에 있었는지 알 수 없었죠. 그녀의 키는 딱 카운터 높이 정도였고, 그래서 러셀은 그녀가 거기 서 있다는 걸 몰랐던 겁니다. 그런데 그녀의 모습이 마치 누군가 몰래 안으로 들어와, 얼굴이 그려진 장난감 풍선 위에 우스꽝스러운 모자를 씌워놓은 것 같았나 봐요. 그게 그러니까 신문 만화에 등장하는 개구쟁이 아이들과 비슷했던 모양이에요. '보안관을 만나러 왔어요.' 그녀가 말했어요.

'지금 이곳에 안 계십니다. 전 보좌관인데, 무슨 일이죠?' 러셀이 말했어요.

그녀는 한동안 그곳에 서서 아무 말도 하지 않았답니다. 그러고 나서 물었죠. '어디 가면 보안관을 만날 수 있죠?'

'아마 집에 계실 겁니다.' 러셀이 말했죠. '이번 주 내내 보안관님이 무척 바쁘셨어요. 제퍼슨에서 파견 나온 경찰을 도와 한밤중까지 일을 처리하시는 바람에요. 집에서 낮잠이라도 주무시는지 모르겠네요. 무슨 일인지는 모르겠지만 저도 할 수──' 하지만 여자는 벌써 가고 없었다고 러셀이 말하더군요. 러셀은 창문을 통해 그녀가 광장을 지나 길모퉁이에서 방향을 틀어 보안관이 살고 있는 곳으로 가는 것을 지켜보았다고 말했지요. 러셀은 그러는 동안에도 도대체 그녀가 누구인지 생각해내려고 열심히 노력했다더군요.

그런데 그녀는 보안관을 만나지 못했어요. 어쨌든 때늦은 일이었어요. 멧캐프가 말을 해주지 않았을 뿐, 그때 보안관은 이미 유치장에 있었으니까요. 게다가 그녀가 유치장을 떠난 지 얼마 지나지 않아 제퍼슨의 경찰이 두 대의 자동차에 나눠 타고 도착해 유치장으로 들어갔지요. 그들은 순식간에 도착해 순식간에 유치장 안으로 들이닥쳤어요. 하지만 벌써 그들이 도착했다는 소문이 퍼졌고, 200명이 넘는 남자들, 아이들,

여자들이 유치장 앞에 모여들었어요. 그때 두 명의 보안관이 유치장 정문 앞에 나타났고, 우리 마을 보안관이 일장 연설을 했지요. 사람들에게 법을 존중할 것을 부탁하고, 자신과 제퍼슨에서 온 보안관이 그 검둥이를 신속하게 이송해 공정한 재판을 받게 하겠다고 약속하는 뭐 그런 내용이었지요. 그 순간 군중 사이에서 누군가 소리를 질렀어요. '공정한 재판! 웃기지 마쇼. 그 검둥이 자식은 백인 여자에게 공정한 대접을 했나?' 그러자 사람들이 고함을 치고 서로 밀치면서 술렁거리기 시작했죠. 마치 두 명의 보안관한테 소리치는 것이 아니라 죽은 백인 여자 들으라고 소리를 치는 것 같았어요. 하지만 보안관은 조용히 자기 말을 들으라고 사람들을 타이른 다음 차분하게 연설을 계속했지요. 자신은 보안관으로 선출된 날 맹세한 것들을 지키기 위해 노력하고 있다고 말입니다. '저는 저기 저 검둥이에 대해 아무 동정심도 없습니다. 그 점에 있어서는 여기 모이신 모든 백인들과 다르지 않습니다.' 이렇게 말하더군요. '저는 신에게 맹세했고, 신의 뜻에 따라 제 임무를 수행할 겁니다. 전 문제를 일으키고 싶지 않습니다. 하지만 여러분이 말썽을 부린다면, 전 피해 가지 않을 겁니다. 제발 좀 침착하게 생각해보십시오.' 할리데이도 보안관 옆에 서 있었죠. 그는 이성을 찾고 문제를 일으키지 말자고 누구보다 앞장서 주장한 사람이죠. '우우.' 누군가 야유를 보냈어요. '당신은 저 자식을 손봐주는 일에는 관심이 없나 보군. 하지만 저 자식은 우리에게 1,000달러는 고사하고, 꺼진 성냥개비 1,000

개보다도 가치가 없단 말입니다.' 그러자 보안관이 재빨리 말을 받았죠. '그가 죽기를 바라지 않는다고 할리데이가 말한들 뭐 어떻습니까? 우리도 같은 것을 원하는 게 아닌가요? 현상금을 받을 사람은 어차피 우리 마을 사람입니다. 그 돈은 우리 마을에서 쓰일 겁니다. 그 돈을 제퍼슨 사람이 받는다고 생각해보세요. 여러분, 그게 옳은 일이라고 생각합니까? 말이 됩니까?' 그의 목소리는 마치 인형의 목에서 나오는 것처럼, 또는 덩치가 아무리 큰 사람이라도 자기 말을 들어줄 사람들이 아니라 이미 반쯤 결심을 굳힌 사람들을 대상으로 연설할 때 목소리에 힘이 없어지는 것처럼, 거의 기어들어가듯 아주 작았지요.

어쨌거나 보안관의 연설을 듣고 사람들이 조금은 납득을 한 것 같았어요. 하기야 할리데이가 검둥이를 해쳐 현상금을 날려버린다면, 모츠타운이 아니라 다른 어떤 곳에서도 송아지 한 마리를 살찌울 수 있는 거금인 1,000달러는 구경조차 못할 거라는 사실을 사람들은 알고 있었을 테지만요. 어쨌거나 보안관 말이 먹혀들었죠. 사람들이란 참 이상해요. 사람들은 어떤 일을 할 때마다 매번 새로운 이유를 달지 않으면 하던 일이나 생각도 계속하려 들지 않는단 말이에요. 그러다가 새로운 이유를 찾아내면 또 쉽게 변하거든요. 하지만 아직 마을 사람들이 완전히 물러선 건 아니었어요. 뭐랄까, 사람들이 예전에는 안에서 밖으로 기어 나가는 꼴이었다면, 이번에는 밖에서 안으로 기어 들어오는 꼴이랄까. 그리고 마을 사람들과 마찬가지로 보안관은 그런 상황이 오래가지 않으리라는 것을 알고 있었죠. 그래서 보안관 두 명이 재빨리 유치장으로 들어가서, 마을 사람들이 마음을 바꾸기 전에 잽싸게 그 검둥이를 사이에 끼고 대여섯 명의 보좌관의 호위를 받으며 나온 겁니다. 유치장 안에 있던 사람들이 그 살인자를 유치장 문 바로 뒤에 대기시켜놓았던 모양이에요. 그러니까 그렇게 재빨리 유치장 밖으로 나올 수 있었겠지요. 그 검둥이는 두 보안관 사이에 끼어 무뚝뚝한 표정이었고, 그의 손목에는 제퍼슨에서 온 보안관의 수갑이 채워져 있었지요. 그러자 모여 있던 사람들 입에서는 '아아아아아아아아' 하는 탄식이 흘러나왔지요.

모여 있던 사람들이 도로까지 길을 내주었고, 도로에는 제퍼슨에서 온 첫 번째 자동차가 시동을 걸어놓고 운전사를 대기시킨 채 그들을 기다리고 있었어요. 두 보안관이 지체 없이 그곳으로 가고 있을 때 그 여자가 나타난 거예요. 하인스 부인 말이에요. 그녀가 군중을 헤치고 나오려고 하고 있었어요. 키가 너무 작아서 사람들이 볼 수 있는 것은 걸을 때마다 흔들리는 깃털뿐이었죠. 마치 앞에 장애물이 없는데도 빨리 달릴 수 없는 것 같았고, 트랙터처럼 누구도 제지할 수 없는 것처럼 보였죠. 그녀는 인파를 뚫고 그대로 지나가, 보안관들이 지나가도록 사람들이 터놓은 길에서 검둥이를 사이에 두고 걸어가는 두 보안관과 정면으로 마주치고 말았어요. 그들은 그녀를 넘어갈 수 없어 걸음을 멈출 수밖에 없었고요. 그녀의 얼굴은 석고 반죽으로 만든 커다란 덩어리 같아 보였죠. 모자가 옆으로 돌아가 깃털이 그녀의 얼굴을 가렸기 때문에 앞을 똑바로 보자면 그녀는 모자를 고쳐 써야 했어요. 하지만 그녀는 아무 행동도 하지 않았죠. 그녀가 길을 막는 바람에 세 사람은 그 자리에서 잠시 동안 꼼짝할 수 없었고, 그러는 동안 그녀는 검둥이를 노려보았지요. 그녀는 한마디도 하지 않았어요. 마치 그렇게 하는 게 자신이 원하는 전부이고, 사람들을 조마조마하게 만드는 게 자신이 나타난 이유라는 듯이 말이에요. 그녀는 자신이 옷을 차려입고 시내에 나온 것은 그 검둥이의 얼굴을 똑바로 쳐다보기 위해서라고 항변하는 것 같았어요. 왜냐하면 그녀가 몸을 돌려 사람들을 헤치고 되돌아가버렸기 때문이지요. 자동차가 검둥이와 제퍼슨에서 온 경찰들을 태우고 출발하고 나서 사람들이 주변을 살펴봤을 때는 그녀는 이미 보이지 않았던 겁니다. 그리고 사람들이 광장으로 돌아가보니, 그 여자가 남편을 앉혀놓았던 의자에 있어야 할 하인스 아저씨 역시 사라지고 없었어요. 물론 모든 사람들이 광장으로 몰려간 것은 아니었지요. 많은 사람들이 혹시 검둥이의 그림자라도 튀어나올까 싶어 아직 유치장 앞에 머물러 있었어요.

  사람들은 그 여자가 하인스 아저씨를 집으로 데리고 갔다고 생각했죠. 하인스 아저씨가 앉아 있었던 의자는 달러네 가게 바로 맞은편에 있었는데, 달러가 그러더군요, 사람들보다 먼저 거리를 거슬러 올라오는 여자의 모습을 보았다고요. 하인스 아저씨는 거기 꼼짝도 않고 있었대요. 여자가 앉혀놓은 의자에 최면 걸린 사람처럼 그대로 앉아 있었답니다. 여자가 나

타나 어깨를 흔들었을 때에야 자리에서 일어나 함께 가버렸답
니다. 달러가 그 광경을 지켜보았지요. 달러가 아저씨 얼굴을
봤는데, 밖에 돌아다니면 안 될 것 같은 생각이 들더랍니다.

　그런데 여자는 남편을 집으로 데리고 가지 않았어요. 잠시
후 사람들은 그녀가 남편을 어디로도 데려가지 않았음을 알
게 되었지요. 두 사람이 하고자 하는 일이 똑같은 것 같았어
요. 똑같은 일이지만 하려는 이유가 서로 다르고, 또한 각자가
상대방의 이유가 다르다는 것을 알고 있고, 상대방이 자기 주
장대로 일을 처리할 경우에는 서로에게 치명적인 결과를 초
래하리라는 것을 알고 있고 뭐 그런 것 같았어요. 뭐랄까, 두
사람 모두 말은 하지 않지만 그 결과를 알고 있고, 그래서 서
로를 감시하는 상황 같은 거 있잖아요. 더욱이 두 사람 중 그
녀가 일을 처리하는 것이 더 현명하다는 것도 두 사람 모두 잘
알고 있는 것 같았어요.

　두 사람은 곧장 새먼이 자동차를 임대하고 있는 차고로 갔
습니다. 물론 말은 그녀가 혼자 다 했지요. 그녀는 남편과 함
께 제퍼슨에 가고 싶다고 말한 모양이에요. 하지만 그들은 한
사람당 25센트 이상 요금을 달라고 할 줄은 꿈에도 몰랐던 것
같아요. 새먼이 3달러라고 말하자 자신의 귀를 믿을 수 없다
는 듯 그녀는 그에게 되물었답니다. '3달러 내세요. 그 이하로
는 절대로 차를 빌려드릴 수가 없습니다' 하고 새먼이 말했
죠. 그래서 두 사람은 거기 그렇게 서 있었지요. 하인스 아저
씨는 거들지도 못하고 그냥 그렇게 기다리고 있었답니다. 물

론 그런 일에 관심도 없었고, 굳이 끼어들 필요도 없다는 것을 알고 있다는 표정이었죠. 아내가 알아서 그곳으로 데려갈 테니 말입니다.

'그렇게 많이 낼 수는 없어요.' 아내가 말했죠.

'그보다 싼 가격으로는 자동차를 빌릴 수 없을 겁니다. 아니면 기차를 타고 가야죠.' 새먼이 말했죠. 하지만 여자는 벌써 밖으로 나가고 있었고, 하인스 아저씨는 그녀를 강아지처럼 쫓아갔답니다.

그때가 대략 네시쯤 되었을 겁니다. 사람들은 여섯시경까지 그 부부가 군청 앞 벤치에 앉아 있는 것을 봤지요. 그들은 서로 이야기를 건네지도 않았어요. 마치 상대방이 옆에 있는 것도 모르는 것처럼 보였지요. 그들은 그저 거기에 나란히 앉아 있었을 뿐이지요. 그녀는 일요일에 교회 갈 때 입는 정장 차림이었고요. 글쎄요, 토요일 저녁 내내 정장 차림으로 기분을 내고 있었던 건지도 모르지요. 그녀에게는 그렇게 앉아 있는 것이 다른 사람들이 멤피스로 놀러 가는 것만큼이나 즐거운 일일 수도 있으니까요.

두 사람은 시계가 여섯시를 알릴 때까지 그렇게 앉아 있었어요. 그런 다음 자리에서 일어났지요. 그 장면을 목격한 사람들에 따르면, 그녀는 남편에게 한마디도 하지 않았답니다. 두 사람이 동시에 일어나는 모습이 마치 나뭇가지에서 날아오르는 새 같았다고 하더군요. 하지만 두 사람 중 어느 쪽이 일어나자는 신호를 먼저 보냈는지는 도무지 모르겠다고 했어요.

두 사람이 걷기 시작했을 때, 하인스 아저씨는 아내보다 조금 뒤에서 따라갔답니다. 두 사람은 광장을 가로질러 기차역이 있는 길로 접어들었어요. 하지만 사람들은 앞으로 세 시간 안에는 출발하는 기차가 없다는 것을 알고 있었기 때문에, 두 사람이 정말 기차를 타고 어딘가로 가려는 것인지 궁금해했다고 하더군요. 그러다가 사람들은 그들이 그보다 더 깜짝 놀랄 만한 일을 하려고 한다는 것을 알게 되었지요. 두 사람은 역 옆에 붙어 있는 작은 식당으로 들어가 저녁을 먹었는데, 두 사람이 모츠타운에 온 이래 식당에서 음식을 먹는 것은 고사하고 함께 거리를 걸어가는 것조차 본 적 없는 사람들이 그 광경을 보고 몹시 놀란 것은 당연한 일이죠. 여하튼 아내가 남편을 끌고 식당 안으로 들어갔지요. 시내에서 식사를 하면 기차를 놓치게 될까 봐 그랬던 모양입니다. 두 사람이 여섯시 반 전에 그곳에 있었던 걸로 봐서 아마 그랬을 겁니다. 여하튼 두 사람은 카운터 앞의 등받이 없는 의자에 앉아서, 남편에게 묻지도 않고 아내가 주문한 음식을 먹었답니다. 그녀가 식당 종업원에게 제퍼슨으로 가는 기차에 대해 묻자, 그는 새벽 두시에 출발하는 기차가 있다고 말해줬어요. '제퍼슨에서 오늘 밤 재미있는 일이 벌어질 겁니다. 시내에서 자동차를 빌려 타면 제퍼슨까지 45분 정도면 도착합니다. 굳이 기차를 타기 위해 새벽 두시까지 기다릴 필요가 없지요.' 그가 말했어요. 식당 종업원은 두 사람이 외지인인 줄 알고 시내까지 가는 길도 일러줬지요.

하지만 여자는 아무 말도 하지 않았죠. 두 사람이 식사를 마치자 여자가 돈을 냈지요. 양산에 매달아두었던 허름한 헝겊 주머니에서 5센트짜리 동전과 10센트짜리 동전을 하나씩 꺼내 저녁 식사 값을 치렀어요. 아내가 그러는 동안 하인스 아저씨는 몽유병 환자처럼 멍한 표정으로 의자에 앉아 기다렸죠. 그러고 나서 두 사람은 식당을 떠났죠. 식당 종업원은 두 사람이 자신이 알려준 대로 시내로 가서 자동차를 빌릴 거라고 생각했지만, 창밖을 보니 두 사람이 선로 변경 장치를 건너 역으로 향하고 있더라고 했어요. 그는 두 사람을 부를까 하다가 그만뒀습니다. '내가 여자 말을 잘못 들었을 수도 있지. 그들이 남쪽으로 가는 아홉시발 기차를 탄다고 했을 수도 있으니까.' 그는 이렇게 생각했죠.

두 사람은 대합실 벤치에 앉아 있었습니다. 그때 떠돌이 행상, 일용직 근로자 등등 사람들이 남쪽으로 가는 기차표를 사기 위해 모여들었던 모양이에요. 매표원의 말에 따르면, 자신이 저녁 식사를 마치고 일곱시 반쯤 매표소에 와보니 대합실에 제법 사람들이 모여 있었지만, 그 여자가 창구로 다가와 제퍼슨으로 가는 기차가 언제 떠나는지 시간을 물어볼 때까지 별다른 이상한 점은 발견하지 못했대요. 매표원은 당시 무척 바빴고, 하던 일을 멈추지 않은 채 눈을 들어 '내일 떠납니다' 하고 대답했죠. 그렇게 건성으로 대답한 게 마음에 걸렸는지 그가 고개를 들자, 거기에 자신을 노려보고 있는 동그란 얼굴이 있더랍니다. 물론 창구를 통해 모자에 꽂은 깃털도 볼 수 있었죠. 그러자 그녀가 말했습니다.

'그 기차표 두 장 주세요.'

'그 기차는 새벽 두시까지는 떠나지 않습니다.' 매표원이 말했지요. 그 순간에도 그는 그 여자가 누군지 몰랐습니다. '제퍼슨에 빨리 도착하고 싶으시면, 시내로 가서 자동차를 빌리는 게 나을 겁니다. 시내로 가는 길은 아시나요?' 하지만 그녀는 창구 앞에 서서, 꽁꽁 묶은 허름한 헝겊 주머니에서 5센트짜리와 10센트짜리 동전을 세고 있더랍니다. 그래서 매표원은 차표 두 장을 건네주었고, 그녀를 지나 그녀 뒤에 있던 하인스 아저씨를 발견하고 나서야 그녀가 누구인지 알게 되었다고 했습니다. 매표원에 따르면 그들은 거기 앉아 있었고, 남쪽으로 가려는 사람들이 모여든 다음, 남쪽으로 향하는 기차가 도착해서 떠날 때까지 그냥 그렇게 있더랍니다. 하인스 아저씨는 잠을 자고 있거나, 수면제를 먹고 졸고 있는 것처럼 보였다고 하더군요. 기차가 출발했지만 제법 많은 사람들이 시내로 가지 않고 대합실에 남아 있었던 모양입니다. 두 사람도 시내로 가지 않았습니다. 그냥 대합실에 앉아 있었죠. 매표원이 창구 유리를 통해서 보니, 사람들이 대합실을 드나들면서 벤치에 앉아 있는 하인스 아저씨와 아내를 쳐다보곤 하더랍니다. 그러고 나서 역무원이 대합실의 불을 꺼버렸다더군요.

그 후에도 몇몇 사람들은 대합실에 그냥 있었던 모양입니다. 사람들이 창문을 통해 안을 들여다보니 두 사람이 그대로 어둠 속에 앉아 있었다고 하더군요. 사람들은 모자 위에 꽂힌 깃털과 하인스 아저씨의 허옇게 센 머리카락도 봤을 겁니다. 그러고 나서 하인스 아저씨가 깨어나기 시작한 모양이에요. 그는 자기가 어디 있는지 알게 된 다음에도, 또 자신이 원하는 곳에 있지 않다는 것을 깨달은 다음에도 별로 놀라지 않았다 는군요. 지금까지 계속 잠에 취해 있었지만 이제는 다시 기운 을 회복할 때가 되었다는 듯이 자리에서 일어나더랍니다. 사 람들은 아내가 그에게 '쉬이이이이이이, 조용히 하세요.' 하 고 말하는 것을 들을 수 있었다고 했고, 이어서 그의 목소리가 들렸다는군요. 역무원이 불을 켜고 두시발 기차가 들어오고 있다고 말할 때 두 사람은 여전히 대합실 벤치에 앉아 있었고, 아내가 남편에게 '쉬이이이이이이' 하고 마치 어린아이에게 하듯 말하자 하인스 아저씨는 '음란함이여, 혐오스럽구나! 혐 오스럽구나, 음란함이여!' 라고 소리를 질렀답니다."

16

　문을 두드려도 아무 인기척이 없자, 바이런은 현관을 뒤로 하고 집 주변을 돌아보다가 작고 울타리가 둘러쳐진 뒷마당으로 들어간다. 그는 뽕나무 아래 의자가 놓여 있는 것을 발견한다. 그 의자는 거친 천으로 만든 갑판용이다. 여기저기 수선한 흔적이 있는 낡고 축 처진 모양의 의자이다. 하이타워가 하도 오랫동안 의자에 앉아 있어서 의자 모양이 거의 하이타워의 체구에 맞춰져 있고, 그가 앉아 있지 않을 때조차 뚱뚱하고 볼품없는 주인의 몸을 유령처럼 감싸고 있는 듯이 보인다. 그 의자를 향해 걸어가면서 바이런은 사용하지 않음, 무기력함, 초라하게 세상을 등짐 따위를 환기시키는 이 의자의 소리 없는 모습이 하이타워 자신 같아 보이고 또 그의 상징 같아 보인다고 생각한다. '내가 또 방해를 하겠구나.' 그는 생각한다. 그는 입을 살짝 들어 올리고 생각에 잠긴다 또 방해를 한단 말인가? 지금까지 내가 성가시게 해드린 것은 이번 일과 비교하면 아무것도 아니라는 것을 그분은 아시게 될 거야. 게다가 또 일요일이군. 하기야 일요일을 만들어낸 게 사람들이니, 나도 일요일에 그분을 찾아가 괴롭혀드리는 수밖에 없는 거지

그는 의자 뒤쪽으로 살며시 다가가 의자를 내려다본다. 하이타워는 잠들어 있다. 튀어나온 배 위로 낡은 검은색 바지에서 빠져나온 흰색 셔츠가(이번에는 깨끗하고 새것처럼 보이는) 풍선처럼 부풀어 올라 배 위를 덮고 있다. 그 위에 펼쳐진 면을 아래로 하고 책이 놓여 있다. 책 위에는 하이타워의 포개진 손이 평화롭고 인자하고 거의 성스러운 모습으로 놓여 있다. 셔츠는 유행에 뒤진 모습이고, 가슴 부분은 서툴게 다림질을 했을망정 주름이 잡혀 있고, 깃이 없다. 그의 입은 벌어져 있고, 늘어지고 처진 살은 입 주변에 매달린 듯하고, 입 안에서 누렇게 변한 아랫니가 보인다. 다만 코 하나는 세월을 비껴간 듯, 그 나이에도 여전히 변함이 없다. 정신없이 잠든 그의 얼굴을 내려다보다가 바이런은 하이타워의 코에서 모든 남자다움이 사라져버렸다고 느낀다. 하지만 마치 영락한 성채 위에서 이제는 잊힌 깃발이 나부끼는 것처럼, 세월에 얼굴이 무너지긴 했지만 그의 코는 여전히 난공불락의 자부심과 용기를 유지하고 있다는 생각을 해본다. 다시 한번 뽕나무 잎 너머의 하늘에서 내리비친 햇살이 하이타워가 쓰고 있는 안경의 렌즈 위에서 번쩍거리는 바람에 바이런은 그가 정확히 언제 눈을 떴는지 알지 못한다. "그래, 누구지?" 하이타워가 입을

연다. "그래, 누구지?——아, 바이런이군."

바이런이 하이타워의 얼굴을 내려다본다. 그의 얼굴은 무척 심각해 보인다. 하지만 이제 그의 표정은 동정심을 드러내는 것은 아니다. 그것은 어떤 표정도 아니다. 다만 무척이나 진지하고 결연해 보일 뿐이다. 바이런은 어떤 감정도 드러내지 않은 채 담담히 말한다. "사람들이 어제 그를 붙잡았어요. 살인 사건에 대해 잘 모르고 계셨었으니 이번 일도 모르실 거라고 생각합니다."

"그를 붙잡았다고?"

"크리스마스 말입니다. 모츠타운에서 체포되었습니다. 제가 듣기로는, 그가 시내로 내려와 거리를 활보하고 다녔답니다. 그러다가 누군가 그를 알아보고 말았죠."

"그자가 잡혔다 이 말이지." 이제 하이타워는 의자에서 일어나 앉는다. "그래 그 사실을 말하려고 내게 온 거로군, 그자가——사람들이 그자를……."

"아닙니다. 아직 누구도 그자를 해치지 않았습니다. 그는 아직 죽지 않았어요. 그는 유치장에 있습니다. 아직은 무사합니다."

"무사하다. 자넨 그자가 무사하다고 말하고 있군. 바이런이 그자가 무사하다고 말한다——바이런 번치는 그 여자의 애인이 현상금 1,000달러에 친구를 팔아먹는 일에 도움을 줬는데, 그런데도 이제 바이런은 그자가 무사하다고 말한다. 자네는 아이 아버지가 찾지 못하도록 여자를 숨겨두고, 그러면서도——내가 여자의 또 다른 애인이라고 말해도 되겠나, 바이런? 내가 그렇게 불러도 되겠어? 바이런 번치가 숨긴다고 나 또한 진실을 감춰야 할까?"

"사람들이 떠드는 말이 진실을 만들어낸다면, 그런 것도 진실이라고 생각해야 할 겁니다. 특히 유치장에 두 사람 모두 갇히게 만든 일에 제가 일조했다는 것을 사람들이 안다면 더욱 그렇겠죠."

"두 사람 다라고?"

"브라운 역시 갇혀 있어요. 살인자를 쫓는 것이나 체포하는 걸 거드는 모습을 지켜보면, 브라운은 살인을 저지를 능력도 옆에서 도울 능력도 없다는 것을 대부분의 사람들이 알게 될 거라고 봅니다. 하지만 사람들은 바이런 번치가 이제 브라운마저 안전하게 유치장에 처넣었군 하면서 비아냥거릴 수도 있겠죠."

"그럴 수도 있지." 하이타워의 목소리가 높고 가느다랗게 약간 떨린다. "바이런 번치가 드디어 시민들의 안녕과 도덕의 수호자로 나서는군. 바이런은 현상금의 수혜자며 상속자로군. 처지가 딱한 아내에게 그 현상금이 떨어지겠지. 그럼 그 돈은 자네가 챙기고 말이야. 내가 이렇게 말해도 되겠지? 바이런이 그렇고 그런 작자라고 생각해도 되겠나?" 그런 말을 내뱉고 나서 그는 움푹 들어가 축 처지고 늘어진 커다란 의자에 앉아 울기 시작한다. "진심은 아니었네. 자네도 내 말이 진심이 아니었다는 걸 알 테지. 하지만 나를 성가시게 하고 괴롭히는 건 옳은 일이 아닐세. 난 남의 일에 끼어들지 말라는 충고를 받은 사람이야. 나서지 말라는 충고를 잘 지켜온 이때, 그렇게 어마어마한 문제를 내게 가지고 오다니 말이야. 사람들의 충고를 감수하며 지내고 있었는데——” 언젠가 한번 바이런은 마치 눈물처럼 땀을 흘리면서 의자에 앉아 있는 하이타워의 모습을 본 적이 있다. 그러나 이제 바이런은 땀처럼 그의 축 처진 뺨을 타고 흘러내리는 눈물을 본다.

“알고 있습니다. 하잘것없는 일이지요. 목사님께 걱정을 끼쳐드리기에는 너무도 보잘것없는 일입니다. 전 정말 몰랐습니다. 제가 처음 그 일에 발을 들여놓을 때만 해도, 일이 이렇게 될 줄은 정말 몰랐습니다. 이럴 줄 알았다면……하지만 목사님은 하느님이 보내신 분이잖아요. 그 사실만큼은 도저히 회피하실 수 없습니다.”

“난 하느님이 보내신 사람이 아닐세. 물론 내가 원해서 그렇게 된 것은 아니지만. 그 점을 기억하게. 내가 더 이상 하느님의 사람이 아니게 된 건 나 스스로의 선택에 의한 것이 아니야. 내가 그렇게 된 건 의지 때문일세. 그것은 누구의 명령이 아니라, 자네나 그 여자, 저기 유치장에 갇혀 있는 사람, 그리고 그자를 유치장에 가둔 사람들의 의지 때문이지. 사람들이 내게 한 것도 마찬가지야. 그런 사람들이 자신들이 믿는 신과 같은 신으로부터 태어난 내게 폭력과 욕설을 퍼부은 것도 다 그들의 의지 때문이라네. 그런 사람들이 이전에 했던 것과 같은 행동을 대상만 바꿔 다시 하도록 몰고 간 것 역시 그들의 의지지. 내가 선택한 것은 아니네. 그 점을 잊지 말게."

"잘 압니다. 한 사람에게 그렇게 많은 선택의 기회가 주어
지는 것은 아니니까요. 목사님은 이미 예전에 자신의 선택을
하셨지요." 하이타워는 바이런을 쳐다본다. "제가 태어나기도
전에 목사님은 자신의 선택을 하셨죠. 저나 그 여자나 그 사내
가 태어나기도 전에 말입니다. 그것은 목사님 자신의 선택이
었죠. 전 그 선택 때문에 나쁜 사람들만 고통 받는 것이 아니
라 선한 사람들도 고통 받는다고 생각합니다. 그 여자도, 그
사내도, 저도 마찬가지지요. 이 세상 모든 사람들도, 또 다른
한 여자도 마찬가지고요."

"다른 한 여자라고? 여자가 또 있나? 내 오십 평생이 구원
받지 못한 두 명의 여자 때문에 망가지고 내 마음의 평화가 무
너져야만 하겠나, 바이런?"

"다른 한 여자는 이제는 길을 잃고 헤매지 않습니다. 그녀
는 지난 30년 동안 길을 잃었었죠. 하지만 이제는 길을 찾았
습니다. 그녀는 그의 할머니입니다."

"누구의 할머니란 말인가?"

"크리스마스요." 바이런이 대답한다.

* * *

어두운 서재 창문을 통해 거리와 문을 바라보며 기다리고
있던 하이타워는 멀리서 들려오는 음악 소리를 처음부터 들

고 있다. 그는 자신이 그 음악 소리를 기다린다는 사실을 모른
다. 매주 수요일과 일요일 밤, 어두운 창가에 앉아 그는 음악
소리를 기다린다. 음악 소리가 언제부터 들리기 시작하는지,
시계를 보지 않고도 그는 거의 초까지 정확하게 알고 있다. 그
는 거의 25년 동안 시계를 사용하지 않았고, 사용할 필요성도
느끼지 않는다. 그는 기계적인 시간과는 무관하게 살아간다.
하지만 시계가 없다고 해서 시간을 모르는 일은 없다. 하이타
워는 자신의 잠재의식으로부터, 의식적인 선택 과정도 없이,
몇몇 정해진 구체적 사례들을 불러낸 다음, 바로 그런 것들을
통해서 이 세상에서는 이미 죽은 것이나 다름없는 자신의 생
활을 관리하고 조절하는 듯이 보인다. 시계에 의지하지 않고
도 그는 지난날의 삶에서 바로 그 순간 자신이 어디에서 무엇
을 하고 있었는지 즉각 떠올릴 수 있다. 일요일 아침 예배와
저녁 예배의 시작과 끝, 그리고 수요일 저녁 기도회의 시작과
끝 사이에 어디에서 무엇을 했는지 즉시 기억해낼 수 있다. 예
를 들어 언제 교회 안으로 들어갔는지, 끝낼 시간을 미리 계산
해놓은 종료 기도나 설교를 언제쯤 시작했는지 그는 정확히
기억한다. 그래서 황혼이 깃들기 전에 그는 자신에게 다음과
같이 중얼거리고 있다 이제 사람들이 모여들고 있군. 천천히 거
리를 따라오다가 교회 안으로 들어와 인사를 나누는군. 무리를 지
어서, 둘이서, 혼자서. 교회에서 격의 없이 대화를 나누는 소리가
나지막이 들린다. 여자들은 부채를 부치며 끊임없이 소곤거리고,
이제 막 도착한 친구들이 통로를 지나가자 그들에게 고개를 끄덕

인다. 캐러더스 양이(그녀는 오르간 연주자였고 죽은 지 거의 20년이 지났다) 그들 사이에 있는 것이 보인다. 그녀는 곧 자리에서 일어나 오르간이 있는 자리로 올라갈 것이다 일요일 밤 기도회 모임이다. 하이타워는 그때가 인간이 신에게 가장 가까이 다가갈 수 있는 시간이라고 생각해왔다. 일주일 가운데 어느 날보다 가장 가까이 하느님께 다가갈 수 있는 시간 말이다. 그 시간만이 유일하게 교회의 약속과 목적인 평화가 깃드는 시간이다. 인간의 마음은 언제나 깨끗해야 하지만, 바로 그 순간만큼은 더할 나위 없이 마음이 정화되는 듯하다. 일요일 밤에는 한 주가 끝나고 그 주의 모든 불행도 마무리되며, 엄숙하고 경건한 형식으로 가득한 아침 예배에 의해 속죄를 받은 상태다. 그리고 다음 주와 거기에 따라올 재난은 아직 일어나지 않았으니, 잠시 동안이지만 마음은 믿음과 희망이 가득한 시원한 바람을 타고 평온을 얻는다.

어두운 창가에 앉은 하이타워의 눈에 사람들이 들어오는 모습이 보이는 듯하다 이제 사람들이 모여들어 문 안으로 들어오고 있군. 아직 사람들이 다 모인 것 같지는 않아 그때 그가 몸을 앞으로 굽힌 채 "자, 여러분" 하고 말을 하기 시작한다. 그러자 그의 신호를 기다렸다는 듯이 음악 연주가 시작된다. 오르간의 선율이 여름밤의 공기를 타고 풍요롭고 낭랑하게 울려 퍼진다. 격조 높게 울려 퍼지는 선율은 비참함과 숭엄함이 뒤섞여 있다. 마치 자유롭게 풀려난 소리 자체가 십자가에 못 박혀 죽은 예수의 형상이나 되는 듯, 황홀하고 엄숙한 선율이 하나로 모이면서 심오해지는 것 같다. 하지만 음악은 아직도 준엄하고 냉혹하면서도 신중한 음색을 지니고 있다. 그러면서도 곡조는 희생을 감수하겠다는 열정도 없이 탄원하고 간청한다. 하지만 그들이 간청하는 것은 사랑도 삶도 아니다. 다른 사람에게는 사랑과 삶이 아니라 죽음을 금지하면서도, 그들 자신은 고고하게 울려 퍼지는 곡조로 죽음을 갈망하고 있다. 모든 신교도들의 음악이 그렇듯, 죽음이 마치 구원이라도 되는 것처럼 말이다. 사람들은 음악이 찬미하고 상징하는 것처럼 죽음으로 이루어진 운명을 받아들이자고 소리 높여 찬양하고 찬송하는 것 같다. 그러면서도 찬양을 통해 사람들은 자신들을 그렇게 만들어놓은 것에 대해 앙갚음을 하는 듯 보이기도 한다. 음악 소리 속에서 하이타워는 자신의 역사, 자신의 대지와 자신을 감싸고 있는 피의 찬가를 듣는 것 같다. 자신을 이 세상에 태어나게 만들고 함께 살아온 사람들은 싸우지 않고는 도저히 기쁨이나 파국을 맞을 수도 없고 그로부터 도피할 수도 없다고 찬가가 말하는 듯하다. 사람들은 쾌락과 환희를 견딜 수 없는 것 같다. 그로부터의 도피는 폭력과 술과 싸움과 기도 없이는 불가능하며, 파멸에도 역시 그와 똑같은 폭력이 수반된다고 부르짖는 것 같다 그래서 그들의 종교는 사람들을 십자가에 매다는지도 모르지 그는 생각한다. 그는 음악 속에서 즉시 행동에 옮겨야 할 것이 무엇인지 알아야 한다는 선언과 그것에 헌신하라는 소리를 듣는 것 같다. 지난주는 급류처럼 흘러갔고, 내일부터 시작되는 다음 주는 알 수 없을 만큼 깊은 심연이라는 생각이 든다. 지금 이 순간은 거대한 단한 줄기의 급류가 우렁차고 근엄한 굉음을 내며 쏟아지기 직전 같다고 그는 생각한다. 그러나 그 굉음은 정당함을 외치는 소리가 아니라, 하이타워 자신의 교회에서 나오는 음악 소리뿐만 아니라 다른 두 교회에서 나오는 음악 소리도 들으며 창살로 된 감방에 갇힌 채 죽을 운명에 처해 있는 사나이를 위한 진혼곡 같다. 그리고 사람들은 그 사나이를 못 박아 매달아놓을 십자가를 세울 것이다. '그리고 사람들은 기쁘게 그 일을 하겠지.' 하이타워는 어두운 창가에 앉아 말한다. 그는 자신의 입과 턱 언저리의 근육이 웃는 것보다는 끔찍하고 무서운 예감 때문에 팽팽하게 당겨지는 느낌을 받는다. '그에게 자비를 베푼다는 것은 사람들이 자신이 의심을 품고 있음을 인정하는 셈이고, 스스로 동정심을 기대하고 필요로 하는 셈이지. 사람들은 기꺼이 기뻐하면서 그 짓을 할 거야. 그래서 그 일이 정말 무서운 거야. 무섭지, 무서워.' 그때 몸을 앞으로 굽히던 그는 세 사람이 집으로 다가와 문 쪽으로 가는 것을 본다. 가로등 불빛을 등진 세 사람의 그림자가 보인다. 그는 이미 바이런을 알아보고, 그를 따르는 두 사람에게 눈길을 준다. 두 사람 가운데 한 명은 남자이고 다른 한 명은 여자이다. 하지만 그 두 사람은 한 사람이 입고 있는 치마만 빼고 나머지 모든 옷을 서로 바꿔 입을 수 있을 것처럼 보인다. 치마를 입은 여자의 등판이 보통 남자나 여자의 두 배는 넘는 듯하다. 두 사람은 살찐 두 마리 곰 같아 보인다. 그는 멈출 사이도 없이 웃기 시작한다. '마치 바이런이 머리에 손수건을 두르고 귀에 귀걸이를 한 것 같군.' 그는 생각한다. 그는 소리도 내지 않고 계속 속으로 웃는다. 바이런이 두드릴 문을 열어주려면 그곳까지 가야 하기에 웃음을 참으려고 애쓰는 듯하다.

* * *

바이런은 두 사람을 서재로 안내한다. 땅딸막한 여자는 자주색 옷을 입고 깃털 달린 모자를 쓰고 손에는 양산을 들고 있다. 얼굴에 표정이라고는 전혀 없다. 남자는 무척 더럽고, 나이가 꽤 많아 보인다. 그는 담뱃진에 찌든 염소수염을 하고 있고 눈은 광기에 젖어 있다. 그들은 머뭇거리지도 않고 서재 안으로 들어온다. 하지만 엉성하게 만든 용수철 인형처럼 움직임이 어색하다. 여자가 좀 더 당당해 보이고, 적어도 두 사람 가운데서는 좀 더 의식이 온전해 보인다. 얼어붙은 것처럼 기계적인 관성에 따라 움직이긴 하지만, 여자는 분명한 목적을 갖고 있는 듯하고, 적어도 희미한 희망이라도 가지고 온 것 같다. 하지만 하이타워는 남자가 혼수상태 같은 것에 빠져 있음을 즉시 알아차린다. 남자는 자기가 어디에 와 있는지 전혀 알지 못하고 완전히 무관심해 보이지만, 역설적이게도, 넋을 놓고 있다가도 순간적으로 경계 태세를 취하는 격정적인 능력을 어느 구석엔가 숨기고 있는 인물 같다.

"이 여자 분이 바로 그분입니다." 바이런이 조용하게 말한다. "이분은 하인스 씨고요."

　그들은 전혀 움직이지 않고 그대로 서 있다. 여자는 긴 여정의 끝에 이르러, 이제 자신을 기다리고 있는 낯선 얼굴과 주변의 환경에 둘러싸인 채, 돌로 만들어 색깔이 칠해진 그 무엇처럼 조용히 빙하같이 기다리고 있고, 남자는 잠잠하고 넋을 잃고 있지만 분노를 품고 있고 지저분하다. 호기심이 있는지 없는지 잘 모르겠지만, 두 사람은 하이타워가 전혀 안중에 없는 듯이 보인다. 하이타워는 의자를 가리킨다. 그러자 바이런이 여자를 의자로 인도한다. 여자는 손에 양산을 꼭 붙잡은 채, 몸을 숙여 의자에 앉는다. 남자도 여자의 뒤를 따라 즉시 의자에 앉는다. 하이타워는 책상 건너편에 있는 자신의 의자에 앉는다. "이 여자 분이 내게 하실 말씀이 무엇이지?" 하이타워가 바이런에게 묻는다.

　여자는 전혀 움직이지 않는다. 하이타워의 말을 듣지 못한 것이 분명해 보인다. 여자는 희망이라는 힘에 의지해 힘든 여행을 떠나 이제 그 여행을 완전히 끝내고 기다리는 사람 같다. "이분이 바로 그분입니다." 바이런이 말한다. "하이터워 목사님이세요. 이분에게 말씀하세요. 이분이 알고 있어야 한다고 생각하시는 걸 말씀하세요." 바이런이 말을 하자 그녀는 그를 쳐다본다. 그녀의 얼굴에는 아무 표정도 없다. 설령 그 얼굴 뒤에 미처 말로 표현하지 못한 것이 있다 해도, 분명한 의미가 무표정한 얼굴 때문에 희미해질 것 같다. 또 희망이나 갈망조차 제대로 드러나지 않을 것 같다. "말씀하세요." 바이런이 거든다. "왜 여기에 왔는지 말씀하세요. 제퍼슨에 왜 오셨는지 말이에요."

"내가 여기 온 건……." 여자가 입을 연다. 여자의 목소리는 크지 않지만 급하고 낮으며, 거의 까칠하게 들린다. 그녀는 말을 할 때 큰 소리를 낼 생각이 없었던 모양이다. 자기 목소리에 놀란 듯 여자는 말을 멈추고 하이타워와 바이런의 얼굴을 번갈아 쳐다본다.

"말씀하세요." 하이타워가 말한다. "제게 말씀해보세요."

"내가 여기 온 건……." 다시 목소리가 잦아든다. 아직 높이 올라가지도 않은 목소리가 자기 목소리에 놀란 듯 도중에 멈추고 만다. 마치 여자가 내뱉은 몇 마디가 자동적으로 방해물로 변하여 여자의 목소리가 그것을 뚫고 나가지 못하는 것 같다. 여자가 그 방해물을 지나 그들에게 다가가려고 마음을 정리하는 모습이 눈에 선하다. "난 그 아이가 걷기 전부터 그 아이를 보지 못했어요." 여자가 말한다. "30년 동안 한 번도 그 아이를 본 적이 없죠. 그 아이가 자기 발로 걷고 자기 이름을 말하는 걸 한 번도——"

"음란하고 혐오스러워!" 남자가 갑자기 소리를 지른다. 그의 목소리는 높고 날카롭고 강경하다. "음란하고 혐오스러워!" 그러고 나서 그는 말을 멈춘다. 그 남자는 꿈을 꾸고 있는 듯한 상태에서 느닷없이 분노에 찬 예언자 같은 몇 마디를 외치더니 더 이상 말이 없다. 하이타워는 그를 쳐다본 다음 바이런에게 눈길을 돌린다. 바이런이 조용히 이야기한다.

"그자가 이 두 분의 딸이 낳은 아이랍니다. 그가——" 바이런은 머리를 살짝 돌려 노인을 가리킨다. 노인은 이제 밝게 빛나는 광기 어린 시선으로 하아타워를 노려보고 있다. "——저노인이 손자가 태어나자마자 갖다 버렸지요. 저 부인은 남편이 그 아이를 어떻게 했는지조차 모르고 계셨어요. 저 여자 분은 그 아이가 지금까지 살았는지 죽었는지 전혀 모르고 계셨어요——"

노인이 사람들이 깜짝 놀랄 정도로 갑자기 끼어들었다. 하지만 이번에는 소리를 지르지는 않는다. 이제 그의 목소리는 바이런만큼이나 차분하고 논리정연하다. 갑자기 끼어드는 바람에 약간 떨리기는 했지만, 그는 분명하게 이야기한다. "맞아. 하인스 영감이 그 아이를 데리고 갔어. 하느님께서 하인스 영감에게 기회를 주셨으니 하인스 영감도 그분께 기회를 드린 거야. 어린아이들의 입을 통해서 하느님께서 당신의 뜻을 펼치신 거란 말이야. 그래서 하느님과 인간의 말을 전해들은 어린아이들이 그 아이를 보고 검둥아! 검둥아! 하고 부른 것은, 하느님께서 당신의 뜻을 보이신 거라 이 말이야. 그래서 하인스 영감이 하느님께 말씀드렸지. '그 정도로는 충분하지 않습니다. 아이들은 서로를 부를 때도 검둥이라는 말보다 더 심한 욕설을 하죠.' 그러자 하느님께서 이렇게 말씀하시더군. '네가 기다리고 지켜보거라. 난 이 세상의 추잡함이나 음탕함에 낭비할 시간이 없도다. 내가 그 아이에게 표시를 해두었다. 이번에는 내 뜻을 적어두도록 하겠다. 너로 하여금 지켜보고 내 의지를 수호하게 하겠다. 이제 감시하고 감독하는 일은 네 몫이로다.'" 노인의 목소리가 잦아든다. 하지만 어조는 낮아지지 않는다. 그러다 그의 목소리가 딱 그친다. 꼭 축음기에서 흘러나오는 음악을 듣고 있지 않던 어떤 사람이 손으로 돌아가고 있는 음반 위에서 바늘을 들어 올린 것 같다. 노인을 노려보고 있던 하이타워의 시선이 바이런에게 옮아간다.

"이건 또 무슨 소리지? 무슨 소리야?" 하이타워가 묻는다.

"저는 남편 되는 분은 오지 않고 부인만 와서 목사님과 이야기를 나누시도록 할 작정이었습니다." 바이런이 변명을 늘어놓는다. "하지만 저 영감님을 혼자 남겨둘 곳이 없었습니다. 부인은 자신이 남편을 감시해야 한다고 하시고. 어제 저 영감님은 모츠타운에서 사람들을 모아 그자를 손봐야 한다고 선동하고 다녔답니다. 자신이 하려는 일이 어떤 건지도 잘 모르면서 말입니다."

"그자를 손본다고?" 하이타워가 의아한 듯 되물었다. "자기 손자를 죽도록 패주자는 말인가?"

"하여간 부인이 그렇게 말했습니다." 바이런이 평탄한 어조로 말한다. "남편이 그 일을 하지 못하도록 막기 위해 자신이 같이 왔다고 하더군요."

부인이 다시 말한다. 아마 지금까지 이야기를 듣고 있었던 모양이다. 하지만 지금 그녀의 얼굴 표정은 처음 방 안으로 들어오던 때와 전혀 다르지 않다. 목석처럼 무표정하다. 그녀는 힘이 다 빠진 목소리로, 남편만큼이나 갑작스럽게 다시 말한다. "지난 50년 동안 남편은 저랬답니다. 아마 50년 이상이었겠지만, 난 50년 동안 저런 일을 당해왔어요. 우리가 결혼하기 전에도 남편은 늘 싸움만 했지요. 밀리가 태어나던 날 밤에도 남편은 싸움 때문에 유치장에 들어가 있었지요. 난 그런 고통을 당하면서도 견뎌냈죠. 남편이 그러더군요. 자신이 남들보다 작아서 남들이 놀려대니 싸울 수밖에 없다고요. 그런 일로 싸웠다는 게 저 사람의 자랑거리고 자부심이죠. 하지만 난 저 사람에게 몸에 악마가 들어 있어서 그런 거라고 말했답니다. 언젠가 악마가 저 사람 속으로 들어가, 저 사람은 그 사실을 모르겠지만, '유퍼스 하인스, 자네가 진 빚을 받으러 왔네' 하고 말할 거라고 일러주었어요. 밀리가 태어난 바로 다음 날, 나는 남편에게 이렇게 말했어요. 그날 나는 몸이 아파 고개를 들 힘도 없었는데, 남편이 다시 유치장에서 풀려나오자 내가 말했죠. 하느님께서 적절한 시기에 당신에게 신호와 경고를 보내신 거라고 말이에요. 딸아이가 태어나는 바로 그 순간, 그 시각에 유치장에 갇혀 있는 것이, 하느님께서 당신은 딸을 키우는 데 적합한 사람이 아니라고 생각하시는 명백한 증거라고 말했지요. 마을에서 (남편은 열차 제동수 일을 했죠) 당신이 할 일은 해악을 끼치는 것 외에 아무것도 없다고 하느님께서 생각하신 명백한 증거라고 말이에요. 그래서 남편은 그 징조를 받아들여 마을을 떠나 돌아다녔고, 얼마쯤 시간이 흐른 뒤에 제재소 인부를 관리하는 작업반장 일을 하게 되었답니다. 그 일은 제법 잘했지요. 저 사람이 자기 속에 있는 악마를 정당화하거나 그에 대한 변명을 늘어놓기 위해 헛되이 자만심에 차서 하느님 이름을 들먹거리지는 않았으니까요. 그러다가 렘 부시의 마차가 서커스에서 돌아오던 날 밤에 집 앞에 멈춰 밀리를 내려놓지 않고 그냥 지나치자, 유퍼스는 집 안으로 들어가 서랍을 몽땅 뒤져 권총을 찾아냈지요. 그때 내가 말했어요. '유퍼스, 이게 바로 악마가 하는 짓이란 말이에요. 당신이 지금 이렇게 서두르는 것은 밀리의 안전을 위한 게 아니에요.' 그러자 남편이 이렇게 말했어요. '악마건 아니건 상관없어. 악마면 어떻고 아니면 어때.' 그러고는 손으로 나를 때리더군요. 난 침대에 길게 뻗어 누운 상태로 그를 노려봤죠──" 그녀는 말을 멈춘다. 하지만 목소리가 계속 하강하는 것이, 마치 축음기가 음반을 돌리다 중간에 멎어버린 것 같다. 다시 하이타워가 깜짝 놀라 번쩍이는 시선을 부인에게서 바이런에게로 옮긴다.

"저도 저렇게 들었습니다." 바이런이 말한다. "저도 처음에는 이야기의 갈피를 잡기가 어려웠습니다. 두 사람은 남편이 작업반장으로 일하는 아칸소 주 어딘가의 제재소에서 살았답니다. 당시 딸은 열여덟 살이었고요. 어느 날 밤, 서커스단이 시내로 가는 도중에 길옆에 있던 제재소 앞을 지나간 모양이에요. 때는 십이월이었고 비가 무척 많이 왔는데, 마차 한 대가 제재소 근처 다리를 건너다 틈새로 바퀴가 빠지는 바람에, 단원 중 한 사람이 집에 찾아와 남편을 깨우고, 마차를 들어 올릴 나무 도르래를 빌려달라고 했답니다──"

"그건 여자의 육체에 대한 하느님의 증오야!" 노인이 갑자기 외친다. 그런 다음 그의 목소리는 뚝 떨어져 낮아진다. 마치 관심을 끌려고 그러는 것 같아 보인다. 노인은 다시 빠르게 말한다. 그의 어조는 그럴듯하지만 분명치 않고, 광기가 서려 있다. 다시 그는 자신이 제삼자인 것처럼 말한다. "그는 알고 있었지. 하인스 아저씨는 알고 있었어. 그는 이미 그 계집아이의 옷 아래 몸뚱이에 하느님께서 새겨놓은 여자의 죄에 대한 혐오의 표시를 보았지. 그리고 그가 비옷을 입고 밖으로 나가 등불을 켠 다음 다시 집으로 오니, 그 계집아이 역시 비옷을 걸치고 문지방에 서 있더군. 그러자 그가 말했지. '넌 어서 잠자리에 들도록 해라.' 그러자 아이가 말했지. '저도 함께 가고 싶어요.' 그래서 그가 다시 말했지. '넌 어서 방 안으로 들어가거라.' 그러고 나서 계집아이는 집 안으로 들어갔고, 그는 집을 나와 제재소로 가서 커다란 나무 도르래를 가져왔고 마차를 빼내주었어. 그는 동이 틀 때까지 밤을 새워 일했지. 아버지는 계집아이가 아버지의 명령에 복종해 잠을 자고 있을 거라 믿었지. 사실 그 명령은 하느님이 그 아이에게 내리신 거니까. 하지만 그는 알아야만 했어. 여성의 육체에 대한 하느님의 혐오를 알아야만 했어. 그는 계집아이가 몰래 집을 빠져나와 하느님께서 보고 계시는데도 음란하고 혐오스러운 냄새를 풍기고 돌아다니고 있었다는 걸 알아야만 했어. 하인스 아저씨는 사실을 더 잘 알아야만 했어. 계집아이가 그러더군. 그 자식이 멕시코인이라고. 하인스 아저씨가 그 자식의 얼굴에서 전능하신 하느님의 검은 저주를 보았을 때 그 자식이 어떤 놈인지 알아차린 거지. 그리고 말했지——"

"이건 또 무슨 말이지?" 하이타워가 묻는다. 그는 마치 성량만으로 타인의 목소리를 압도할 수 있다는 듯이 큰 소리로 외쳤다. "도대체 이게 무슨 소린가?"

"그 남자는 서커스단원이었어요." 바이런이 대답한다. "딸아이가 아버지에게 붙잡혔을 때 실토한 것 같아요. 그 남자가 멕시코인이라고요. 그리고 그 남자를 언제 만났는지도 얘기했어요. 그 작자가 그렇게 말하도록 시킨 거겠죠. 하지만 저 노인은——" 바이런은 다시 노인을 가리키며 계속 이야기한다. "——그 남자 몸에 검둥이의 피가 흐르고 있다는 사실을 알고 있었죠. 서커스단원 중에 누군가가 알려주었겠지요. 전 자세히는 모르겠습니다. 노인은 그 사실을 어떻게 알게 되었는지 전혀 말하지 않았습니다. 어떻게 알았든 그게 무슨 차이가 있겠나 싶었겠지요. 하지만 다음 날 밤이 지나서는 그것이 중요하다는 걸 알게 되었죠."

"다음 날 밤이라니?"

"서커스단이 탄 마차가 바퀴가 다리 틈새에 빠지는 바람에 오도 가도 못하게 된 그날 밤, 딸이 몰래 집을 빠져나간 모양입니다. 노인이 그렇다고 하더군요. 어쨌거나 저 노인은 딸이 집을 나간 것처럼 행동했지요. 그가 그 사실을 몰랐거나 딸아이가 몰래 집을 빠져나가지 않았다면, 그가 한 일은 일어나지 않을 수도 있었을 겁니다. 다음 날 딸아이는 이웃 사람들하고 서커스 구경을 갔습니다. 노인은 그렇게 하도록 허락했습니다. 그때까지만 해도 노인은 간밤에 딸아이가 몰래 집을 빠져나간 사실을 몰랐거든요. 딸아이가 일요일에 교회에 갈 때 입는 정장 차림으로 이웃집 마차에 오르기 위해 집을 나섰을 때만 해도 노인은 아무것도 의심하지 않았죠. 그리고 노인은 그날 밤 마차 소리에 귀 기울이며, 마차가 다시 집으로 올 때를 기다렸죠. 그런데 마차가 길 위에 나타나더니 집 앞을 그냥 획 지나쳐버렸죠. 멈춰서 딸아이를 내려줄 생각이 없는 것처럼 말입니다. 그러자 노인이 뛰어나가 마차를 세우라고 소리를 질렀고, 안에 타고 있던 이웃 사람이 마차를 세웠지만, 그 안에 딸아이는 없었습니다. 이웃 사람의 말에 따르면, 노인의 딸아이는 서커스장에서 그들과 헤어졌답니다. 6마일쯤 떨어진 곳에 사는 여자 친구와 밤을 보내기 위해서라고 했다는군요. 하지만 이웃들은 어째서 하인스 영감이 그 사실을 몰랐을까 의아했답니다. 하인스 영감의 딸아이가 마차에 오를 때부터 여행용 손가방을 들고 있었기 때문이죠. 하지만 하인스 영감은 그 손가방을 보지 못한 겁니다. 그리고 부인은──” 바이런은 이번엔 목석처럼 무표정한 부인을 가리킨다. 부인은 바이런이 하는 말을 듣고 있을 수도 있고 아닐 수도 있다. “──부인이 그러더군요. 남편을 이끈 것은 악마라고요. 그때 딸아이가 어디 있는지 모르기는 남편도 자신과 마찬가지였다고 하더군요. 하지만 남편은 집 안으로 뛰어 들어가 권총을 빼 든 다음, 자신을 제지하려는 부인을 침대 위에다 때려누인 뒤, 말에 안장을 얹고 집을 떠났답니다. 부인의 말에 따르면, 남편은 어둠 속에서도 그들을 따라잡을 만한 대여섯 군데 지름길 가운데 가장 확실한 지름길을 택해 그들을 뒤쫓은 모양입니다. 하지만 그들이 어떤 길로 도망쳤는지 전혀 알 수 없는 일이었죠. 그러나 그는 알아냈습니다. 마치 그들이 어디로 도망갈지 언제나 정확히 알고 있던 것처럼 말입니다. 그래서 노인은 딸아이가 자신에게 멕시코 사람이라고 알려준 남자와 만날 곳을 알았던 것이지요. 이미 모든 것을 알고 있는 것 같았지요. 노인이 마차를 따라잡기 시작한 때는 칠흑같이 어두운 밤이었답니다. 따라서 자신이 따라잡은 마차가 자신이 원하는 것인지 도무지 알 수가 없었다는군요. 하지만 그는 마차 바로 뒤까지 따라잡았던 모양입니다. 그 마차는 그가 그날 밤 처음 본 마차였다는군요. 그는 마차 옆으로 말을 바짝 붙인 다음 몸을 구부렸지요. 칠흑 같은 어둠 속에서, 그는 말 한마디 하지 않고 말도 멈추지 않은 채 어떤 사람을 잡아챘답니다. 그 낯선 사람인지 이웃집 사람인지 알 수 없는 어떤 사람을 그는 시각과 청각에 의지해 붙잡았습니다. 그는 한 손으로는 그를 붙잡고 다른 손으로는 그를 향해 권총을 쏘아 그 낯선 사람을 죽인 다음, 딸아이를 말 뒤에 태워 집으로 돌아왔답니다. 결국 그는 낯선 남자와 마차를 길에 버려둔 채 그곳을 떠났던 겁니다. 그때 비가 다시 내리기 시작했다고 하더군요.”

바이런이 말을 그만한다. 그러자 즉시 부인이 말하기 시작한다. 마치 그녀는 바이런이 말을 마칠 때까지 불굴의 의지로 간신히 기다려온 것 같다. 그녀는 이전과 똑같이 생기 없고 평탄한 어조로 말한다. 두 목소리가 단조로운 선창과 뒤따르는 후렴 같다. 실체도 없는 두 목소리는 차원도 없는 공간에서 피도 없는 사람들이 꿈속에서 차례대로 뭔가를 연기하는 듯하다. "난 침대 위에 벌렁 누운 채, 남편이 나가는 소리를 들었죠. 잠시 후에 말이 마구간을 나와 집을 지나쳐 벌써 전속력으로 달려가는 소리를 들었어요. 나는 그렇게 옷을 벗지도 않고 등불만 바라보고 있었어요. 기름이 다 닳아, 잠시 뒤에 부엌으로 등을 가지고 가 기름을 채우고 등잔의 심지를 청소한 다음, 옷을 갈아입고 침대에 누워 있었죠. 그동안 등잔불은 계속 타고 있었어요. 비가 계속 내리고 있었고, 날씨는 추웠지요. 그러는 사이 말이 앞마당으로 들어와 현관 앞에 멈추는 소리가 들렸어요. 그래서 침대에서 일어나 어깨에 숄을 걸치고 있으니, 그들이 집 안으로 들어오는 소리가 들리더군요. 나는 유퍼스의 발소리와 뒤따르는 밀리의 발소리를 들을 수 있었어요. 두 사람이 현관에 도착했죠. 밀리는 그냥 거기 서 있었어요. 얼굴과 머리가 비에 흠뻑 젖고 새 옷은 온통 진흙투성이였고, 두 눈은 꼭 감고 있었죠. 그러자 유퍼스가 딸아이를 흠씬 두들겨 팼고, 딸아이는 바닥에 쓰러졌지요. 하지만 얼굴 표정은 서 있을 때나 쓰러져 있을 때나 전혀 변화가 없었답니다. 유퍼스도 비에 젖고 진흙을 뒤집어쓴 채 문 앞에 서서 말을 했죠. '당신은 내게 악마나 하는 짓을 했다고 말했지. 말 한번 잘했어. 그래서 내가 악마가 뿌린 씨를 거둬 왔지. 저 계집아이의 몸속에서 무엇이 자라고 있는지 물어봐. 어서 물어보라고.' 하지만 난 피곤했고, 날씨는 추웠어요. 그래서 내가 물었죠. '도대체 무슨 일이에요?' 그러자 남편이 대답하더군요. '저기 가서 진흙 속을 내려다보면 당신도 알게 될 거야. 그 자식은 자기가 멕시코 사람이라고 딸아이를 속인 모양인데, 하지만 나까지 속일 수야 없지. 아니 어쩌면 그 자식은 딸아이를 속이지 않았는지도 모르지. 아마 그렇게 할 필요가 없었을 거라고. 언젠가 당신이 악마가 빚을 받으러 내게 올 거라고 말한 적이 있었지. 그런데 정말 그렇게 되고 말았어. 내 여편네가 창녀를 낳고 말았어. 빚을 받으러 올 때가 되자, 악마는 최소한 자기가 할 수 있는 일을 잘 처리하더군. 악마는 내게 따라잡을 길을 알려주더니 손에 권총까지 꽉 쥐어줬단 말이야.'

때때로 나는 악마가 하느님을 이길 수도 있겠구나 하고 생각하기도 했답니다. 우리 부부는 밀리가 임신한 것을 알게 되었고, 그러자 유퍼스는 그 문제를 처리해줄 의사를 찾아다니기 시작했어요. 난 남편이 적당한 의사를 찾아낼 거라고 믿었어요. 그리고 차라리 그렇게 하는 게 낫다는 생각을 하기도 했지요. 남자와 여자가 이 세상에서 살다 보면 그런 일을 처리할 수밖에 없는 경우도 있으니까 말이에요. 사실 그 당시 난 몹시 지쳐 있었어요. 재판이 끝나고 서커스단장이 와서, 그 작자가 멕시코 사람이 아니라 사실은 검둥이 피가 섞인 혼혈이라고 말했을 때 말이에요. 유퍼스가 늘 말하던 대로, 그리고 악마가 유퍼스에게 그 작자가 검둥이라고 알려준 그대로 모든 게 들어맞고 말았답니다. 그래서 유퍼스는 다시 권총을 빼 들고 의사를 찾아내겠다고, 아니면 딸아이를 죽여버리겠다고 말하고 다녔죠. 남편은 집을 나가기 일쑤였고, 한번 나가면 일주일 동안 소식이 없었죠. 그리고 마을 사람들 모두 그 사건에 대해 알게 되었지요. 그래서 난 다른 곳으로 이사를 가자고 유퍼스를 설득하려고 했어요. 그 작자가 검둥이라는 걸 말한 사람은 서커스단장밖에 없었고, 사실 그 단장이 확실히 아는 게 아닐 수도 있었고, 더군다나 그 작자는 이미 죽었고, 우리 가족 또한 그 작자를 다시 볼 일이 없겠다 싶어서 그랬던 겁니다. 하지만 유퍼스는 이사 갈 마음이 전혀 없었어요. 그러는 사이 밀리가 해산할 때가 다가왔고, 남편은 권총을 빼 들고, 아이를 받아줄 의사를 찾아다니기 시작했죠. 그러다가 남편이 유치장에 갇혀 있다는 소식이 들려왔죠. 나중에는 남편이 이곳저곳에 있는 교회와 기도회를 기웃거리고 다닌다는 소식도 들렸어요. 의사를 찾아다니느라 그랬을 겁니다. 그리고 어느 날 밤 그는 기도회 도중에 자리에서 일어나 설교단으로 올라가 설교를 했다더군요. 검둥이들에게 욕설을 퍼붓고는, 백인들은 나와 검둥이들을 모두 죽이라고 떠들어댔나 봅니다. 그래서 사람들은 그의 입을 막고 설교단에서 끌어내린 모양이에요. 그러자 남편이 권총으로 사람들을 위협했지요. 교회에서 말이에요. 마침내 경찰이 와서 남편을 체포했는데, 그러고도 한동안 그이는 미친 사람 같았다더군요. 그리고 사람들은 남편이 다른 마을에서 의사를 두들겨 패고 붙잡히기 전에 도망친 사실도 알아냈더군요. 그가 유치장에서 풀려나 집에 돌아왔을 때, 밀리의 해산이 임박해 있었지요. 그때 난 남편이 포기했구나 생각했어요. 마침내 하느님의 의도를 알아차렸구나 생각했어요. 남편이 집에서 조용히 지내고 있었기 때문이죠. 그러던 어느 날, 남편은 나와 밀리가 해산을 앞두고 준비해둔 옷가지를 발견하고도 아무 말도 하지 않았어요. 다만 정확하게 해산일이 언제냐고만 물었죠. 남편은 매일 같은 질문을 했고, 그래서 우리는 남편이 포기했다고 생각한 겁니다. 남편이 교회에 드나들고 유치장에 들락거리는 사이, 마치 밀리가 태어나던 날 밤처럼 이제 포기하고 만 것이구나 생각한 거죠. 그러다 정말 해산이 닥치고 말았어요. 어느 날 밤, 밀리가 나를 깨우더니 진통이 시작됐다고 했어요. 나는 옷을 입고 유퍼스에게 의사를 불러달라고 말했죠. 그랬더니 남편은 옷을 입고 밖으로 나갔어요. 난 모든 준비를 하고 딸아이와 함께 기다렸습니다. 유퍼스와 의사가 나타날 시간이 됐고 또 지났는데도 남편은 오지 않았어요. 그래서 난 의사가 곧 도착하겠지 하고 현관으로 나갔습니다. 거기서 난 유퍼스가 산탄총을 무릎 위에 올려놓은 채 현관 계단 맨 꼭대기에 앉아 있는 것을 발견하고 말았어요. 남편은 '집 안에 들어가 있어, 이 창녀 어미 같으니' 하고 소리를 지르더군요. 그래서 난 '유퍼스' 하고 말하려고 했어요. 그랬더니 남편이 자리에서 일어나 산탄총을 들어 올리고 '집 안에 들어가 있으라니까. 악마가 손수 뿌린 씨앗을 거둬 가게 해야지. 씨를 뿌린 놈이 바로 악마 자신이니까 말이야' 하고 소리를 질렀어요. 그래서 난 뒷문을 통해 나가려고 했는데, 남편은 내가 움직이는 소리를 들었는지, 집을 빙 돌아와 내 앞을 막더니 총대로 날 마구 때렸지요. 그래서 난 다시 딸아이에게 돌아갔고, 남편은 복도에 서서 딸아이가 죽을 때까지 지켜볼 작정을 했던 것 같아요. 그러더니 남편이 방 안으로 들어와 침대 곁에서 갓난아이를 찾았어요. 그러고는 아이를 마치 등잔불 추켜올리듯 높이 들어 올리더군요. 마치 악마가 이기는지 하느님이 이기는지 두고 보려는 것 같았지요. 난 그때 무척 피곤해서 침대에 앉아 벽에 비친 남편의 그림자를 보고 있었지요. 벽에 비친 남편의 팔과 아기를 싼 포대기가 높이 들린 것을 보았답니다. 그리고 생각했죠. 하느님이 이기셨구나 하고 말이에요. 하지만 지금 생각하면 잘 모르겠어요. 왜냐하면 남편은 다시 아기를 밀리 옆 침대 위에 내려놓고 밖으로 나가버렸으니까요. 나는 남편이 앞문으로 나가는 소리를 들었고, 그런 다음 일어나 화덕에 불을 지피고 우유를 조금 데웠답니다." 부인이 말을 멈춘다. 그녀의 거칠고 단조로운 목소리가 잦아든다. 책상 너머에 앉아 있는 하이타워는 그녀를 바라보고 있다. 방 안으로 들어온 후 전혀 움직이지 않았던 여자는 자주색 옷을 입고 돌처럼 굳은 표정으로 가만히 앉아 있다. 그러다 그녀가 다시 이야기를 시작한다. 몸은 전혀 움직이지 않고, 입술도 거의 움직이지 않는 것처럼 보인다. 그녀는 인형처럼 보이고 목소리는 옆방에 있는 복화술사가 내는 듯하다.

　"유퍼스가 어디론가 가버렸지요. 제재소 주인도 그가 어디로 갔는지 모르더군요. 그래서 그는 새로운 감독을 데려왔지만, 우리가 그곳에 당분간 머물 수 있게는 해주었지요. 유퍼스가 어디로 갔는지 모르는데다가, 겨울이 다가오고 있었고 내가 아기도 돌봐야 했으니 편의를 봐줬을 겁니다. 한 통의 편지가 도착하기 전까지는 나나 제재소 주인인 길먼 씨나 유퍼스가 어디에 있는지 전혀 몰랐지요. 멤피스에서 온 편지였지요. 봉투 안에 우편환이 들어 있었지만 그게 전부였어요. 그래서 남편이 어디에 있는지 전혀 모르고 있었지요. 그러다가 십일월에도 우편환이 한 장 더 날아왔어요. 이번에도 편지 같은 것은 없었지요. 그때 난 몸이 피곤해 있었고, 크리스마스 이틀 전이어서 뒷마당으로 나가 장작을 팼어요. 그리고 다시 집 안으로 돌아와 보니 아기가 없어졌지요. 집 밖에 한 시간도 채 나가 있지 않았고, 남편이 왔다 간 것 같기도 했어요. 하지만 그것은 사실이 아니었어요. 난 남편을 보지 못했지요. 다만 유퍼스가 베개 위에 남기고 간 편지를 발견했을 뿐이지요. 아기가 침대에서 떨어지지 않도록 베개를 아기와 침대 가장자리 사이에 놓아두었었거든요. 난 그날 무척 피곤했어요. 난 그저 기다릴 수밖에 없었어요. 크리스마스가 지나자 유퍼스가 집으로 돌아왔어요. 하지만 남편은 말을 하려고 하지 않았어요. 다만 우리가 이사를 가야 할 거라고만 했어요. 그래서 난 남편이 이미 아기를 그곳에 갖다 놓은 다음 나를 데리러 돌아온 거라고 생각했답니다. 하지만 남편은 이사를 어디로 갈 것인지에 대해서는 전혀 말하지 않았고, 다만 그리 멀지 않은 곳이라고만 했어요. 우리가 도착할 때까지 아기가 견딜 수 있을까 걱정이 되어 거의 미칠 지경이었지요. 하지만 남편은 여전히 그곳이 어딘지 이야기해주지 않았지요. 이러다가 그곳에 갈 수나 있을지 모르겠다고 생각했어요. 마침내 우리는 그곳으로 이사를 갔지만 아기는 없었어요. 그래서 내가 말했죠. '도대체 조이를 어떻게 했는지 말해봐요. 빨리 말하라고요.' 그랬더니 남편이 나를 쳐다봤어요. 그날 침대에 누워 죽어가는 밀리를 노려보던 그 눈길 같았지요. 그러고 나서 남편이 말했어요. '그게 다 하느님께서 증오하시는 것이지. 나는 하느님께서 의지를 실현하시고자 이용하는 도구일 뿐이야.' 그러더니 남편은 다음 날 집을 나가버렸지요. 하지만 어디로 갔는지 난 몰랐습니다. 우편환이 한 장 더 날아왔지요. 그러고 나서 그다음 달, 유퍼스가 집으로 돌아와 그동안 멤피스에서 일을 했다고 하더군요. 그래서 난 남편이 조이를 멤피스의 어딘가에 숨겨두었다는 것을 깨닫고 그나마 다행이라고 생각했어요. 비록 나는 그럴 수 없겠지만, 남편은 간혹 그곳으로 가 조이를 볼 수 있으니까 말이에요. 일이 어떻게 된 것인지 알기 위해서라도 남편의 생각을 받아들여야겠다고 생각했어요. 다음에는 남편이 나를 멤피스에 데리고 가겠지 하고 매번 생각했답니다. 그래서 난 기다렸어요. 조이의 옷을 만들기 위해 바느질도 했지요. 옷을 다 만들어놓은 다음, 유퍼스가 집에 오면 옷이 조이에게 맞을 것 같은지 혹은 아기는 잘 있는지 하고 수다를 떨면서 뭔가 알아내려고 했지만, 유퍼스는 입도 뻥긋하지 않았어요. 남편은 자리에 앉아 성경책을 큰 소리로 읽곤 했지요. 들어줄 사람은 방 안에 나밖에 없는데도 말이에요. 남편은 마치 내가 성경책에 나오는 말들을 믿지 않는다고 생각하는 듯, 고함을 지르며 읽어댔지요. 남편은 무려 5년 동안이나 내게 말을 하지 않았어요. 그래서 내가 만든 옷을 남편이 조이에게 갖다 줬는지 아닌지 전혀 알 수가 없었답니다. 난 남편에게 집요하게 조르는 것 같아 자세히 물을 수가 없었지요. 비록 난 조이가 있는 곳에 가지 못하지만 남편은 갈 수 있으니 그나마 다행스러운 일이었죠. 5년이나 지난 어느 날, 남편은 집으로 돌아와 이렇게 말했어요. '이사를 갈 거야.' 그러자 난 드디어 소원이 이루어지겠구나 생각했지요. 이제야 아이를 다시 볼 수 있겠구나 하고 말이에요. 죄가 있었다 해도 이제 죗값을 다 치렀다고 생각했죠. 그리고 유퍼스도 용서했지요. 이제 마침내 멤피스로 가게 되는구나 생각했으니까요. 하지만 우리가 이사 간 곳은 멤피스가 아니었어요. 우리는 모츠타운으로 이사를 갔던 겁니다. 모츠타운으로 가려면 멤피스를 지나쳐야 하기 때문에 난 남편에게 애원했어요. 내가 남편에게 애원한 것은 그때가 처음이었죠. 난 그때 아이를 단 1분, 아니 1초만이라도, 아이를 만지거나 말을 건네지도 않을 테니 단지 보게만 해달라고 애원했어요. 하지만 유퍼스는 그렇게 해주지 않았어요. 우리는 역 밖으로 나가지도 못했죠. 우리는 역을 벗어나지도 못한 채, 무려 일곱 시간이나 기다리다가 다음 기차를 타고 모츠타운으로 왔지요. 그리고 유퍼스는 일을 하기 위해 다시는 멤피스로 돌아가지 않았지요. 그리고 얼마 있다 내가 말했죠. '여보' 하고 불렀더니 남편이 나를 바라보더군요. 그 래서 '난 지난 5년 동안 기다리면서 한 번도 당신을 괴롭힌 적이 없어요. 그 아이가 죽었는지 아닌지 딱 한 번만 말해줄 수 있어요?' 하고 애원했죠. 그러자 남편은 '그 아이는 죽었어' 라고 말하더군요. 그래서 내가 되물었어요. '이 세상에 없다 는 건가요, 아니면 단지 내게 죽은 것이나 다름없다는 건가 요? 내게 죽은 것이나 다름없어도 좋아요. 그 정도만 이야기 해줘도 괜찮아요. 지난 5년 동안 당신을 조른 적이 없잖아요.' 그랬더니 남편이 말하더군요. '그 아이는 나나 당신에게, 또 하느님에게, 그리고 하느님이 만드신 이 모든 세상에게 영원 히 죽은 거나 마찬가지야.'"

부인은 다시 말을 멈춘다. 책상 너머로 하이타워가 조용하 면서도 몹시 놀란 표정으로 부인을 바라본다. 바이런 역시 미 동도 하지 않은 채 고개를 조금 숙이고 있다. 노인을 제외하 면, 그들 세 사람은 마치 썰물로 물이 빠진 해변 위에 남겨진 세 개의 바위 같다. 노인은 듣는 것 같지 않으면서도 완벽한 집중력을 발휘하는 상태와, 혼수상태에 빠진 듯 멍하게 있는 상태를 순식간에 넘나들면서 거의 정신을 집중해 이야기를 들어온 것 같다. 그러는 동안 노인은 주변 상황을 뻔히 알면서 도 속으로는 모르는 척하느라, 마치 눈이 손아귀에 붙잡혀 있 는 듯 시선을 어디에 두면 좋을지 몰라 전전긍긍하고 있다. 그러다 그 노인은 갑자기 그릇 깨지는 것 같은 소리를 미친 듯이 크게 질러댔다. 그는 믿을 수 없이 나이가 든 목소리로, 믿을 수 없이 불경스러운 말을 지껄인다. "그것은 하느님이 시키신 일이야. 하느님이 거기 계셨어. 하느님께서 늙은 하인스에게 감시할 기회를 주신 거란 말이야. 하느님께서 늙은 하인스에게 할 일을 주신 거지. 그리고 늙은 하인스는 명령에 따랐고. 하느님께서 늙은 하인스에게 말씀하셨어. '이제 네가 감시해라. 내 뜻이 실현되는 것을 지켜봐라' 라고 말이야. 그래서 늙은 하인스는 어린아이들을 감시하고 그들의 입에서 흘러나오는 소리를 귀담아들었지. 아비도 없고 어미도 없는 오직 하느님의 자식들인 아이들의 입속에 주님의 말씀과 지식을 불어넣었다 이런 말이야. 아이들은 아직 그게 뭔지 알 수 없었겠지. 아직은 아이들이 죄를 저지르지 않았으니까. 계집아이들도 아직은 죄를 저지르지도, 음란한 행동을 하지도 않았지. 어린아이들의 순진한 입에서 '검둥아! 검둥아!' 하는 소리가 흘러나왔어. '자, 내가 너에게 뭐라고 말했지?' 하고 하느님께서 늙은 하인스에게 다시 확인하시더군. '자, 이제 난 내 뜻이 실현되도록 만반의 준비를 해놓았다. 난 그만 가겠다. 이곳은 나를 바쁘게 만들 만큼 큰 죄는 없군. 내가 신경 쓰는 것은 음탕한 여인의 간통이지. 하긴 그것도 내 뜻의 일부이긴 하지만.' 그러자 늙은 하인스가 물었지. '어째서 음탕한 여인의 간통이 주의 뜻이지요?' 그랬더니 하느님께서 말씀하셨지. '기다려라, 보게 될 테니. 내가 보낸 젊은 의사가 크리스마스 밤에 담요에 싸여 계단에 놓여 있던 나의 증오를 발견한 것이 우연이라고 생각하느냐? 고아원 원장이 자리를 뜨게 만들어, 내가 아들의 이름을 더럽히면서까지 젊은 여자아이들이 그 아이를 크리스마스라고 부르게 만든 것이 우연이라고 생각하느냐? 자, 난 이제 그만 떠나야겠다. 내 뜻이 실현되도록 준비도 했고, 너를 이곳에 남겨두고 감시를 맡길 수도 있으니까.' 그래서 늙은 하인스는 그 아이를 감시하며 때를 기다렸지. 하느님께서 마련해주신 보일러실에서 하인스는 아이들을 감시했지. 아이들 사이에서 악마의 씨가 눈에 띄지도 않은 채 잘도 돌아다니더군. 그 아이는 자신에게 내려진 저주를 실현하느라 온 세상을 더럽히고 있었어. 그 아이는 이제 더 이상 또래 아이들과 어울리지 않았지. 그 아이는 얌전히 서서 혼자 지내더군. 그래서 이 늙은 하인스는 그 아이가 하느님께서 내리신 저주받은 운명의 숨겨진 경고에 귀 기울이고 있다는 사실을 알았지. 그래서 늙은 하인스는 아이에게 물었지. '왜 전처럼 아이들과 어울려 놀지 않는 거니?' 하지만 아이는 아무 말도 하지 않더군. 그래서 늙은 하인스가 다시 물었지. '아이들이 널 검둥이라고 불러서 그러니?' 하지만 그 아이는 여전히 아무 말도 하지 않았어. 그래서 늙은 하인스가 되물었지. '하느님께서 네 얼굴에 표시를 해놓으셨기 때문에 넌 자신이 검둥이라고 생각하는 거니?' 그러자 이번에는 아이가 묻더군. '하느님도 검둥이예요?' 그래서 늙은 하인스가 말해주었지. '그분은 진노한 만군을 거느리신 우리의 주님이시란다. 그분의 뜻은 언제나 이루어지지. 네 뜻도 그리고 내 뜻도 이루어지는 것이 아니란다. 너와 나는 주님의 목적과 복수를 위한 일부에 지나기 않기 때문이지.' 그러자 아이는 자리를 떠났고, 주님의 복수에 대한 말씀에 귀 기울이고 있는 것 같은 아이의 모습을 늙은 하인스가 지켜보았지. 그러다가 늙은 하인스는 그 아이가 정원에서 일하는 검둥이를 노려보고 있는 것을 발견했어. 일하고 있는 검둥이를 줄줄 따라다니자, 드디어 그 검둥이가 묻더군. '아이야, 넌 왜 나를 노려보고 있는 거니?' 그러자 이번에는 그 아이가 물었지. '아저씨는 어쩌다 검둥이가 됐나요?' 그러자 검둥이가 화를 내면서 소리치더군. '내가 검둥이라고 누가 그랬어? 이 하찮은 흰둥이 새끼 같으니.' 그러자 아이가 말하더군. '난 검둥이가 아니에요.' 그러자 검둥이가 말했지. '넌 검둥이보다 못하지. 넌 네가 누군지도 모른단 말이야. 아니 그 이상이지. 넌 결코 자신이 누군지 모를 거야. 넌 자신이 누군지도 모른 채 살다가 죽을 테니까.' 그러자 이번에는 아이가 말하더군. '하느님은 검둥이가 아니에요.' 그랬더니 이번에는 검둥이가 말을 받았지. '하기야 넌 하느님이 어떤 분이신지 알겠구나. 네가 누구인지 아는 사람은 하느님뿐이시니 말이다.' 하지만 그 사실을 말해주기 위해 하느님이 그곳에 계시지는 않았지. 하느님은 자신의 뜻이 실현되도록 준비해놓으신 다음, 하인스에게 그것을 지켜보는 임무를 맡기셨으니까. 하느님께서는 첫 번째 밤부터, 아드님이 탄생한 그 기념일을 자신의 섭리가 실현되는 날로 만드시고, 그것을 지켜보도록 늙은 하인스에게 임무를 맡기신 거지. 그날 밤은 몹시 추웠어. 그리고 늙은 하인스는 건물 모퉁이 어둠 속에 서 있었지. 거기서 그는 문간의 계단과 하느님의 뜻이 실현되는 모습을 지켜보았지. 그러자 음란함과 간통에 빠진 젊은 의사가 나타났지. 그는 문 앞에 멈춰 서더니 허리를 구부리고 하느님이 선택하신 증오의 대상을 들어 올려 집 안으로 데리고 들어가더군. 그래서 늙은 하인스는 그 남자를 따라 들어가 그가 하는 행동과 말을 들었던 거야. 늙은 하인스는 두 명의 젊은 호색꾼이 고아원 원장이 없는 틈을 타서, 주님의 신성한 기념일인 크리스마스 날에 에그노그[23)]와 위스키를 마시며 신성을 모독하고 담요를 열어보는 장면을 목격했지. 그러자 주님의 앞잡이인 젊은 의사와 놀아나던 정부(情婦)가 말하더군. '저 아이를 크리스마스라고 부르는 게 어때.' 그러자 젊은 의사가 말했지. '갑자기 무슨 크리스마스야, 크리스마스라니 무슨 말이야.' 그러자 하느님께서 이 늙은 하인스에게 말씀하셨지. '그들에게 알려줘라.' 그러자 두 사람은 지독한 악취를 풍기며 늙은 하인스를 바라보았지. 그러더니 소리를 치더군. '세상에, 하인스 아저씨 아니세요. 산타클로스가 우리에게 주고 간 것을 좀 보세요. 문간 계단에 있었죠, 하인스 아저씨.' 그러자 늙은 하인스가 말했지. '그 아이의 이름은 조지프야.' 그랬더니 두 사람은 낄낄거리다가 늙은 하인스를 쳐다봤고, 음탕한 창녀가 말하더군. '그걸 아저씨가 어떻게 아세요?' 그래서 늙은 하인스가 말해줬지. '주님께서 그렇게 말씀하셨지.'

그러자 두 사람은 다시 낄낄대더니 큰 소리로 외치더군. ‘성경책에 그렇게 쓰여 있다 이런 말인가요. 크리스마스, 조의 아들. 조, 조의 아들. 그러면 저 아이 이름은 조 크리스마스 정도가 되겠군.’ 두 사람이 이렇게 떠들어댔지. 그리고 나에게 이렇게 말하더군. ‘조 크리스마스를 위하여 건배.’ 그런 다음 늙은 하인스에게도 술을 먹이려고 하더군. 주님께서 증오하시는 술을 먹이려 하다니. 하지만 늙은 하인스는 술잔을 옆으로 밀어놓았지. 그러고 나서 그는 두 사람을 감시하면서 때를 기다렸지. 드디어 주님의 뜻을 펼칠 좋은 때가 온 거지. 악은 악으로부터 나오니까 말이야. 그리고 나서 젊은 의사의 정부가 음탕한 침실에서 달려 나오더군. 여전히 죄악과 공포의 악취를 풍기면서 말이야. ‘아이가 침대 뒤에 있어요.’ 여자가 말했지. 그래서 늙은 하인스가 맞받아 몇 마디 해주었어. ‘향내 나는 비누를 쓰니까 주님의 증오와 분노가 끓어올라 당신을 파멸에 빠뜨린 거야. 고통을 감수해야지.’ 그랬더니 여자가 말하더군. ‘아저씨는 그 아이에게 이야기를 할 수 있잖아요. 아저씨가 그러는 것을 봤어요. 아저씨는 그 아이를 달랠 수 있을 거예요.’ 그러자 늙은 하인스가 단호하게 말해줬지. ‘간통에 대해서는 이 늙은 하인스도 하느님만큼이나 자비를 베풀지 않는단 말이야.’ 그러자 여자가 매달리더란 말이야. ‘그 아이가 다 일러바칠 거예요. 그럼 난 쫓겨나고 창피를 톡톡히 당할 거란 말이에요.’ 그녀는 여전히 성욕과 음탕함이 뒤섞인 불결한 냄새를 풍기며 늙은 하인스 앞에 서 있었지. 그 순간 하느님의 뜻이 그녀에게 실현되고 있었지. 그녀는 하느님이 아비도 없고 어미도 없는 아이들을 위해 만들어놓은 바로 그 집을 욕보이고 있었지. '당신은 아무것도 아닌 존재는 아니야.' 늙은 하인스가 말해줬지. '당신이나 당신과 같은 음탕한 것들도 그렇긴 하지. 당신 같은 것들은 말이야, 날아가는 참새도 떨어뜨릴 만큼 커다란 하느님의 분노에 찬 목적을 실현시키기 위한 도구일 뿐이지. 넌 하느님이 이용하시는 도구란 말이야. 조 크리스마스나 늙은 하인스와 마찬가지로, 넌 하느님의 끄나풀이라 이런 말이지.' 그러자 여자가 가버리더군. 하지만 늙은 하인스는 기다리면서 계속 지켜봤지. 그러다 얼마 지나지 않아 그 여자가 다시 나타나더군. 그때 그 여자의 얼굴은 사막에서 먹이를 찾아 헤매는 짐승 같았어. '내가 그 아이의 버르장머리를 고쳐놓았지요.' 여자가 말하더군. 그래서 늙은 하인스가 물었지. '어떻게 아이의 버릇을 고쳤는데?' 이렇게 물은 건 늙은 하인스가 모르는 것은 없기 때문이지. 주님은 당신께서 선택하신 앞잡이에게 당신의 목적을 감추신 적이 없으시니까. 그래서 늙은 하인스는 이렇게 말했어. '당신은 이미 정해진 하느님의 의지를 충실히 실행에 옮겼을 뿐이야. 이제 당신은 이곳을 떠나 편안한 마음으로 심판의 날이 올 때까지 하느님을 계속 모욕할 수 있을 거야.' 그녀의 얼굴은 마치 사막에서 먹이를 찾아 헤매는 짐승 같았지. 그녀는 썩은 빛깔의 불결한 입으로 하느님을 비웃어대고 있더군. 그러더니 매키천 부부가 나와 그 아이를 데리고 갔어. 늙은 하인스는 그 아이가 마차를 타고 떠나는 것을 지켜보았지. 그러고 나서 늙은 하인스는 하느님을 기다리기 위해 안으로 들어갔지. 그랬더니 하느님께서 오셔서 이 늙은 하인스에게 말씀하시더군. '이제 너 역시 가도 된다. 넌 내가 시킨 일을 잘 해냈어. 이제 이곳은 여자의 악행 이외에 더 이상의 사악함은 남아 있지 않아. 그런 것쯤이야 내가 선택한 끄나풀에게 감시를 맡길 가치도 없는 일이지.' 하느님께서 가라고 말씀하시니 늙은 하인스는 그곳을 떠났지. 하지만 하느님과의 접촉은 계속 이어졌어. 그날 밤 늙은 하인스가 물었지. '저 망할 놈의 어린아이는 어떻게 되었나요?' 그러자 하느님께서 말씀하셨어. '그 아이는 여전히 내가 만든 대지 위를 걷고 있다.' 그리고 늙은 하인스는 하느님과 계속 관계를 유지하고 있었어. 그날 밤 하인스는 물었지. '주님, 저 망할 놈의 아이는 어떡하고 있나요?' 그러자 하느님이 대답하셨지. '그 아이는 여전히 내가 만든 대지 위를 걸어 다니고 있다니까.' 그리고 늙은 하인스는 하느님과 계속 관계를 유지하고 있었어. 그러던 어느 날 밤 늙은 하인스는 감정을 억누르느라 몸을 비틀다가 큰 소리로 외치고 말았어. '주님, 저 망할 놈의 아이 말입니다. 주님! 전 느낍니다! 전 이빨을 느낍니다. 악마의 송곳니를 느낍니다!' 그러자 하느님께서 말씀하셨지. '그래 맞다. 그것이 바로 그 아이지. 네 임무는 아직 끝나지 않았다. 그 아이가 내가 만든 대지를 오염시키고 모욕하는 놈이다.'"

* * *

저 멀리 교회에서 들려오던 음악 소리는 이미 멈춘 지 오래다. 열린 창문으로 이제는 다만 여름밤의 무수히 많은 소리가 평화롭게 들려온다. 책상 너머에 하이타워가 앉아 있다. 그는 지금 도망치려다 덫에 걸리는 바람에, 거기서 빠져나오기 위해 안간힘을 쓰고 있는 당황한 짐승 같은 표정을 짓고 있다. 마치 궁지에 몰린 짐승이 자신을 속이고 함정에 빠뜨린 사냥꾼에게 으르렁대는 모습 같아 보인다. 나머지 세 사람은 그러는 그를 마주 보고 앉아 있다. 마치 죄수와 마주 앉은 배심원들 같은 모습이다. 그들 중 두 사람 또한 꼼짝도 하지 않는다. 부인은 돌처럼 굳은 얼굴에 바위 같은 인내심으로 버티고 있고, 노인은 불꽃을 격렬하게 태우고 난 촛불의 까맣게 타버린 심지처럼 기진맥진한 모습이다. 오직 바이런만이 살아 있는 모습을 보이고 있다. 그는 얼굴을 숙이고 있다. 그는 한 손을 무릎 위에 얹은 채, 마치 반죽을 하듯 엄지와 검지를 천천히 문지르며 생각에 잠긴 모습이다. 그는 자신의 그런 행동을 지켜보는 일에 몰두한 것처럼 보인다. 하이타워가 입을 열 때, 바이런은 그가 자신에게 말하는 것도, 또 방 안에 있는 어떤 누구에게 말하는 것도 아니라는 사실을 알고 있다. "저분들은 내가 어떻게 해주기를 바라는 건가?" 하이타워가 묻는다. "저분들은 내가 뭘 할 수 있다고 생각하고 바라고 믿는 거지?"

방 안에서는 아무 소리도 나지 않는다. 노인과 부인 누구도 하이타워의 말을 분명하게 알아들은 것 같지 않다. 바이런은 노인이 말귀를 알아들을 것이라고는 기대하지 않는 모양이다. '저 노인은 어떤 도움도 필요하지 않아.' 바이런은 생각한다. '그에게는 도움이 전혀 필요 없지. 저 노인에게 필요한 것은 어떻게든 행동을 막는 일이야.' 바이런은 열두 시간 전에 두 사람을 만난 이후, 부인보다 몇 발짝 뒤처져서 이곳저곳을 따라다닌 노인이 혼수상태에 빠진 사람처럼 몽롱하게 있다가 갑자기 미친 듯이 안절부절못하곤 하는 상황을 기억하면서 생각에 잠긴다. '저 노인에게 필요한 것은 행동을 제지하는 일이지. 저 노인이 어떻게도 할 수 없는 상황에 빠지는 것이 부인보다 오히려 다른 사람들에게 잘된 일인지도 몰라.' 바이런은 부인을 쳐다본다. 그는 조용히 거의 점잖은 태도로 이야기한다. "자, 어서 말씀하세요. 저분에게 부인이 원하는 것을 말씀하세요. 목사님은 부인께서 무엇을 원하는지 알고 싶어 하십니다. 목사님께 말씀하세요."

"내가 생각하기엔 아마도——" 부인이 입을 연다. 부인은 몸을 전혀 움직이지 않고 말한다. 그녀의 목소리는 조심스럽다기보다는 억지로 말한다는 인상이 든다. 마치 큰 소리로 떠들어서는 안 되는, 즉 지금까지 느끼고 알고 있던 영역 바깥에 있는 무엇인가를 억지로 말하라고 강요받는 듯하다. "번치 씨가 말했죠. 아마도——"

"뭐라고요?" 하이타워가 묻는다. 그는 짜증이 나는 듯 갑자기 목소리를 높여 말한다. 하지만 그 역시 몸을 의자 뒤로 빼고 양손을 팔걸이에 얹은 채 움직이지 않는다. "무슨 말입니까? 뭐가 어떻다는 말씀인가요?"

"내가 생각하기로는……." 목소리가 다시 잦아든다. 창문 너머에서 벌레들의 울음소리가 들려온다. 그러다가 다시 평탄하고 아무 특색도 없는 목소리가 흘러나온다. 그녀 역시 고개를 약간 숙이고 앉아 있다. 마치 그녀 자신도 정신을 집중해 조용히 자신의 목소리에 귀를 기울이는 것처럼 보인다. "그 아이는 내 손자랍니다. 내 딸아이의 아들이지요. 난 단지 생각했을 뿐이에요. 내가 만약에……그 아이가 만약에……." 바이런은 조용히 귀 기울이며 생각에 잠긴다 거참 웃기는 일이군. 하이타워 목사님과 저 노인의 입장이 어디선가 서로 바뀐 것 같단 말이야. 교수형을 기다리는 검둥이는 저 노인의 손자인데 말이야 그러자 다시 목소리가 흘러나온다. "낯선 사람을 괴롭히는 것이 옳지 않다는 걸 잘 알아요. 하지만 당신은 운이 좋아요. 당신은 아내도 없지요. 따라서 사랑에 대한 절망감을 느끼지 않고 늙어갈 수 있어요. 내가 제대로 말해도 당신이 알 수 있을지는 잘 모르겠지만 말이에요. 난 다만 단 하루라도 그런 일이 일어나지 않은 것 같을 수만 있다면 얼마나 좋을까 하고 생각했을 뿐이랍니다. 그 아이가 살인자라는 사실을 사람들이 모르는 상황 같은 거 말이에요……." 목소리가 다시 잦아든다. 부인은 미동도 하지 않는다. 마치 이야기가 시작될 때 귀 기울이던 것과 똑같은 관심과 똑같이 차분하면서도 전혀 놀라지 않는 태도로 이야기가 끝나는 것에 대해서도 귀를 기울이는 것 같다.

"이야기 계속하세요." 하이타워가 재촉한다. 마음이 급해 짜증을 내는 바람에 목소리가 높다. "어서 이야기를 계속하세요."

"난 그 아이가 걷고 말할 수 있게 된 이후 한 번도 본 적이 없어요. 30년 동안 그 아이를 보지 못한 셈이지요. 사람들이 그 아이가 저질렀다고 말하는 짓을 그 아이가 하지 않았다고 말하지는 않겠어요. 그 아이가 사랑했던 사람의 목숨을 앗아가 고통을 당하게 한 일에 대해 처벌을 받지 않아야 한다고 생각하는 것은 아니에요. 하지만 사람들이 단 하루만 그 아이를 내버려둘 수는 없나요. 마치 그 일이 아직 일어나지 않은 것처럼 말이에요. 마치 세상 사람들이 그 아이에게 적대적인 태도를 보인 적이 없는 것처럼 말이에요. 그렇게 된다면 그 아이는 여행을 떠났다가 다 자란 성인이 되어 돌아온 것처럼 할 수 있을 텐데요. 단 하루만이라도 그럴 수 있으면 얼마나 좋을까요. 그 이후의 일에는 난 더 이상 간섭하지 않을 작정입니다. 그 아이가 그렇게 할 수 있다면, 난 다시는 그 아이와 그 아이가 받아야 할 고통 사이에 끼어들지 않을 겁니다. 단 하루 동안입니다. 아시겠지요. 그 아이가 여행을 떠났다가 돌아와, 자신에게 적대적인 사람이 전혀 없는 세상에 대해 제게 이야기를 들려준다면 얼마나 좋을까요."

"아." 하이타워가 높고 날카로운 목소리로 탄식한다. 그는 몸을 움직이지 않고, 의자 팔걸이를 붙잡고 있는 그의 손마디가 팽팽히 당겨지고 핏기가 가셔 하얗게 변했지만, 옷 아래로

부터 천천히 억눌렀던 경련이 일기 시작한다. "아, 그렇군요." 하이타워가 말한다. "그게 전부군요. 그거라면 간단하죠. 간단하죠. 간단하죠." 마치 그 말을 멈출 수 없다는 듯이 말한다. "간단하죠. 간단하죠." 그는 나지막이 말한다. 이제 그의 목소리가 높아진다. "저분들이 내게 원하는 일이 뭐지? 이제 내가 뭘 해야 한단 말인가? 바이런? 바이런! 그게 뭐지? 저분들이 지금 내게 원하는 게 뭔가?" 바이런이 자리에서 일어난다. 그는 이제 책상 옆에 서서, 손으로 책상을 짚고 하이타워를 마주 본다. 하이타워는 축 늘어진 몸이 계속해서 떨리는 것을 제외하면 전혀 몸을 움직이지 않는다. "아하, 이제 알겠어. 진작 알아챘어야 하는데. 사실 그 부탁을 하는 장본인은 바이런이지. 진작 알아챘어야 하는데. 모든 일이 바이런과 내게 남겨진 거로군. 자, 어서 말하게. 어서 털어놓으란 말일세. 이제 뭘 망설인단 말인가?"

바이런은 책상을 짚고 있는 자신의 손을 내려다본다. "참 안된 일입니다. 정말이지 불행한 일이에요."

"세상에. 가엾게 여긴다 이 말인가? 이렇게 오랫동안 이야기를 다 듣고 나서 말이야? 나에 대한 가여움인가, 아니면 바이런 자네 자신에 대한 동정심인가? 자네가 내게 원하는 일이 도대체 뭔가? 원하는 게 있는 사람은 자네니까 말이야. 난 그걸 잘 알고 있어. 난 그걸 쭉 알고 있었네. 세상에, 바이런. 바이런, 이 사람아. 이런 일을 꾸미다니 자네 대단한 극작가야."

"목사님은 제가 떠돌이 행상이나 중개업자, 혹은 외판원 따위와 다르지 않다고 말씀하시고 싶은 거겠죠." 바이런이 냉소적으로 대꾸한다. "한심한 놈이죠. 저도 압니다. 굳이 제게 말씀해주실 필요는 없습니다."

"하지만 난 자네처럼 통찰력 있는 사람은 못 되네. 자네는 내가 무슨 말을 할지 이미 다 알고 있는 것 같군. 하지만 자네는 내가 알았으면 하는 것은 아직 말하지 않았단 말이야. 도대체 내가 해줬으면 하고 바라는 게 뭔가? 그 살인 사건에 대해 무죄를 주장하는 탄원서라도 내란 말인가? 원하는 게 그건가?"

일순간 냉소적이고 쓸쓸하고 결코 즐겁지 않은 표정이 스쳐 지나간 바이런의 얼굴은 약간 찡그리는 기색과 더불어 조금은 일그러져 보인다. "말씀하신 건 그다음 문제라는 생각이 드는군요." 그러고 나서 그의 얼굴은 다시 차분한 모습으로 돌아온다. 하지만 여전히 표정은 무거워 보인다. "부탁드리기도 변변치 않은 것이긴 합니다만. 정말이지 사소한 이야기지만 말입니다." 바이런은 책상 위에서 조금도 가만있지 못하고 초조한 듯 부산하게 움직이는 자신의 손을 내려다본다. "이전에 제가 목사님께 말씀드린 게 생각나는군요. 나쁜 사람과 마찬가지로 착한 사람도 치러야 할 대가가 있다는 말이었죠. 갚아야 할 빚인 셈이죠. 청구서가 날아왔을 때 지불을 거부할 수 없는 사람이 바로 착한 사람이겠죠. 착한 사람이라면 지불할 방법이 없다는 핑계로 청구서를 외면할 수는 없을 겁니다. 정직한 사람이 도박을 하는 경우와 사정이 비슷하겠죠. 하지만 나쁜 사람은 날아온 청구서를 외면할 수 있을 겁니다. 그것이

바로 나쁜 사람이 즉시, 아니면 나중에라도 빚을 갚을 것이라
고는 아무도 기대하지 않는 이유일 테죠. 하지만 좋은 사람은
그럴 수가 없습니다. 나쁜 사람보다는 좋은 사람이 대가를 지
불하는 데 더 오래 걸릴지 모르겠습니다. 목사님은 이전에 이
미 대가를 치르신 일이 없는 게 아니잖아요. 이미 빚을 갚으신
경험이 있으시니, 이번에는 예전처럼 힘드시지 않을 겁니다."

"계속하게. 계속해. 도대체 내가 할 일이 뭐란 말인가?"

바이런은 느리지만 끊임없이 움직이는 자신의 손을 내려다
보면서 생각에 잠긴다. "그 사람은 그 여자를 죽였다고 인정
하지 않았습니다. 사람들이 그가 범인이라고 단정하는 증거
는 모두 브라운의 입에서 나온 것뿐이지요. 사실 그런 증거는
없는 거나 마찬가지지요. 목사님이 그날 밤 그자와 함께 이곳
에 있었다고 말씀하실 수도 있는 일입니다. 브라운이 그러더
군요. 매일 밤 그자가 큰 집으로 올라가 안으로 들어가는 모습
을 봤다고 말입니다. 하지만 사람들은 오히려 목사님을 더 믿
을 겁니다. 어쨌거나 사람들은 목사님 말씀을 믿을 거란 말이
죠. 사람들은 그자가 그 여자와 부부처럼 살다가 그녀를 죽였
다는 말보다 차라리 목사님이 해주시는 말을 더 믿을 겁니다.
그리고 목사님은 나이도 드셨고요. 그렇게 말씀하신다고 사
람들이 목사님을 해치는 일 따위는 하지 않을 겁니다. 그리고
목사님은 사람들이 할 수 있는 행동에 대해서 이미 익히 알고
계시니 말입니다."

"아." 하이타워는 탄식한다. "아. 그래. 그렇고말고. 사람들

은 내 말을 믿겠지. 그거야 간단한 일이고, 모두에게 좋은 일이니까. 모두에게 해가 되는 일이 아니지. 그렇게 되면 그자는 자신 때문에 고통 받았던 노부부에게 돌아갈 것이고, 브라운이라는 작자는 현상금도 못 받은 채 아이를 자신의 친자식으로 받아들여야 하는 끔찍한 상황에 처하겠지. 그런 다음 그 작자는 다시 도망을 치겠군. 이번에는 아주 영원히 말이야. 그렇게 되면 이제 그 여자와 바이런만 남게 되겠군. 나야 뭐 그 부인이 말한 것처럼 사랑의 쓴맛도 알지 못한 채 나이만 먹은 것을 행운으로 알아야 하는 늙은이니까." 계속해서 몸을 떨고 있던 하이타워가 이제 고개를 쳐든다. 등불 아래 드러난 그의 얼굴은 마치 기름을 바른 듯 반들거린다. 뒤틀리고 일그러진 그의 얼굴이 등불 아래서 반짝거린다. 자주 빨아 아침에 산뜻해 보였던 노란색 셔츠는 이제 땀에 젖어 축축해 보인다. 하이타워가 입을 연다. "왜 그렇게 할 수가 없는가 하면 말이야, 내가 그렇게 할 수 없어서, 아니면 그럴 용기가 없어서가 아니라, 내가 그러고 싶지 않아서네! 그렇게 하지 않겠다 이 말일세. 내 말 들리나?" 하이타워는 팔걸이에서 두 손을 들어 올린다. "내가 하고 싶지 않아서 그렇게 안 한다는 말이네!" 바이런은 움직이지 않는다. 책상 위에서 움직이고 있던 손이 동작을 멈춘다. 바이런은 하이타워를 바라보면서 생각에 잠긴다 목사님은 지금 내게 소리를 지르시는 게 아니야. 그런 일에 대해 나보다 더 많이 알고 있다는 확신 때문에 저러시는 거야 하이타워는 이제 고함을 지르고 있다. "난 그렇게 하지 않겠어! 그렇게 하지 않겠단 말이야!" 그는 손을 들어 올려 주먹을 꼭 쥔 채, 얼굴에는 땀을 뻘뻘 흘리면서, 위로 치켜 든 입술 너머에서 썩은 이를 악물고 있는 모습을 하고 있다. 갑자기 그의 목소리가 평소보다 훨씬 높아진다. "나가." 하이타워가 고함을 지른다. "내 집에서 나가! 내 집에서 나가!" 그러고 나서 그는 쭉 내민 두 팔과 꼭 쥔 주먹 사이에 얼굴을 묻고 책상 위로 쓰러진다. 노부부가 바이런보다 앞서 밖으로 나가고 있고, 바이런은 문 앞에서 뒤를 돌아본다. 바이런이 하이타워가 꼼짝하지 않고 그대로 있는 것을 본다. 갓 있는 등에서 나온 불빛이 하이타워의 벗어진 머리와 앞으로 쭉 내밀고 주먹을 쥐고 있는 팔 위로 그대로 쏟아지고 있다. 열린 창문 너머에서 벌레들의 울음소리가 멈추지도 않고 끊임없이 들려온다.

바이런과 노부부가 하이타워를 찾아온 것은 일요일 밤이었다. 리나의 아기는 다음 날 아침에 태어났다. 바이런이 여섯 시간 동안 멈추지 않고 달려온 나귀를 집 앞에서 멈춰 세운 것은 막 동이 틀 무렵이었다. 용수철에서 튕겨 나가듯 나귀에서 땅으로 내려온 바이런은 이미 달려가고 있었다. 그는 어두운 현관을 향해 나 있는 좁은 골목을 따라 달려오고 있었다. 그는 그렇게 서두르고 있었지만 속으로는 차분히 서서 자신을 바라보며, 애써 놀라지 않으려는 듯 심각한 표정을 지으며 생각에 잠겨 있었다. '바이런 번치가 아기를 얻게 되다니. 2주일 전의 내 행색을 떠올리면, 지금의 상황은 내 눈을 의심해야 할 정도야. 사람들에게 이 사실을 말하면 그들은 거짓말하지 말라고 하겠지.'

여섯 시간 전에 바이런이 하이타워 목사를 남겨두고 떠난 서재의 창밖은 이제 어두워져 있었다. 나귀를 몰면서 바이런은 목사의 벗어진 머리와 주먹을 불끈 쥔 양손과 책상 위에 널브러져 있을 축 늘어진 몸을 떠올렸다. '목사님은 많이 주무시지도 못했을 거야.' 그는 생각했다. '만약 목사님이 그 역할을 못하신다면——못하신다면——' 하이타워 목사라면 입에 올렸을 산파라는 단어를 그 순간 바이런은 떠올릴 수 없었다. '그런 생각은 할 필요도 없어.' 그는 생각했다. '총을 향해 뛰어들거나 총으로부터 도망치는 사람은 자신이 하는 행동이 용기 있는 것인지 비겁한 것인지 따위를 걱정할 시간이 없으니까 말이야.'

문은 잠겨 있지 않았다. 바이런은 문이 잠겨 있지 않으리라는 것을 알고 있는 것 같았다. 그는 길을 따라 현관으로 걸어갔지만, 조용히 걷지도 않았고 그럴 생각도 없었다. 그는 얼마 전 마지막으로 본 목사가 등잔불 불빛을 받으며 엎드려 있었던 책상이 있는 서재보다 더 안쪽으로 들어가본 적이 없었다. 하지만 그는 마치 자신이 찾고자 하는 문을 이미 알고 있거나 알 수 있다는 듯, 아니면 누구의 안내를 받은 듯, 거의 곧장 그 문 쪽으로 걸어갔다. '그래, 바로 그게 목사님이 말씀하셨던 걸 거야.' 그는 생각했다. 그는 어둠 속에서 서둘러 더듬거리며 방으로 향했다. '그녀도 그렇게 말하곤 했지.' 바이런은 이미 진통을 시작해 오두막에 누워 있는 리나를 염두에 두고 중얼거린다. '난 일이 이렇게 되도록 날 이끈 게 악마라고 말하겠지만, 그녀는 하느님이라고 말할 거야. 사건은 하나지만 이 사건으로 이끈 존재가 각기 다른 호칭으로 불려야 한다니, 이거야 원.' 이제 그는 침실 안으로 들어가기도 전에 하이타워 목사의 코 고는 소리를 들을 수 있었다. '어쨌거나 기분이 많이 상하지 않으셔야 할 텐데.' 그는 생각했다. 그리고 곧바로 다음과 같이 생각했다. '아니야. 그건 옳은 생각이 아니야. 그건 정당한 일이 아니야. 나도 이번 일이 옳다고 믿지는 않으니까. 목사님은 주무시고 나는 잠을 못 이루는 것은 목사님은 나이가 드셔서 나만큼 견딜 수가 없기 때문이야.'

바이런은 침대 곁으로 다가갔다. 아직 시야에 들어오지 않은 침실 주인은 심하게 코를 골았다. 그 분위기에는 심오하고 완벽한 포기를 드러내는 특성이 있었다. 그것은 단순히 피곤해서 기진맥진한 모습이 아니라, 자신을 완전히 포기하고 마치 자신감과 희망 그리고 허영과 두려움을 붙잡았던 손을 놓아버린 듯 단념한 모습이었다. 패배든 승리든 모든 상황에 배어 있게 마련인 강한 정신력, 즉 포기하면 곧바로 죽음으로 이어지는 '나는 존재한다'와 같은 의지가 하이타워에게서 사라져버린 것 같았다. 침대 옆에 서서 바이런은 다시 생각에 빠졌다 아 불쌍한 분. 불쌍한 분 바이런은 이런 상황에서 잠에 빠진 목사를 지금 깨우는 것은 자신이 지금까지 목사에게 한 일 가운데 가장 통렬한 상처를 입히는 일이라고 생각했다. '하지만 지금 난 기다릴 수 있는 상황이 아니야.' 그는 생각했다. '하느님도 그 사실을 잘 아실 거야. 그분도 요즘 남들처럼 다음에 내가 무슨 일을 할지 나를 쭉 지켜보고 계셨을 테니까.'

바이런은 잠자고 있는 하이타워를 흔들었다. 거칠지는 않았지만 단호한 동작이었다. 하이타워는 코 고는 일을 잠시 멈췄다. 바이런이 손으로 흔드는 바람에 그는 몸을 크게 뒤척이다가 갑자기 잠에서 깨어났다. "무슨 일이지?" 그가 놀란 듯 물었다. "무슨 일인가? 누구야? 거기 있는 게 누구지?"

"접니다." 바이런이 대답했다. "바이런이 다시 왔습니다. 이제 깨셨나요?"

"그래. 무슨——"

"아, 저기." 바이런이 말했다. "그녀가 진통이 시작되었다고 하더군요. 해산이 머지않은 모양입니다."

"그녀라니?"

"등잔이 어디 있는지 말씀해주세요——하인스 부인이 지금 그녀 곁을 지키고 있습니다. 전 의사를 부르러 가는 길입니다. 시간이 좀 걸릴 것 같습니다. 제 노새를 타고 가세요. 노새 정도야 타실 수 있겠죠. 아직도 그 책을 가지고 계신가요?"

하이타워가 움직이자 침대에서 삐걱거리는 소리가 났다. "책이라니? 내 책 말인가?"

"검둥이 아기가 태어날 때 보셨던 책 말이에요. 그 책이 필요할지 모르니 챙겨 가시라고 말씀드리는 겁니다. 제가 제때 의사를 데리고 돌아오지 못할 수도 있으니까요. 가능한 한 빨리 그곳으로 가도록 하겠습니다." 바이런이 몸을 돌려 다시 방 안을 가로질러 나갔다. 그는 하이타워 목사가 침대에서 일어나 앉는 소리를 듣고 느낄 수 있었다. 그는 천장에 매달린 등잔에 불을 붙이느라 제법 오랫동안 방 한가운데 서 있었다. 등잔에 불이 켜졌을 때 바이런은 벌써 문 쪽으로 움직이고 있었다. 그는 뒤도 돌아보지 않았다. 그는 뒤에서 자신을 부르는 하이타워의 목소리를 들었다.

"이보게 바이런! 바이런, 이 사람아!" 바이런은 멈추지 않았고, 대답도 하지 않았다.

아침이 뿌옇게 밝아오고 있었다. 바이런은 아무도 없는 거리를 따라 바삐 걸어갔다. 일정한 간격으로 서 있는 가로등 불빛은 점점 희미해지고 있었고, 그 아래로 벌레들이 모여들어 빙글빙글 날아다니고 있었다. 하지만 날은 점점 밝아오고 있었고, 그가 광장에 다다랐을 때, 동쪽에 서 있는 건물들이 밝아오는 하늘을 배경으로 또렷하게 부각되었다. 그는 급하게 생각에 잠겼다. 그는 의사와 사전에 약속을 하지 않았다. 그는 상황을 이렇게까지 만든 것은 그동안의 어리석음과 터무니없는 나태함이라고 믿으며, 젊은 아버지라면 누구나 마음속으로 느꼈을 공포와 두려움에 휩싸인 채 자신을 책망하며 길을 걸어갔다. 하지만 그 공포와 두려움은 꼭 난생 처음 아버지가 된다는 데 따른 것은 아니었다. 그렇게 느끼는 이면에는 다른 어떤 이유가 있었다. 하지만 그는 한참 시간이 흐른 뒤에야 정확한 이유를 깨달을 수 있었다. 마치 마음속에 무엇인가 숨어 있지만 서두르는 바람에 그것이 무엇인지 정확히 모르고 있었는데, 이제 막 그것이 자신을 향해 전면적으로 달려들 것 같다는 생각을 하기도 했다. 하지만 그는 이런 생각을 하고 있었다. '이제 빨리 결정을 내려야겠어. 목사님이 그 흑인 아이를 무사히 받아냈다고 사람들이 말했지. 하지만 이번에는 사정이 달라. 기다리지 말고 지난주에 미리 의사를 찾아갔어야 하는 건데. 그랬더라면 마지막까지 몰려 이곳저곳을 뒤지며 사정을 설명하거나, 내가 하는 거짓말을 믿어줄 의사를 찾아 이렇게 허둥거리지는 않았을 텐데. 요즘 너무도 많은 거짓말을 하고 돌아다녀서 내 꼴이 사람 같지 않을 거야. 이젠 내가 거짓말을 해도 누구나 믿어줄 정도가 됐으니. 하지만 이번 일을 내가 잘 해낼 것 같지 않아. 그럴듯하게 거짓말을 둘러대 일을 매끄럽게 처리할 능력이 내게 있을 것 같지 않단 말이야.' 그는 걸음을 재촉했다. 그의 발소리는 공허하고 쓸쓸하게 텅 빈 거리에 울려 퍼졌다. 바이런은 자신도 모르는 사이에 이미 결정을 내리고 말았다. 그렇게 결정을 내리게 된 것에는 어떤 역설이나 희극적인 요소도 없었다. 그가 그 사실을 의식했을 때, 그 같은 결정이 마음속으로 신속하게 파고들어 확고하게 자리 잡고 말았다. 그리고 그의 발걸음은 이미 그런 결정을 따르고 있었다. 그의 두 다리는 검둥이 아기를 받기로 약속이 되어 있었지만 너무 늦게 도착하는 바람에 하이타워가 대신 자신의 칼과 책에 의지해 분만을 떠맡을 수밖에 없게 만들었던 바로 그 의사의 집을 향하고 있었다.

이번에도 그 의사는 너무 늦게 도착하고 말았다. 바이런은 의사가 옷을 챙겨 입는 동안 기다려야만 했다. 의사는 이제 모든 일에 까탈을 부리는 노인이었다. 그리고 이른 아침에 바이런이 자신을 깨운 것이 무척이나 언짢은 모양이었다. 그런 다음 의사는 자동차 키를 찾았다. 그는 자동차 키를 작고 단단한 철제 상자 안에 넣어두었는데, 그 상자의 열쇠를 단번에 찾지 못했다. 또 그는 바이런이 그 철제 상자를 부수는 것도 허락하지 않았다. 따라서 그들이 오두막에 도착했을 때, 동쪽 하늘은 붉은색으로 물들어 있었고, 일찍 떠오르는 여름의 태양은 벌써 일출을 알리고 있었다. 이제 노인이 된 두 남자는 또다시 방 한 칸짜리 오두막의 문 앞에서 마주치게 되었다. 그리고 이번에도 전문가는 아마추어에게 자신의 일을 내주고 말았다. 의사가 방 안으로 들어섰을 때 아기의 울음소리가 들렸다. 의사는 언짢은 듯 목사 앞에서 눈을 껌벅거렸다. "의사가 다 되셨군요." 의사가 비아냥거리듯 입을 열었다. "바이런이 목사님을 불렀다고 말이라도 해줬으면 좋았으련만. 이거 괜히 아침잠만 설치고 말았네요." 의사는 목사를 밀치고 방 안으로 들어섰다. "지난번 아기를 받을 때보다 이번이 운이 더 좋아 보이네요. 의사가 필요한 사람은 목사님 같네요. 아니면 커피가 필요한지도 모르겠군요." 하이타워가 무슨 말인가 대꾸를 했지만, 의사는 잠시 멈춰 귀 기울이는 일도 없이 그냥 방 안으로 들어갔다. 그곳에서는 그가 한 번도 본 적이 없는 젊은 여자가 완전히 탈진한 모습으로 군용 침대 위에 누워 있었고, 역시 한 번도 본 적이 없는 나이 든 부인이 붉은색 옷을 입고 아기를 무릎 위에 안고 있었다. 방 안의 어두운 구석에서 나이 든 노인이 다른 간이침대에 누워 자고 있었다. 의사가 그 노인의 존재를 알아차렸을 때, 그는 노인이 마치 죽은 것 같다고 속으로 중얼거렸다. 노인은 그 정도로 평온하게 곤히 자고 있었다. 하지만 의사가 노인을 즉각 알아본 것은 아니었다. 의사는 아기를 안고 있는 노부인에게 다가갔다. "아니 이런." 의사가 말했다. "바이런이 너무 흥분했나 봅니다. 그 친구는 내게 가족이 모두 모여 있다는 말을 하지 않았어요. 이렇게 할아버지, 할머니도 계신데 말입니다." 노부인은 얼굴을 들어 의사를 올려다보았다. 의사는 생각했다. '저 노부인은 앉아 있기는 해도 저 노인만큼이나 살아 있다고 보기 어렵겠어. 자신이 아기의 할머니일 뿐만 아니라 저 여자의 어머니라는 사실을 알고 있을 정도로 제정신인지 모르겠는걸.'

"맞아요." 노부인이 말했다. 그녀는 아기 위로 몸을 웅크리며 의사를 쳐다보았다. 그러자 그는 노부인의 얼굴이 결코 바보나 정신 나간 사람의 얼굴이 아니라는 것을 알아챘다. 동시에 그는 그녀의 얼굴에서 평화로움과 끔찍함을 함께 느꼈다. 마치 평화와 공포가 오래전에 사라졌다가 동시에 다시 살아난 것 같은 모습이었다. 하지만 그는 한 번은 바위 같기도 하고 한 번은 웅크린 짐승 같기도 한 부인의 태도에 주로 관심을 보였다. 그 부인이 노인을 향해 고개를 홱 돌렸을 때에야 비로소 의사는 처음으로 침대에 누워 잠에 곯아떨어진 노인의 얼굴을 똑바로 쳐다보았다. 그러자 부인은 공포를 지우면서 교활함과 긴박함이 동시에 섞인 어조로 속삭이듯 중얼거렸다. "난 그이를 속여 넘겼지요. 이번에 의사 선생님은 뒷문으로 올 거라고 말했어요. 그렇게 그이를 속여 넘겼답니다. 하지만 이제 의사 선생님께서 오셨으니 밀리를 살펴보실 수 있겠네요. 난 조이를 돌볼 겁니다." 이어서 부인의 목소리도 잦아들었다. 그가 쳐다보고 있는 동안, 그녀의 얼굴에 머물고 있던 차분하고 몽롱한 표정 위에 잠시 떠올랐던 생기와 활기는 갑자기 뒤로 물러나 사라져버렸다. 그녀는 마치 의사에게 빼앗기지 않으려는 듯 아기 위로 몸을 웅크리면서, 두 눈에는 멍하고 분명하지는 않지만 뭔가 당황한 기색을 품은 채, 경계의 눈초리로 의사를 바라보았다. 그녀의 갑작스러운 동작에 아기가 약간 놀란 듯 한번 칭얼거렸다. 그러고 나자 당황한 기색도 그녀의 얼굴에서 마치 그림자처럼 평온하게 사라져버렸다. 그녀는 이제 무표정하고 정신 나간 얼굴을 하고 있었고, 생각에 잠긴 모습으로 아기를 내려다보았다. "이 아기가 조이랍니다." 노부인이 입을 열었다. "내 딸 밀리의 아들이죠."

의사가 방 안으로 들어가자 바이런은 문 밖에 서서 기다리고 있다가 아기의 울음소리를 들었다. 그 순간 그는 자신에게 엄청난 사건이 일어났다고 느꼈다. 어젯밤 하인스 부인이 천막 안에 있던 그를 불러냈다. 부인의 목소리가 심상치 않았기 때문에 그는 거의 달리다시피 하면서 바지를 다리에 꿰찼다. 낮에 입었던 옷을 그대로 걸치고 문 앞에 서 있는 하인스 부인을 지나 바이런은 방 안으로 뛰어들었다. 그러고 나서 리나를 쳐다본 바이런은 그 자리에서 벽처럼 온몸이 굳어버리고 말았다. 하인스 부인은 바이런의 팔꿈치 밑에 서서 그에게 뭐라

고 말을 건넸고, 그가 부인의 말에 뭐라고 대꾸를 한 것도 같
았다. 어쨌거나 바이런이 노새에 안장을 얹고 이미 시내를 향
해 달리고 있는 동안, 그의 눈은 여전히 리나의 모습을 보고
있는 듯했다. 두 팔로 침대를 짚으며 누워 있던 몸을 가까스로
일으켜 세우려 하던 그녀의 얼굴이 어른거렸고, 얇은 시트 아
래서 울부짖으며 절망에 빠지고 공포에 떨면서 자신의 부어
오른 몸을 바라보던 그녀의 얼굴을 바이런 자신이 들여다보
는 듯했다. 하이타워를 깨우는 내내, 또 의사를 재촉하는 내
내, 바이런은 자신의 몸 어디에선가 날카로운 무엇이 금방이
라도 튀어나오려는 듯 대기하고 있으며, 차분히 생각할 수 없
을 정도로 이런저런 생각들이 머릿속을 빠르게 스치고 지나
가고 있음을 알고 있었다. 정말 그랬다. 여러 생각들이 너무도
빨리 스치고 지나가는 바람에 의사와 함께 오두막에 도착할
때까지 바이런은 차분히 생각을 정리할 수 없었다. 그러고 나
서, 자신이 멈춰 서 있는 오두막 문 뒤에서 바이런은 아기의
울음소리를 한 번 들었고, 어떤 무시무시한 일이 자신에게 일
어났다는 사실을 깨달았다.

　지금까지 이 일에 끌어들이고 싶지 않았던 의사를 찾아 아
무도 없는 광장을 가로질러 가는 동안, 바이런은 자신의 몸속
에서 금방이라도 튀어나올 것처럼 대기하고 있던 날카로운
것이 무엇인지 비로소 알 수 있었다. 그는 자신이 왜 의사를
이번 일에 끌어들이고 싶지 않았는지 이제야 깨달았다. 하인
스 부인이 천막에 머물고 있던 바이런을 부를 때까지는 그는

자신에게 (혹은 그녀에게) 의사가 필요하다고, 필요하게 될 거라고 생각하지 않았기 때문이었다. 말하자면 바이런은 일주일 동안이나 내심 의사가 필요하리라는 사실을 믿지 않았고, 단지 그녀의 부은 배를 눈으로 확인했을 뿐이었다. '하지만 난 의사가 필요할 거라는 사실을 알고 있었고, 그렇게 믿고 있었어.' 바이런은 속으로 생각했다. '내가 한 행동으로 보아 그것은 틀림없는 사실이야. 내가 이리 뛰고 저리 뛰면서 사람들에게 거짓말을 늘어놓고 사람들을 걱정시킨 이유가 그게 아니면 뭐냔 말이야.' 하지만 바이런은 하인스 부인을 지나쳐 오두막 안을 살핀 다음에야 자신이 그 사실을 믿지 않았음을 비로소 깨달았다. 잠결에 하인스 부인의 목소리를 처음 들었을 때 바이런은 그 목소리가 어떤 뜻인지, 무슨 일이 일어난 것인지 잘 알고 있었다. 서두를 필요가 있을 때 작업복을 급히 챙겨 입듯이 자리에서 일어나 옷을 입는 순간에도 바이런은 자신이 왜 그래야 하는지 잘 알고 있었다. 바이런은 자신이 지난 닷새 동안이나 이 순간을 예측하고 있었다는 것도 알고 있었다. 하지만 그는 여전히 믿지 않고 있었다. 그러나 오두막으로 달려가 방 안을 살피고 나서야 그는 자신이 믿고 있지 않았다는 사실을 깨달았다. 바이런은 그녀가 침대 위에 앉아 있을 것으로 기대했다. 적어도 그는 이전처럼 변함없는 평온한 모습으로 문 앞에 서 있는 그녀와 마주칠 것을 기대했는지도 모르겠다. 하지만 방문에 손을 대는 순간 그는 이전에 전혀 들어본 적이 없는 어떤 소리를 듣고 말았다. 그것은 강렬하면서 절망감을 담고 있는 고통에 빠진 커다란 비명 소리였다. 바이런 자신의 입에서 나는 소리도 아니었고, 그렇다고 다른 사람의 입에서 나는 소리도 아니었지만, 그에게 그 비명 소리는 마치 무엇인가를 분명히 외치는 것처럼 들렸다. 그러자 그는 문 앞에 서 있던 하인스 부인을 지나 침대에 누워 있는 리나를 보았다. 바이런은 이전에 침대에 누워 있는 그녀를 본 적이 없었다. 혹시 이전에 그런 모습을 보았다 하더라도, 그녀는 긴장된 모습에 경계를 늦추지 않은, 미소를 살짝 띠었으면서도 그를 완전히 의식한 모습이었을 거라고 그는 믿었다. 하지만 바이런이 방 안으로 들어갔을 때 그녀는 그에게 눈길조차 주지 않았다. 그녀는 문이 열렸다는 것조차 알지 못하는 듯했고, 방 안에는 그녀 자신 외에는 누구도, 아무것도 없다고 느끼는 듯 했으며, 방 안에는 아무도 알아들을 수 없게 내뱉은 그녀 자신의 울부짖는 비명 소리만이 있다고 믿는 듯했다. 그녀는 턱까지 시트를 덮고 있었다. 하지만 그녀의 상체는 양팔에 의지해 위로 들린 상태였고, 머리는 앞으로 숙인 모습이었다. 그녀의 머리는 헝클어져 있었고, 두 눈은 두 개의 커다란 구멍처럼 보였으며, 입술은 뒤에 기대고 있는 흰 베개만큼이나 핏기라고는 없었다. 그리고 그녀는 놀라고 충격을 받은 태도로, 시트 아래의 부어오른 배를 분노가 치밀고 믿기지 않는 듯한 모습으로 조심스럽게 바라보았다. 그리고 이어서 그녀는 절망에 빠져 큰 소리로 다시 울부짖었다. 그 순간 하인스 부인이 리나 위로 몸을 숙였다. 붉은색 옷을 걸친 하인스 부인이 목석 같은 얼굴로 바이런을 돌아보았다. "자, 어서 가요." 부인이 바이런을 다그쳤다. "의사를 불러와요. 이제 때가 됐어요."

　바이런은 마구간에 들른 기억이 전혀 나지 않았다. 하지만 그는 마구간으로 들어가 노새를 붙잡고 안장을 꺼내 노새 등에 급히 얹었다. 그의 동작은 재빨랐지만 생각은 아주 느렸다. 그는 이제야 이유를 알았다. 마치 폭풍이 일기 시작한 수면 위로 기름이 서서히 퍼져나가듯, 신중하고도 조심스럽게 생각이 결론에 이르자 그는 비로소 그 이유를 알 수 있었다. '그때 그 이유를 알았더라면.' 그는 생각했다. '그때 그 이유를 알았더라면. 그때 분명히 알았더라면.' 그는 간담이 서늘해질 정도로 절망과 후회를 느끼며 조용히 그런 생각을 했다. '맞아. 난 등을 돌리고 반대 방향으로 노새를 몰았을 거야. 사람들이 영원히 알 수도 없고 기억이 미칠 수도 없는 곳을 향해 노새를 몰았겠지.' 하지만 그는 그렇게 하지 않았다. 그는 차분히 생각을 계속하면서 노새를 전속력으로 몰아 오두막을 지나쳤지만, 그 이유를 아직 모르고 있었다. '빠르게 오두막을 지나치면 그녀의 울부짖는 비명 소리를 다시 듣지 않을 수 있기 때문이었을까.' 그는 생각했다. 그렇게 그는 한동안 달려 큰길가에 다다랐다. 단단한 근육을 가진 작은 짐승이 이제 제법 빠르게 달리고 있는 동안 그는 기름이 물 위에 퍼지듯 꼬리에 꼬리를 물면서 떠오르는 생각을 이어갔다. '하이타워 목사님한테 제일 먼저 가야 해. 목사님이 노새를 타고 오시도록 해야지. 꼭 기억해야 할 일이 있군. 목사님이 의학 책을 꼭 챙기시도록

하는 것 말이야. 꼭 잊지 말아야지.' 기름이 퍼지듯 바이런의
생각이 계속 이어졌다. 바이런을 그곳까지 태워 온 노새는 계
속 달리려 했지만, 그는 노새 등에서 뛰어내려 하이타워의 집
안으로 달려 들어갔다. 그러고 나서 그는 다른 일에 몰두했다.
'이제 다 되었군.' 그는 속으로 중얼거리며 생각한다 만약 내
가 진짜 의사를 찾지 못한다 하더라도 그런 생각을 하면서 바이
런은 광장까지 나오게 되었고 그런 다음 스스로 절망감을 드
러내고 말았다. 그는 그것을 느낄 수 있었다. 비록 날카로운
발톱을 감추고 있었지만 말이다. 그는 생각에 잠긴다 만약 내
가 진짜 의사를 찾지 못한다 하더라도 할 수 없는 일이지. 사실 난
진짜 의사가 필요하다고 믿은 적이 없었으니까 난 믿지 않았어 그
는 속으로 이런 생각을 하고 있었다. 자동차 키를 꺼내기 위해
금고 열쇠를 찾는 의사를 돕고 있는 동안 바이런의 머릿속은
온갖 모순된 생각들로 요동치고 있었다. 마침내 그들은 자동
차 키를 찾아냈고, 손을 잡고 서둘러 움직여, 막 뜨기 시작한
새벽 햇살을 받으며 텅 빈 도로를 전속력으로 달렸다. 그러는
동안 바이런은 흔히 사람들이 그러듯이 모든 현실과 걱정과
두려움을 옆에 앉아 있는 의사에게 맡겨버렸다. 어쨌거나 그
들은 자동차를 타고 오두막에 도착했다. 두 사람은 자동차에
서 내려 오두막 문을 향해 달려갔고, 문 너머에서는 등잔불이
여전히 타오르고 있었다. 그 짧은 시간은 일격을 당하기 직전
에 느낀 최후의 평화로운 순간이었다. 곧이어 그는 숨어 있던
날카로운 발톱에 뒷덜미를 한 차례 할퀴이고 말았다. 이어서

바이런은 아기의 울음소리를 들었다. 그제야 그는 깨달았다. 아침은 빠른 속도로 밝아오고 있었다. 그는 등골이 오싹해지는 평화로움 속에 조용히 서 있었다. 천천히 제정신이 드는 바이런의 모습은 뭐라 표현할 수 없을 정도로 하찮아 보여서, 그곳이 어디든, 어떤 남자나 여자도 다시 뒤돌아볼 것 같지 않은 그런 몰골이었다. 이제 그는 믿음이 자신을 보호해주었을 뿐만 아니라, 지금껏 믿음으로부터 자신을 보호해준 무엇이 있다는 사실을 깨달았다. 통렬하고도 엄숙한 놀라움 속에서 그는 생각에 잠겼다 아마도 그것은 하인스 부인이 나를 불렀을 때에야 비로소 내가 리나의 비명 소리를 들었고, 그녀의 얼굴을 보았고, 이 바이런 번치가 이 세상에서 그녀에게 아무 도움도 되지 않으며 또 그녀가 처녀가 아니라는 것을 깨달았다는 사실일 거야 그리고 바이런은 그런 사실이 너무도 끔찍하다고 생각했다. 하지만 그것이 전부가 아니었다. 그 밖에도 다른 무엇이 있었다. 그는 고개를 숙이고 있지 않았다. 아침 햇살이 퍼지는 가운데 그는 차분하게 서 있으면서 조용히 생각에 잠겼다 이번 일 또한 하이타워 목사님이 말씀하신 것처럼 내게 맡겨진 것이겠지. 목사님께 말씀드려야겠어. 그리고 루커스 버치에게도 말을 해줘야겠지 그 사실은 이제 정말이지 허를 찌르는 것이 아닐 수 없었다. 그것은 정말이지 사춘기에나 느끼는 끔찍하고도 돌이킬 수 없는 절망감 같은 것이었다. 세상에, 난 지금 이 순간까지도 그가 그렇다는 걸 믿지 않고 있었던 거야. 나나 그녀나 다른 사람들이나 마찬가지야. 난 그저 이런저런 이야기를 섞어 넣었던 거야.

아무 뜻도 없는 말들을 모아놓은 것뿐이지. 우리 모두 마찬가지야. 이런저런 말들을 놓치지 않으려고 그동안 계속해서 소문을 부풀려 놓은 거란 말이야. 맞아. 내가 그자가 루커스 버치라고 믿고 있다는 사실조차 이제야 깨닫게 되었으니. 사실 루커스 버치라는 사람이 있다는 것조차 믿지 않았는데

* * *

'운이라.' 하이타워가 중얼거린다. '운이라고. 난 내가 그런 것을 가지고 있는지조차 모르고 있었는데.' 하지만 의사는 곧장 오두막 안으로 들어가버렸다. 하이타워는 고개를 돌려 간이침대 주변에 모여 있는 사람들에게 시선을 보내면서, 의사의 들뜬 목소리에 여전히 귀를 기울이고 있었다. 노부인은 이제 조용히 앉아 있었지만, 하이타워가 그녀를 주시하고 있으려니 방금 그녀가 멍하면서도 격렬한 분노에 사로잡혀 아기를 떨어뜨릴 것처럼 보여서 자신이 그녀와 몸싸움을 벌였던 일이 생각났다. 그녀는 말도 없이 더없이 격노한 표정으로 엄마에게서 아기를 거의 낚아채듯이 데려와 높이 치켜 올렸다. 간이침대에 누워 자고 있는 노인을 흘끗 보면서 그녀는 마치 거대한 곰처럼 몸을 잔뜩 웅크리고 있었다. 하이타워가 도착했을 때 노인은 죽은 듯이 자고 있었다. 노인은 전혀 숨을 안 쉬고 있는 것 같았고, 하이타워가 방 안으로 들어섰을 때 부인은 간이침대 옆의 의자에 몸을 웅크리고 앉아 있었다. 부인은

꼭 절벽에서 굴러떨어진 바위 같은 자세로 앉아 있었다. 그 순간 하이타워는 생각에 잠겼다 저 부인이 이미 노인을 죽였는지도 몰라. 이번에는 미리 알아서 아주 조심을 한 것 같아 그러고 나서 하이타워는 바삐 움직였다. 노부인이 아직 숨도 제대로 쉬지 못하는 아기를 낚아채 하늘 높이 치켜들고서 호랑이 얼굴을 하고 간이침대에서 자고 있는 노인을 노려볼 때까지, 하이타워는 노부인이 곁에 와 있다는 것을 전혀 눈치 채지 못하고 있었다. 그때 아이가 간신히 숨을 내쉬더니 울어댔다. 노부인은 아이의 울음소리에 대답을 하는 것 같았다. 하지만 그것은 승리에 도취한 듯한 야만적인 소리였을 뿐 누구도 알아들을 수 없었다. 그녀가 아기를 땅에 떨어뜨리기 전에 아기를 낚아채기 위해 하이타워가 그녀와 씨름을 하는 순간 그녀의 얼굴에는 거의 광기가 서려 있었다. "자, 보세요." 하이타워가 그녀를 달랬다. "보시라니까요! 남편께서는 조용하시잖아요. 이번에는 아기를 빼앗아 가지 못할 겁니다." 하지만 부인은 영어를 알아듣지 못하는 사람처럼 아무 말도 없이 짐승 같은 표정을 지은 채 여전히 남편을 노려보았다. 하지만 분노와 승리감이 뒤엉킨 표정이 그녀의 얼굴에서 사라지더니, 그녀는 낑낑거리는 목쉰 소리를 내면서 하이타워 목사에게서 다시 아기를 빼앗기 위해 안간힘을 썼다. "이제 조심하세요." 하이타워가 타일렀다. "조심하실 거죠?" 그녀는 훌쩍거리며 아기를 가볍게 쓰다듬으면서 고개를 끄덕였다. 하지만 그녀가 손을 내밀지 않아, 하이타워 목사는 아기를 그녀에게 안겨준다.

이제 그녀는 무릎에 아기를 올려놓은 채 의자에 앉아 있다. 이번에도 늦게 도착한 의사는 간이침대 옆에 서서, 즐거우면서도 조급한 목소리로 떠들어대며 분주히 손을 놀리고 있다. 하이타워는 몸을 돌려 방 밖으로 나가, 노인답게 천천히 부서진 계단을 밟고 땅바닥에 내려선다. 마치 축 늘어진 배 안에 다이너마이트처럼 대단히 위험하고 중요한 무엇이 들어 있는 듯 하이타워는 매우 조심스럽게 행동한다. 이제 시간은 새벽을 지나 아침이다. 이미 태양이 떠올랐다. 그는 잠시 멈춰 서 주변을 둘러보더니 "바이런" 하고 부른다. 하지만 아무 대답이 없다. 그러다가 그는 울타리 기둥 근처에 매어두었던 노새가 어디론가 가고 없다는 것을 알아차린다. 그는 한숨을 내쉰다. '세상에.' 그는 생각한다. '바이런 때문에 집까지 2마일이나 힘들게 걸어가야 하는 지경에 빠지다니. 하지만 그 정도 수고 때문에 바이런을 미워할 수는 없지. 인간들이 저지르는 행동 가운데 그보다 못한 경우가 얼마나 많은데. 우리의 행동에 괜찮은 구석이 별로 없는 게 사실이지.'

하이타워는 천천히 걸어서 시내로 돌아온다. 그는 지저분한 파나마모자를 쓰고, 거친 면으로 된 잠옷용 셔츠를 검은색 바지 안에 쑤셔 넣는 바람에 볼품없이 배만 볼록하게 튀어나온 모습이다. '신발을 꿰찰 수 있는 시간이라도 있었던 게 다행이지.' 그가 생각한다. '피곤하구나.' 그는 초조감에 밀려 생각에 잠긴다. '피곤하긴 한데 잠을 잘 수 있을 것 같지는 않군.' 그 사실에 짜증을 느끼며, 그는 지친 모습으로 집 대문을 돌아들면서 천천히 발걸음을 옮긴다. 이제 태양은 중천에 떠올랐고, 마을 사람들은 모두 잠에서 깨어난 듯했다. 그는 이 집 저 집이 아침 식사를 준비하면서 풍기는 음식 냄새를 맡는다. '바이런이 나에게 최소한의 배려는 할 수 있었을 텐데.' 그는 생각한다. '나에게 노새를 넘기지 않을 바에는 먼저 와서 화덕에 불이라도 지펴놓아야 할 게 아닌가. 아침 식사 전에 2마일쯤 걷는 게 식욕을 돋운다고 생각한 모양이야.'

하이타워는 부엌으로 가서 천천히 그리고 어설픈 동작으로 화덕에 불을 지핀다. 그가 화덕에 처음 불을 지핀 지 25년이 지났지만 그 모습은 여전히 어설프기 짝이 없다. 그런 다음 그는 불 위에 커피 주전자를 올려놓는다. '이제 침대로 가 한숨 자야겠어.' 그가 생각한다. '하지만 잠이 오지 않을 거야.' 그러나 그는 자신의 생각이 투덜거리는 소리처럼 들린다는 것을 알아차린다. 여자가 자신의 푸념에 귀 기울이지 않으면서 한가롭게 투덜거리는 소리 같다. 그는 늘 하던 대로 지나치게 풍성한 아침 식사를 준비한다. 그러다가 잠시 하던 일을 멈추고 뭔가 불만을 느낀 듯 끌끌거리며 혀를 찬다. '이보다 더 기분이 안 좋아야 하는데.' 그는 생각한다. 하지만 그는 그렇지 않다는 것을 인정해야만 한다. 큰 키에 흉한 몰골을 하고 쓸쓸하고 썰렁하고 어질러진 부엌에 서서, 어제 혼자 해 먹은 음식으로 아직 기름이 덕지덕지 묻어 있는, 쇠로 된 긴 자루가 달린 냄비를 을씨년스럽게 잡고 있는데, 갑자기 뜨겁고 승리에 가득 찬 무엇이 빛을 품으며 가슴속에서 용솟음치는 것 같은 느낌이 든다. '난 그들에게 보여줬어!' 그는 생각한다. '늙은 사람에게도 새로운 삶의 활기는 찾아오는 모양이군. 좀 늦게 오기는 하지만. 바이런이라면 인생의 나머지를 찾기 위해서 오는 겁니다 하고 말할 테지.' 하지만 그것은 자만심이고 공허한 자존심이다. 하지만 천천히 꺼져가는 불빛은 어떤 비난도 견딜 수 있다는 듯이, 하이타워의 그런 생각을 무시한다. 그는 생각한다. '내가 다시 활기를 찾는다면 어떻게 될까? 내가 그런 생동감을 느낀다면 어떨까? 괜한 승리감이고 자부심에 불과한 것일까? 그래도 내가 다시 활기를 찾는다면 어떨까?' 하지만 분명한 것은 따뜻한 온기와 광채도 늘그막의 삶을 지탱하는 데는 별 필요도 소용도 없으며, 오렌지나 계란 또 구운 빵 한 조각 때문에 그런 현실이 사라지는 것도 아니라는 점이다. 하이타워는 식탁 위에 놓여 있는 더럽고 텅 빈 접시를 쳐다보고 큰 소리로 말한다. "원 세상에. 난 지금 접시 닦을 생각도 하지 않고 있어." 그는 침실로 가서 잠을 청해보려고도 하지 않는다. 그는 침실 문까지 가서, 밝게 타오르는 존재감과 자만심으로 충만한 모습으로 침실 안을 들여다보고 생각에 잠긴다. '내가 여자라면. 여자들이 늘 하던 대로 하겠지. 침대로 가서 휴식을 취할 거라고.' 그는 서재로 간다. 지난 25년 동안 잠에서 깨어나 다시 잠자리에 들 때까지 아무 일도 하지 않았던 그가 이번에는 분명한 목적을 갖고 있는 사람처럼 움직인다. 그가 이번에 고른 책은 테니슨의 시집이 아니다. 그는 남자에게 영혼의 양식을 제공하는 셰익스피어의 《헨리 4

세》를 서가에서 빼낸 다음, 뒷마당으로 나가 뽕나무 아래의 늘어진 접이식 헝겊 의자 위에 털썩 주저앉는다. '잠을 잘 수 있을 것 같지 않군.' 그가 생각한다. '조금 있으면 바이런이 와서 나를 깨울 테니까. 바이런이 내게 무슨 일을 시키고 싶어 하는 건지 한번 들어보자고. 날 깨울 만한 가치가 있는 일인지 어떤지 말이야.'

하이타워는 거의 눕자마자 코를 골 정도로 금방 잠이 든다. 가던 길을 멈추고 의자 안을 들여다본 사람이면 누구든 하늘이 반사된 두 개의 안경알 아래의 순수하고 평화로우면서도 단호한 얼굴을 보았을 것이다. 하지만 그가 거의 여섯 시간이나 지나 잠에서 깨어날 때까지 아무도 오지 않았다. 하지만 그는 누군가 자신을 불렀다고 믿는 것 같다. 그가 갑자기 일어나는 바람에 앉아 있던 의자에서 삐걱거리는 소리가 난다. "그래?" 그는 놀라서 말한다. "그래? 무슨 일인가?" 하지만 그곳에는 아무도 없다. 그는 누군가 근처에 있다는 강한 확신에 차서 귀를 기울이고, 좀 더 기다려보겠다는 듯 잠시 주변을 둘러본다. 그리고 그 불빛은 아직 사라지지 않고 있다. 그는 즉시 생각에 잠긴다. '생각을 떨쳐낼 수 있을까 해서 잠을 청했는데.' 그러면서 다시 생각에 잠긴다. '떨쳐내길 바랐다고 할 수도 없는 일이지. 사실 난 **두려웠던** 거야. 게다가 난 항복하고 말았던 거야.' 그는 가만히 차분하게 생각한다. 그는 양심이 찔리는 듯 먼저 양손을 비비기 시작한다. '나 역시 항복했단 말이야. 인정할 수밖에 없을 거야. 그래, 맞아. 그것도 역시 내

운명일지 몰라.' 이렇게 중얼거리고 나서, 다시 그 일을 생각한다 내가 받은 그 아기. 난 그런 아기조차 없으니. 아기를 받아준 것에 대한 감사의 표시로 의사의 이름을 따서 아기의 이름을 짓는 일이 종종 있기는 한데. 하지만 그건 바이런이 할 일이지. 물론 내 이름보다 바이런의 이름을 따르는 게 우선이긴 하지. 그 여자는 다른 이름을 가진 아이들을 많이 낳을 테지 산고를 겪으면서도 그렇게 평온하고 두려운 내색조차 하지 않은 것은 젊고 강인한 육체 때문이었을 거라고 회상하면서 하이타워는 다시 생각에 잠긴다. 아이를 많이 낳겠지. 아주 많이. 그게 그 여자의 인생이고 운명이겠지. 평온을 지키며 순종적으로 살아가는 착한 사람들을 이 풍요로운 대지 위에 많이 낳아주겠지. 서두르거나 허둥대는 법도 없이 그녀는 자신의 강인한 허리에서 어머니가 되고 딸이 될 아이들을 낳을 거란 말이야. 하지만 다음에는 바이런의 아이를 낳겠지. 딱한 바이런 같으니. 나를 집까지 걸어가도록 만들어놓고 말이야

하이타워는 집 안으로 들어간다. 면도를 하고 잠옷을 벗은 다음, 어제 입었던 셔츠를 걸치고 셔츠에 깃을 달고 목사들이 사용하는 아마로 만든 타이를 매고 파나마모자를 쓴다. 이제 그는 조금 더 험한 숲길을 뚫고 오두막으로 가고 있지만, 집으로 돌아올 때만큼 오래 걸리지는 않는다. '이 길로 좀 더 자주 다녀야겠는걸.' 그는 생각한다. 그는 간간이 나뭇잎 사이로 비치는 햇살과 따사로움과 대지와 숲에서 풍겨 나오는 풍부하고 강렬한 냄새와 엄청난 적막감을 느끼며 걷는다. '이렇게

산책하는 습관도 기도와 마찬가지로 버리지 말아야 할 텐데. 산책하는 습관이 기도하는 것에 버금가지는 않겠지만, 언젠가 두 가지 모두 내게 돌아올 날이 있겠지.'

그는 오두막 뒤의 목초지에서 멀리 떨어진 숲에서 나타난다. 오두막 뒤편으로 불에 타 없어진 그 저택을 한때 품고 있었던 숲이 보였지만, 판자와 대들보로 쓰였던 불에 그슬리고 탄 목재는 보이지 않는다. '불쌍한 여자.' 그는 생각한다. '가없고 피붙이도 없는 여자. 일주일만 더 살았더라도 이곳에 행운이 돌아오는 것을 볼 수 있었을 텐데. 이 척박하고 버려진 땅에 생명과 행운이 찾아오는 모습을.' 그는 주변의 대지와 그 지역에 사는 흑인들의 넘치는 생명력, 부드럽게 외치는 소리와 아이들을 많이 낳은 여인들과 문 앞에서 먼지를 일으키며 뛰노는 벌거벗은 많은 아이들, 그리고 여러 세대가 뒤엉켜 울려대는 높은 소음과 소란스러운 그 저택의 환영이 마치 눈앞에 보이는 것 같은 느낌에 빠진다. 그는 오두막에 도착한다. 그는 문을 두드리지 않는다. 그는 손으로 벌써 문을 열고 있고, 동시에 애정 어린 우렁찬 목소리로 사람을 부른다. "의사가 안으로 들어가도 될까요?"

오두막 안에는 산모와 갓 태어난 아기 외에는 아무도 없다. 그녀는 간이침대에서 일어나 앉아 아기에게 젖을 물리고 있다. 하이타워가 방 안으로 들어서자 여자는 드러난 가슴을 가리기 위해 침대 시트를 들어 올리려는 동작을 취한다. 문 쪽을 바라보는 그녀의 시선에 놀라는 기색은 전혀 없다. 다만 미소를 지으려는지 그녀의 표정에 따뜻함과 온화함이 떠오르다가 갑자기 사라진다. 하이타워는 그런 표정의 변화를 깨닫는다. "전 혹시나 했죠——" 그녀가 머뭇거리며 말한다.

"누구를 생각했죠?" 하이타워가 큰 소리로 묻는다. 그는 침대 곁으로 다가가 그녀와 엄마 가슴에 매달려 잠이 든 작고 검은 빛이 도는 아기를 내려다본다. 다시 그녀는 침대 시트를 끌어 올린다. 얌전하고 차분한 모습이다. 위쪽에서 수척하면서도 배가 튀어나온 대머리 노인이 점잖으면서도 기쁨에 넘쳐 거의 승리에 도취한 표정을 하고 서 있다. 여자는 아기를 내려다본다.

"아기가 주변이 낯선 모양이에요. 다시 잠들었다고 생각해 침대에 누이면 깨어나 울더군요. 그러면 다시 안아주고 있답니다."

"이곳에 혼자 있으면 안 되는데." 그가 말한다. 그는 방 안을 둘러본다. "어디 가셨나——"

"부인은 가셨어요. 시내에 가셨을 거예요. 그렇게 말씀하시진 않았지만요. 하지만 시내에 가신 게 틀림없어요. 노인이 밖으로 빠져나가자, 부인이 깨어나 그분이 어디로 갔느냐고 물으시더군요. 밖으로 나가셨다고 했더니 부인도 노인을 따라 밖으로 나가셨어요."

"시내로 갔다고요? 몰래 빠져나갔다는 거지요?" 그러고 나서 그는 "아하" 하고 조용히 중얼거린다. 이제 그의 표정이 무거워진다.

"부인은 노인을 하루 종일 지켜보고 있었어요. 노인도 부인의 눈치를 살피고 있었죠. 맹세할 수 있어요. 노인은 잠든 척하고 있었던 거예요. 부인은 노인이 잠들어 있다고 생각했던 것 같아요. 그런데 저녁 식사를 마친 뒤 부인이 조금 방심하신 모양이에요. 지난밤 한잠도 못 잔 탓에 식사 후에 부인이 의자에 앉아 꾸벅꾸벅 조시더군요. 부인을 살피고 있던 노인이 간이침대에서 조심스럽게 일어나, 눈을 가늘게 뜨고 저를 보며 눈짓을 하시더군요. 그런 다음 노인은 고개를 돌려 여전히 눈을 가늘게 뜨고 제게 눈짓을 해가면서 살금살금 걸어 밖으로 나갔어요. 전 노인을 막지도 않았고, 부인을 깨우려고 하지도 않았답니다." 그녀는 눈을 크게 뜨고 심각한 얼굴로 하이타워를 바라본다. "그렇게 하는 것이 너무 무서웠어요. 그 노인은 어처구니없는 말만 했어요. 저를 바라보는 눈길도 매서웠고요. 눈을 가늘게 뜨고 눈짓을 보내는 것이 부인을 깨우지 말라는 뜻이 아니라, 만일 제가 부인을 깨우면 엄청난 일이 일어날 테니 알아서 하라는 경고 같았답니다. 그래서 겁이 났던 거지요. 그러고 나서 제가 아기와 함께 침대에 누워 있는데 잠시 후에 부인이 갑자기 침대에서 벌떡 일어났어요. 그런 모습을 보자, 전 부인이 잘 생각이 없었다는 것을 깨달았어요. 부인은 일어나자마자 남편이 누워 있던 침대로 달려가, 남편이 사라진 사실을 믿지 못하겠다는 듯 침대를 만져댔지요. 부인은 침대 옆에 서서 마치 남편이 담요 속 어디에 숨어 있기라도 한 것처럼 이곳저곳을 샅샅이 뒤지더군요. 그러고 나서 딱 한 번 저를 쳐다봤어요. 하지만 부인은 눈을 가늘게 뜨거나 눈짓 따위를 하지는 않았어요. 하지만 전 부인이 그렇게 해주길 간절히 바랐답니다. 부인이 몇 마디 묻기에 전 대답을 해주었고, 그러자 부인은 모자를 쓰고 밖으로 나가버렸어요." 그녀는 하이타워를 빤히 쳐다본다. "전 부인이 떠나서 오히려 기쁘답니다. 어쨌거나 저를 보살펴주신 분인데, 그런 말을 해서는 안 되겠지만 말이에요. 그러나……."

하이타워는 간이침대를 내려다보듯이 서 있다. 그녀를 보고 있는 것 같지는 않다. 그의 얼굴은 무척 굳어 있다. 그곳에 서 있는 동안 그는 나이를 열 살이나 더 먹은 듯이 보인다. 아니면 지금의 얼굴이 원래 모습이고, 방 안으로 들어올 때의 모습이 오히려 낯선 사람의 얼굴이었는지도 모른다. "시내로 갔단 말인가." 그가 말한다. 그러고 나서 그는 정신이 들었는지 다시 눈을 뜨고 그녀를 본다. "그렇다면 이제 나도 별수 없군." 그가 중얼거린다. "더욱이 시내에 있는 남자들 가운데 제정신인 사람이……별로 없는데——노인과 부인이 가버려서 기쁘다니 왜 그런 건가요?"

그녀는 고개를 숙인다. 그녀는 아기 머리 근처로 손을 가져가지만 아기의 머리를 쓰다듬지는 않는다. 그것은 굳이 그럴 필요도 없는 본능적인 동작이고, 명백히 무의식적인 행동이다. "부인은 친절하셨어요. 친절하신 것 이상이었죠. 아기를 안아주셔서 제가 쉴 수 있었답니다. 저기 있는 의자에 앉아 그 동안 내내 아기를 안아주시려고 했죠——세상에, 용서하세요. 제가 목사님께 저기 저 의자에 앉으시라는 말을 한 번도 하지 않았네요." 그녀는 하이타워가 의자를 침대 쪽으로 끌어와 앉는 모습을 지켜본다. "부인은 침대에 누운 남편을 감시할 수 있는 곳을 차지하고 앉아, 남편이 잠을 자나 확인하고 있었답니다." 그녀는 하이타워를 쳐다본다. 그녀의 눈은 무엇인가 알아내려는 강렬한 열의를 드러내고 있다. "부인은 아기를 계속 조이라고 부르더군요. 아기의 이름은 조이가 아닌데 말이에요. 그리고 부인은 계속해서……." 그녀는 하이타워를 유심히 바라본다. 그녀의 눈은 이제 호기심과 의문을 품고 무언가를 골똘히 생각하는 기색이 역력하다. "부인은 계속해서 무슨 말을 하셨지요——뭔가 혼동하고 있는 것 같았어요. 그 말을 듣고 있자니 저도 때론 혼란스럽더군요." 그녀의 눈빛은 무언가 실마리를 찾으려는 듯이 보이고, 말은 더듬거린다.

"혼동하고 있다니요?"

"부인은 계속해서 그 사람이 아기의 아빠라도 되는 듯이 말했어요——감옥에 있는 사람 있잖아요. 왜 크리스마스라는 사람 말이에요. 부인이 계속 그런 식으로 말해서 저도 혼란스러웠어요. 때론 저도 분간이 안 될 정도로——저 자신 역시 혼동이 되더군요. 나중에는 바로 그 남자, 그 크리스마스라는 사람이 아기의 아빠라는 생각이 들더라니까요——" 그녀는 하이타워를 쳐다본다. 엄청나게 노력을 하고 있는 듯한 모습이다. "하지만 그건 사실이 아니라는 걸 저는 잘 알고 있어요. 말도 안 되는 소리죠. 부인이 계속 그런 얘기를 하니까 그런 생각이 들었던 것 같아요. 그리고 제가 지금 그렇게 건강하지 않은 것도 이유가 되겠죠. 하여간 저도 혼란스러웠어요. 무섭기도 했어요……."

"무엇이 무섭단 거죠?"

"전 혼란을 겪고 싶지 않았어요. 부인이 절 혼란에 빠뜨릴까 봐 두려웠어요. 왜 사람들이 말하잖아요. 한번 엇갈리면 그 이전 상황으로 돌아갈 수 없다고……." 그녀는 하이타워를 더 이상 쳐다보지 않는다. 하지만 하이타워가 자신을 보고 있다는 것을 느낄 수 있다.

"아기의 이름이 조이가 아니라고 했는데, 그렇다면 아기의 이름은 뭐죠?"

한동안 그녀는 하이타워를 바라보지 않는다. 그러다가 고개를 들어 그를 쳐다본다. 그녀는 그를 쳐다보자마자 너무도 쉽게 말한다. "아직 아기의 이름을 짓지 못했어요."

하이타워는 그 이유를 알고 있다. 마치 방 안으로 들어온 후 처음 그녀를 자세히 보는 것 같다. 그는 처음으로 그녀가 최근에 머리를 단정히 빗고 얼굴도 말끔하게 씻은 것을 발견한다. 그는 또 그가 방 안으로 들어오는 순간 그녀가 황급하게 시트 안으로 감춘 듯한 빗과 깨진 거울 조각을 본다. "내가 들어올 때 누군가를 기다리는 것 같았는데. 나는 아닐 테고. 누구를 기다리고 있었나요?"

그녀는 시선을 피하지 않는다. 그녀의 얼굴은 순진하지도 않고 뭔가를 숨기려 하지도 않는 표정이다. 또 차분하지도 않고 평온하지도 않은 표정이다. "누구를 기다리다니요?"

"기다린 사람이 바이런 번치는 아니었나요?" 그녀는 여전히 시선을 피하지 않는다. 하이타워의 얼굴은 침착하고 확고하면서도 부드럽다. 하지만 그의 표정에는 그녀가 지금까지 알았던 몇 명의 좋은 사람들, 주로 남자들의 얼굴에서 볼 수 있었던 엄격함 같은 것이 서려 있다. 그는 앞으로 몸을 숙여, 아기를 받치고 있는 여자의 손 위에 자신의 손을 올려놓는다. "바이런은 좋은 사람이지." 그가 말한다.

"그 점은 다른 사람들만큼이나 저도 잘 알고 있어요. 아니 오히려 제가 더 잘 알고 있는 편이죠."

"그리고 당신도 좋은 여자고. 그럴 거예요. 그렇다고 내 말이——" 그는 빠르게 말한다. "내 말이——"

"이젠 저도 알 것 같아요." 그녀가 말을 잇는다.

"아니에요. 그런 말이 아닙니다. 그건 중요하지 않죠. 아직은 아무 일도 일어나지 않았으니까 말이오. 모든 것은 당신이 앞으로 어떻게 할 것인가에 달려 있어요. 스스로에 대해서도 그렇고, 다른 사람들에 대해서도 그렇지요." 그는 여자를 주시한다. 하지만 여자는 시선을 피하지 않는다. "그를 풀어주도록 해요. 그를 당신에게서 떠나가게 해요." 두 사람은 서로 쳐다본다. "이봐요, 아가씨. 그를 떠나보내도록 해요. 아마 당신 나이는 그 친구 나이의 절반도 안 될 거예요. 하지만 당신은 이미 그 친구보다 두 배는 더 오래 산 셈이지요. 그 친구는 결코 당신을 따라잡을 수 없을 거예요. 도저히 만회할 수가 없어요. 그가 너무 많이 시간을 낭비했기 때문이지요. 그가 시간을 뒤로 돌려 자신이 느끼는 공허함이나 미숙함을 없애고 다시 시작할 수는 없는 일이지요. 당신의 경험이나 성숙함을 없던 걸로 할 수 없는 것과 마찬가지로요. 당신은 지금 루커스 버치와 아기라는 두 명의 남자와, 당신이라는 한 여자의 단지 3분의 1을 그 남자의 인생에 억지로 밀어 넣으려고 하고 있어요. 그렇게 된다면 아무 죄 없이 지난 35년을 살아온 그의 인생이 부당하게 침해당하는 셈이지요. 그의 인생에 누가 끼어든다면, 적어도 그건 두 남자는 아니어야 하지 않을까요. 자, 그를 놓아줘요."

"하지만 그건 제가 할 일이 아니에요. 그는 자유의 몸이에요. 그 사람에게 물어보세요. 전 한 번도 그 사람을 붙잡으려고 한 적이 없어요."

"바로 그거예요. 붙잡을 생각이 있었다 해도 아마 당신은 그 친구를 붙잡을 수 없었을 거예요. 바로 그거죠. 어떻게 대처해야 하는지 당신이 알고 있었다면 사정이 달랐을 수도 있겠지만요. 하지만 그것을 알고 있었다면 당신이 아기를 가슴에 안고 이렇게 이 침대 위에 앉아 있지는 않았겠지요. 당신은 그를 보내고 싶지 않은 것 아닌가요? 당신은 그 말을 안 할 작정이죠?"

"전 지금까지 드린 말씀 이외에 더 할 말이 없군요. 그리고 전 안 된다고 했어요. 그 사람에게 닷새 전에 안 된다고 했어요."

"안 되다니요?"

"그 사람이 저에게 청혼했어요. 기다리지 말고 당장 결혼을 하자고 하더군요. 그래서 전 안 된다고 했지요."

"지금도 안 된다고 생각하고 있겠죠?"

여자는 하이타워 목사를 빤히 쳐다본다. "물론이죠. 전 지금도 그렇게 말할 거예요."

그는 볼품없이 커다란 동작으로 한숨을 쉰다. 그의 얼굴은 다시 긴장이 풀어져 피곤한 표정이 역력하다. "당신을 믿어요. 계속해서 그렇게 말하리라 믿습니다. 그를 만난 다음에도——" 그는 다시 그녀를 쳐다본다. 다시 한번 그의 눈빛에 강력한 의지가 배어 있다. "그는 어디 있지요? 바이런 말이에요."

그녀는 그를 쳐다본다. 얼마 후 그녀가 조용히 입을 연다. "전 모르는데요." 그녀는 그를 바라본다. 갑자기 그녀의 얼굴이 무척 공허해 보인다. 마치 그녀의 얼굴에 실질적인 강인함이나 굳건함을 제공해주었던 그 무엇인가가 빠져나가기 시작한 듯한 표정이다. 이제 그녀의 얼굴에서는 위선이나 갑작스러운 표정의 변화나 경계의 기미는 보이지 않는다. "오늘 아침 열시쯤 여기 왔었어요. 하지만 집 안으로 들어오지는 않았어요. 그냥 문 앞까지 와서 그 자리에 선 채 저를 바라보기만 하더군요. 지난밤 이후 전 그를 보지 못했고, 그 사람도 아기를 보지 못했기 때문에 제가 '들어와서 아기를 좀 보세요' 하고 말했죠. 하지만 그 사람은 문 앞에 서서 저를 바라보더니 '그 친구를 언제 보고 싶은지 알아보려고 왔어요' 하더군요.

그래서 '누구를 말하는 건가요?' 하고 제가 물었죠. 그랬더니 그 사람은 '사람들이 보좌관을 딸려 보낼지 모르겠어요. 하지만 제가 케네디에게 말을 넣어 그를 이곳으로 오게 할 수는 있어요' 하더군요. 그래서 전 '누구를 오게 한단 말인가요?' 하고 물었죠. 그러자 그 사람이 '루커스요. 버치 말입니다' 하더군요. 그래서 제가 '아, 예' 하고 말하자 그 사람이 다시 '오늘 저녁은 어때요? 그렇게 하도록 할까요?' 하고 묻더군요. 그래서 전 '좋아요' 하고 대답했죠. 그러고 나서 그 사람은 가버렸어요. 잠시 문 앞에 서 있더니 그냥 가버리고 말았어요." 바로 앞에서 눈물을 흘리는 여인을 바라보는 모든 남성들이 그렇듯 하이타워가 망연자실한 표정으로 주시하고 있는 동안, 그녀는 울기 시작한다. 그녀는 몸을 세우고 앉아, 아기를 가슴에 안은 채 울고 있다. 소리도 크게 내지 않고 격렬하지도 않지만, 얼굴도 가리지 않고 모든 희망을 포기한 듯한 표정으로 계속 울고 있다. "목사님은 제가 그 사람에게 안 된다고 했는지 아닌지에만 관심이 있으시군요. 전 이미 안 된다고 했어요. 하지만 여전히 제가 거절을 했는지 아닌지에만 관심을 보이시네요. 이제 그 사람은 갔어요. 전 그 사람을 다시는 보지 못할 거예요." 하이타워는 그 자리에 앉아 있다. 여자가 마침내 고개를 숙인다. 하이타워는 자리에서 일어나 그녀의 숙인 머리 위에 자신의 손을 얹은 채 서서 생각에 잠긴다 아아, 하느님 저를 도와주소서. 아아, 하느님 저를 도와주소서

* * *

그는 크리스마스가 숲을 지나 제재소까지 걸어가곤 했던 오래된 길을 발견했다. 그는 그 길이 그곳에 있다는 걸 몰랐었다. 하지만 그가 제재소로 난 길을 발견했을 때, 그것은 마치 그에게 기쁨을 알리는 전조 같았다. 그는 그녀가 한 말을 믿지만, 순전히 다시 한번 그 말을 듣고 싶어서, 자신이 들은 내용을 확인하고자 한다. 그는 정확히 네시에 제재소에 도착한다. 그는 제재소 사무실에 있는 직원에게 묻는다.

"번치라고요?" 장부를 정리하던 직원이 묻는다. "아마 여기서 찾으실 수 없을 겁니다. 그는 오늘 아침에 그만뒀습니다."

"알고 있어요. 알고 있어요." 하이타워가 대꾸한다.

"이 회사에서 7년 동안이나 근무했죠. 토요일 오후에도 나와서 일을 했습니다. 그런데 오늘 아침 그가 사무실 안으로 걸어 들어와 그만둔다고 하더군요. 아무 이유도 없이 말입니다. 촌놈들 하는 짓이 다 그렇지요."

"그래요. 그렇겠죠." 하이타워가 중얼거린다. "그래도 그들은 다 좋은 사람들이죠. 남자나 여자나 할 것 없이요." 하이타워는 사무실을 떠난다. 시내로 향하는 길은 바이런이 일하던 제재소 헛간 옆을 지나간다. 그는 감독인 무니를 알고 있다. "바이런 번치가 더 이상 자네 밑에서 일하지 않는다고 들었는데." 걸음을 멈춘 채 하이타워가 말한다.

"맞습니다." 무니가 대답한다. "그 친구 오늘 아침에 그만뒀어요." 하지만 하이타워는 그의 말에 신경 쓰지 않는다. 작업복을 입은 사람들이 지켜보는 가운데 낡은 옷을 걸친 볼품없는 모습의 낯선 인물이 기쁨에 들떠 호기심 가득한 얼굴로 벽이며, 판자며, 이해하지도 못하고 사용법을 알지도 못하는 이상한 기계를 살펴보고 있다. "바이런을 보시려면, 군 청사에 마련된 법정에 가보셔야 할 겁니다." 무니가 끼어든다.

"법정이라고 했나?"

"예, 목사님. 대배심이 오늘 열린답니다. 특별히 소집됐다고 하던데요. 살인자를 기소하기 위해서 열린다고 하더군요."

"그래요. 그래." 하이타워가 입을 연다. "그래서 그 친구가 그곳에 갔군. 그렇겠지. 참으로 좋은 젊은이지. 좋은 날이오. 좋은 날이야. 자, 여러분에게도 좋은 날이길." 그는 그곳을 떠난다. 그러는 동안 작업복을 입은 남자들이 그를 지켜본다. 그의 두 손은 뒷짐을 지고 있다. 그는 일정한 보폭으로 걸어가면서 조용하고 평화롭지만 서글픈 생각에 빠져든다. '불쌍한 사람 같으니. 참 안된 친구야. 어느 누구도 사람의 생명을 빼앗은 것에 대해 변명을 늘어놓을 수는 없는 일이야. 어느 누구도 말이야. 사람들을 위해 봉사하기로 맹세한 관리나 경찰관은 더욱 그렇지. 선출된 경찰은 그 자신이 피의자한테, 그 사람을 뭐라 부르든 상관없지만, 아무 고통을 당하지 않았는데도 그를 처단할 권리를 공개적으로 부여받고 있지. 그렇다면 경찰이 잡은 그 피의자한테 직접 고통을 당했다고 믿는 개인이 복수를 하려고 할 때 어떻게 막을 수 있겠어.' 그는 계속 걷는다. 그는 이제 자기 집이 있는 거리로 접어든다. 이윽고 그는 자기 집 울타리와 손수 설치한 간판과 그 너머에 있는, 팔월을 맞아 무성하게 자란 나무들 사이로 자신의 집을 볼 수 있다. '그래서 그 친구는 내게 작별 인사도 없이 떠나갔군. 하지만 그 친구는 결국 나를 위해 모든 일을 해주었어. 내게 일을 잔뜩 가져오기는 했지만. 내게 할 일을 주고, 내가 원래대로 돌아가게 해주었어. 어쩌면 이번 일 역시 나를 위해 마련된 것인지도 모르지. 그래도 이번 일로 모든 게 끝났으면 좋겠어.'

하지만 그 일이 전부가 아니다. 그에게는 해야 할 일이 한 가지 더 남아 있다.

18

　시내에 도착한 바이런은 정오가 되어서야 보안관을 만날 수 있다는 것을 알게 되었다. 보안관이 오전 내내 특별 대배심에 참석해야 하기 때문이었다. "기다려야 할 겁니다." 사람들이 말했다.

　"그러지요." 바이런이 대꾸했다. "어떻게 된 건지 압니다."

　"알다니, 뭘요?" 그러나 바이런은 대답하지 않았다. 그는 보안관 사무실을 떠나 광장의 남쪽으로 난, 지붕 있는 현관 아래 서 있었다. 싸구려 포석이 깔린 테라스로부터 몇 개의 돌기둥이 수년 동안 비바람에 쓸리고 아무렇게나 버린 꽁초로 더러워진 채 아치 모양으로 솟아 있었다. 그 아래로 별다른 목적도 없어 보이는 (이곳저곳에 가만히 서 있거나 서로 소곤거리며 이야기를 나누고 있는, 젊은 사람들, 시내에 사는 사람들, 또 바이런에게 낯익은 상점 점원들, 젊은 변호사들, 그리고 심지어 위장한 경찰관처럼 자신들의 위장이 경찰관처럼 보이든 그렇지 않든 특별히 신경 쓰지 않으면서 권위적인 분위기를 풍기고 있는 듯한 상인들까지) 작업복을 입은 농부들이 끊임없이 왔다 갔다 하고 있었다. 그들은 수도원에 사는 수도승 같은 분위기를 풍기며, 조용히 돈 문제나 농작물에 대한 이야기를 나누며, 이따금 조심스럽게 현관 천장을 쳐다보았다. 천장 너머에서 걸어 잠근 문 뒤로 사람들이 대배심을 준비하고 있었다. 그들은 한 남자의 생명을 빼앗을 준비를 하고 있었다. 사람들 가운데 그를 아는 사람은 거의 없었고, 그가 목숨을 앗아간 여자를 알고 있는 사람은 더더욱 적었다. 사람들을 태우고 시내로 들어온 마차와 먼지를 뒤집어쓴 차들이 광장과 길을 따라 늘어서 있었다. 그것들을 타고 시내에 온 부인들과 아이들은 무리를 지어 아무 목적도 없는 가축이나 구름처럼 천천히 주변 가게를 들락거리고 있었다. 바이런은 그 자리에 한동안 아무것에도 기대지 않은 채 꼼짝 않고 서 있었다——그는 7년 동안이나 시내에 살았지만, 시골 농부들은 살인범이나 피살자에 대해 모르는 것만큼이나 이 작은 체구의 남자에 대해 이름이나 성격 등 아는 것이 없었다.

하지만 바이런은 이런 사실을 의식하지 못하고 있었다. 일주일 전이었다면 사정이 좀 다를 수도 있었지만, 이제 그는 그런 것에 관심이 없었다. 그때라면 바이런은 누구라도 자신을 쳐다볼 수 있고, 때로는 자신을 알아볼 수도 있는 그런 곳에서 있지 않았을 것이다. 바이런 번치, 저 녀석은 남이 공들여 거

뒤놓은 곡식을 거저먹으려는 놈이야. 남자가 1,000달러를 벌기 위해 바쁘게 움직이는 동안 저 친구는 그 남자의 애인을 돌봐줬다는군. 그런데도 얻은 것은 없는 모양이야. 좋은 평판을 받고 있던 여자와 그녀 덕에 덩달아 좋은 평판을 얻게 된 남자 모두 그 평판을 벗어던지려고 할 때 바이런이 나타나 그녀의 체면을 구해줬다지. 그런 바이런이 다른 남자의 자식을 제 돈까지 써가며 아무 탈 없이 태어나게 해줬다니, 원 세상에. 그러고도 바이런은 아기 울음소리 한번 들어본 것이 전부라는군. 더군다나 그 남자가 1,000달러를 다 받으면 다시 그를 그 여자에게 데려와도 좋은지 그녀에게 물어봤을 뿐, 바이런이 얻은 것은 하나도 없다고 하더군. 그렇게 되면 바이런은 더 이상 필요 없게 되는 거 아니겠어. 이런 불쌍한 바이런 같으니 '이제 나는 떠날 수 있겠군.' 바이런은 생각했다. 그는 숨을 깊이 들이마시기 시작했다. 호흡을 할 때마다 그는 마치 다음번 숨을 깊이 쉬지 못하면 뭔가 끔찍한 일이 일어날지도 모른다는 두려움 때문에 몸 내부가 심호흡을 하고 있는 듯한 기분이 들었다. 그러는 동안 내내 그는 자신의 숨 쉬는 모습을 지켜볼 수 있었다. 하지만 아무 움직임도 볼 수 없었다. 그것은 다이너마이트 심지에 불이 붙기 시작할 때 이제 곧 가슴이 터질 것 같은 느낌으로 노려보지만 겉모습에는 전혀 변화가 보이지 않는 상황과 비슷했다. 그가 느끼는 두려움은, 옆을 지나치며 그를 주시하는 사람들조차 그에게 일어난 변화를 눈치 채지 못할 것이며, 아무도 이 변변찮은 인물에게 두 번 다시 눈길을 주지 않고 또 그가 한 일과 느낀 것을 그가 했다거나 느꼈다고 믿어주지 않을지 모른다는 데 있었다. 그리고 토요일 오후 제재소에 혼자 나와 일하는 그가 마음에 상처를 입을 기회조차 갖지 못했을 것이라고 사람들이 얼마든지 믿어버릴 수도 있는 일이었다.

그는 사람들 사이를 거닐고 있었다. '어디론가 떠나야겠어.' 그는 생각했다. 그는 늦지 않게 그 생각을 행동으로 옮길 수 있었다. '어디론가 떠나야겠어.' 그런 생각을 하며 그는 얼마 동안 걸었다. 그는 하숙집에 도착했을 때도 여전히 그 말을 중얼거리고 있었다. 그의 방은 거리 쪽을 향하고 있었다. 그는 자신의 방이 있는 곳을 주시하고 있다는 사실을 깨닫기도 전에 다른 쪽을 보고 있었다. '창가에서 책을 읽고 있거나 담배를 피우고 있는 누군가를 볼 수도 있겠지.' 그는 생각했다. 그는 복도로 들어섰다. 밝은 아침 햇살을 받았던 터라 그는 집 안의 사물을 즉시 분간할 수 없었다. 하지만 그는 리놀륨이 깔린 젖은 바닥에 배어 있는 비누 냄새를 맡을 수 있었다. '아직 월요일이군.' 그는 생각했다. '내가 그 사실을 잊었어. 아니면 다음 주 월요일 같기도 한데. 정말 그럴지도 모르겠군.' 그는 소리쳐 하숙집 여주인을 부르지 않았다. 잠시 후 그는 사물을 더 잘 볼 수 있었다. 그는 복도 뒤쪽이나 부엌에서 들려오는 걸레질 소리를 들을 수 있었다. 그때 장방형으로 퍼져나가는 불빛을 등지고 있던 뒷문이 열리더니, 그 사이로 삐죽하게 드러난 비어드 부인의 머리가 보였다. 그러고 나서 복도로 다가오는 부인의 몸 전체 윤곽이 그의 시야에 들어왔다.

"이게 누구야." 그녀가 깜짝 놀란 듯 입을 열었다. "바이런 번치 씨 아니야. 맞아, 바이런 번치 씨야."

"예, 부인." 그는 대답한 다음 생각에 잠긴다. '걸레 빠는 물통을 지키는 일 외에는 아무 관심도 없는 뚱보 아주머니가 웬 관심을 보이고 야단인지⋯⋯.' 하이타워라면 별 어려움 없이 잘 떠올리고 사용할 그런 용어를 생각해낼 수 없는 일이 다시 그에게 일어났다. '난 목사님을 끌어들이지 않으면 아무 일도 할 수 없을 뿐 아니라 목사님의 도움이 아니면 생각도 제대로 할 수 없는 인간인 모양이군.' ——"예, 아주머니." 그가 대꾸한다. 그는 이제 그만 작별 인사를 하려고 왔다는 말도 못한 채 그 자리에 서 있었다. '작별 인사를 못할지도 몰라.' 그는 생각했다. '7년 동안이나 한방에서 살아온 사람이 어느 날 갑자기 다른 곳으로 간다는 게 쉬운 일은 아니지. 아주머니가 내가 살던 방에 별 어려움 없이 다른 사람을 들일 수 있기를 바랄 뿐이야.' ——"혹시 제가 방세라도 밀린 게 있나 해서요." 바이런이 입을 열었다.

하숙집 여주인이 바이런을 빤히 쳐다보았다. 굳은 표정이긴 하지만 사람 마음을 편하게 하는 얼굴이었고, 그다지 불친절해 보이지 않았다. "밀린 방세라니?" 그녀가 물었다. "난 댁이 다른 곳에 거처를 정했다고 생각했지. 여름을 천막에서 나기로 한 줄 알았지 뭐야." 그녀는 그를 쳐다보았다. 그러고 나서 그에게 말을 건넸다. 부드러우면서도 섬세하고 사려 깊은 태도로 바이런에게 말했다. "난 이미 그 방의 방세를 받았는걸."

"아, 그래요." 바이런이 입을 열었다. "맞아요. 그렇군요. 그래요." 그는 조용히 눈을 들어 닳아빠진 리놀륨이 깔린 계단을 쳐다보았다. 그 자신도 바닥을 밟고 다니며 리놀륨이 닳아빠지는 데 한몫했던 계단이었다. 3년 전 새로운 리놀륨이 바닥에 깔렸을 때, 그는 하숙집에서 가장 먼저 그 계단을 올라다닌 사람이었다. "아, 그랬지요." 그가 대꾸했다. "그러면 전 다른——"

하숙집 여주인은 이번에도 즉시 그의 말을 받았다. 여전히 불친절한 태도는 아니었다. "그 일도 내가 다 해놓았지요. 댁이 남기고 간 물건은 전부 손가방에 챙겨두었어요. 손가방은 내 방에 있답니다. 직접 올라가서 눈으로 확인하고 싶어요?"

"아닙니다. 모든 것을 잘해주셨으리라……그렇다면 이제 전……."

그녀는 바이런을 지켜보고 있었다. "당신도, 참." 그녀가 입을 열었다. "여자들이 당신 같은 사람에게 짜증을 내는 것도 무리는 아니에요. 남자들은 자기가 저지르는 장난의 한계조차 모른단 말이에요. 나 같은 사람도 곧바로 알아차릴 수 있는 건데. 여자가 끼어들어 도와주지 않으면, 남자들은 열 살도 되기 전에 고함을 치며 질질 끌려 하늘나라로 올라가고 말 거라니까."

"혹시 사람들이 아주머니를 찾아와 그 여자에 대해 험담을 하지는 않았는지 모르겠군요." 그가 조심스럽게 말했다.

"그런 것은 없어요. 그럴 필요도 없고요. 여자들이 말을 많이 하는 게 사실이 아니라고 부인하지는 않겠어요. 하지만 바이런 씨가 좀 더 패기 있는 분이라면 여자들이 하는 말이 별 의미 없다는 것도 아시련만. 심각한 이야기를 나누는 쪽은 남자들이죠. 댁이나 그 여자에 대한 험담을 믿는 여자들은 없답니다. 그 아기에 대해서는 뭐 좀 말이 있을 수 있지만, 그 아기 엄마라는 여자가 댁에게 나쁘게 굴 이유가 없다는 것을 모든 여자들이 알고 있으니 말이에요. 다른 남자에게도 마찬가지로 대했을 테고요. 댁이나 목사님, 또 그 여자에 대해 알고 있는 다른 남자들이 그녀가 원하는 것을 모두 해주지 않았나요? 그런데 그 여자가 댁에게 고약하게 굴 이유가 뭐가 있겠어요? 안 그래요?"

"그러네요." 바이런이 대꾸했다. 그는 그 순간 하숙집 여주인을 바라보지 않았다. "제가 온 이유는……."

그녀는 상대방이 말을 끝내기도 전에 끼어들었다. "바이런 씨는 이제 곧 이곳을 떠날 모양이네요." 그녀는 그를 주시하고 있었다. "오늘 아침 무슨 일이 있었나요? 군청에 설치된 법정에서 말이에요."

"잘 모르겠습니다. 아직 재판이 끝나지 않아서요."

"참고 기다려야 하겠죠. 여자들이라면 토요일 밤 10분도 안 걸려 깨끗하게 해결할 수 있을 일을 남자들은 그렇게 오래 매달려 시민들이 낸 세금이나 축내고 있다니. 그런 얼간이 하나 해결하지 못하고 말이에요. 그런 작자 한 명 없어진다고 제퍼슨에서 아쉬워할 사람은 없거든요. 그런 인간 한 명쯤 없어도 제퍼슨은 잘 굴러갈 거란 말이죠. 그런데 그 사람은 여자 한 명 죽이는 게 남자에게 도움이 된다고 믿을 정도로 멍청한 모양이에요. 차라리 남자 한 명 죽이는 게 여자에게……어쨌거나 다른 한 사람은 이제 풀려나겠죠."

"예, 아주머니. 그럴 거라고 생각합니다."

"하지만 사람들은 한동안 그 남자가 살인 사건을 거들었다고 믿었던 거죠. 그래서 그 사람에게 1,000달러나 되는 현상금을 주기로 한 모양이죠. 일종의 위로금이겠네요. 그럼 두 사람은 이제 결혼할 수 있겠군요. 그렇게 되겠죠? 그렇지 않나요?"

"예, 아주머니." 그는 하숙집 여주인이 자신을 주시하고 있다는 것을 느낄 수 있었다. 하지만 그 시선이 친절하지 않은 것은 아니었다.

"그렇다면 바이런 씨도 이곳을 떠나겠군요. 아마 제퍼슨에 넌더리가 난 모양이네요. 그렇지 않나요?"

"글쎄요, 비슷한 심정이겠죠. 여하튼 전 떠날 겁니다."

"그래도 제퍼슨은 좋은 곳이에요. 하지만 당신처럼 어디든 갈 수 있는 사람은 굳이 정신이 팔릴 만큼 재미있는 일을 찾아 나서거나 사서 고생을 하려 들지는 않겠지요……원한다면 떠날 준비가 다 될 때까지 가방을 여기다 맡겨놔도 돼요."

바이런은 정오가 지난 이후에도 한동안 기다렸다. 그는 보안관이 식사를 다 끝냈을 것으로 여겨지는 시간까지 기다렸다. 그런 다음 보안관의 집으로 향했다. 하지만 그는 집 안으로 곧장 들어가지 않았다. 보안관이 밖으로 나올 때까지 기다렸다. 보안관은 살집이 있고 차분한 얼굴에 눈치가 빨라 보이는 운모 조각 같은 눈이 박혀 있는 뚱뚱한 사내였다. 두 사람은 집 옆으로 걸어 나와 마당에 서 있는 나무 그늘 속으로 들어갔다. 거기에는 의자가 없었다. 그렇다고 두 사람은 보통 하는 식으로 (두 사람 모두 시골 출신이지만) 쪼그려 앉지도 않았다. 보안관은 잠자코 남자의 말에 귀를 기울였다. 지난 7년 동안 마을 사람들의 호기심을 별로 불러일으킨 적이 없는 조용하고 체구 작은 이 사내는 불과 일주일 만에 공개적으로 사람들의 분노를 사고 모욕을 당하는 인물이 되고 말았다.

"알겠네." 보안관이 입을 열었다. "자네는 두 사람이 결혼해야 할 때가 왔다고 생각한다 이 말이지."

"그건 잘 모르겠습니다. 그거야 그 남자와 그 여자가 알아서 할 일이죠. 전 다만 그 남자가 가서 그 여자를 만나는 게 좋을 것 같다고 생각할 뿐입니다. 그리고 지금이 바로 그럴 때라고 봅니다. 그 남자에게 보좌관을 붙여 보내셔도 됩니다. 오늘 저녁에 그 남자가 그곳에 올 거라고 말해뒀습니다. 그다음은 그 남자와 그 여자가 알아서 할 일이죠. 제가 관여할 일은 아니죠."

"물론이야." 보안관이 맞장구를 쳤다. "자네 일은 아니지." 보안관은 남자의 옆모습을 보고 있었다. "자, 이제 자네는 어떻게 할 건가, 바이런?"

"모르겠습니다." 그의 발이 땅 위에서 천천히 자리를 옮기고 있었다. "멤피스로 갈까 하는 생각을 했습니다. 몇 년 동안 그런 생각을 하고 있었죠. 그럴 수 있을 것 같습니다. 이 작은 마을에서 더 이상 할 일이 없을 것 같군요."

"그럴 수 있지. 멤피스는 그렇게 나쁜 곳은 아니지. 도시의 일상을 즐기는 사람에게는 말이야. 물론 자네에게는 부담을 주거나 방해하는 가족이 없지만. 10년 전부터 혼자 살아왔다면 나도 그렇게 지냈겠지. 아니 더 잘 살았을 거야. 자넨 이제 곧 떠날 모양이군."

"조만간 그럴 것 같습니다." 그는 고개를 들었다가 다시 떨구었다. 그리고 말을 이었다. "오늘 아침 제재소를 그만두었습니다."

"그랬구먼." 보안관이 말을 받았다. "여러 사정으로 보아 자네가 다시 돌아갈 것으로 보진 않았어. 열두시에 이곳에 왔으니 한시까지 다시 돌아갈 생각은 없을 것이라고 나도 생각했네. 그런데, 일이 그렇게……." 보안관은 말을 멈췄다. 보안관은 늦어도 밤까지는 대배심이 크리스마스를 기소할 것이고, 브라운——혹은 버치——이라는 작자는 다음 달에 증인으로 법정에 출두하는 것 말고는 완전히 자유로운 몸이 될 것이라는 사실을 알고 있었다. 더군다나 그 작자의 출석이 절대적으로 필수적인 것도 아니었다. 크리스마스가 전혀 부인하지 않았고, 목숨을 부지하기 위해서라도 죄를 시인할 것이라고 보안관은 믿고 있기 때문이었다. '어쨌거나 그 브라운인지 뭔지 하는 작자에게 하느님을 두려워할 줄 아는 마음을 심어주는 게 그리 나쁜 일은 아닐 거야. 일생에 한 번 정도는 말이야.' 보안관은 생각했다. 그러고 나서 말을 이었다. "자네가 말한 것처럼 일을 처리할 수도 있을 것 같군. 그 작자에게 보좌관을 붙여 보내지. 현상금의 일부라도 손에 쥘 생각이 있다면 도망치지는 않겠지. 그곳에 도착했을 때 그 작자가 어떤 상황을 맞게 될지 알려주지 않는다면 별일 없을 거란 말이야. 그 작자는 아직 그 일을 모르고 있을 테지."

"아직 모르고 있습니다." 바이런이 대꾸했다. "그는 아직 그 사실을 모르고 있습니다. 그 여자가 제퍼슨에 있다는 것조차 모르고 있으니까요."

"그렇다면 보좌관과 함께 그 작자를 그곳으로 보내도록 하지. 이유는 말하지 않고 말이야. 그냥 그곳으로 보내는 거야. 자네가 그 작자를 데리고 가고 싶지 않다면 말이야."

"아닙니다." 바이런이 말했다. "전 전혀 그러고 싶지 않습니다." 하지만 그는 그 자리에서 움직이지 않았다.

"그럼 그렇게 하지. 그때가 되면 자네는 떠나고 없겠군. 그렇다면 그 작자에게 보좌관을 붙여 보내지. 네시경이면 되겠나?"

"예, 괜찮습니다. 호의를 베풀어주셔서 감사합니다. 다시 한번 감사드립니다."

"뭘 그런 걸 가지고. 내 주변에 있는 사람들이 그녀가 제퍼슨에 온 이후로 그녀에게 참 친절하게 대해주었어. 작별 인사는 하지 않겠네. 언젠가 제퍼슨에서 자네를 다시 보게 될 테니까. 이곳에 잠시라도 살았던 사람이 영원히 이 고장을 떠나는 것은 본 적이 없다네. 저기 구치소에 잡혀 있는 그 자식만 빼고 말이야. 하지만 그 자식은 죄를 인정할 거야. 목이 달아나지 않으려면 말이야. 어쨌거나 그 자식은 제퍼슨을 떠나겠지. 그 자식을 자기 손자라고 우기는 할머니에게는 너무나 안된 일이야. 내가 집에 오는 길이었는데 시내에 그 노인이 있더군. 사람들을 향해 미친 듯이 고함을 치고 소리를 질러대더군. 왜 그 자식을 구치소에서 꺼내 처치하지 않느냐고 말이야." 그러고 나서 보안관은 나지막이 킬킬 웃기 시작했다. "그 노인네, 조심해야 할걸. 퍼시 그림이 부하들을 시켜 요절을 낼지도 모르니까." 그는 다시 정색을 했다. "그 할머니에겐 너무도 견디기 힘든 일이야. 여자들에게는." 그는 바이런의 옆모습을 보았다. "사실 우리 대부분에게도 참담한 일이지. 자, 자네는 머지않아 돌아올 거야. 다음에는 제퍼슨이 자네를 좀 더 친절하게 맞아줄 거라고 믿네."

오후 네시, 바이런은 자동차가 다가와 멈춰 서고 보좌관과 그 자신이 브라운이라고 알고 있는 남자가 차에서 내려 오두막을 향해 걸어가는 것을 숨어서 지켜본다. 브라운은 지금 수갑을 차고 있지 않은 상태이다. 바이런은 그들이 오두막을 향해 올라가는 모습과 보좌관이 브라운을 앞으로 밀어 집 안으로 들여보내는 광경을 지켜본다. 브라운 뒤로 문이 닫히고, 보좌관은 계단에 앉아 담뱃잎이 들어 있는 쌈지를 주머니에서 꺼낸다. 이제 바이런은 다리를 펴고 자리에서 일어난다. '이제 난 갈 수 있어.' 그는 생각한다. '이제 난 떠날 수 있어.' 그가 숨어 있는 곳은 한때 서 있었던 저택의 잔디밭 너머 우거진 풀숲이다. 오두막과 길에서 전혀 보이지 않는 수풀 맞은편에 노새가 매여 있다. 다 닳아빠진 안장 뒤쪽에 매여 있는 것은 가죽으로 만든 것도 아닌 낡은 노란색 가방이다. 그는 노새에 올라타 길 쪽으로 방향을 튼다. 그는 뒤를 돌아보지도 않는다.

붉은색의 고운 흙이 덮인 길은 이미 기울기 시작한 오후의 햇살을 받으며 언덕 쪽으로 이어져 있다. '그래, 저 정도 언덕은 문제없어.' 그는 생각한다. '언덕쯤이야. 사람이 견뎌낼 수 있지.' 지난 7년 동안이나 친숙했던 언덕은 평화롭고 조용하다. '사람이란 무슨 일이든 견딜 수 있는 것 같군. 하기야 사람은 전혀 해보지 않은 일조차 견딜 수 있지. 사람은 견딜 수 있는 것 이상이라고 생각되는 일도 얼마든지 견뎌낼 수 있어. 소리 내어 엉엉 울 수 있는 상황도 능히 참을 수 있지. 사람은 뒤를 돌아보지 않고도 견딜 수 있어. 뒤를 돌아다보든 아니든 상황이 나아질 게 없다는 것을 알 때는 특히 그렇지.'

언덕은 가파르게 꼭대기를 향해 이어진다. 그는 지금껏 바다를 본 적이 없다. 그래서 그는 생각에 잠긴다. '바다는 테두리가 없는 무한한 공간 같을 거야. 일단 건넜어도 다시 무한한 공간으로 떨어지는 식이겠지. 거기서는 나무는 나무처럼 보이겠지만 나무 말고 다른 이름으로 불릴지도 몰라. 사람들도 사람처럼 보이긴 하겠지만 사람이 아닌 다른 이름으로 불리고. 그리고 그곳에서 바이런 번치는 꼭 바이런 번치가 될 필요도 없고 바이런 번치가 아닐 수도 있겠지. 그곳에서는 바이런 번치와 그가 타고 온 노새가 무서운 속도로 추락하는 일밖에 없겠지. 마침내 하이타워 목사님이 말씀하신 것처럼 온몸에 불이 붙어버릴 거야. 그것은 마치 우주에서 무서운 속도로 돌진하는 운석이 불이 붙어 다 타버리고 지구에는 재만 떨어지는 상황과 같을 거야.'

하지만 가팔라지기 시작하는 언덕의 꼭대기 너머에는 나무가 여전히 나무인 세상이 펼쳐져 있다는 것을 바이런 자신도 알고 있다. 피 때문에 벌어진 두 세계의 거리가 끔찍하고 한없이 멀게 느껴지기도 하지만, 냉혹하게 벌어졌으나 결코 회피할 수 없는 두 세계를 바이런 자신이 영원히 보듬어야만 한다는 것도 알고 있다. 두 세계는 꾸준하게 솟아오른다. 불길한 징조와 위협적인 기세도 아니다. 바로 그거다. 그 두 세계는 바이런에게 무심하다. '날 알지도 못하고 내게 관심도 없지.' 그는 생각한다. '마치 두 세계가 이렇게 말하는 것 같군 좋아. 바이런 자네는 힘들다고 말하는군. 좋아. 그런데 말이야, 우선 첫 번째로 우린 자네의 꾸밈없는 이야기를 들은 셈이야. 그다음에 들은 것은 자네 이름이 바이런 번치라는 것이고. 그리고 세 번째로 들은 것은 오늘 바로 이 순간 자신을 바이런 번치로 불러주는 사람이 자네 혼자라는 거지…… 정말 그렇군.' 그는 생각한다. '그런데 이게 정말 전부라면 말이야, 굳이 뒤돌아보고 싶어 안달할 필요도 없는 것 아니겠어.' 그는 노새를 멈춰 세우고 안장 위에서 몸을 돌린다.

바이런은 자신이 그렇게나 멀리 왔다는 것, 언덕이 그렇게나 높다는 것을 미처 깨닫지 못했었다. 그가 서 있는 대지는 넓은 사유지로, 70년 전 한때 대규모 농장 건물이 들어섰던 곳이다. 그가 서 있는 곳과 맞은편 산등성이 사이에 제퍼슨 시가 자리하고 있다. 농장은 이제 황폐해졌고, 검둥이들이 살고 있는 오두막과 정원으로 쓰였던 작은 뜰만이 군데군데 눈에 띌 뿐이다. 황폐한 뜰에는 신갈나무[24]와 사사프라스[25], 감나무와 가시나무가 말라빠진 내장처럼 뒤엉켜 무성하게 자라 있다. 그러나 한가운데 자리 잡은 소나무 숲은 농장 건물이 세워졌을 당시 모습 그대로 솟아 있다. 이제 어디에도 건물은 보이지 않지만 말이다. 바이런이 서 있는 곳에서는 화재가 남긴 흔적도 볼 수 없다. 소나무 숲과 불에 탄 흔적이 있는 마구간과 그 너머에 있는 오두막이 아니었다면 그는 농장 건물이 어디에 세워져 있었는지조차 구분할 수 없었을 것이다. 지금 바이런은 그 오두막을 바라보고 있다. 오두막은 오후의 햇살을 받으며 조용한 가운데 우뚝 솟아 있는 것이 마치 장난감처럼 보인다. 계단에 앉아 있는 보좌관의 모습도 장난감 같다. 바이런이 그렇게 오두막을 보고 있는 사이에 어떤 남자가 아무도 모르게 감쪽같이 오두막 뒤편에서 나타나더니 벌써 달리기 시작한다. 그 남자가 오두막 뒤편에서부터 달려가고 있는데도 그런 일이 있으리라고는 생각조차 못한 보좌관은 오두막 앞쪽 계단에 조용히 꼼짝 않고 앉아 있다. 바이런 역시 안장 위에서 몸을 돌린 채, 조그만 형체가 오두막 뒤쪽 황량한 비탈

길을 가로질러 숲 속을 향해 도망치는 모습을 좀 더 지켜본다.

그러다가 바이런은 차갑고 날카로운 바람이 자신의 몸 안을 뚫고 지나가는 것을 느낀다. 그 바람은 격렬하면서 동시에 평화롭기도 하다. 그 바람은 모든 욕망과 절망, 가망조차 없는 비극적이고 부질없는 상상마저 마치 찌꺼기나 쓰레기 혹은 죽은 나뭇잎처럼 다 허공에 날려 보내는 듯하다. 거세게 부는 바람 속에서 바이런은 떠밀려 다시 공허한 기분에 빠진다. 그녀를 만난 지 불과 2주일밖에 되지 않았지만, 바이런은 이제 자신에게 남아 있는 것이 아무것도 없다고 느낀다. 이 순간 바이런이 느끼는 욕망은 욕망 이상의 것이다. 그것은 조용하지만 확신에 찬 신념과 같은 것이다. 자신의 뇌가 손에다 명령을 타전하기도 전에, 바이런은 길에서 방향을 틀어, 도주하는 남자가 숲 속으로 들어가 달리기 시작한 길과 평행으로 뻗어 있는 언덕을 따라 전속력으로 노새를 몰기 시작한다. 바이런은 도주하는 남자의 이름을 말하지도 않는다. 그는 그 남자가 어디로, 그리고 무엇 때문에 달리고 있는지 전혀 생각하지 않는다. 브라운이 도주하고 있다는——자신이 예측한 대로——생각 따위는 한 번도 바이런의 머리에 떠오르지 않는다. 그런 생각이 조금이라도 머리에 떠올랐다면, 그것은 브라운이 자신과 리나의 새로운 출발을 위해 나름대로 법적인 일을 완벽하게 처리하기 위해서라고 바이런은 믿었을지 모른다. 하지만 바이런은 그런 것 따위는 전혀 생각하지 않고 있었다. 그는 리나도 전혀 생각하지 않고 있었다. 마치 그녀의 얼굴을 본 적도, 이름을 들은 적도 없는 듯, 바이런은 리나에 대해 전혀 생각하고 있지 않았다. 그는 생각에 잠긴다. '나는 그 작자를 위해 그의 여자를 돌봐주고, 그를 위해 그의 아이까지 받아줬어. 이제 그 작자를 위해 한 가지 일을 더 할 수 있을 것 같군. 난 두 사람에게 결혼식을 올려줄 수는 없어. 목사가 아니니까. 그 작자가 나보다 먼저 출발했으니 나는 그를 따라잡을 수 없을지도 몰라. 그리고 그 작자를 흠씬 패주고 싶지만 그러기는 힘들 거야. 그 작자가 나보다 덩치가 크거든. 하지만 노력해볼 수는 있지. 한번 노력은 해볼 수 있단 말이야.'

* * *

보좌관이 유치장에서 브라운을 불렀을 때 브라운은 어디로 가느냐고 물었다. 보좌관은 누구를 만나러 간다고 대답했다. 브라운은 그 잘생긴 얼굴에 뻔뻔하게도 짐짓 의아하다는 표정을 지으며 보좌관을 쳐다보면서 꽁무니를 뺐다. "난 누구도 만나고 싶지 않아요. 난 여기서 이방인이라고요."

"자넨 어딜 가든 이방인일 거야." 보좌관이 대꾸했다. "집에서도 그럴걸. 자, 어서 가자고."

"난 미국 시민이라고요." 브라운이 언성을 높였다. "그리고 난 내가 나의 권리를 갖고 있다는 걸 잘 알고 있어요. 바지 멜빵 위에 양철 조각으로 만든 별은 안 달고 있지만."

"그렇겠지." 보좌관이 맞장구를 쳤다. "내가 하려는 일이 바로 그거야. 자네가 권리를 찾도록 도와주려는 거지.”

브라운의 얼굴이 순간적으로 밝아졌다. “그렇다면 사람들이 내게——그들이 정말 내게 현상금을——”

“그 현상금 말인가? 그렇지. 난 지금 자네를 바로 그곳으로 데려가는 거야. 어떤 현상금이 되었든 타게 된다면 말이야.”

브라운은 이제 침착해졌다. 비록 보좌관을 의심스러운 눈길로 쳐다보긴 했지만 브라운은 그를 따라나섰다.

“이곳은 일 처리를 참 재미있게 하는군요.” 브라운이 입을 열었다. “나쁜 놈들이 내게서 현상금을 빼앗아 가려고 하는데 날 유치장에 가두기나 하고 말이에요.”

“자네한테서 뭘 빼앗을 수 있는 사람은 아직 태어나지도 않은 것 같은데 뭘 그러나.” 보좌관이 말을 받았다. “자, 어서 가지. 사람들이 우리를 기다리고 있어.”

그들은 유치장을 나섰다. 햇살 아래서 브라운이 이쪽저쪽을 둘러보더니 눈을 껌벅거렸다. 그러다가 마치 한 마리 말처럼 고개를 돌려 뒤를 돌아보았다. 자동차 한 대가 차도 경계석 옆에 대기하고 있었다. 브라운은 그 자동차를 주시한 다음, 아주 조심스럽고 차분하게 보좌관을 쳐다보았다. “저 자동차를 타고 어디로 가는 건데요?” 그가 물었다. “오늘 아침 군청에 설치된 법정까지 걸어갔는데 그다지 멀지 않았단 말이에요.”

“와트 보안관이 현상금을 타고 돌아오는 데 편의를 제공하라고 해서 말이야.” 보좌관이 대꾸했다. “자, 어서 타지.”

브라운은 투덜거렸다. “갑자기 그런 배려를 하다니 참 이상한 일이군요. 차까지 제공하고 수갑도 풀어주고. 도망치지 못하도록 감시하기 위해 기껏 당신 같은 사람을 딸려 보내다니요."

"난 자네가 도망칠까 봐 감시하는 사람이 아니야." 보좌관이 한마디 했다. 그는 차에 시동을 거느라 잠시 말을 멈췄다. "자네 혹시 도망치고 싶은 거야?"

브라운이 눈을 이글거리면서, 화가 나 몹시 언짢은 표정을 지으면서, 의혹의 눈초리로 보좌관을 노려보았다. "이제야 알겠군요." 그가 입을 열었다. "이게 다 계략이로군요. 내가 도망치도록 함정을 판 다음, 현상금 1,000달러는 보안관이 혼자서 가로챌 생각이군요. 그래 보안관이 당신에게 얼마를 준다고 했습니까?"

"나? 나야 뭐 자네처럼 한 푼도 못 건지는 거지."

한동안 브라운은 보좌관을 노려보았다. 그러고 나서 거칠지만 딱히 대상도 없고 의미도 없는 욕설을 퍼부었다. "자, 갑시다." 그가 말했다. "어차피 가야 한다면 말이에요."

그들은 화재와 살인이 일어났던 현장으로 차를 몰았다. 브라운은 일정한 간격으로 꾸준하게 목을 빼고 뒤를 돌아보았는데, 그것은 좁은 골목길에서 자동차를 앞서 가는 노새가 흔히 하는 동작과 흡사했다. "도대체 이곳에 왜 온 겁니까?"

"자네 현상금을 타기 위해서지." 보좌관이 짧게 내뱉었다.

"현상금은 도대체 어디서 타는데요?"

"저기 보이는 오두막에서. 그곳에서 현상금이 자네를 기다리고 있을 거야."

브라운은 한때 저택이 들어서 있었던 곳에 남아 있는 불에 탄 목재와 지난 4개월 동안 자신이 기거했던 을씨년스러운 오두막이 비바람에 씻겨 색이 바랜 채 햇살을 받으며 서 있는 것을 둘러보았다. 그의 얼굴은 무척 심각했고 매우 조심스러워 보였다. "이거 좀 이상한데. 케네디 보안관이 양철 조각으로 만든 별을 달고 있다고 해서 내 권리를 짓밟을 수 있다고 생각하는 모양인데……."

"어서 가지." 보좌관이 재촉했다. "현상금을 탈 마음이 없다면, 내 여기서 기다리고 있다가 언제라도 자네를 유치장에 다시 데려다 주지. 자네가 원하는 때 언제라도 말이야." 보좌관은 브라운을 계속 몰아댔고, 문을 열어 그를 집 안으로 밀어 넣은 다음 문을 닫고 계단에 앉았다.

브라운은 뒤에서 문이 닫히는 소리를 들었다. 그는 계속 앞으로 걸어갔다. 그리고 방 안 모습을 구석구석 살필 시간이 없다는 듯, 모든 광경을 한꺼번에 파악하기 위해 재빨리 사방으로 눈을 굴리다가 갑자기 얼어붙은 듯 동작을 멈추고 말았다. 간이침대 위에 누워 있던 리나는 그의 입가에 나 있던 하얀 흉터가 완전히 사라져버린 모습을 노려보고 있었다. 마치 흉터 뒤를 지나가는 피가 빨랫줄에서 옷가지를 낚아채듯 그의 흉터를 쓸고 가버린 것 같았다. 여자는 아무 말도 하지 않았다. 그녀는 베개에 몸을 받치고 차분한 눈으로 그를 주시했다. 그녀의 눈에는 기쁨이나 놀라움, 혹은 비난이나 사랑 따위의 어떤 감정도 드러나 있지 않았다. 반면에 브라운의 얼굴에는 순간적으로 충격과 놀라움, 분노가 재빨리 스치고 지나갔다. 그런 다음 앞서 나타난 감정들을 압도하는 숨길 수 없는 공포가 그에 대한 모든 사실을 드러내는 작고 하얀 상처 위에 나타났다. 그러는 동안 그의 두 눈은 빈방 이곳저곳을 훑어보느라 절박하고도 분주했다. 여자는 브라운이 겁에 질린 짐승처럼 의도적으로 두 눈을 모아 자신과 시선을 맞추는 모습을 지켜보았다. "이런, 이런." 그가 말했다. "이거, 이거. 리나 아니야." 여자는 자신과 시선을 마주치고 있는, 이제 막 자리를 뜨려는 두 마리 짐승 같은 그의 두 눈을 지켜보았다. 마치 남자는 이번에 헤어지면 다시는 잡힐 일도 또 그녀와 눈을 마주칠 일도 없을 것이며, 자신이 영원히 사라져버릴 것임을 알고 있는 듯했다. 어찌할 바를 모르고 끊임없이 서두르면서, 한편으로 공포에 질려 자신의 목소리로 할 수 있는 말이 무엇이 있을까 찾고 있는 남자의 마음을 여자는 간파하고 있는 듯이 보였다. "난 리나가 아닌 줄 알았어. 그래. 내가 보낸 전갈을 받은 모양이네. 자리를 잡자마자 지난달인가 전갈을 보냈는데. 난 그 전갈을 받지 못한 줄 알았어——이름도 모르는 놈이었지만, 그 자식이 그렇게 해주겠다 하기에 그냥——믿음이 가지는 않았지만 그냥 그렇게 할 수밖에 없었어. 당신이 쓸 여비로 10달러를 그놈에게 쥐어주고 나서 생각하니……." 그의 음성은 그의 절박한 두 눈 뒤로 사라지고 말았다. 하지만 연민이나 미안함 따위는 전혀 없이 남자의 마음이 시위를 떠난 화살처럼 저 멀리 날아가버리고 있는 것을 여자는 보고 있는 것 같았다. 여자는 굳은 표정으로 눈 한번 깜빡하지 않은 채 뻔뻔하기 그지없는 남자의 시선을 맞받아내고 있었다. 여자는 더듬거리며 도망치기 위해 갈팡질팡하는 남자에게서 끝까지 눈을 떼지 않았다. 마침내 여자는 남자에게 남아 있던 최후의 자존심과 정당성을 주장하기 위해 끝까지 지켰던 알량한 자존심마저 하나도 남김없이 벗겨버렸다. 그러고 나서 처음으로 여자가 입을 열었다. 여자의 목소리는 조용하고 잔잔하고 침착했다.

"이리 와요." 그녀가 입을 열었다. "어서요. 아기가 당신을 물어뜯지는 않을 테니까요." 그는 몸을 움직여, 발끝으로 살금살금 다가갔다. 여자는 그런 모습을 지켜보았다. 물론 이제 더 이상 남자에게 시선을 주지는 않았다. 여자는 남자에 대해 알아온 그대로, 그가 그녀와 잠들어 있는 아기 때문에 어색하게, 한편으로는 두려운 마음 때문에 조심스럽게 곁에 서 있다는 것을 알고 있었다. 하지만 그녀는 그런 그의 태도가 아이 때문이 아니라는 것 또한 알고 있었다. 그리고 바로 그런 의미에서 그가 아직 아기에게 시선 한번 주지 않았다는 사실도 알고 있었다. 여자는 여전히 남자의 마음이 시위를 떠난 화살처럼 멀리멀리 날아가버리고 있는 것을 눈으로 확인하고 마음으로 느낄 수 있었다. 저 남자는 하나도 두렵지 않은 척 행동할 작정이군 그녀가 생각했다. 거짓말을 한 것에 대해 전혀 창피한 줄 몰랐으니, 두려워하고 있는 것에 대해서도 결코 부끄러워하지 않을 것이 뻔해

"알았어, 알았다고." 그가 대꾸했다. "여기 이렇게 있잖아, 이렇게 말이야."

"그래요." 그녀가 입을 열었다. "자리에 앉지 그래요?" 하이타워 목사가 끌어다 놓은 의자가 여전히 간이침대 옆에 있었다. 남자는 이미 그 의자를 눈여겨보고 있던 터였다. 그녀가 나를 위해 의자까지 마련해두었어 그는 생각했다. 다시 한번 그는 입 밖으로 소리를 내지는 않았지만 화가 치밀어 욕과 저주를 퍼부었다. 이런 나쁜 새끼들 같으니. 정말이지 나쁜 새끼들이야 하지만 그가 의자에 앉았을 때 그의 얼굴은 한결 차분해 보였다.

"물론이지, 누구 명령인데. 여기 이렇게 우리가 다시 모였군그래. 내가 계획했던 대로 말이야. 당신을 불러오기 위해 준비를 끝냈어야 하는 건데, 요즘 내가 좀 바빠서 말이야. 갑자기 뭔가 생각나는 게 있는데——" 다시 한번 그는 노새처럼 갑자기 고개를 돌려 뒤를 돌아보았다. 여자는 남자를 쳐다보지 않았다. 그러다가 여자가 입을 열었다.

"이곳에 목사님이 한 분 계세요. 그분이 벌써 저를 만나러 이곳에 다녀가셨어요."

"그것 참 잘됐군." 남자가 대꾸했다. 그의 목소리는 컸고 진심 어린 듯했다. 하지만 그의 진심이란 일시적인 것이어서 마치 음향처럼, 아무것도 남기지 않고 덧없이 사라지는 것 같았다. 다시 말해 귓가에 분명한 생각이나 신뢰를 심어주지 못하고 사라지는 것 같았다. "그거 아주 잘된 일이군. 이번 일이다 정리되는 즉시——” 남자는 여자를 바라보면서 희미하게 나마 팔을 활짝 벌려 껴안는 듯한 자세를 취했다. 그의 얼굴에는 비위를 맞추려는 것 외에는 아무 표정도 드러나지 않았다. 그의 눈은 공허하고 주위를 경계하는 듯하며 비밀스러웠다. 하지만 그런 모습 뒤에는 여전히 서두르는 태도와 필사적인 표정이 숨어 있었다. 그러나 여자는 그에게 눈길을 주고 있지 않았다.

“그래, 지금은 무슨 일을 하고 있나요? 제재소에서 일하고 있나요?”

남자는 여자를 주시했다. “아니야. 그 일은 그만뒀지.” 그의 눈이 여자를 지켜보고 있었다. 마치 그의 눈이 그의 것이 아닌 듯했다. 그의 눈은 마치 그의 나머지 몸과 전혀 관련이 없고, 그가 한 행동이나 말과도 무관한 것 같았다. “하루에 열 시간 씩 저주받은 검둥이 노예처럼 일을 했지. 지금 돈이 될 만한 일이 하나 진행되고 있어. 이번 일은 시간당 15센트 정도밖에 못 버는 그런 시시한 게 아니야. 자잘한 일만 처리하면 곧바로 돈을 받을 수 있고, 그런 다음 당신과 난…….” 굳은 자세로, 정신을 집중해, 은밀하게 남자의 눈이 그녀의 숙인 옆얼굴을 주시하고 있었다. 다시 한번 여자는 남자가 불현듯 고개를 들어 뒤를 돌아볼 때 나는 희미하고 갑작스러운 소리를 들었다. “그리고 갑자기 생각난 게 있는데 말이야——”

여자는 전혀 움직이지 않았다. 그러다가 여자가 입을 열었다. “그렇다면 그 일은 언제 할 건데요, 루커스?” 그리고 나자 여자는 철저한 침묵과 완전한 정적을 느낄 수 있었다.

"무슨 일을 언제 한다는 거지?"

"잘 알고 있잖아요. 당신이 말한 거 말이에요. 집으로 돌아가는 거요. 나 혼자라면 상관없어요. 문제 될 게 없지요. 하지만 지금은 사정이 달라요. 이제 내게도 걱정할 권리가 있단 말이에요."

"아, 그 문제 말이군." 남자가 입을 열었다. "그 문제라면, 당신은 걱정할 필요가 없어. 이곳에서 벌여놓은 일이 끝나고 내 손에 돈이 들어올 때까지만 기다리면 돼. 그 돈은 당연히 내 거란 말이야. 그 새끼들 가운데 한 놈이라도 감히——" 그는 말을 멈췄다. 그의 목소리가 높아지기 시작했다. 그는 자신이 어디에 있는지 잊은 듯했고, 큰 소리를 지르겠다고 작심을 한 사람 같았다. "그 문제는 내게 맡겨두면 돼. 당신은 전혀 걱정할 필요가 없어. 난 지금까지 당신에게 근심을 안겨준 적이 없잖아. 내 말이 맞지? 아니면 말해보라고."

"없어요. 난 걱정해본 적이 없어요. 난 당신에게 의지해서 살아야 한다는 걸 알고 있어요."

"물론이지. 당신도 그 사실을 알고 있군. 그런데 여기 사는 새끼들은——여기 있는——" 그는 의자에서 일어났다. "그러니까 생각나는 게 있는데 말이야——" 남자가 여자 위쪽에 서서 눈을 분주히, 필사적이고도 절박하게 이곳저곳으로 굴리고 있는 동안, 여자는 남자를 쳐다보지도 않았고 그에게 말을 건네지도 않았다. 마치 여자가 남자를 그곳에 붙잡아두고 있으며, 여자가 그런 사실을 알고 있는 듯했다. 그리고 여자는 기꺼이 자신의 의지에 따라 남자를 놓아주는 것 같았다.

"그러면 당신은 지금 무척 바쁘겠네요."

"바쁜 게 사실이지. 하는 일마다 발목을 잡히고, 특히 그 새끼들은——" 그제야 여자는 그를 바라보고 있었다. 그가 뒤쪽 벽에 난 창문을 바라보고 있는 사이 여자는 그를 지켜보고 있었다. 그러고 나서 남자는 자기 뒤로 닫혀 있는 방문을 바라보았다. 그런 다음 다시 심각한 표정을 짓고 있는 여자를 쳐다보았다. 하지만 그녀의 얼굴에는 아무것도 나타나 있지 않았다. 아니면 모든 것을 알고 있는 표정일 수도 있었다. 남자는 목소리를 내리깔았다. "이곳에는 적들이 깔려 있어. 이곳 사람들은 내가 번 돈을 내가 가져가는 것도 탐탁지 않게 여기는 것 같아. 그래서 내가 직접 행동을——" 마치 다시 그녀가 그를 붙잡아두고, 그에게 마지막 거짓말을 강요하는 것 같았다. 그의 거짓말은 자신에게 혐오감을 느낄 정도로 마지막 남아 있는 자존심까지 쥐어짜낸 그런 것이었다. 그를 붙잡아놓고 있는 것은 짐승 몰이용 막대기도 밧줄도 아니었다. 그가 붙잡혀 있는 것은 낙엽이나 쓰레기가 바람에 날리듯 스스로 아무렇지 않게 내뱉고 있는 거짓말 때문이었다. 하지만 여자는 한마디도 하지 않았다. 여자는 남자가 살금살금 창문까지 걸어가 소리도 내지 않고 창문을 여는 모습을 지켜볼 뿐이었다. 그런 다음 남자는 여자를 쳐다보았다. 그 순간 그는 자신이 안전하다고 생각하는 것 같았다. 또 그녀가 손을 내밀어 자신을 붙잡기 전에 창문을 통해 밖으로 빠져나갈 수 있다고 생각했는지도 모른다. 아니면 조금 전까지만 해도 자존심이 조금 남아 있었지만, 이제는 가련한 치욕의 찌꺼기만이 남아 있었는지도 모른다. 왜냐하면 그 순간 남자는 장황한 말이나 속임수 따위를 다 벗어던지고 여자를 쳐다보았기 때문이다. 그의 목소리는 속삭이는 소리보다 크지 않았다. "밖에서 남자가 지키고 있어. 문 앞에서 말이야. 날 기다리고 있지." 그런 다음 남자는 긴 뱀이 몸을 한번 틀어 소리도 내지 않고 사라지듯 창문을 타고 넘어 도망쳐버렸다. 창문 너머에서 여자는 남자가 달리기 시작하면서 내는 희미한 소리를 한차례 들었다. 그러고 나서 여자는 겨우 몸을 움직였고, 이어서 한 번 깊은 한숨을 쉬었다.

"이제 다시 자리에서 일어나야겠군." 그녀가 큰 소리로 말했다.

* * *

숲 속에서 나온 브라운은 철도의 선로 부지가 있는 곳으로 올라오면서 숨을 거칠게 몰아쉰다. 그가 지난 20분 동안 달린 거리가 거의 2마일이나 되고 길 또한 평탄하지 않았지만 그가 숨을 몰아쉰 건 몸이 지쳐서가 아니다. 차라리 그것은 도망가는 짐승이 악의에 차서 으르렁거리며 내뱉는 숨소리 같다. 그는 지금 철로 양쪽을 번갈아 쳐다보며 그 자리에 서 있다. 그의 표정은 혼자서 도망치고 있는 한 마리 짐승 같다. 그것은 동료의 도움도 원하지 않고 오로지 외롭게 자신의 근육에만 매달리는 모습이다. 이따금 숨을 고르기 위해 멈춰 선 순간에도 그는 시야에 들어오는 모든 나무와 풀이 마치 살아 있는 적이라도 되는 듯 그것들에게 증오의 시선을 보낸다. 마치 나무와 풀이 자라나는 대지와 그것들이 살아가기 위해 들이마시는 공기조차 미워하는 듯이 보인다.

그는 자신이 목표로 삼은 곳에서 수백 야드밖에 떨어지지 않은 철길에 다다랐다. 그곳은 경사가 가파른 꼭대기로서, 북쪽으로 가는 화물 열차가 거의 사람이 걷는 속도보다도 느리게, 기어가듯 아주 천천히 지나가는 곳이다. 그가 서 있는 곳 앞쪽으로 얼마 떨어지지 않은 곳에서 빛을 내뿜고 있는 두 개의 선로는 가위로 짧게 잘려 나간 것처럼 보인다.

그는 얼마 동안 선로 부지 옆에 숲이 만들어놓은 그늘 속에 서 있다. 그는 생각에 빠져 뭔가를 필사적으로 계산하는 사람처럼 그 자리에 서 있다. 마치 이미 진 게임에서 최후의 필사적인 승부수를 찾고 있는 사람 같아 보인다. 잠시 귀를 기울이는 태도로 조금 더 서 있다가 방향을 돌린 그는 숲을 뚫고 다시 철로와 나란하게 달리기 시작한다. 그는 자신이 가야 하는 장소를 정확히 알고 있는 사람처럼 보인다. 그는 마침내 도로에 도착하고, 길을 따라 계속 달리자 검둥이의 오두막 한 채가 서 있는 탁 트인 공터에 이른다. 이제 그는 걸어서 그 집 앞으로 다가간다. 현관에는 나이 든 검둥이 여자가 흰 천을 머리에 두른 채 파이프 담배를 피우고 있다. 브라운은 뛰지 않는다. 하지만 숨은 거칠게 몰아쉬고 있다. 그는 말을 하기 위해 숨을 가라앉힌다. "이봐." 그가 사람을 부른다. "여기 누구 없나?"

늙은 흑인 여자가 입에서 파이프를 내려놓는다. "내가 있지. 누구 찾는 사람이라도 있소?"

"시내에 전갈을 좀 해야 하는데. 급한 일이야." 그는 말을 하느라 숨을 몰아쉰다. "돈은 주지. 그 일을 해줄 사람 좀 없을까?"

"그렇게 급하면 본인이 직접 하지 그러시오."

"돈을 준다고 했잖아!" 그가 소리친다. 그는 끓어오르는 분을 삭이며, 목소리와 숨소리를 죽여가며 말을 한다. "1달러 주지. 그 정도면 빨리 전해줄 수 있겠지. 누구 1달러 벌고 싶은 사람 없나? 아이라도 괜찮은데."

늙은 부인은 그를 노려보며 계속 담배를 피운다. 나이가 들어 도무지 의중을 파악할 수 없는 표정을 지으며, 그녀는 거의 신과 같은 초연한 태도로, 하지만 자비로운 것과는 전혀 관계없는 태도로 그를 빤히 지켜보는 것 같다. "현금으로 1달러를 준다는 말이오?"

그는 허둥대며 솟아오르는 분노를 억누르는 동시에 절망감 등이 뒤섞인, 딱히 말로 표현하기 힘든 태도를 취한다. 그가 몸을 돌려 그곳을 떠나려는 순간, 늙은 검둥이 여자가 다시 입을 연다. "여기는 나하고 애들 둘밖에 없는데 어쩌나. 그런데 아이들은 당신이 부탁한 일을 하기에는 너무 어리단 말이야."

브라운이 몸을 돌린다. "얼마나 어린데? 난 그저 쪽지 한 장을 보안관에게 급히 전해줄 사람이면 되는데——"

"보안관이라고? 그렇다면 엉뚱한 곳을 찾아왔어. 내 아이들 중에 보안관하고 노닥거릴 사람은 없어. 보안관을 잘 안다고 생각해서 어떤 검둥이를 보낸 적이 있는데, 그 친구 영영 돌아오지 않았지 뭔가. 어디 다른 데 가서 알아보시구려."

하지만 브라운 벌써 그곳을 벗어나고 있다. 그는 즉시 달리지는 않는다. 그는 아직은 다시 달리는 것을 생각하고 있지 않다. 그 순간 그는 아무 생각도 할 수 없기 때문이다. 그는 한 치 앞도 내다볼 수 없는 절망감 속에서 시간을 초월해 거의 아름답기까지 한 필연적인 결과에 대해 곰곰이 생각하는 듯이 보인다. 마치 예기치 못한 좌절에 지속적으로 시달리다 보니, 오히려 이제 그런 좌절을 끝내고 거부하려는 소박한 인간의 희망과 욕망이 생겨날 수도 있지 않을까 하고 생각하는 것 같다. 따라서 그는 검둥이 여자가 두 번이나 자신을 부른 다음에야 겨우 알아듣고 몸을 돌린다. 검둥이 여자가 특별한 이야기를 한 것도, 또 몸을 움직인 것도 아니다. 그녀는 단지 소리를 질렀을 뿐이다. 그녀가 말한다. "당신 부탁을 들어줄 사람이 여기 한 명 있기는 한데."

희미한 곳에서 갑자기 검둥이 한 명이 나타나 현관 옆에 서 있다. 그는 다 자란 멍청이 같기도 하고, 덩치만 큰 아이 같기도 한 검둥이다. 그의 얼굴은 검고 잔잔하며 도무지 의중을 파악할 수 없는 표정을 하고 있다. 두 사람은 마주 보고 서 있다.

아니, 브라운이 검둥이를 보고 있다. 브라운은 그 검둥이가 자신을 보고 있는지 아닌지 알 수가 없다. 그뿐만 아니라 그 검둥이는 제대로 찾아가 시킨 일을 잘 해낼지도 확신이 가지 않는 모습이다. 사람은 고사하고 알려준 장소를 제대로 찾아갈 능력도 없어 보이는 작자에게 마지막 희망을 걸어야 하는 브라운은 자신이 한심하다는 생각이 드는 모양이다. 다시 한번 브라운은 도무지 이해할 수 없는 동작을 한다. 이제 그는 셔츠 주머니를 뒤적이며 현관 쪽으로 다시 돌아서 거의 달리고 있다. "너 말이야, 이 종이쪽지를 시내에 전해주고 답장을 받아 와야 해." 브라운이 다그친다. "할 수 있겠어?" 하지만 그는 상대방의 대답에 귀 기울이지 않는다. 그는 셔츠 주머니에서 더러운 종잇조각과 물어뜯은 자국이 선명한 몽당연필을 꺼내, 현관 끝에서 허리를 굽혀 서둘러 힘들게 글을 쓴다. 그 모습을 나이 든 검둥이 여자가 지켜보고 있다.

　와트 케네디 보안관님 살인자 크리스마스를 잡게 해준 대가로 받을 현상금을 종이에 싸서 이 쪽지를 가지고 간 사람에게 전해 주세요 정말 고맙습니다

　그는 쪽지에 서명을 하지 않는다. 나이 든 검둥이 여자가 그를 지켜보고 있는 동안, 그는 쪽지를 들고 뚫어져라 쳐다본다. 그는 자신의 모든 마음과 생명을 바쳐, 서두르긴 했어도 정성을 다해 글씨를 적어놓은, 지저분하지만 순수한 종이쪽지를

쳐다본다. 그러다가 탁 하고 그것을 바닥에 내려놓은 다음 몇 자 더 적어 넣는다 서명을 하지 않았지만 누가 썼는지 잘 아실 겁니다 그다음 그는 종이를 접어 검둥이 소년에게 준다. "보안관에게 전해야 한다. 다른 사람은 절대 안 돼. 보안관을 찾을 수 있겠어?"

"보안관이 저 아이를 먼저 알아보지만 않는다면 얼마든지 가능한 일이지." 나이 든 검둥이 여자가 끼어든다. "쪽지를 아이에게 주기나 해요. 보안관을 찾아낼 테니. 보안관이 살아 있기만 하다면 말이오. 애야, 돈을 챙기고 어서 떠나거라."

검둥이 소년이 뛰어 나왔다. 브라운은 동작을 멈춘다. 그는 그 자리에 서서 아무 말도 하지 않고, 아무것도 보지 않는다. 현관에서 나이 든 검둥이 여자가 담배를 피우며, 기운이 다 빠져 여우처럼 생긴 백인 남자의 얼굴을 보고 있다. 그럴듯하게 잘생긴 얼굴이지만, 지금은 모든 힘을 탕진해 몸과 마음이 완전히 지친 탓에 여우 가면을 뒤집어쓴 것처럼 보인다.

"무척 바쁜 것처럼 보이는데." 늙은 검둥이 여자가 입을 연다.

"그런 셈이지." 브라운이 대답한다. 그는 주머니에서 동전을 꺼낸다. "자, 옜다. 네가 한 시간 이내에 답장을 가져오면 이런 거 다섯 개를 더 주마."

"애야, 어서 가거라." 나이 든 검둥이 여자가 말한다. "하루 종일 그 일만 할 거냐. 한데 저 아이가 답장을 이리로 가져와야 하는 건가?"

브라운은 한동안 검둥이 여자를 바라본다. 그러자 다시 경계심과 수치심 따위가 사라져버린다. "아니야, 이곳이 아니야. 저 너머 고개 꼭대기로 가져와. 내가 너에게 소리칠 때까지 철길을 따라 올라와. 내가 내내 너를 지켜보고 있을 거다. 그 점을 잊지 말아라. 알아들어?"

"걱정하지 않아도 될 거요." 나이 든 검둥이 여자가 말한다. "아이가 쪽지를 잘 전하고 답장까지 받아 올 테니. 별 탈만 없으면 말이오. 애야, 어서 가거라."

검둥이 아이가 길을 떠난다. 하지만 아이는 반 마일도 채 안 가서 걸음을 멈춘다. 아이를 멈추게 한 사람은 노새를 끌고 가는 또 다른 백인 남자다.

"어디지?" 바이런이 묻는다. "그자를 어디서 보았지?"

"조금 전에요. 저기 서 있는 집에서요." 백인 남자는 노새를 끌고 계속 걸어간다. 검둥이 아이가 그를 지켜본다. 아이는 그 백인 남자가 쪽지를 보여달라고 하지 않았기 때문에 그에게 쪽지를 보여주지 않았다. 어쩌면, 백인 남자가 쪽지를 보자고 하지 않은 건 검둥이 소년이 그런 쪽지를 가지고 있다는 것을 그가 몰랐기 때문일 수도 있었다. 검둥이 소년은 아마 이런 생각을 하고 있었을 것이다. 왜냐하면 잠시 동안 검둥이 소년의 얼굴에 무슨 끔찍한 비밀이라도 숨기고 있는 것 같은 표정이 떠올랐기 때문이다. 하지만 그 표정은 이내 사라진다. 검둥이 소년이 소리친다. 백인 남자가 걸음을 멈추고 뒤를 돌아본다. "그 사람은 지금 거기 없어요." 검둥이 소년이 외친다. "철로

가 있는 언덕으로 올라갈 거라고 그 남자가 그랬어요."

"이거 대단히 고마운 일인걸." 백인 남자가 소리친다. 검둥이 소년은 계속 걸어간다.

* * *

브라운은 다시 철로가 있는 곳으로 돌아왔다. 이번에는 그는 달리지 않았다. 그는 속으로 자신에게 중얼거리고 있었다. '그 아이가 그 일을 할 수 없을지도 몰라. 아마 못할 거야. 보안관을 만나지도 못하고, 현상금을 받아서 이곳으로 돌아오지도 못할 거야.' 그는 아무 이름도 부르지 않았다. 사실 그는 아무 생각도 하지 않았다. 이제 브라운에게 그들은 장기판 위의 말——검둥이, 보안관, 현상금 등등의 모든 것——처럼 생각되었다. 그 말들은 적의에 찬 세력이 조종하는 대로 예측 불가능한 방향으로, 또 아무런 합리적인 이유도 없이 이곳저곳으로 움직이는 것 같았다. 악의에 찬 세력은 브라운 자신이 움직이기도 전에 미리 그 움직임을 읽어내는 것 같았고, 또 그 세력은 따르지 않으면서 브라운은 반드시 지켜야 하는 규칙을 끊임없이 만들어내는 것 같았다. 그는 철로에서 몸을 돌려 언덕 꼭대기 근처의 나무 밑 덤불 속에 몸을 숨기며, 절망보다 더한 나락으로 떨어지는 것 같은 느낌에 한동안 사로잡혔다. 이제 그는 오두막까지의 거리를 재면서, 마치 이 세상에 혹은 자신의 생애에 그런 나락으로부터 자신을 구해줄 것은 아무

것도 남아 있지 않다는 듯 조금도 망설이지 않고 움직였다. 그는 적당한 자리를 골라 앉았다. 철로에서는 그곳이 잘 보이지 않지만 그곳에 앉아 있는 자신은 철로를 잘 볼 수 있는 그런 장소였다.

'그 꼬마가 제대로 일을 처리하지 못할 거라는 걸 난 알아.' 브라운은 생각한다. '난 사실 기대도 하지 않아. 그 꼬마가 현상금을 손에 들고 돌아오는 모습을 내 눈으로 직접 본다고 해도 난 믿지 못할 거야. 그 현상금은 내 몫이 아닐 거야. 난 그 사실을 알고 있어. 그 돈이 내 몫이라고 생각한 게 실수였어. 그 꼬마에게 이렇게 말해주겠어 계속 가라. 네가 찾는 사람은 내가 아니야. 너는 루커스 버치를 찾으려는 게 아니겠지. 물론 아닐 거야. 루커스 버치는 그 현상금을 받을 자격이 없지. 그 현상금을 받을 만큼 한 일이 없어. 어림없는 일이지' 그는 웅크리고 앉아 얼굴을 숙인 채 웃기 시작한다. '그렇고말고. 루커스 버치가 원하는 건 정의 실현이거든. 정의 실현. 살인자의 이름을 일러주고 어디로 가면 그 자식을 잡을 수 있는지 알려준 것은 돈이 탐나서가 아니라 사람들이 그 자식을 찾을 생각도 하지 않았기 때문이지. 사람들이 그 자식을 잡으려 하지 않은 이유는 뻔해. 그 자식을 잡게 되면 루커스 버치에게 현상금을 줘야 할 테니까. 하지만 난 정의 실현을 원했을 뿐이야.' 그러고 나서 브라운은 거슬리고 울먹이는 목소리로 크게 소리친다. "정의 실현. 그게 전부야. 그건 내 권리라고. 조그만 양철 쪼가리 별을 붙이고 있는 그 새끼들은 모두 미국 시민을 보호하겠다고 맹세해놓고 뭘 한 거야." 그는 분노와 좌절과 피곤에 지쳐 거의 우는 것 같은 거친 목소리로 외친다. "이런 상황에서 과격한 혁명 분자가 안 된다면 내가 개새끼다." 이렇게 떠드느라 바로 뒤에서 바이런이 명령조로 말할 때까지 그는 아무 기척도 느끼지 못한다.

"일어나."

하지만 그 상황은 오래가지 않는다. 바이런은 그런 상황이 오래가지 않으리라는 것을 알고 있었다. 하지만 바이런은 주저하지 않았다. 바이런은 상대방이 보일 때까지 언덕을 기어올랐다. 그는 경계를 늦추고 웅크리고 앉아 있는 상대방을 주시하면서 멈춰 섰다. '네가 나보다 덩치가 크군.' 그는 생각했다. '하지만 상관없어. 넌 모든 면에서 나보다 유리했어. 그것도 문제가 되지 않아. 넌 내가 35년 동안이나 손에 넣지 못한 것을 9개월도 안 되는 시간에 두 번이나 내팽개쳤어. 내가 죽도록 얻어맞겠지만, 그것도 상관없어.'

그것은 오래가지 않는다. 몸을 획 돌린 브라운은 자신이 놀란 상황까지도 이용한다. 브라운은 어떤 사람이 앉아 있는 상대방을 공격할 때 상대방에게 일어설 기회를 주리라고는 생각하지 않았다. 상대방이 자신보다 덩치가 크지 않더라도 마찬가지였다. 하지만 브라운은 이 원칙을 자신에게 적용시킬 기회조차 갖지 못한 꼴이 되고 말았다. 브라운이 미처 일어설 준비가 되어 있지 않았는데도 덩치가 작은 상대방이 그에게 일어설 기회를 준 것은 모욕보다 더한 조롱이나 마찬가지였다. 그래서 브라운은 만약 바이런이 아무런 경고 없이 뒤에서 달려들었다면 그렇게까지는 하지 않았을 정도로 더욱 격렬한 분노를 느끼며 싸웠다. 그는 마치 굶주리고 구석에 몰린 생쥐처럼 맹목적으로, 필사적으로 용기를 내 싸웠다.

싸움은 2분을 채 넘기지 않았다. 바이런은 꺾이고 뭉개진 덤불 사이에 조용히 누워 있었다. 얼굴에는 소리 없이 피가 흐르고 있었다. 계속 가지 꺾이는 소리가 들렸고, 그 소리는 점점 사그라지더니 침묵 속으로 사라져버렸다. 그리고 그는 혼자 남아 있다. 그 순간 그는 특별한 고통도 느끼지 못한다. 그는 고통을 느끼지 못할 뿐 아니라, 무슨 일을 해야 하나, 어디로 가야 하나 따위의 서두르는 마음이나 절박한 마음도 들지 않는다. 그는 다만 피를 흘리며 조용히 누워 있을 뿐이다. 어느 정도 시간이 흐르면 다시 자신이 속한 세계와 시간 속으로 되돌아갈 것이라는 사실을 느끼면서 말이다.

바이런은 브라운이 어디로 갔는지 조금도 궁금하지 않다. 그는 이제 브라운에 대해 생각할 필요도 없다. 다시 그의 마음은 까마득히 잊고 있던 벽장 속에서 조용히 먼지를 뒤집어쓴 채 뒤죽박죽으로 쌓여 있는 버려지고 부서진 어린 시절의 인형들과 같은 정지된 모습들로 가득 찬다. 그것은 브라운, 리나 그로브, 하이타워, 바이런 번치의 모습이다. 그들 모두는 한 번도 살아 있었던 적이 없는, 어린 시절 바이런이 가지고 놀다가 부서뜨리고는 잊어버린 작은 장난감 같은 모습이다. 그렇게 누워 있는 동안 그는 반 마일 밖 교차로에서 기적을 울리며 달려오는 기차 소리를 듣는다.

이 소리가 바이런을 일어나게 만든다. 이 소리가 세상과 시간 모두를 현실로 돌아오게 만든다. 그는 천천히 머뭇거리며 일어난다. '어쨌든 부러진 곳은 없군.' 그는 생각한다. '다행히 그 자식이 못 쓰게 망가뜨린 곳은 없군.' 날이 어두워지기 시작한다. 시간이 많이 흘렀으니 이제 움직여야 한다. '그래. 이제 움직여야 해. 어디든 가서 닥치는 대로 뭔가 할 일을 찾아야겠어.' 기차가 가까이 다가오고 있다. 기차 엔진의 회전 소리가 짧게 끊어지면서 이어졌다. 언덕을 오르는 게 힘에 부치는 것 같다. 드디어 기차 연기가 보인다. 그는 주머니를 뒤져 손수건을 찾는다. 그러나 주머니에서 아무것도 찾을 수가 없다. 그래서 그는 셔츠 자락을 찢어 조심스럽게 얼굴에 갖다 대본다. 그러면서도 그는 언덕을 오르는 데 힘이 부쳐 짧은 굉음을 토해내는 기차의 엔진 소리에 귀를 기울인다. 그는 몸을 움직여 철길을 볼 수 있는 수풀 가장자리로 나온다. 이제 기차가 그의 시야에 들어온다. 기차는 검은 연기를 토해내고 굉음을 울리며 바로 아래서 그를 향해 정면으로 달려오고 있다. 기차는 모든 것을 그 자리에 얼어붙게 만들 기세로 달려든다. 그렇게 기차는 언덕 꼭대기를 타고 넘으며 무시무시하게 다가온다. 이제 그는 수풀 가장자리에 서서, 언덕을 힘겹게 오르는 기차가 자기 옆을 스쳐 지나가는 모습을 마치 조국이 부강해지는 광경에 정신이 팔려 (아마도 동경하는 마음으로) 넋을 놓고 쳐다보는 소년처럼 바라본다. 기차가 지나간다. 그의 눈은 기차에 매달려 언덕을 넘어 차례로 지나가는 화차(貨車) 하나하나를 눈여겨본다. 그 오후에 그는 한 남자가 갑자기 나타나 달리는 모습을 두 번째로 본다.

하지만 그 순간까지도 바이런은 브라운이 무슨 행동을 하려는 것인지 깨닫지 못한다. 그런 광경을 의아스럽게 생각하기에는 그는 너무도 평화롭고 고즈넉한 상태에 빠져 있다. 그 순간 바이런은 그 자리에서 서서 기차를 향해 달려가고 있는 브라운을 지켜볼 뿐이다. 브라운은 몸을 숙인 채 미끄러지듯 달려가 화물칸 맨 끝에 달려 있는 철제 사다리를 붙잡고 뛰어오르더니, 마치 허공 속으로 빨려 들어가듯 시야에서 사라진다. 기차는 속력을 내기 시작한다. 바이런은 브라운을 삼켜버린 기차가 다가오는 모습을 지켜본다. 기차가 지나간다. 화물칸 뒤편의 철제 사다리에 매달린 브라운은 지금 앞뒤 화물칸 사이에 서 있다. 브라운은 그 사이에 서서 얼굴을 내밀고 숲을 바라보고 있다. 두 사람은 동시에 얼굴을 마주 본다. 한 사람의 얼굴은 표정이 없고 부드럽고 피가 조금 묻어 있으며, 다른 사람의 얼굴은 야위었고 필사적으로 서두르며 내지르는 고함소리마저 기차 소음에 묻혀버리는 바람에 거의 일그러져 보인다. 두 사람의 얼굴이 마치 서로 다른 궤도를 달리고 있던 유령이나 망령 같은 인상을 남기며 스치고 지나간다. 여전히 바이런은 아무 생각도 하지 않는다. "원 세상에, 하느님의 십계를 받는 위대한 모세라도 되는 줄 아는 모양이야." 그는 마치 어린아이가 놀라운 광경을 보고 거의 무아지경에 빠진 듯한 목소리로 중얼거린다. "기차도 올라탈 줄 아는 모양이야. 전에도 해본 경험이 있는 게 분명해." 그는 아무 생각도 하지 않는다. 계속 움직이는 더러운 화물칸의 겉모습은 담벼락 같아 보인다. 마치 그 너머의 세계, 시간, 희망 따위는 믿을 수 없지만, 어떤 확실한 것이 너무도 분명하게 자신을 기다리고 있는 듯한 느낌이 그에게 여전히 일말의 안도감을 주는 것 같다. 어쨌거나 마지막 화물칸이 지금처럼 빠르게 지나가고 나면 세상이 그에게 홍수나 해일처럼 밀려올 것이다.

갑자기 밀려드는 새로운 세상은 너무도 거대하고 갑작스럽다. 그것은 마치 노새를 타고 가야 하는 것을 기억하기도 전에, 너무나 멀리 노새를 끌고 나오는 바람에 다시 돌아갈 길도 없는 그런 형국이다. 바이런은 마치 자신을 저만큼 앞서 나간 것 같다. 그것은 마치 바이런의 몸이 리나가 머무는 오두막에 도착하기도 전에 이미 그의 생각이 오두막 문 앞에 먼저 당도해 자신을 기다리는 형국 같다. 그러면 나는 그 문 앞에 서서 반드시……그는 다시 한번 다짐한다. 그러면 나는 그 문 앞에 서서 반드시……하지만 그는 더 이상 생각을 진행시키지 못한다. 그는 다시 길가로 내려와 시내에서 집으로 향하는 마차에 다가간다. 시간은 대략 여섯시쯤 되었다. 하지만 그는 포기하지 않는다. 생각보다 몸이 앞서 나가지 못한다 하더라도 말이야. 몸이 아니라 마음이 먼저 문을 열어젖히고 안으로 들어선다 하더라도 말이야. 하지만 그래도 난 꼭 하고 말 거야. 그녀를 꼭 볼 거야. 그녀에게 시선을 고정하고. 그녀에게서 눈을 떼지 않고——그러자 다시 목소리가 들려온다.

"——흥미진진해."

"뭐가요?" 바이런이 묻는다. 마차는 멈춰 서 있다. 그는 마차 오른편에 서 있고, 노새 역시 멈춰 서 있다. 마차 좌석에 앉은 남자가 평탄하지만 불만 섞인 목소리로 다시 말한다.

"재수가 없으려니까. 이럴 때 집으로 가야 하다니, 원. 하긴 벌써 늦었지만 말이야."

"흥미진진하다니요?" 바이런이 다시 묻는다. "뭐가 흥미진진하다는 건가요?"

마차에 앉아 있던 남자가 바이런을 내려다본다. "얼굴을 보니 흥미진진한 일은 댁이 이미 겪은 것 같구먼."

"넘어졌습니다." 바이런이 변명을 늘어놓는다. "오늘 저녁 시내에서 무슨 재미있는 일이라도 있나요?"

"아직 소식을 못 들은 모양이군요. 한 시간쯤 전일 거예요. 그 검둥이, 크리스마스라는 자식 말입니다. 사람들이 그 자식을 죽였어요."

19

그 일이 일어난 월요일 밤, 사람들이 저녁 식탁에 둘러앉아 의아하게 생각한 것은 어떻게 크리스마스가 탈출했는가 하는 것이 아니라, 탈출한 그가 왜 하필이면 그런 곳으로, 즉 끝내 붙잡히고 말리라는 것을 스스로 알고 있었을 그런 장소로 도망을 쳤는가, 또 왜 항복이나 저항을 하지 않았는가 하는 것이었다. 마치 그가 어쩔 수 없이 계획을 세우고 스스로 자살을 감행하지 않았나 하는 생각이 들 정도였다.

크리스마스가 왜 마지막으로 하이타워의 집으로 도주했는가 하는 것에 대해 여러 가지 이유와 의견이 난무했다. 누군가 목사에 관한 옛날 일을 기억하며 너무도 쉽게 즉각적으로 "서로 그렇고 그런 사이잖아" 하고 말하기도 했다. 몇몇은 완전히 우연이라고 생각하기도 했고, 어떤 사람들은 크리스마스가 현명하다는 것을 보여주는 일이라고도 했다. 왜냐하면 그가 뒷마당을 가로질러 부엌으로 뛰어 들어가는 모습을 누군가 보지 않았다면, 아무도 그가 목사 집에 숨어 있으리라고 의심하지 않았을 것이기 때문이었다.

하지만 개빈 스티븐스는 다른 견해를 가지고 있었다. 그는 그 지역 지방 검사로, 하버드 대학을 우등으로 졸업한 사람이었다. 그는 큰 키에 엉거주춤한 모습을 하고 있었고, 옥수숫대로 만든 파이프를 늘 입에 물고 다녔다. 철회색이 도는 머리카락은 빗질도 하지 않았고, 또 언제나 헐렁하고 다림질도 하지 않은 짙은 회색 계통의 옷을 입고 있었다. 그의 집안은 제퍼슨에서는 꽤나 오래된 가문이었고, 그의 할아버지는 버든 양의 할아버지와 오빠를 알고 있었다. (하지만 그들을 미워하기도 해서, 그들이 죽었을 때 공개적으로 사토리스 대령에게 축하를 보내기도 했다.) 그는 마을 사람들, 유권자들, 그리고 배심원들과 스스럼없이 편하게 지냈다. 여름 오후 내내 그가 시골 가게 현관 앞에서 작업복을 입은 사람들과 쪼그려 앉아, 그 사람들이 사용하는 말투로 함께 이야기를 나누고 있는 모습이 때때로 눈에 띄곤 했다.

바로 그 월요일 밤 아홉시에 남쪽으로 향하는 기차에서 근처에 있는 주립대학의 한 교수가 내렸다. 그는 스티븐스와는 하버드 대학 동창이었는데, 휴가를 내 며칠 친구와 지내기 위해서 제퍼슨으로 왔다. 그가 기차에서 내렸을 때 그는 단번에 친구를 알아보았다. 어딘지 이상하게 보이는 노부부를 기차에 태워 보내는 스티븐스의 모습을 목격할 때까지도 그는 친구가 자기를 맞이하려고 역까지 나왔다고 믿었다. 노부부에게 시선을 주던 교수는 강경증(强勁症)에 걸린 것 같은 작은 체구에 염소수염을 한 지저분한 노인과 그의 아내임에 틀림없을 부인을 보게 되었다. 그 부인은 밀가루 반죽 같은 얼굴에 체구가 땅딸막했으며, 그녀의 머리에서는 더러워진 흰 깃털 장식이 흔들리고 있었다. 또 부인은 유행에 뒤지고 화려한 색이 다 바랜 볼품없는 비단 옷을 입고 있었다. 교수는 잠시 동안 깜짝 놀랄 만한 호기심을 느끼며 잠시 멈춰 서, 스티븐스가 마치 어린아이의 손에 물건을 쥐어주듯 기차표 두 장을 부인의 손에 쥐어주는 것을 보고 있었다. 교수는 친구의 눈에 띄지 않게 몸을 움직여 그들이 서 있는 곳으로 다가갔고, 깃발을 든 신호수의 도움을 받아 노부부가 객차 안으로 들어서려고 할 때 스티븐스가 그들에게 던진 마지막 말을 우연히 엿듣고 말았다. "예, 맞습니다." 스티븐스가 그들을 안심시키려는 듯 반복해서 말을 건네고 있었다. "손자는 내일 아침 기차에 실려 그곳으로 갈 겁니다. 제가 지켜볼 겁니다. 부인께서는 장례식과 묏자리만 준비하시면 됩니다. 그리고 집에 도착하시면 할아버지를 침대에 뉘어드리세요. 전 손자가 기차에 실려 가는 모습을 지켜볼 겁니다."

그러자 기차가 움직이기 시작했고, 스티븐스는 몸을 돌려 교수를 쳐다보았다. 그들이 차를 타고 시내로 들어갈 때 스티븐스는 그 이야기를 시작했고, 자기 집 베란다 의자에 앉게 되었을 때 그 이야기를 다 마쳤다. 그러고 나서 그는 다시 이야기를 요약해주었다. "난 그가 왜 그런 행동을 했는지, 다시 말해 왜 그가 최후의 은신처로 하이타워의 집을 선택해 도망쳤는지 알 수 있을 것 같아. 아마 자기 할머니 때문이었을 거야. 사람들이 그를 다시 군청에 설치된 법정으로 끌고 왔을 때 할머니는 그와 함께 유치장에 있었지. 그의 할아버지도 함께. 그런데 그 할아버지 말이야, 왜소하고 거의 미친 그 노인은 손자인 크리스마스를 해치울 목적으로 모츠타운에서 여기까지 온 거야. 그리고 그 부인 말이야, 그 부인이 이곳에 왔을 때 손자를 살리고자 하는 희망 같은 것은 없었던 것 같아. 정말로 살리고자 하는 희망 같은 것 말이야. 그 부인의 표현을 빌리면, 다만 손자가 그나마 '품위 있게' 죽기를 원했던 것 같아. 법집행에 따라 교수형을 당했으면 하는 것이었겠지. 짐승처럼 끌려 다니다가 사람들에게 난도질을 당하거나 불에 타 죽는 꼴은 볼 수가 없었던 거지. 내가 보기에 부인은 남편을 감시하기 위해 이곳에 온 것 같아. 혹시라도 남편의 사소한 실수가 엄청난 사건을 몰고 오지나 않을까 걱정이 돼서 그랬겠지. 그래서 부인은 남편에게서 눈을 한시도 떼지 못한 것 같아. 자네도 알겠지만 부인은 크리스마스가 자기 손자라는 사실을 의심하지 않는 눈치야. 다만 희망을 품지 않았을 뿐이야. 부인은 어떻게 하면 희망을 가질 수 있는지 몰랐으니까. 하기야 30여 년이 지난 다음에 희망을 품기 위해서는, 다시 말해 희망이 마음 한구석에서 솟아오르기 위해서는 24시간보다 더 많은 시간이 필요했을지도 모르지.

하지만 난 말이야, 노인의 광기와 확신의 위세에 눌려 부인 역시 자신도 모르는 사이에 휩쓸렸다고 믿고 싶어. 그래서 그 두 사람이 이곳까지 온 거야. 그들은 야간 기차를 타고 일요일 새벽 세시에 이곳에 도착했지. 하지만 부인은 처음부터 크리스마스를 만나려고 한 것은 아니었던 것 같아. 노인을 감시하고 있었기 때문이었는지도 모르지. 그러나 난 그렇게 생각하지 않아. 그때만 해도 보고 싶은 마음이 생기지 않았었다고 하는 편이 맞을 거야. 하지만 오늘 아침 아기가 태어나 그 아기를 보는 순간 크리스마스를 보고 싶은 생각이 밀려왔겠지. 그렇게 말해야 할 거야. 더구나 그 아기가 사내 아이였으니 오죽했겠어. 그리고 부인은 그 아기 엄마를 전혀 본 적이 없어. 아기 아버지도 마찬가지고. 또 자기 손자도 어른이 된 이후 한 번도 본 적이 없어. 다시 말해 그 부인에게서 지난 30년이라는 세월은 그냥 날아가버린 셈이지. 아기가 울기 시작했을 때 모든 기억이 지워진 거야. 이제 기억은 더 이상 존재하지 않아.

모든 일이 너무 빨리 부인에게 들이닥친 셈이야. 부인의 손과 눈으로는 도저히 부인할 수 없는 엄청난 현실이었지. 부인의 손과 눈으로는 도저히 부인할 수 없어서 당연한 것으로 받아들여야 하는 엄청난 현실, 설명이 불가능해 아무 증거도 없이 손과 눈에 그저 받아들일 수밖에 없는 엄청난 현실이었던 셈이지. 30년 동안이나 혼자 지냈던 사람이 낯선 사람들이 떠들고 있는 방 안에 갑자기 던져져 우물쭈물하는 상황이랄까.

부인은 자신이 할 수 있는 범위 내에서 어떤 식으로든 논리적인 행동을 찾아내기 위해 절박하게 주변을 두리번거렸겠지. 물론 그런 행동을 통해 사람들로부터 확신을 얻을 수 있다고 생각했겠지. 하지만 아기가 태어나자 부인이 혼자서 문제를 해결할 방법을 찾아냈다고도 할 수 있어. 그때까지 그 부인은 바이런 번치라는 사람이 모는 마차에 앉아 기계 장치로 목소리를 내는 인형이나 다름없었다는 뜻이지. 번치가 신호를 보내면 입을 열고 말을 했겠지. 지난밤 번치가 하이타워 목사에게 그 부인을 데리고 가서 그녀 자신의 이야기를 털어놓게 했을 때처럼 말이야.

자네도 알겠지만, 그 부인은 무슨 말인가 하려고 무던히 노력했을 거야. 그 순간 부인은 지난 30년 동안이나 거의 맞닥뜨린 적이 없는 사실을 실제 현실로 믿고 인정하게 해주는 무언가를 마음속에서 찾으려고 노력했겠지. 아마 그 부인은 바로 그것을 하이타워의 집에서 처음으로 발견한 것 같아. 부인은 자신이 상대해 말할 수 있고, 자신의 말을 들어줄 누군가를 찾아낸 거라고. 모르긴 해도 부인이 누구에게 그런 말을 들려준 것도 처음이었을 거야. 아마 부인은 하이타워 목사와 함께 처음으로 그 사건을 하나의 전체적인 현실로 파악했겠지. 따라서 그 부인이 한동안 그 아기뿐만 아니라 그 아기의 부모에 대해서도 혼동을 일으킨 것은 그다지 이상한 일이 아니야. 왜냐하면 그 오두막에서 지난 30년이라는 세월은 존재하지 않는 셈이었으니까. 아기와 부인이 한 번도 본 적이 없는 아기

아버지, 그 아기처럼 어렸을 때 이후 본 적이 없는 손자, 아예 부인에게는 존재하지도 않았던 손자의 아버지. 모든 것이 뒤죽박죽 혼란스러웠을 거야. 그러다가 부인에게 어떤 희망이 싹트기 시작했고, 그 부인은 즉시 그 희망을 숭고하고 무한한 신념으로 바꿔버렸겠지.

지금까지 말한 것이 오늘 유치장에서 그 부인이 크리스마스에게 이야기한 내용이야. 기회를 노리고 있던 노인이 부인 몰래 오두막을 빠져나갔고, 그러자 부인이 그를 뒤쫓아 시내까지 따라가 길모퉁이에서 다시 노인을 찾았지. 노인은 아주 완전히 미쳐서, 크리스마스를 끌어내 처단하라고 사람들을 향해 쉰 목소리로 고래고래 소리를 지르고 있었어. 또 그 노인은 자신이 어떻게 악마의 자식을 기르는 할아버지가 되었는지 떠들어댔고, 또 이런 날이 오리라는 것을 굳게 믿고 있었다고 떠들어댔어. 아니면 부인이 오두막을 떠난 것은 유치장에 있는 손자를 보기 위해서였는지도 모르지. 여하튼 모여 있던 사람들이 그 노인에게 감동을 받기보다 호기심을 보이는 것을 보고 부인은 곧장 보안관에게 달려간 거지. 보안관은 그때 막 식사를 마치고 돌아오는 길이었고, 한동안 부인이 원하는 것이 무엇인지 이해할 수가 없었다고 하더군. 그 부인은 틀림없이 보안관에게 뭐라고 미친 듯이 소리쳤을 거야. 절망에 빠진 부인이 일요일에 교회에 가는 우아한 복장을 하고 손자를 탈옥시킬 계획이라고 떠드는 것을 들은 보안관은 그녀를 유치장으로 보냈지. 그것도 보좌관을 딸려서 말이야. 그래서 그 부인은 유치장 안에서 크리스마스에게 하이타워 목사에 관한 이야기를 해주었을 테지. 하이타워가 그를 구해낼 거라느니, 구해낼 방도를 찾고 있다느니 하면서 말이야.

물론 나야 그 부인이 크리스마스에게 무슨 말을 했는지 정확히 알지는 못해. 하지만 어떤 사람도 그 장면을 정확하게 그대로 옮길 수는 없을 거라고 믿어. 나는 그 부인이 무슨 말을 할 것인지 미리 알고 계획했을 거라고는 생각하지 않아. 그 말은 아마도 부인이 크리스마스의 어머니를 낳던 날 밤에 벌써 부인을 위해 쓰여지고 이야기된 것이었겠지. 부인은 그것을 도저히 잊을 수 없었을 테지만 너무 오래전 일이라 이제는 그만 잊고 말았겠지. 어쩌면 바로 그렇기 때문에 크리스마스가 의문도 없이 즉시 부인의 말을 믿었을 거야. 내 말은 부인이 무슨 말을 해야 할지, 즉 자기 말이 그럴듯하게 들릴지 혹은 크리스마스가 잘 믿어주지 않으면 어쩌나 하는 따위의 걱정은 전혀 하지 않았다는 뜻이야. 그럴 정도로 저 버림받은 목사의 모습이나 태도에는 뭐랄까 경찰이나 폭도들 혹은 돌이킬 수 없는 과거 따위가 범할 수 없는 성스러운 기품이 배어 있었던 거지. 특히 자신을 그 지경으로 만든 범죄 때문에 호시탐탐 감시의 눈초리를 보내는 간수를 마주 보며 철창에 갇혀 있는 크리스마스에게 하이타워 목사는 일종의 성스러운 피난처로 보였을 거야.

그래서 크리스마스는 부인을 믿었던 거지. 그가 고난을 견디고 잘못을 인정한 것은 용기 때문이 아니라 자신에게 닥친 시련을 참아내겠다는 태도 때문이었을 거야. 그래서 그는 사람들이 모여 있는 광장에서 수갑을 찬 채 도망칠 기회를 선택할 수밖에 없었던 거겠지. 하지만 그가 발걸음을 옮길 때마다 너무도 많은 장애물이 따라붙었어. 그러나 그 장애물은 그를 추격하는 사람들이 아니라 자기 자신이었지. 발걸음을 뗄 때마다 지난 세월과 자신이 하지 않은 일과 한 일들이 끊임없이 따라붙어, 숨을 쉴 때마다, 심장이 한 번 고동칠 때마다 그와 나란히 움직인 거라 이 말이야. 물론 이것이 그 부인이 몰랐던 지난 30년 동안의 이야기의 전부는 아니야. 그런 일이 지난 30년 동안 계속 이어져오면서 그의 흰 핏줄 혹은 검은 핏줄을 더럽혔다는 점이 중요해. 핏줄이야 자네가 어떻게 생각하든 상관없는 것이고, 여하튼 더럽혀진 핏줄이 그를 죽이고 만 셈이야. 하지만 그는 한동안 희망이 있다고 믿으며 도망쳤을 게 분명해. 하지만 그의 핏줄은 잠잠하게 있지도 않았고 그를 구원하지도 않았어. 어느 핏줄도 그의 육신을 구하지 않았지. 우선 그의 검은 핏줄이 그를 검둥이들의 오두막으로 몰아넣었지. 그런 다음 그의 흰 핏줄이 그를 거기서 내쫓은 거라고. 권총을 빼앗은 것은 검은 핏줄이었지만 그가 총알을 발사하지 못하도록 한 것은 흰 핏줄이었던 셈이야. 그리고 그를 목사에게 보낸 것은 흰 핏줄이었고. 마지막 순간에 그 흰 핏줄이 끓어올라 모든 이성과 현실 감각을 물리치고 그를 키마이라[26]가 지배하는 망상의 세계로, 언젠가 읽은 적이 있는 인쇄된 성경책에 등장하는 맹목적인 신념 속으로 밀어 넣은 거란 말이야.

그래서 난 그의 흰 핏줄이 그를 잠시나마 떠나 있었다고 믿었어. 그러다 최후의 순간에, 정말 눈 깜빡할 만큼 순식간에 검은 핏줄이 끓어올라 구원에의 희망에 격렬하게 저항하게 만든 거야. 그를 어떤 사람의 도움도 뿌리치고 자신의 욕망에 휩쓸리게 만든 것은 바로 그의 검은 핏줄이야. 다시 말해 심장이 완전히 멎기 전에 벌써 생명이 멈추고 죽음마저 욕망하게 되는 그 검은 밀림으로부터 생겨난 황홀경 속으로 자신을 몰고 간 것 역시 그의 검은 핏줄이란 말이지. 하지만 그 검은 핏줄은 평생 그를 따라다니며 결정적인 순간마다 늘 그랬던 것처럼 다시 한번 그를 저버렸지. 하지만 그는 목사를 죽이지는 않았어. 그는 목사를 권총으로 때리고 그대로 달려가, 식탁 뒤에 몸을 웅크리고 숨어 있었어. 지난 30년 동안 거부했던 것처럼 마지막 순간에도 그는 자신의 검은 핏줄을 받아들이지 않은 거야. 그는 뒤집어진 식탁 뒤에 웅크린 채 장전되어 있지만 발사되지는 않은 총을 손에 들고 그냥 앉아 있었고, 사람들은 그런 그를 사살해버리고 말았어."

* * *

그 일이 일어난 바로 그날, 마을에는 퍼시 그림이라는 젊은 이가 살고 있었다. 그는 스물다섯 살 정도 돼 보이는 주(州) 방위군 대위였다. 그는 그 고장에서 태어났고, 여름 야영 훈련 기간을 제외하고는 내내 그곳에서 살았다. 그는 유럽에서 일어난 1차 세계대전에 나이가 어려 참전하지 못했고, 1921년인가 1922년이 되었을 때 비로소 자신이 그 일 때문에 부모님을 결코 용서할 수 없으리라는 것을 깨달았다. 그의 아버지는 철물점을 했는데 이러한 것을 이해하지 못했다. 아버지는 자기 아들이 그저 게으를 뿐이고, 따라서 당연히 아무 쓸모 없는 인간이 될 거라고 생각했다. 하지만 정작 아들은 자신이 전쟁에 나가기에는 너무 늦게 태어났을 뿐만 아니라, 그렇다고 전쟁에 관한 직접적이고 생생한 이야기를 외면하기에는 너무 일찍 태어났다는 사실로 인해 끔찍하고 비극적인 고통을 당하고 있었다. 그리고 광기 어린 시절이 지나가고, 그 광기의 한가운데 서서 목소리를 높이던 사람들, 전쟁에 참전해 고초를 겪은 영웅들조차 서로에게 의심의 눈초리를 던지던 시절, 그에게는 마음을 터놓고 그런 이야기를 나눌 사람도 없었다. 사실 그가 처음으로 정색을 하고 싸운 상대는 제대 군인이었는데, 그 사람은 다시 참전한다면 이번에는 독일 편을 들어 프랑스와 싸우겠다고 지껄였던 것이다. 그러자 그림은 즉시 그의 멱살을 잡고 "미국하고도 싸울 텐가?" 하고 다그쳤다.

"미국이 멍청하게도 다시 프랑스 편을 든다면." 제대 군인이 대꾸했다. 그러자 그림은 즉시 그에게 주먹을 날렸다. 그림은 아직 10대 소년이었고 그 남자보다 덩치도 작았다. 결과는 뻔한 것이었고, 그림 자신도 그것을 잘 알고 있었다. 그러나 그림은 그 남자의 주먹질에 꿋꿋하게 맞섰고, 마침내 남자는 주위에 있던 사람들에게 그림을 말려달라고 부탁하기까지 했다. 그림은 싸움에서 난 상처를 자랑스럽게 드러내고 다녔는데, 그에게 그 상처는 나중에 그가 맹목적으로 열망해 결국 입게 된 군복만큼이나 자랑스러운 것이었다.

그를 구해낸 것은 새로 제정된 민병대 법률안이었다. 그는 오랫동안 어둡고 음습한 수렁에 빠져 무기력하게 지낸 사람 같았다. 그는 자기 앞에 나 있는 길을 볼 수 없었을 뿐 아니라, 그런 길이 있는 줄도 전혀 모르고 있었다. 그러다가 갑자기 그의 인생이 분명하고도 명확하게 열렸다. 무능을 드러냈던 학창 시절, 즉 게으르고 다루기 힘들고 아무 야망도 없어 보였던 과거는 뒤로 사라져 완전히 잊히고 말았다. 그는 자기 앞에 활짝 펼쳐진 인생이 어떤 생각이나 결정에서 완전히 자유로운, 마치 텅 빈 복도처럼 단순 명쾌하고 도저히 피할 수 없는 필연적인 것이라고 생각했다. 이제 그는 자신에게 남겨진 짐이 군복에 반짝거리며 근사하게 달려 있는 양철 쪼가리 계급장만큼이나 가볍다고 여겼다. 그는 육체적인 용기와 맹목적인 복종에 숭엄하고도 절대적인 신뢰를 보냈으며, 백인종이 어떤 다른 인종보다 우월하고, 미국인이 어떤 백인종들보다 우월하며, 군복을 입은 미국인은 다른 어떤 사람들보다 우월하다고 믿었다. 그는 이런 신념과, 이런 특권에 대해 대가를 요구하는 것이 당연한 자신의 삶이라고 믿었다. 호전적인 분위가 물씬 풍기는 국경일이 오면 그는 언제나 대위 계급장이 달린 군복을 입고 시내에 나타났다. 그가 번쩍거리는 명사수 휘장(그는 명사수였다)과 두 개의 줄무늬 대위 계급장을 달고 근엄한 척 고개를 꼿꼿이 세우고서 반쯤은 호전적인 태도로, 또 반쯤은 치기 어린 수줍은 표정으로 마을 사람들 사이를 활보하는 것을 지켜본 사람들은 그가 제대 군인과 싸웠던 일을 떠올리곤 했다.

그는 미국 재향군인회의 일원은 아니었다. 하지만 그것은 그의 부모 잘못이지 그의 잘못이 아니었다. 하지만 크리스마스가 토요일 오후 모츠타운에서 압송되어 왔을 때, 그는 이미 지역 재향군인회 회장을 만나고 있었다. 그의 생각, 그의 말은 무척 간결하고 직접적이었다. "우리는 질서를 유지해야 합니다." 그가 말했다. "법이 제대로 지켜져야 합니다. 법이 곧 국가란 말입니다. 사람을 처형할 권리는 민간인들에게 주어져 있는 것이 아닙니다. 제퍼슨의 군인인 우리가 그 점을 확실히 보여줘야 합니다."

"누군가 별도로 계획을 꾸미고 있다는 걸 자네가 어떻게 알았지?" 지역 재향군인회 회장이 물었다. "무슨 소문이라도 들은 건가?"

"전 잘 모릅니다. 그런 이야기를 들은 적은 없습니다." 그는 거짓말을 하는 것이 아니었다. 민간인들이 무슨 거짓말을 했든 안 했든 자신은 전혀 관심도 없다는 투였다. "그런 것이 문제가 아닙니다. 군복을 입은 군인으로서, 우리가 살고 있는 나라를 위해 우리가 제일 먼저 나설 것인가 말 것인가가 문제지요. 이런 문제에 대해 정부가 어떤 식으로 대처하는지 사람들에게 확실하게 보여줄 필요가 있습니다. 사람들은 이런 문제에 대해 말할 필요조차 없다는 것을 보여줘야 합니다." 그의 계획은 무척 간단했다. 그것은 재향군인회가 소대 규모의 민병대를 조직하고 장교인 자기를 소대장으로 임명하는 것이었다. "사람들이 제게 명령권을 주고 싶어 하지 않는다면, 뭐 상관없습니다. 저는 부관을 맡아도 괜찮습니다. 아니면 하사관이나 상병이어도 좋습니다." 그것은 진심이었다. 그가 원하는 것은 과시가 아니었다. 더군다나 그는 성실하기까지 했다. 그가 너무도 진지하고 너무도 단호했기 때문에, 지역 재향군인회 회장은 막 입 밖으로 튀어나오려 하는 경솔한 거부의 표현을 억누르고 말았다.

"하지만 난 여전히 그럴 필요가 있다고는 생각지 않네. 설사 그럴 필요가 있다 해도, 우리는 민간인으로서 활동해야 할 거야. 난 재향군인회를 그런 식으로 동원하고 싶지는 않네. 어쨌거나 우리는 지금 군인이 아니니까. 설령 내가 그렇게 할 수 있다 해도 난 그렇게 하지 않을 작정이네."

그림은 그를 바라보았지만 화가 난 표정은 아니었다. 그의 표정은 마치 무슨 벌레를 보고 있는 것 같았다. "그렇게 말씀하시면서도 회장님은 벌써 군복 차림이군요." 그가 참을성을 보이면서 말을 이었다. "하지만 제가 사람들에게 말하는 것까지 회장님이 직권을 동원해 막지는 않으시겠죠? 개인 자격으로 말하는 것도 막을 작정이신가요?"

"그건 아니야. 내겐 그런 일을 할 권한이 없어. 개인적인 자격이라면 이해할 수도 있는 일이지. 하지만 절대로 내 이름을 들먹이면 안 되네."

그러자 그림은 자기도 생각이 있다는 식으로 한마디 내뱉었다. "전 그런 일을 할 사람은 아닙니다." 그런 다음 그는 밖으로 나갔다. 그때가 토요일 오후 네시경이었다. 그날 오후 내내 그는 재향군인회 회원들이 일하는 상점과 사무실을 돌아다녔다. 해가 질 무렵이 되자 그는 혼자서 1개 소대는 충분히 될 만한 사람들을 끌어 모았다. 그는 지칠 줄 몰랐으며, 자제력도 있었고, 무엇보다 강인함을 갖추고 있었다. 그에게는 무언가 저항할 수 없는 예지력 같은 것이 있었다. 모집된 사람들은 한 가지 점에서 재향군인회 회장과 일치된 견해를 가지고 있었다. 즉 그들은 재향군인회의 공식적인 명칭을 사용하는 것에 거부감을 느끼고 있었다. 그 결과 그는 별다른 어려움 없이 자신의 원래 목적을 달성했다. 그는 이제 그들의 지휘관이 된 것이다. 그는 저녁 식사 직전에 사람들을 소집해 몇 개의 분대로 나눈 다음 몇 명을 분대장과 참모로 임명했다. 프랑스에 가본 적도 없는 젊은이들에게 이제 뭔가 흥분할 일이 생긴 셈이었다. 그림은 사람들을 모아놓고 짧지만 냉혹하게 몇 마디 연설을 했다. "……질서……정의를 세우는 행동……사람들에게 미합중국의 군복을 입고 있는 우리의 모습을 보여줍시다……그리고 한 가지 더 보여줄 일이 있습니다." 그 순간 그는 마치 부대원의 이름을 모두 알고 있는 연대장이라도 되는 듯, 좀 더 친밀감이 들도록 어조를 바꿨다. "난 이 모든 일을 여러분에게 맡기기로 했어요. 여러분이 하자는 대로 할 겁니다. 이번 일이 끝날 때까지 군복을 입고 있는 게 좋다는 생각이 듭니다. 그래야 미국 정부가 정신만이 아니라 실제로 존재한다는 사실을 보여줄 수 있을 테니까요."

"하지만 미국 정부는 나서지 않았잖아요." 어떤 사람이 재빠르게 즉시 말을 받았다. 그는 어떤 이유에서든 이번 모임에 참석하지 않은 재향군인회 회장과 외모가 흡사했다. "이 일은 아직 중앙 정부가 나설 일은 아니지요. 케네디 보안관도 이번 일을 좋아하지는 않을 겁니다. 이것은 제퍼슨의 문제입니다. 워싱턴이 개입할 문제가 아니란 말입니다."

"제퍼슨 보안관이 이번 일을 좋아하도록 만들면 될 거 아닙니까." 그림이 말을 이었다. "미국과 미국인을 보호하지 않는다면 재향군인회가 무슨 의미가 있겠습니까."

"아무 의미도 없지요." 다른 사람이 말을 받았다. "하지만 이 일을 너무 드러내놓고 진행하지 않는 게 좋을 것 같아요. 그렇게 하지 않아도 우리가 원하는 것은 할 수 있잖습니까. 그러는 게 나을 것 같아요. 그렇지 않습니까?"

"좋아요." 그림이 대꾸했다. "그렇게 하지요. 하지만 권총은 모두가 소지해야 할 겁니다. 한 시간 후 이곳에서 무기를 점검합시다. 잠시 후 모두 이곳으로 집합하세요."

"케네디 보안관이 권총에 대해 뭐라 하지 않을까요?" 누군가 걱정을 늘어놓았다.

"그 문제는 내가 해결하지요." 그림이 말했다. "정확히 한 시간 뒤에 무장을 하고 이곳에 집합하도록 하세요." 그는 사람들을 해산시켰다. 그는 조용한 광장을 가로질러 보안관 사무실로 향했다. 보안관은 집에 있다고 사무실에 있는 사람들이 일러주었다. "집에요?" 그가 되물었다. "이 시간에 말입니까? 그래 지금 집에서 뭘 하고 있죠?"

"아마 식사를 하고 계시겠죠. 보안관님처럼 덩치가 큰 사람은 하루에 여러 번 먹어야 하니까요."

"집에 있다." 그림은 몇 번이고 뇌까렸다. 그의 시선은 노려보는 것은 아니지만, 지역 재향군인회 회장을 바라보던 때와 같은 냉랭함과 무심함이 배어 있었다. "식사를 하고 있다." 그가 중얼거렸다. 그는 밖으로 나가자마자 걸음을 재촉했다. 그는 텅 빈 광장을 다시 건너갔다. 사람들은 광장을 텅 비워두고 각자 평화로운 시내나 시골 마을에서 평화롭게 저녁을 먹고 있을 것이다. 그는 보안관의 집으로 향했다. 보안관은 즉석에서 안 된다고 말했다.

"열다섯 명에서 스무 명이나 되는 사람들이 허리에 총을 차고 광장을 어슬렁거리겠다 이 말인가? 그건 안 되지, 안 되고말고. 그렇게 하도록 내버려둘 수는 없지. 절대로 안 되지. 그건 안 돼. 이 일은 내게 맡기게."

한동안 그림은 보안관을 쳐다보았다. 그런 다음 몸을 돌려 빠른 걸음으로 걸어갔다. "좋습니다." 그가 말했다. "그런 방식이 보안관님이 원하시는 거군요. 그렇다면 전 보안관님 일에 끼어들지 않겠습니다. 그러니 보안관님도 제 일에 끼어들지 마십시오." 그림의 말은 협박조로 들리지는 않았다. 단지 어조가 너무 평탄하고 단정적이고 지나치게 냉랭할 뿐이었다. 보안관은 그를 주시하다가 불러 세웠다. 그림이 몸을 돌렸다.

"자네 권총도 집에 놔두게." 보안관이 말했다. "내 말 알아듣겠나?" 그림은 대답하지 않았다. 그는 계속 걸어갔다. 보안관은 잔뜩 찌푸린 표정으로 그가 시야에서 사라질 때까지 노려보았다.

그날 저녁 보안관은 식사를 마친 다음 시내로 돌아왔다. 급한 볼일이 있거나 불가피한 용무가 있을 때를 제외하면, 보안관은 수년 동안 그런 적이 없었다. 그는 유치장 주변을 그림의 부하 몇 명이 감시하고 있는 것을 발견했다. 다른 사람들은 군청에 마련된 법정 주변을 서성거리고 있었고, 또 다른 패거리들은 광장과 인근 도로를 순찰하고 있었다. 교대를 위해 쉬고 있다고 보안관에게 변명을 늘어놓은 사람들은 그림이 다니고 있는 면직 공장 사무실에 있었다. 그들은 그 사무실을 당직실과 사령실로 쓰고 있었다. 보안관은 거리에서 순찰을 돌고 있는 그림과 마주쳤다. "이보게, 이리 좀 오게." 보안관이 그림을 불렀다. 그림은 그 자리에서 걸음을 멈췄다. 하지만 그는 보안관에게 다가가지 않았고, 그 대신 보안관이 그에게 다가갔다. 보안관은 자신의 살찐 손으로 그림의 엉덩이를 툭 건드렸다. "권총은 집에 놔두라고 했을 텐데." 보안관이 다그쳤다. 그림은 한마디도 하지 않았다. 그는 보안관을 똑바로 노려보았다. 그러자 보안관은 한숨을 쉬었다. "자네가 내 말을 안 들으니 별수 없군. 자네를 특별 보좌관으로 임명하는 수밖에. 하지만 내가 말하기 전에는 절대로 그 권총을 꺼내 보여서는 안 되네. 내 말 알아듣겠나?"

"절대로 그런 일은 없을 겁니다." 그림이 대답했다. "총이 필요 없는 상황에서 총을 빼서는 안 된다는 말씀이겠죠."

"내 명령이 있기 전에는 절대로 총을 빼 들지 말라는 말일세."

"물론입니다." 그림은 즉시 냉정하지만 참을성 있게 대답했다. "제가 말씀드린 것도 바로 그겁니다. 걱정하지 마십시오. 그럼 전 가보겠습니다."

더 시간이 흘러 시내가 밤의 정적에 휩싸이고 영화관에서 관객이 다 빠져나가고 상점이 하나둘 문을 닫자, 그림의 부하들 역시 흩어지기 시작했다. 그림은 싫은 내색을 하지 않고 그들을 냉정하게 바라고 있었다. 그들은 약간 멋쩍고 의기소침해졌다. 다시 한번 그림은 자신도 모르는 사이에 으뜸 패를 내놓은 셈이었다. 사람들은 멋쩍은 기분이 들고 열성에서 도저히 그를 따라잡을 수 없다고 느껴서, 내일에야 다시 그곳으로 나와 그에게 얼굴을 내비칠 것이기 때문이었다. 몇몇 사람은 그대로 그곳에 남아 있었다. 마침 토요일 밤이었고, 누군가가 어디서 의자를 더 가지고 와 그들은 카드놀이를 시작했다. 비록 이따금 그림이(그는 카드놀이에 참여하지 않았고, 부관도 카드놀이에 끼지 못하게 했으며, 장교 계급에 해당하는 다른 한 사람만이 카드놀이에 참여했다) 광장 순찰을 위해 순찰조를 보내기도 했지만, 카드놀이는 밤새 이어졌다. 나중에 야간 순찰을 돌던 경찰도 그 자리에 끼었지만 카드놀이에 참여하지는 않았다.

일요일은 조용했다. 간혹 정해진 순찰에 나서기 위해 잠시 중단되기는 했지만 카드놀이는 계속되었다. 그러는 중에 교회 종소리가 은은하게 울려 퍼지는 가운데 교인들이 밝은색 여름옷을 차려입고 교회로 모여들었다. 광장에는 내일 특별 대배심이 열릴 거라는 소문이 파다했다. 은밀하고 되돌릴 수 없는 무언가를 환기시키는 대배심이라는 단어의 발음과, 사람들의 행동을 잠도 자지 않고 숨어서 지켜보는 전능한 시선 같은 그 무엇이 그림의 대원들로 하여금 자신들이 믿는 것이 진실이라는 믿음을 갖게 했다. 사람들은 자신들이 생각하는 것이 무엇인지도 모르면서 너무 빨리 무의식적으로, 또 예측할 수 없는 방향으로 흐르기 마련이었다. 따라서 마을 사람들은 약간 두려워하면서, 혹은 상당한 믿음과 자신감에 근거한 존경심을 표명하면서 갑자기 그림을 받아들였다. 마치 마을 사람들은 이번 사건에서 그가 통찰력과 애국심과 자존심에 있어서 자신들보다 더 예민하고 진실하다고 생각하는 것 같았다. 어쨌거나 그의 대원들은 그런 식으로 생각하고 그렇게 받아들였다. 뜬눈으로 밤을 보내고 긴장 속에서 지낸 뒤에 휴일을 맞아서인지, 그림의 대원들은 자기 의지를 내던지고 상황에 따라 그를 위해 함께 죽을 수도 있다는 식으로 들떠 있었다. 그림이 발휘한 영향력 때문인지 이제 대원들은 신중하고 약간은 두려움이 감도는 태도로 움직였다. 그 모습은 마치 그림이 대원들에게 입히고 싶어 했고 그들도 입고 싶어 했던 카키색 군복처럼 손에 집힐 듯이 눈에 들어왔다. 또 그 모습은 그림의 꿈에서 부드럽고 엄숙하고 화려하게 나타나는, 대원들이 당직실로 돌아올 때마다 매번 새롭게 군복을 갈아입는 장면 같았다.

이런 상황은 일요일 밤까지 계속되었다. 그동안 카드놀이도 계속되었다. 조심스럽고 은밀한 분위기는 이제 완전히 사라지고 없었다. 분위기는 확신이 지나쳐 거의 평온하다고 할 정도로, 허풍에 가까운 자신감에 싸여 있었다. 그날 밤 경찰서장의 발소리가 계단 쪽에서 들려오자 누군가 "경찰을 조심해" 하고 소리쳤다. 그 순간 그들은 굳은 표정으로 눈을 반짝이면서, 앞뒤 가리지 않고 덤벼들 태세로 서로를 쳐다보았다. 그러자 누군가가 큰 소리로 "그 자식을 던져버려" 하고 소리쳤다. 또 다른 사람이 입을 오므리고 입술 사이에서 혀를 떨며 야유를 보냈다. 그렇게 월요일인 다음 날 아침, 시골에서 첫 마차와 자동차가 몰려들 때까지도 그림의 소대원들은 그런 상태로 지냈다. 이제 그들은 군복을 입고 있었다. 군복은 그들의 충성심을 나타내는 얼굴이나 다름없었다. 대부분의 군복은 나이 든 세대의 경험이 담겨 있는 낡은 것이었다. 그러나 지금 그들에게 그 군복은 그 이상의 의미를 담고 있었다. 모여든 군중들 곁에 서 있는 대원들의 모습에는 이제 심각하면서도 쓸쓸한 엄숙함이 배어 있었다. 사람들은 심각하고 진지하고 초연한 표정으로 어슬렁거리고 있었고, 대원들은 공허하고 황량한 눈길로 천천히 움직이고 있는 군중들을 쳐다보고 있었다. 어슬렁거리는 군중들은 확실하지는 않지만 뭔가 느껴지고 짚이는 구석이 있는지, 군복을 입고 서 있는 대원들을 쳐다보면서 그들 앞을 천천히 지나쳤다. 따라서 사람들은 마치 영문도 모르는 소의 얼굴처럼 넋을 잃은 채 공허한 표정으로 대원들에게 다가왔다가 물러섰고, 그러면 또 다른 사람들이 다시 그렇게 하곤 했다. 아침 내내 낮은 목소리로 묻고 답하는 소리가 여기저기서 들렸다. "저기 그자가 가는군. 자동 권총을 찬 저 젊은 친구 말이야. 저 친구가 부대를 이끄는 대장이라는군. 주지사가 파견한 특수 지휘관이라나. 저자가 총책임자라지. 오늘은 보안관도 할 말이 없을 거야."

나중에 일을 그르치게 되었을 때 그림은 보안관에게 자신의 생각을 말했다. "제 말을 귀담아들었으면 그런 일은 없었을 겁니다. 제 부하들을 시켜 그 자식을 감방에서 끌어내면 되는 건데. 어쩌자고 보좌관 한 명만 딸려서 수갑도 안 채운 채 그 자식을 사람들이 우글거리는 광장으로 내보낼 생각을 하셨는지. 그 머저리 같은 버퍼드 자식이 그렇게 사람 많은 곳에서 총이나 쏠 수 있을 것 같습니까. 헛간 문짝이나 쏜다면 모를까."

"그 자식이 탈출할 생각을 하고 있는 줄 내가 알았나? 더군다나 그렇게 사람이 많은 광장에서 말이야." 보안관은 변명을 늘어놓았다. "유죄를 주장해 종신형을 받아내겠다고 스티븐스 검사가 말했단 말이야."

그러나 너무 늦고 말았다. 이미 모든 것이 끝나고 말았다.

그 일은 군청 건물과 양쪽 인도 사이에 자리한 광장 한가운데서 일어났다. 그날 광장은 장이라도 서는 날처럼 사람들로 붐볐다. 그림은 보안관의 보좌관이 공중에 총을 두 방 쏘는 소리를 듣고 일이 터졌다는 것을 처음으로 알게 되었다. 그 당시 그림은 군청에 마련된 법정 안에 있었지만 무슨 일이 일어났는지 즉시 알아차렸다. 그의 반응은 단호하고 즉각적이었다. 그는 즉시 총소리가 난 곳으로 달려가면서, 고개를 돌려 한 대원에게 "화재 경보를 울려!" 하고 소리쳤다. 그 대원은 지난 48시간 동안 그림을 따라다니며 그의 부관과 당번병 역할을 하고 있었다.

"화재 경보를 울리라고요?" 부관이 물었다. "무슨 일——"

"화재 경보를 울리라니까!" 그림이 다시 소리쳤다. "사람들이 어떻게 생각하든 신경 쓰지 마. 그래야 사람들도 무슨 일인가 일어났다는 걸 알 거 아니야……." 그는 말을 채 마치기도 전에 현장으로 달려갔다.

그는 달리고 있는 사람들과 함께 뛰었다. 그는 그들을 따라잡고 앞으로 달려 나갔다. 그에게는 분명한 목표가 있었지만 사람들은 그렇지 않았기 때문이었다. 사람들은 그냥 달리고 있었고, 검은 무리를 지으며 둔중하게 움직이고 있던 사람들은 마치 쟁기에 땅이 파이듯 그에게 자동적으로 길을 내주고 말았다. 사람들은 둥근 치아가 다 드러날 정도로 입을 벌리고 허옇게 핏기가 가신 얼굴로 옆을 지나치는 젊은이의 단호하고 딱딱하게 굳은 표정을 바라보았다. 사람들은 가쁜 숨을 몰아쉬며 중얼거리며 한숨을 내뱉었다. "저리로……저쪽으로 갔어……." 그러나 그림은 벌써 권총을 머리 위로 치켜들고 달려가는 보좌관을 보았다. 그림은 다시 한번 상황을 살피고 나서 앞으로 튀어 나갔다. 군중들 사이로 광장을 가로질러 도망치는 죄수와 그를 뒤쫓는 보좌관, 그리고 웨스턴 유니언[27]의 제복을 입고 자전거의 핸들을 순한 소의 뿔이라도 되는 것처럼 손으로 잡고 끌고 가는, 배달부가 분명해 보이는 덩치 큰 소년이 보였다. 그림은 권총을 총집에 쑤셔 넣고 소년을 밀치고 그 자전거에 올라탔다. 이 모든 동작은 단 한 번도 끊어지지 않고 부드럽게 이어졌다.

자전거에는 경적이나 벨도 달려 있지 않았다. 하지만 사람들은 그가 달려오는 것을 감지할 수 있었고, 그에게 길을 내주었다. 이런 상황에서도 그림은 자신이 옳을 뿐 아니라 전혀 잘못이 없다는 확신과 맹목적인 신념에 따라 정확하게 행동하는 것 같았다. 그는 보좌관을 따라잡는 순간 자전거의 속도를 늦췄다. 보좌관은 소리치며 달리느라 입을 벌린 채 땀으로 범벅이 된 얼굴을 돌려 그림을 쳐다보았다. "그 자식이 방향을 돌려 골목길로 도망쳤어——" 보좌관이 소리를 질렀다.

"알았어." 그림이 대꾸했다. "수갑은 찼나?"

"물론이지." 보좌관이 대답했다. 자전거는 앞으로 달려 나갔다. '그렇다면 그 자식이 빨리 달리진 못하겠군.' 그림이 생각했다. '조만간 어디에든 숨을 거야. 어쨌거나 쉽게 발각될 수 있는 곳은 피할 테지.' 그는 빠르게 골목으로 방향을 틀었다. 골목은 두 집 사이를 지나고 있었고, 그중 한 집에는 판자로 만든 울타리가 둘러쳐져 있었다. 그때 첫 번째 화재 경보가 울렸다. 경보는 천천히 울리기 시작해 점점 높아지며 꾸준하게 울리더니, 마침내 인간의 귀가 들을 수 있는 영역을 넘어, 마치 소리는 나지 않고 진동만이 느껴지는 감각의 영역으로 파고들어버린 듯했다. 그림은 강렬하고도 절제된 환희 속에서, 빠르면서도 논리적인 생각을 하며 자전거를 몰았다. '그 자식이 가장 먼저 할 일은 몸을 숨기는 것이겠지.' 그가 주변을 살피면서 생각한다. 길 한쪽은 탁 트여 있었고, 건너편에는 6피트 정도 되는 판자로 만든 울타리가 쳐져 있었다. 그 길이 끝나는 곳은 나무 대문으로 막혀 있었다. 그 너머에는 목초지가 펼쳐졌고, 그 뒤로 시 경계선을 이루는 개천이 흘렀다. 개천 주변에 있는 키 큰 나무들의 꼭대기 일부만이 삐죽이 보일 뿐이었다. 그 정도 울타리라면 1개 연대가 숨어서 작전을 수행할 수 있었다. "아." 그는 큰 소리로 외쳤다. 그는 멈추거나 속도를 늦추지 않은 채 그 자리에서 자전거를 빙그르르 돌렸고, 지금까지 왔던 길을 거꾸로 달려 자신이 떠나온 시내를 향해 페달을 밟아대기 시작했다. 이제 화재 경보는 가청 영역까지 낮아져 서서히 귓가에서 사라져가고 있었다. 자전거의 방향을 돌려 다시 시내로 들어서는 순간, 그는 사람들과 자동차 한 대가 자신을 쫓아 달려오는 모습을 얼핏 보았다. 그는 페달을 힘껏 밟아댔고 자동차가 곧 그를 따라잡았다. 차 안에 있던 사람들이 몸을 밖으로 내밀며 앞을 보고 페달을 밟아대는 그들의 동료 그림에게 소리를 질렀다. "여기로 옮겨 타!" 그들이 외쳤다. "여기 타라고!" 그림은 대꾸하지 않았다. 그는 그들을 쳐다보지도 않았다. 앞서 달리던 자동차가 속도를 늦추자 그는 아무 말도 하지 않고 일정한 속도를 유지하면서 자동차를 빠르게 지나쳐 앞으로 나갔다. 그러자 자동차가 다시 속력을 올려 그를 추월해나갔다. 자동차 안의 사람들은 여전히 고개를 내밀고 앞을 보고 있었다. 그는 아무 소리도 내지 않고 빠르게 앞으로 치고 나갔다. 그 모습은 마치 부드럽게 갑자기 출현하는 유령 같았고, 냉정하면서도 한 치의 오차도 없는 인도의 크리슈나 신이나 운명의 신 같았다. 그의 뒤에서 화재 경보가 다시 소리 높여 울리기 시작했다. 자동차 안에 있던 사람들이 다시 고개를 돌려 그를 쳐다보았을 때, 그는 그들의 시야에서 완전히 사라져 있었다.

그는 전속력으로 다른 골목으로 접어들었다. 그의 얼굴은 바위처럼 잔잔했고, 만족감과 엄숙하면서도 무모할 정도의 기쁨을 드러내는 표정으로 여전히 빛나고 있었다. 이번에 접어든 길은 지난번 길보다 더 깊게 홈이 파여 있었다. 마침내 황량한 언덕이 나타났고, 그가 달리는 자전거에서 뛰어내리자 자전거가 옆으로 쓰러졌다. 언덕 위에서 그는 마을의 경계를 감싸고 흐르는 개천의 전경을 볼 수 있었고, 그의 시야를 가리는 것은 개천을 따라 일렬로 늘어서 있는 두세 채의 흑인 오두막뿐이었다. 그는 조용히, 미동도 없이, 마치 무슨 숙명적인 이정표라도 되는 듯 홀로 서 있었다. 그가 서 있는 곳 뒤편에 자리 잡은 시내에서 화재 경보가 다시 잔잔해지기 시작했다.

그 순간 그는 크리스마스를 보았다. 그는, 두 손을 모은 채 멀리 개천에서 올라오는 남자를 보았다. 그를 지켜보고 있던 그림의 눈에 수갑에 반사된 햇빛이 섬광처럼 번쩍 비쳤다. 그림은 비록 멀리 떨어져 있었지만 자유를 빼앗긴 남자가 헐떡이며 절박하게 몰아쉬는 숨소리가 들리는 것만 같았다. 이어서 그 작은 모습은 다시 달리기 시작해, 가장 가까운 곳에 있던 흑인 오두막 너머로 사라졌다.

이제 그림 역시 달려 나갔다. 그 역시 빠른 속도로 달렸지만, 그에게서는 서두르거나 애쓰는 기색은 찾을 수 없었다. 그에게는 복수심이나 분노나 광포함 따위의 기미는 보이지 않았다. 크리스마스는 자기 눈으로 그런 사실을 확인했다. 왜냐하면 순간적이긴 했지만 두 사람이 거의 정면으로 서로를 쳐다보았기 때문이었다. 달리고 있던 그림이 오두막 너머로 방향을 꺾으려 하던 순간의 일이었다. 그 순간 크리스마스는 마치 마술이라도 부리듯 오두막 뒤창을 통해 튀어나왔다. 치켜든 양손에 채워진 수갑이 햇빛을 반사해 마치 불이라도 붙은 듯 반짝였다. 순간적으로 두 사람이 서로를 노려보았다. 한 사람은 창에서 뛰어내리자마자 동작을 멈추고 몸을 웅크린 자세였고, 다른 한 사람인 그림은 달리던 탄력을 억제하지 못해 모퉁이를 지나 계속 달리고 있었다. 그 순간 그림은 크리스마스가 니켈 도금의 권총을 지니고 있는 것을 비로소 발견했다. 그림은 몸을 빙그르르 돌려 방향을 틀었다가, 권총을 빼 들고 오두막 모퉁이에서 튀어나왔다.

그는 차분하면서도 잔잔한 환희를 느끼며 재빨리 생각에 잠겼다. '저 자식이 할 수 있는 행동은 두 가지야. 다시 개천으로 숨어들 수도 있고, 우리 둘 가운데 한 사람이 총에 맞을 때까지 오두막 주변을 잽싸게 빙빙 돌 수도 있어.' 그는 즉시 반응을 보였다. 그는 방금 돌아 나온 모퉁이를 향해 전속력으로 달려갔다. 그는 마치 마법이나 신의 섭리의 보호를 받는 것 같기도 했고, 크리스마스가 총을 겨눈 채 자신을 기다리고 있지 않다는 것을 미리 알고 있는 것 같기도 했다. 그는 지체 없이 다음 모퉁이를 지나쳐 계속 달려갔다.

그는 이제 개천 옆에 당도해 있었다. 그는 걷다 말고 멈춰 그 자리에 꼼짝 않고 서 있었다. 둔탁하고 차가운 자동 권총 위로 드러난 그의 얼굴은 교회 창문에 그려져 있는 천사들의 평온하고 초자연적인 광채를 뿜어내고 있었다. 그는 멈추는가 싶더니 어느새 움직이고 있었다. 그런 그의 모습은 마치 장기를 두는 사람의 생각에 따라 날렵하고 잽싸게 맹목적으로 움직이는 장기판 위의 말들 같았다. 그는 개천이 있는 쪽으로 달려갔다. 그러나 목을 휘감을 정도로 무성하게 자란 수풀 아래로 뛰어들자마자, 급경사의 비탈진 언덕을 빠져나오기 위해 안간힘을 썼다. 그는 그제야 오두막이 땅에서 2피트 정도 위에 지어졌다는 것을 알게 되었다. 서두르는 바람에 그 사실을 미처 알아차리지 못했던 것이었다. 그는 그제야 장소를 잘못 선택했다는 것을 깨달았다. 크리스마스는 집 아래 숨어서 내내 그의 다리를 주시하고 있었다. 그가 중얼거렸다. "영리한 놈이야."

　수풀 속으로 뛰어들 때의 탄력 때문에 그림은 조금 더 앞으로 나가고 나서야 몸을 멈춰 세우고 다시 기어 나올 수 있었다. 그는 피와 살로 만들어진 인간이 아닌 것처럼 피곤한 기색이라고는 전혀 보이지 않았다. 장기판에서 말을 옮기던 사람이 자기 말이 숨을 쉬고 있는 것을 발견한 격이었다. 그는 멈추지도 않고, 개천에서 올라온 그 기세로 다시 달리고 있었다. 그가 오두막을 돌아 나올 때 300야드쯤 떨어진 곳에서 크리스마스가 울타리를 뛰어넘는 모습이 보였다. 하지만 그는 총을 쏘지 않았다. 크리스마스가 작은 마당을 가로질러 곧장 어떤 집이 있는 곳으로 달려가고 있었기 때문이었다. 달려가면서도 그는 크리스마스가 뒷문으로 난 계단을 뛰어올라 그 집으로 들어가는 것을 보았다. "옳아." 그림이 중얼거렸다. "목사님 집이로군. 하이타워 목사의 집이야."

　그는 집에서 조금 벗어난 채 빙 돌아서 거리로 나섰지만 조금도 속력을 늦추지 않았다. 바로 그때, 그를 추월하며 그를 놓쳤던 자동차가 다시 나타났다. 자동차는 정확히 그것이 있어야 할 곳으로 온 것이었다. 장기의 말이 장기를 두는 사람이 원하는 바로 그 자리에 놓이듯이 말이다. 자동차는 그에게서 아무 신호도 받지 않았지만 그 자리에 멈춰 섰고, 세 남자가 차에서 내렸다. 아무 말 없이 몸을 돌린 그림은 마당을 가로질러, 치욕을 안고 홀로 살아가는 늙은 목사의 집 안으로 들어갔다. 이어서 세 남자도 그의 뒤를 따랐다. 그들은 현관을 가로질러 돌진하다가 잠시 멈췄다. 그들은 퀴퀴한 냄새가 나고 수도원처럼 침침한 집 안으로 자신들이 방금 떠나온 집 밖의 따가운 여름 햇살도 함께 지니고 들어섰다.

그들의 얼굴에는 수치심이라고는 모르는 잔혹함이 배어 있었다. 그들이 몸을 숙여 마룻바닥에 쓰러져 얼굴에 피를 흘리고 있는 하이타워를 일으켜 세울 때, 그들의 얼굴에서 형체를 알 수 없는 긴장감이 마치 후광처럼 뿜어져 나오는 것 같았다. 현관으로 뛰어든 크리스마스가 수갑이 채워진 채 무기를 든 손을 높이 쳐들어 주변을 마치 번개가 치듯 번쩍이게 만들면서——그 순간 그는 운명을 선언하는 복수심에 불타는 격노한 신과 흡사했다——하이타워 목사를 내려친 것이었다. 사람들은 늙은 목사를 일으켜 세웠다.

“어느 방입니까?” 그림이 소리쳤다. “어느 방으로 숨었나요, 목사님?”

“여러분.” 하이타워가 말했다. “여러분! 여러분!”

“어느 방입니까 도대체?” 그림이 소리를 질렀다. 그들은 하이타워를 일으켜 세워 붙잡고 있었다. 밝은 곳에 있다가 어두침침한 현관으로 밀고 들어온 그들에게 그의 대머리와 핏자국이 있는 커다란 얼굴은 끔찍해 보였다. “이 사람들아!” 목사가 외쳤다. “내 말 좀 들어보게. 그자는 그 사건이 일어난 날 이곳에 있었어. 살인이 일어난 날 나와 함께 있었단 말일세. 하느님께 맹세하지——”

"이런 제기랄!" 그림이 소리쳤다. 그의 젊은 목소리는 청년 목사의 음성처럼 맑았지만 분노에 차 있었다. "제퍼슨에 있는 모든 목사와 노처녀가 저 겁쟁이 개자식에게 아랫도리를 내주기라도 한 거야?" 그는 늙은 목사를 밀치고 계속 달려갔다.

그는 마치 가만히 기다렸다가 장기 두는 사람에 의해 다시 옮겨지는 말 같았다. 왜냐하면 조금도 망설이지 않고 곧장 부엌으로 가 부엌 문간에서부터 총을 쏘아댔기 때문이다. 어쩌면 그는 부엌 한구석에 뒤집혀 있는 식탁과, 그 뒤에 웅크리고 앉아서 다리를 위로 한 식탁의 모서리에 반짝거리는 손목을 걸쳐놓고 있는 남자를 보기도 전에 총을 발사했는지도 모른다. 그림은 식탁을 향해 자동 권총 탄창이 빌 때까지 총을 쏘아댔다. 나중에 누군가 확인을 했는데 다섯 발의 탄착점 전부가 접은 손수건 안에 들어올 정도였다.

하지만 장기판의 말을 움직이는 존재는 아직 할 일을 다 하지 않은 듯했다. 사람들이 부엌으로 들어갔을 때, 그들은 뒤집어진 식탁과 총 맞은 시신 위로 허리를 굽히고 있는 그림의 모습을 발견했다. 사람들은 그림이 뭘 하고 있는지 보기 위해 그의 곁으로 다가갔고, 크리스마스가 아직 숨이 끊어지지 않은 것을 발견했다. 그때 그림의 행동을 지켜보던 사람들 중 한 명이 목이 잠기기라도 한 듯 신음 소리를 토하며 벽 쪽으로 쓰러질 듯 물러서더니, 마침내 토하기 시작했다. 그러고 나서 그림 역시 피 묻은 도살용 칼을 내던지고 뒤로 물러섰다. "너 같은 새끼는 이제 지옥에 가서도 백인 여자는 건드리지 못할 거다." 하지만 마루에 쓰러진 사람은 꼼짝하지 않았다. 그는 그렇게 눈을 뜨고 의식 이외에 모든 것이 빠져나간 모습으로 마루 위에 누워 있었다. 그의 입가에 뭔가 그림자 같은 것이 어른거리는 것 같았다. 오랫동안 그는 평화롭지만 헤아릴 수 없고 견딜 수 없는 눈초리로 사람들을 쳐다보았다. 그러다가 그의 얼굴과 육신 모두가 무너져 내리는 듯이 보였고, 허리와 엉덩이 근처 옷이 찢어진 틈으로 몸 안에 갇혀 있던 검붉은 피가 마지막 숨을 몰아쉬듯 한꺼번에 몰려든 것 같았다. 불꽃을 내뿜으며 솟구치는 로켓처럼 피가 그의 창백한 몸에서 쏟아지고 있었다. 검붉은 피를 쏟으며 그는 사람들의 기억 속으로 영원히 솟구쳐 오르는 것 같았다. 사람들은 검붉은 피를 쏟아내며 죽어간 크리스마스를 잊지 못할 것이다. 아무리 평화로운 계곡에서 평온한 노년을 보낸다 해도, 그들은 자신들이 응시하는 아이들의 얼굴에 그 오래된 불행한 사건과 더욱 새로운 희망을 비춰보면서 그 일을 잊지 않을 것이다. 그 기억은 그들의 마음속에 변치 않고, 확고하고 조심스럽게 존재할 것이다. 그 기억은 퇴색하지도 않을 것이고, 특별히 위협적이지도 않을 것이며, 잔잔하면서도 의연하게 홀로 사람들 마음속에 존재할 것이다. 담장에 가려 거의 들리지 않았던 화재 경보가 다시 들리기 시작하더니, 인간의 귀로는 도저히 들을 수 없는 음역을 향해 높이 올라가고 있었다.

20

　이제 오후의 마지막 구릿빛 햇살이 사그라지고 있었고, 서재에서 바라보면 키 작은 단풍나무와 낮게 설치된 간판 너머의 텅 빈 거리가 기억을 불러내기 좋은 무대가 되는 듯했다.

　그가 신학교를 졸업하고 처음 제퍼슨에 온 젊은 시절, 그는 저물어가는 구릿빛 햇살이 어떻게 거의 귀로 들을 수 있는 소리처럼 보였는지 생생하게 기억한다. 그 모습은 마치 노란색의 트럼펫 소리가 침묵이 흐르는 휴지기로 빠져드는 것 같았다. 그리고 잠시 기다리고 있으면 트럼펫 소리가 다시 들려올 것만 같았다. 하지만 트럼펫 소리가 잦아들어 완전히 멈추기도 전에, 이미 대기 중에는 속삭임이나 소문보다 크지 않은 우렛소리가 울리기 시작하는 듯했다.

　하지만 그는 그런 이야기를 누구에게도 하지 않았다. 그녀에게조차 말하지 않았다. 두 사람이 여전히 밤을 지새우며 사랑을 속삭이던 시절에도, 수치심과 불화가 아직 닥치기 이전에도, 자신이 왜 창가에 앉아 밤이 오는 순간을, 즉 일몰의 순간을 기다리는지 아내가 알게 되고 또 불화와 후회와 절망 속에서도 아내가 그것을 잊지 않고 있던 시절에도 그는 그런 이야기를 하지 않았다. 아내뿐만 아니라 어떤 여자에게도 말하지 않았다. 그에게는 여자라는 존재 자체가 문제였다. 그는 여자가 (그가 한때나마 여자를 믿었던 것은 신학교에 있을 때가 아니었다) 신이 창조하신 순종적이고 자신을 드러내지 않는 존재이며, 남자의 육신뿐만 아니라 정신도 받아들이고 수용하는 존재라는 믿음이 진리라고, 혹은 거의 진리에 가깝다고 내심 생각하고 있었다. 그렇지만 한때나마 믿었던 여자에게조차 말하지 않았다.

그는 부모의 유일한 자식이었다. 그가 태어났을 때 아버지는 쉰 살이었고, 어머니는 거의 20년 동안이나 몸져누워 있었다. 그는 그것이 남북 전쟁 마지막 해에 먹을 것이 부족해 어머니가 고생한 결과라고 믿으며 성장했다. 그것이 사실일 수도 있었다. 아버지는 당시 노예 소유주의 아들로 태어났지만, 그 자신은 노예를 소유하지 않았다. 물론 노예를 소유하려고 들면 얼마든지 그럴 수 있었다. 노예를 소유하는 것이 그렇지 않은 것보다 훨씬 비용이 덜 드는 그런 시대와 장소에서 태어나고 성장하며 살아왔지만, 그는 흑인 노예가 재배해 요리한 음식을 먹지도 않았고, 흑인 노예가 정돈해준 잠자리에서 자지도 않았다. 따라서 남북 전쟁 기간 동안, 그가 집을 비우는 동안, 그의 아내는 자신이 돌보는 텃밭이나 어쩌다 있는 이웃의 도움에 의지해 겨우 살아갈 수 있었다. 그러나 남편은 이런 도움조차 그것을 갚을 방법이 없다는 이유로 거절하게 했다. "하느님께서 주실 거요." 남편은 말했다.

"무엇을 주신다는 말인가요? 민들레꽃하고 개울가에 자라는 잡초요?" 아내는 따지듯이 물었다.

"그렇다면 하느님께서는 우리에게 그런 것들을 소화할 수 있는 장기를 주실 거요."

하이타워의 아버지는 목사였다. 1년 동안 아버지는 일요일마다 할아버지보다 먼저 (이 일은 아버지가 결혼하기 전에 일어났던 일이다) 집을 나섰다. 할아버지는 감독 교회의 훌륭한 교인이었지만, 아버지가 아는 한 어떤 교회에도 참석한 적이 없었다. 그런 가운데 할아버지는 마침내 아버지가 어디에 가는지 알아냈다. 아버지는 이제 막 스물한 살이 되었고, 16마일이나 말을 달려 산등성이에 자리 잡은 장로교회에서 설교를 했던 것이다. 할아버지는 그 사실을 알고 웃고 말았다. 아버지에게는 할아버지의 웃음이 고함이나 비아냥거리는 소리로 들렸지만, 아버지는 냉정하고 정중하고 초연한 태도를 보일 뿐 아무 말도 하지 않았다. 그다음 일요일에 아버지는 자신의 신도들에게 돌아갔다.

남북 전쟁이 터졌을 때, 아버지는 제일 먼저 참전한 사람들 사이에 끼어 있지 않았다. 그렇다고 가장 늦게 참전한 사람들에 속하지도 않았다. 아버지는 4년 동안 군대에 있었지만 총한 번 쏘지 않았고, 또 군복을 입는 대신 결혼식 때 입으려고 샀지만 설교할 때 입었던 칙칙한 색깔의 연미복 차림으로 돌아다녔다. 1865년에 집에 돌아왔을 때도 아버지는 여전히 그 옷을 입고 있었다. 비록 마차가 집 현관 앞에 들이닥쳐 두 남자가 아버지를 들어내서 집 안 침대에 옮겨 누인 후에는 다시는 그 옷을 입지 않았지만 말이다. 어머니는 그 연미복을 다락방에 있는 트렁크 속에 처박고 말았다. 그 옷은 그렇게 25년 동안 거기에 있었다. 어느 날 아들인 하이타워가 트렁크를 열고 옷을 꺼내, 정성스럽게 접어놓은 옷을 펼쳐보았다. 정성스럽게 그 옷을 개놓았던 사람은 이미 저 세상 사람이 되어 있었다.

하이타워는 이제 조용한 서재의 어둑어둑한 창가에 앉아 편안한 마음으로 황혼이 사라지고 밤이 오기를, 또 말발굽 소리가 들려오기를 기다리면서 그 일을 떠올리고 있다. 이제 구릿빛 석양은 완전히 넘어갔고, 마치 색유리를 관통한 빛처럼 온 세상이 녹색으로 물든 채 허공에 걸려 있다. 이제 곧 머지않았어. 이제 머지않았어 하고 말하기 시작할 순간이 닥칠 것이다. '그때 내 나이가 여덟 살이었지.' 그는 생각한다. '비가 오고 있었어.' 그는 지금도 비 냄새, 시월의 대지를 비탄에 잠기게 하는 눅눅한 냄새와 트렁크 뚜껑을 뒤로 획 젖히는 순간 물씬 풍기던 곰팡이 냄새를 기억할 수 있을 것 같다. 그러자 단정하게 개놓은 옷이 드러난다. 그 당시 그는 그것이 뭔지 몰랐다. 처음에 그는 단정하게 개놓은 옷의 주름을 매만지던 죽은 어머니의 손길이 너무도 강력하게 떠올라 거의 정신을 차릴 수가 없었기 때문이었다. 그러고 나서 옷을 들어 올리자 단정하게 개어져 있던 옷이 아래로 펼쳐졌다. 어린아이였던 그에게 그 옷은 거인을 위한 옷처럼 믿을 수 없이 커 보였다. 그 옷은 마치 거인들 중 누군가 입어 닳아 해진 것처럼 보였다. 그 옷은 그 자체로 천둥소리 같은 폭음과 포연 그리고 찢어진 깃발을 배경으로 어렴풋이 보이는 거대한 환영의 특징을 그대로 간직한 듯 보였다. 그 당시 아이는 깨어 있을 때나 잠들어 있을 때나 그런 환영에 시달렸다.

그 옷은 여러 천 조각들이 덧대어져 거의 원형을 알아볼 수 없을 지경이었다. 남자가 투박한 솜씨로 기워놓은 가죽 조각도 있었고, 남부 연합군의 회색 군복에서 뜯어낸 천 조각도 있었다. 그 회색 천 조각은 이제 낙엽처럼 갈색으로 바래 있었다. 어떤 천 조각 하나는 그의 심장을 덜컥 멎게 했다. 그것은 푸른색, 짙은 푸른색의 미합중국 북군의 군복에서 찢어낸 천 조각이었던 것이다. 아무 말도 없고 누구의 군복에서 찢어낸 것인지도 알 수 없는 그 천 조각을 보면서, 부모가 느지막이 낳은 아들이어서 스위스 시계처럼 끊임없이 보호를 필요로 하는 신체 기관을 지닌 그 소년은 입이 꼭 다물어질 정도로 공포를 느낀 나머지 속이 약간 울렁거리기까지 했을 것이다.

그날 저녁 식사 시간에 아이는 식사를 할 수가 없었다. 이제 거의 예순이 다 된 아버지는 아들이 공포와 걱정 이외에 다른 무언가가 섞인 표정으로 자신을 바라보고 있는 것을 발견했다. 그러자 아버지가 물었다. "무슨 걱정이라도 있는 거니?" 하지만 아이는 대답을 할 수가 없었다. 말을 할 수가 없었다. 아이는 무슨 끔찍한 광경이라도 본 듯한 표정으로 아버지를 말뚱말뚱 쳐다보고 있었다. 그날 밤 아이는 침대에 누웠지만 잠을 잘 수가 없었다. 아이는 침대 위에 뻣뻣하게 누워 있었다. 심지어 몸을 떨지도 않았다. 결코 따라잡을 수 없는 수십 년의 나이 차이가 있고, 신체적으로 닮은 구석이라고는 전혀 없는 유일한 혈육인 아버지가 자신이 누워 있는 어두운 침실과 벽 하나를 사이에 두고 누워 있다는 생각이 들자 아이는 도저히 잠을 청할 수 없었다. 다음 날 아이는 장의 경련 때문에 고통에 시달려야 했다. 하지만 아이는 아무에게도 그 사실을 말하지 않았다. 집안 살림을 도맡아 하고 어머니나 다름없이 자신을 돌봐주는 흑인 보모에게도 아무 말 하지 않았다. 차츰 아이의 건강이 돌아왔다. 그러던 어느 날 아이는 다시 다락방에 몰래 들어갔고, 트렁크를 열어 그 옷을 꺼내고, 두려움이 동반된 승리감과 울렁거리게 만드는 환희와 놀라움에 휩싸여, 덧대어진 푸른 천 조각을 어루만졌다. 그러면서 아이는 혹시 아버지가 푸른색 군복을 입은 사람을 죽이고 천 조각을 찢어 온 것은 아닌지 생각했다. 이상할 정도로 사실을 알고 싶어 하는 욕망과 동시에 불안감이 여전히 깊고 강렬하게 마음속에서 맴돌고 있었다. 그런데 바로 다음 날, 아버지가 시골에 사는 환자를 보러 가 어두워지기 전에 돌아올 가능성이 거의 없다는 것을 알게 되자, 아이는 부엌으로 달려가 흑인 보모에게 궁금한 것을 물어보았다. "할아버지에 대해 말해줘. 할아버지는 양키 놈들을 몇이나 죽였어?" 아이가 이야기를 듣고 나서 느끼는 감정은 이제 더 이상 공포가 아니었다. 그것은 승리감도 아니었다. 그것은 다름 아닌 자부심이었다.

이런 할아버지의 존재는 그의 아들인 하이타워 아버지의 입장에서는 유일한 눈엣가시였다. 하지만 아들은 그런 말을 입 밖에 내려고 하지 않았을 뿐만 아니라 그런 생각조차 하지 않았다. 또 서로가 다른 아버지가 있었으면 혹은 다른 아들이 있었으면 하고 바라는 일 따위는 두 사람 모두에게 결코 일어나지 않았다. 두 사람의 관계는 상당히 평화로웠다. 아들은 냉정하고 유머 감각이 없고 의례적인 존경의 표현 이외에는 표현을 자제하는 편이었고, 아버지는 기지가 넘친다기보다는 의도를 지나치게 드러내는 단순하고 직접적이고 솔직한 유머를 보여주는 편이었다. 두 사람은 시내에 있는 2층짜리 집에서 우호적인 관계를 유지하며 지냈다. 그러나 아들은 때때로, 조심스럽기는 하지만 강경한 태도로, 어릴 때부터 자기를 길러준 여자 검둥이 노예가 만들어준 음식을 거부했다. 검둥이 여자가 화를 냈지만 아들은 자신이 먹을 음식을 부엌에서 스스로 준비하고 식탁으로 가져와 아버지와 얼굴을 마주하고 먹었다. 아버지는 버번위스키[28]가 담긴 잔을 들어 형식적이긴 했지만 빼놓지 않고 아들을 맞아주었다. 하지만 아들은 잔을 부딪치지도 않았고 술을 입에 대지도 않았다.

아들의 결혼식이 있던 날, 아버지는 집을 아들에게 넘겼다.

신부와 신랑이 집에 도착했을 때, 아버지는 집 열쇠를 손에 들고 현관에서 두 사람을 기다리고 있었다. 아버지는 모자를 쓰고 망토를 걸치고 있었다. 아버지 옆에는 개인 물건들이 들어 있는 가방이 쌓여 있었고, 아버지 뒤에는 그가 소유한 노예 두 명이 서 있었다. 한 명은 요리를 해주는 검둥이 여자였고, 다른 한 명은 주인보다 나이가 많아 머리카락이 한 올도 남아 있지 않지만 아버지가 늘 '보이'라고 부르는 검둥이 남자로, 요리사의 남편이었다. 아버지는 농장주가 아니라 변호사였다. 아들이 의학을 공부했듯이, 아버지는 어쨌거나 법을 공부했다. 아버지는 '강인한 체력과, 어깨 너머로 배울 수 있는 행운' 덕분이었다고 말하곤 했다. 아버지는 2마일 정도 떨어진 시골에 자신이 살 집을 이미 마련해두었다. 자리가 두 개인 사륜마차와 크기와 색이 어울리는 두 필의 말이 현관 앞에서 아버지를 기다리고 있었다. 정정하면서도 약간 허풍기가 있어 보이는, 붉은 코와 산적 두목 같은 콧수염의 아버지 역시 모자를 뒤로 비껴쓰고 다리를 벌린 채 서 있었다. 아버지가 그러고 있을 때, 아들은 아버지가 아직 한 번도 본 적이 없는 며느리를 데리고 대문이 나 있는 길을 따라 안으로 들어왔다. 아버지가 허리를 굽혀 며느리를 맞아주었을 때 그녀는 위스키와 여송연 냄새를 맡았다. "잘 어울릴 것 같구나." 아버지가 말했다. 아버지의 시선은 위세를 부리고 허풍을 떠는 듯했지만 다정했다. "여하튼 독실한 신자로 행세하는 녀석들이 원하는 것은 장로교 성가대에서 알토 파트를 맡는 거지. 성가대 알토 파트는 하느님조차 끼어들 수 없는데 말이야."

　아버지는 옆면을 장식용 술로 치장한 마차에 자기 물건들을——옷가지와 커다란 위스키 병, 그리고 노예들——싣고 그곳을 떠났다. 노예 요리사는 신혼부부를 위해 첫 음식을 준비해줄 수도 없었다. 어차피 음식을 차려줄 수도 없었으니, 노예 요리사의 호의가 거절당한 것은 아니었다. 아버지는 살아 있는 동안 두 번 다시 그 집 문턱을 넘지 않았다. 하지만 아버지가 집에 들렀다면 틀림없이 환영받았을 것이다. 비록 그런 말이 입에 오르지는 않았지만, 아버지나 아들이나 모두 그 사실을 잘 알고 있었다. 그리고 며느리는——그녀는 품위 있는 가정에서 태어난 많은 형제들 가운데 한 명이었고, 부모는 생활이 넉넉하지는 않았지만 식탁에서 부족한 것을 교회에서 찾으려 하는 사람들이었다——시아버지를 좋아했다. 시아버지가 허풍이 있기는 했지만, 며느리는 단순한 원칙을 우직하게 밀고 나가는 시아버지의 태도를 불안해하면서도 드러나지 않게 남몰래 존경하고 있었다. 아버지가 시골로 집을 옮긴 다음 해 여름, 아들 내외는 아버지가 하고 다닌 일에 관한 소식을 전해 듣곤 했다. 아버지는 야외에서 계속 열리고 있던 교회의 연장(延長) 부흥회장에 난입해, 집회를 일주일간 열리는 아마추어 경마 대회로 만들어버리고 말았다. 신도 수가 줄어들자 깡마른 얼굴과 광적인 표정의 시골 목사들은 투박하게 만든 설교대에서 자신의 행동에 아랑곳하지 않는 고집스러운 아버지의 뒤통수에다 저주를 퍼부어대기도 했다. 아버지가 아들 내외를 찾지 않은 이유는 너무도 분명하고 솔직한 것이었다. "넌 내가 재미없는 사람이라고 생각할 거고, 나 또한 네가 지루하다고 느낄 거다. 하지만 누가 알겠니? 내게 해대는 악담이 나를 타락시킬 수도 있겠지. 늙은 나이에 타락하면 혹시 천당에라도 갈지 누가 알겠니." 하지만 이것은 진정한 이유가 아니었다. 아들은 아버지가 하는 말이 진심이 아니라는 것을 알고 있었고, 누가 아들을 헐뜯기라도 하면 아버지가 맨먼저 나서서 싸울 것이라는 점도 알고 있었다. 아버지의 생각과 행동에는 자상함이 배어 있었다.

　노예 폐지 정서가 선언으로 변하면서 북부에서 남부로 스며들기 이전부터 아들은 노예 폐지론자였다. 그 단어가 공화당원들이 만들어낸 말이라는 것을 알고 있었지만, 아들은 자신의 신념이나 행동을 조금도 양보하지 않고 그 명칭을 완전히 바꾸어놓고 말았다. 서른 살도 채 안 되었지만 아들은 나이에 걸맞지 않게 엄격하게 금주(禁酒)를 실천하는 사람이었고, 보기 드물게 과도한 노름이나 술에 의지하지 않는 인물이었다. 이런 사실들이 남북 전쟁이 끝날 때까지 그가 아이를 갖지 않은 이유를 설명해주었다. 아들이 전쟁에서 돌아왔을 때, 죽은 아버지라면 '이제야 세상 물정을 깨우쳤어'라고 할 만큼 그는 변해 있었다. 4년 동안 총을 한 번도 쏜 적이 없지만, 그의 임무가 일요일 아침 군인들에게 설교를 해주는 것만은 아니었다. 부상을 당해 집으로 돌아와 건강을 회복한 다음 의사로서 기반을 잡았을 때, 아들은 전선에서 의사를 도우며 아군

과 적군의 시신을 통해 배우고 익혀두었던 외과 수술과 약 처
방에 몰두했다. 아들의 이런 일은 아버지를 가장 기쁘게 만드
는 것이었을 것이다. 아들은 자신이 사는 지역을 침범하고 파
괴한 사람들의 몸을 통해 의술을 닦은 셈이었다.

'하지만 성스러운 것을 다루는 목사직은 아버지에게 어울
리지 않았어.' 하이타워는 생각한다. 그는 서서히 사라져가는
트럼펫 소리 너머로 어둠이 푸르스름하게 내려앉은 창가에
앉아 생각에 잠긴다. '하긴 목사라는 말을 입에 올리는 사람
이 있었다면 맨 먼저 할아버지가 가만두지 않았겠지만.' 그런
말을 입에 올리는 것은 빠져나온 지 얼마 안 되는 금욕적이고
아직도 또렷하게 기억나는 과거로 회귀하는 것이었다. 다시
말해 그것은 이 땅의 사내들이 낭비할 자아와 시간은 거의 없
이, 평생 육체적인 안락함을 제공하지 않는 불굴의 정신으로
이 땅을 자연이나 인간으로부터 막아내야 했던 그런 시대로
역행하는 일이었다. 아들이 노예 제도에 반대한 것은 바로 이
런 이유와 탐욕스럽고 신성 모독적인 자기 아버지 때문이었
다. 아들이 전쟁에서 노예 폐지라는 자신의 신념과 정반대되
는 생각을 가진 편에 가담했으면서도 전혀 모순을 느끼지 못
했다는 사실은, 그가 완전하게 두 쪽으로 분열된 인간이라는
사실을 잘 증명해주고 있었다. 분열된 한쪽은 현실이 존재하
지 않는 세계에서 거룩한 하느님의 원칙에 따라 살아가고 있
었다.

하지만 현실 세계에 살고 있는 다른 한쪽은 어떤 누구보다

도 훌륭하게 삶을 이어갔다. 평화로운 시기에 그는 자신의 원칙대로 살았고, 전시에는 그 원칙을 전쟁에까지 지니고 가 그 원칙을 고수하며 전쟁터에서 지냈다. 평화로운 일요일 아침 조용한 숲 속에서 설교를 할 때도 그는 원칙을 지켰다. 특별한 기술 없이 오로지 자신의 신념과 설교 도중에 터득한 요령에 의지해 예배를 진행했다. 포화가 쏟아지는 가운데 부상병들을 구하고 치료할 때도 별다른 장비 없이 해냈다. 다시 한번 그는 스스로 습득한 방식과 자신의 의지력과 용기만으로 아무 장비의 도움 없이 그 일을 해냈다. 전쟁에 지는 바람에, 다른 사람들은 비록 믿고 싶지 않지만 이미 사라져버린 것들을 향해 눈을 부릅뜬 채 집으로 돌아갔지만, 그는 미래를 향해 눈을 돌려, 패배를 거울삼아 그로부터 배운 것들을 실용적으로 사용할 수 있었다. 그는 자신을 의사로 만들었다. 그의 첫 번째 환자들 가운데 한 사람이 바로 그의 아내였다. 그가 아내의 생명을 구했다고 말해야 할 것이다. 적어도 그는 아내가 새 생명을 탄생시킬 수 있게 해주었다. 아들이 태어났을 때 그는 쉰 살이었고, 아내는 마흔이 넘은 나이였다. 아들은 환영들 속에서 유령과 함께 어른으로 성장했다.

환영들은 그의 아버지와 어머니 그리고 늙은 검둥이 여자였다. 아버지는 교회가 없는 목사였고 적군이 없는 병사였다. 전쟁에 패한 뒤, 아버지는 그 두 가지를 결합해 외과 의사가 되었다. 아버지를 똑바로 버틸 수 있게 만들어준 것은 냉철하고 타협할 줄 모르는 신념이었다. 아버지는 마치 청교도와 왕

당파 사이에서 패배하지도 않고 낙담하지도 않으면서 더욱 현명해지는 것 같았다. 그것은 마치 포연 속에서 말 그대로 안수 기도를 올리는 환상을 보는 것 같기도 했다. 아버지는 그리스도의 영혼이 단지 육신의 병을 고치는 데만 필요하다는 주장은 일고의 가치도 없다고 갑자기 믿기 시작한 듯 보였다. 그것이 첫 번째 환영이었다. 두 번째 환영은 어머니로서, 아들이 처음이자 마지막으로 기억하는 모습은 야윈 얼굴에 엄청나게 큰 눈, 베개 위에 풀어 헤쳐진 검은 머리카락, 뼈가 드러날 정도로 야위었고 거의 움직이지 않는, 핏줄이 돋아 거의 푸르스름한 기운이 감도는 양손이었다. 어머니가 죽은 날, 누군가 침대 아닌 곳에 누워 있는 어머니를 본 적이 있다고 말해도 아들은 믿지 않았을 것이다. 나중에 아들은 조금 다르게 기억했다. 한때 아들은 어머니가 집안일을 하느라 이곳저곳 돌아다닌 것으로 기억했다. 하지만 여덟 살인가 아홉 살이 되었을 때 아들은 어머니가 다리는 없고 깡마른 얼굴과 나날이 커져가는 두 눈망울만 있는 사람이라고 생각했다. 그 두 눈은 좌절과 고통과 예지력이 뒤엉킨 이글거리는 광채로 빛나며 보이는 모든 것과 모든 생명체를 감싸버릴 것처럼 보였다. 그리고 마침내 그 일이 벌어졌을 때, 아들은 그 소리를 들을 수 있었다. 그것은 마치 무슨 울음소리 같았다. 어머니가 죽기 전에 이미 아들은 벽을 통해서 어머니의 두 눈을 느낄 수 있었다. 어머니의 두 눈이 곧 집이었다. 아들은 어머니의 두 눈 속에서 살았다. 육체적인 배신행위인 어머니의 죽음 이후에도 아들은 어둡고 모든 것을 감싸 안으며 떠나지 않는 그 두 눈 속에서 살았다. 아들과 어머니는 마치 작고 연약한 짐승처럼 동굴에서 함께 살았다고 말하는 것이 옳았다. 이따금 아버지가 동굴 안으로 들어오곤 했다. 아버지는 두 사람에게 이방인이나 다름없는 낯선 사람이었고, 그들을 위태롭게 만드는 존재였다. 아버지는 두 사람의 건강을 즉시 변화시키고 정신을 바꿔놓고 말았다. 아버지는 낯선 사람 정도가 아니라, 두 사람에게는 해악을 끼치는 존재였다. 아버지는 그들과 다른 냄새를 풍겼다. 아버지는 다른 음성과 거의 다른 단어로 말했다. 마치 아버지는 대체로 그들과 다른 환경에서, 완전히 다른 세계에서 살아온 사람 같았다. 침대 곁에 웅크린 아이는 아버지가 방 안을 야만스러운 기운과 무의식적인 모멸감으로 채우고 있다고 느꼈다. 아버지 역시 두 사람처럼 무기력했고 좌절감에 사로잡혀 있었다.

　세 번째 환영은 검둥이 노예 여자였다. 아들과 신부가 집에 오던 날 아침 사륜마차를 타고 떠나버렸던 바로 그 여자 노예였다. 그 검둥이 여자는 노예 상태로 마차를 타고 집을 떠났다가, 1866년에 여전히 노예로서 돌아왔다. 하지만 이번에는 걸어서 돌아왔다. 그 여자는 몸집이 거대했고, 화를 잘 낼 것 같으면서도 고요한 얼굴을 하고 있었다. 막간에 등장하는 고통과 슬픔에 싸인 비극의 주인공들이 쓰는 가면 같은 얼굴이었다. 주인이 죽은 다음, 마침내 주인과 남편——주인을 따라 전쟁에 나갔고, 주인과 마찬가지로 집으로 돌아오지 못한 '보이'──을 더 이상 볼 수 없다는 사실을 납득하게 될 때까지, 그녀는 주인이 전쟁에 나가면서 맡겨놓은 시골집에서 떠나려 하지 않았다. 아버지가 죽자, 아들은 그 집을 닫아걸고 그 집에 남아 있는 아버지의 유품들을 치웠다. 그런 다음 그녀에게 생활비를 주겠다고 제의했다. 그녀는 거절했다. 그녀는 집을 비워달라는 아들의 요구 또한 거절했다. 그녀는 조그만 텃밭을 가꾸면서 남편을 기다리며 그곳에서 혼자 살았다. 그녀는 남편이 죽었다는 소문을 믿으려 하지 않았다. 그것은 그저 막연한 소문일 뿐이었다. 소문의 내용은 대략 밴 돈 장군의 기병대가 제퍼슨에 있는 그랜트 장군의 군수 창고를 습격했을 때 주인이 죽었고, 그 일로 그녀의 남편이 크나큰 슬픔에 빠졌다는 정도였다. 어느 날 밤 남편은 야영지에서 사라졌다. 그즈음 어떤 미친 검둥이에 관한 이야기가 들려오기 시작했다. 그 검둥이는 북군과 대치하고 있는 전선 근처에서 남군 초병들에게 제지를 당하자, 실종된 주인이 몸값을 요구하는 북군에게 억류되어 있다는 엉뚱한 소리만 계속 반복한 모양이었다. 병사들이 그에게 주인이 죽었을지도 모른다고 수차례 이야기했지만, 그는 그들의 말에 귀도 기울이지 않았다. "그럴 리가 없어요." 그는 우겼다. "그 사람은 우리 게일 주인님이 아닐 겁니다. 아니라니까요. 놈들이 감히 하이타워 집안의 사람을 죽이다니요. 놈들은 절대로 그렇게 못 합니다. 놈들이 주인님을 어디에 숨겨뒀을 겁니다. 주인님에게서 자백을 받아내려는 거죠. 주인마님의 커피 주전자와 금 쟁반을 어디다 숨겼느지

나와 주인 나리에게서 알아내려고요." 그는 매번 도망치려 했다. 그러던 어느 날 북군이 주둔한 전선에서 소식이 하나 전해졌는데, 그것은 웬 검둥이가 북군 장교를 삽으로 공격하는 바람에, 그 장교가 목숨을 건지기 위해 검둥이를 총으로 쏠 수밖에 없었다는 내용이었다.

그 검둥이의 아내는 오랫동안 그 이야기를 믿으려 하지 않았다. "남편은 그런 일을 저지를 정도로 어리석은 사람이 아니에요." 그녀는 주장했다. "설사 남편이 북군을 만났다 해도, 삽으로 내리친 사람이 북군인지 아닌지 구별할 정도로 똑똑하지도 않고요." 그녀는 그런 소리를 거의 1년 동안이나 하고 다녔다. 어느 날 그녀가 그 아들의 집에 나타났다. 그 집은 그녀가 10년 동안이나 발길을 끊은 곳이었고, 그녀는 이후 한 번도 그 집 안으로 들어가본 적이 없었다. 그런 그녀가 손수건에 자신의 물건들을 싸 들고 나타났다. 그녀는 집 안으로 걸어 들어가 말했다. "내가 왔어요. 저녁 식사용 장작이 상자 안에 충분히 있나요?"

"이제 부인은 자유의 몸이에요." 아들이 그녀에게 말했다.

"자유라니요?" 그녀가 의아하다는 듯이 물었다. 그녀는 차분하면서도 조롱이 담긴 어조로 말했다. "자유요? 하느님도 어찌시지 못한 일이에요. 게일 주인님이 죽도록 내버려두고, 남편을 우스갯감으로 만들어놓고 나서 무슨 자유를 말하는 거예요? 자유요? 자유란 말은 내게 하지 마세요."

이것이 세 번째 환영이었다. 아이는 이 환영과 함께 ('그때는 나 자신 또한 유령보다 나은 존재는 아니었지.' 바로 그 아이였던 하이타워는 이제 저물어가는 창가에서 생각에 잠긴다) 할아버지에 대해 이야기했다. 그들은 지치지도 않았다. 아이는 넋을 잃은 채 반쯤 놀라고 반쯤 기쁨에 들떠 있었고, 늙은 여자는 골똘하게 잔인한 슬픔과 자부심에 휩싸여 있었다. 하지만 아이에게는 이것이 그저 평화롭고 기쁨에 들뜬 전율로 다가올 뿐이었다. 할아버지가 '수백 명을' 죽였다는 끔찍한 말을 듣고 그것을 사실로 믿어버렸을 때나, 검둥이 노예가 사람을 죽이려 했다는 사실을 알았을 때도 아이는 조금도 공포를 느끼지 않았다. 아이가 공포를 느끼지 않은 것은, 그들이 모두 유령이어서 육신을 갖고 있지는 않지만 왠지 영웅적이고 따뜻한 존재일 거라고 생각했기 때문이었다. 하지만 아이가 알고 있고 두려워한 아버지는 결코 사라지지 않는 환영이었다. 하이타워는 생각한다. '그러니 내가 한 세대를 건너뛴 것도 별로 놀랄 일은 아니지. 내게 아버지가 없었고, 내가 세상의 빛도 보기 전인 20년 전 어느 날 밤에 내가 이미 죽었던 것도 이상한 일이 아니야. 그러니 나를 구원하는 유일한 방법은 내 생명이 시작하기도 전에 숨을 거둔 바로 그곳으로 돌아가 죽는 것이라고 생각해도 전혀 이상할 게 없어.'

처음 신학교에 갔을 때 그는 종종, 자신이 모든 것을 바치기로 한 교회를 운명처럼 떠받치고 있는 고결하고 신성한 장로들에게 어떻게 이 모든 것을 털어놓을까 곰곰이 생각해보았다. 그는 그들에게 가서 "제 말 좀 들어보세요. 하느님께서 절

제퍼슨으로 불러들일 게 분명합니다. 제 생명은 그곳에서 끊어졌지요. 제 생명이 태어나기도 전인 20년 전 어느 날 밤, 전달리는 말안장 위에서 총에 맞아 죽고 말았거든요"라고 말할 작정이었다. 처음에 그는 그런 식으로 말을 할 수 있을 거라고 생각했다. 그는 사람들이 자신을 이해해줄 것으로 믿었다. 그래서 그는 그런 목적과 사명감을 지니고 신학교로 갔다. 하지만 그는 그 이상의 것을 믿고 있었다. 그는 교회가 그런 일을 해줄 것이라고 생각하고 확신에 차 있었다. 그는 안식처가 있다면 그곳은 교회이고, 진실이 아무 부끄러움이나 두려움 없이 벌거벗은 채 걸어 나올 수 있는 곳이 있다면 그곳은 신학교라고 차분한 기쁨 속에서 믿었다. 신이 부르는 소리를 들었다고 믿었을 때, 그에게는 자신의 미래와 생애가 마치 온전하게 보관된 청아한 고대의 도자기처럼 모든 면에서 완벽하고 침범이 불가능한 것처럼 보였다. 바로 그런 곳에서 자신의 영혼은 삶에 몰아치는 모진 비바람에서 벗어나 새롭게 태어날 것 같았고, 죽는 것도 그렇게 평화로워 남는 것이라고는 오로지 멀리서 에워싸듯이 다가오는 바람 소리뿐이고 썩어서 없어지는 것은 한 줌의 흙뿐일 것 같았다. 신학교라는 말은 바로 그런 의미였다. 신학교의 조용하고 안전한 담장 안쪽은 구속받고 겹겹이 위장된 영혼이 자신의 본모습을 본 후에도 공포나 두려움을 느끼지 않으면서 다시 한번 새로이 평온함을 익힐 수 있는 장소였다.

'하지만 천국이나 지상에도 역시 진실 이상의 것들이 존재할 거야' 하고 자신에게 유리하게 해석하면서 그는 조용히 생각에 잠긴다. 그저 실없이 한번 내뱉어보거나 우스개로 한 말은 아니지만, 그렇다고 전혀 그런 느낌이 들지 않는 것은 아니다. 그는 어둠이 깔리는 가운데 앉아 있다. 흰 붕대를 감은 그의 머리는 어느 때보다 커 보여 마치 유령 같다. 그는 생각에 잠긴다. '정말 더 많은 것들이 존재할 거야.' 그는 인간에게는 너무나도 교묘한 능력이 주어져 있으며, 위기가 닥쳤을 때 인간은 그 재능을 통해 다양한 모습과 소리를 동원해 진실로부터 자신을 보호한다는 생각에 잠겨 있다. 그는 적어도 한 가지는 후회하지 않았다. 자신이 말하려고 했던 것을 장로들에게 털어놓는 실수를 하지 않았다는 것이다. 그렇게 하지 않는 편이 훨씬 낫다는 것을 그는 신학교에서 1년도 채 보내기 전에 깨달았다. 게다가 더 나쁜 것은, 그런 사실을 깨달은 동시에 그는 자신이 무언가를 놓치고 있다기보다 무언가로부터 도망치고 있다는 것을 알게 되었다는 것이었다. 그리고 그 깨달음이 바로 그 사랑의 얼굴과 모습을 물들였다는 점이었다.

그녀는 그가 다니던 신학교의 교사 겸 목사들 가운데 한 사람의 딸이었다. 그녀는 그와 마찬가지로 부모의 유일한 자식이었다. 그는 그녀를 만나기 전에 미리 소문을 들었기 때문에 곧바로 그 여자가 아름답다고 믿었고, 마음속에 여자의 얼굴을 미리 그려놓고 있었기 때문에 막상 그녀를 보게 되었을 때 그녀를 쳐다보지도 않았다. 그녀가 신학교 안에 살고 있으면서 아름답지 않은 용모를 하고 있다는 것은 도저히 있을 수 없는 일이라고 그는 믿었다. 그는 3년 동안이나 그녀의 얼굴을 있는 그대로 보지 않았다. 그러는 사이에 두 사람은 2년 동안이나 나무 둥지 안에 연애편지를 남겨두곤 했다. 그가 이 모든 것을 믿었다면, 그는 두 사람 사이에 자연스럽게 생겨난 사랑에 대한 이상(理想)을 믿은 것이었다. 누가 그런 생각을 먼저 했는지는 문제가 되지 않았다. 하지만 사실 그런 생각은 그 자신에게서 나온 것도 아니고 그 여자에게서 나온 것도 아니었고 그가 본 책에서 읽은 것이었다. 그렇지만 그는 여자의 얼굴을 전혀 보지 않았다. 작은 달걀 모양이긴 했지만 턱으로 이어지는 선이 지나치게 뾰족하고 불만으로 가득 찬 관능적인 얼굴을 그는 전혀 보지 않았다. (그녀는 그보다 한두 살, 혹은 서너 살 위였지만, 그는 그 사실을 몰랐고, 결코 알지 못했을 것이다.) 마치 한판을 노리며 초조해 어쩔 줄 모르는 노름꾼과 같은 시선으로 필사적으로 계산을 하면서 그녀가 자신을 보고 있는 것을 그는 보지 못했다.

그러던 어느 날 밤, 그가 그녀를 보았다. 그녀를 똑바로 쳐다보았던 것이다. 그녀는 갑자기 막무가내로 결혼에 관해 이야기하기 시작했다. 사전에 예고를 하거나 넌지시 속내를 비치는 일도 전혀 없었다. 이전에는 한 번도 두 사람 사이에 그런 말이 오간 적이 없었다. 그는 결혼에 대해 생각해본 적이 전혀 없었을 뿐 아니라, 결혼이라는 단어조차 머리에 떠올린 적이 없었다. 신학교 교사들 대부분이 결혼을 했기 때문에 그도 결혼을 받아들였다. 하지만 그에게 결혼은 신성하고 활기

넘치는, 남녀의 육체를 통한 친밀한 행위를 의미하는 것이 아니라, 사슬의 그림자에 묶인 두 개의 환영이 살아 있는 사람에게 옮겨 와 그대로 죽어 있는 상태를 유지하는 것을 의미했다. 그는 그런 상황에 익숙해 있었는데, 그것은 그가 환영과 함께 성장했기 때문이었다. 어느 날 밤, 그녀가 갑작스럽고 격한 감정에 휩싸여 말했다. 지금의 삶에서 벗어나자는 그녀의 말이 무슨 뜻인지 마침내 깨달았을 때도 그는 놀라지 않았다. 그는 너무나 순진했다. "도망치자니?" 그가 물었다. "무엇으로부터 도망친다는 말이지?"

"이 지긋지긋한 삶으로부터!" 그녀가 소리쳤다. 그제야 그는 살아 있는 그녀의 얼굴, 욕망과 미움을 감추고 있는 얼굴을 처음으로 바라보았다. 그것은 열정으로 몸부림치며 일그러지고 맹목적인 표정을 한 얼굴이었다. 그 얼굴은 결코 어리석어 보이지 않았다. 그것은 맹목적이고 무모하고 절박한 상황에 빠진 얼굴이었다. "이 모든 것으로부터! 모든 것으로부터! 모든 것으로부터!"

그는 놀라지 않았다. 그는 즉시 그녀가 옳고, 자신이 미처 생각하지 못한 것이라고 믿어버렸다. 그는 신학교에 대한 자신의 믿음이 줄곧 잘못된 것이었다고 즉시 믿어버리고 말았다. 자신의 믿음이 잘못된 것이었다기보다는, 거짓이고 부정확했다고 생각했다. 어쩌면 그는 자신이 이미 스스로 의심을 품기 시작했다는 것을 지금까지 모르고 있었는지도 몰랐다. 바로 그 때문에 자신이 왜 제퍼슨으로 가야만 하는지를 아직까지 그들에게 밝히지 않은 것인지도 몰랐다. 한 1년 전쯤, 그가 왜 자신이 그곳으로 가기를 원하고, 또 가야만 하는지를 이야기 하려고 했을 때도 여자는 그가 본 적이 없는 눈빛으로 그를 주시했었다. "그러니까, 그들이 나를 그곳으로 보내지 않을 거라는 말이지? 내가 그곳으로 가도록 조치를 취하지 않을 거라는 말이지? 내 이유가 충분하지 않다는 말이야?"

"그래, 그 정도로는 안 될 거야." 그녀가 대꾸했다.

"왜 안 된다는 거지? 내가 말한 이유가 사실인데. 좀 우습게 들릴 수도 있지만, 그건 사실이란 말이야. 어리석은 구석이 있지만 진실을 원하는 사람들을 도와주지 않는다면 도대체 교회는 왜 있는 거지? 왜 그들이 나를 보내지 않는다는 거야?"

"내가 그 사람들이라 해도 당신이 말한 그 이유로는 당신을 그곳으로 보내지 않을 테니까."

"아, 알았어." 그가 대꾸했다. 하지만 그는, 비록 자신이 틀릴 수 있고 그녀가 옳을 수 있다고 믿기는 했지만, 사태를 제대로 파악하지 못했다. 그렇기 때문에 한 1년쯤 지나서 그녀가 결혼과 도피에 관한 이야기를 똑같은 말로 갑자기 꺼냈을 때도 그는 놀라지 않았고 기분이 상하지 않았다. 그는 다만 조용히 생각했을 뿐이다. '그래, 이게 사랑이구나. 이제 알겠어. 난 사랑에 대해서도 잘못 생각하고 있었던 거야.' 그는 자신이 이전에 생각했던 것처럼, 그리고 앞으로도 그럴 것처럼, 또한 다른 모든 남자들이 생각해온 것처럼 생각했다. 가장 심오한 책에 나온 말이라 해도 실제 생활에 적용했을 때 들어맞지 않는 경우가 얼마나 많은가 하고 생각했다.

　그는 완벽하게 변했다. 그들은 결혼 계획을 세웠다. 이러는 동안 그는, 그녀의 눈에 비쳤던 필사적인 계산을 자신이 줄곧 보아왔다는 것을 비로소 깨달았다. '사랑에 관해 사람들이 책 속에 쓴 것이 맞을지도 몰라.' 그는 조용히 생각했다. '사랑이란 책 밖에서는 어디서도 결코 살아남을 수 없는 것인지도 몰라.' 그녀의 눈에는 아직도 필사적인 모습이 남아 있었지만, 그녀는 이제 날짜까지 정확히 계획이 잡힌 듯한 표정이었다. 계산이 끝나면서 그녀의 눈빛은 보다 차분해져 있었다. 이제 두 사람은 목사 안수식과 제퍼슨을 부임지로 만들 방법에 대해 이야기를 나눴다. "그렇다면 지금 당장 그 일을 시작하는 게 좋겠어." 그녀가 말했다. 그는 자신이 네 살 때부터 제퍼슨으로 부임하기 위해 노력해왔다고 말했다. 어쩌면 그는 기발한 유머 감각의 소유자였는지도 모른다. 그녀는 지금 그런 것들에 관심도 없고 신경 쓸 여유도 없다는 듯, 유머라고는 전혀 없는 성급한 말투로 그의 말을 싹 무시하더니, 마치 자신이 당사자라도 되는 것처럼 만나야 할 사람, 비위를 맞춰야 할 사람, 협박을 해야 할 사람 등등의 이름을 불러주면서, 그에게 저자세로 음모를 꾸미기 위한 조직적인 행동 방식을 일러주었다. 그는 잠자코 이야기를 들었다. 어쩌면 절망감에서 나왔을 변덕스럽고 당황스럽고 희미한 미소가 그의 얼굴을 떠나지 않았다. 그녀가 말하는 동안 그는 "그래, 그래. 알았어. 무슨 말인지 알겠어" 하고 대꾸했다. 그는 마치 그래. 알겠어. 이제 알겠어. 바로 그렇게 하는 거구나. 사람들이 그렇게 해서 뭔가 얻어내는 거구나. 그게 원칙이구나. 이제 알겠어 하고 말하는 것 같았다.

악선전과 비굴하기 짝이 없는 작은 거짓말이 다시 다른 작은 거짓말로 이어졌고, 결국 교회 고위 성직자들을 상대로 한 탄원과 모종의 암시를 동원한 협박을 통해 그는 제퍼슨으로 부임하게 되었지만, 처음 한동안 그는 자신이 어떻게 그 자리를 얻게 되었는지 잊고 있었다. 제퍼슨에 자리를 잡은 다음에야 비로소 그는 그 사실을 기억하게 되었고, 기차가 자신이 태어난 고향이나 다름없는 곳을 지나 인생의 최종 목적지를 향해 달려가는 동안에는 그런 생각을 미처 떠올리지 못하고 있었다. 하지만 그곳은 달라 보였다. 하지만 변한 곳은 차창 밖이 아니라 안쪽이라는 사실을 그 자신이 알고 있는 것 같기도 했다. 그는 마치 아이처럼 차창에 얼굴을 눌러 붙이고 있었고, 옆에 앉은 아내는 갈망과 절박함 이외에 간절한 표정을 얼굴에 띠고 있었다. 그들은 결혼한 지 채 반년이 되지 않았다. 결혼 이후 그는 그녀의 얼굴에 절박함이 그대로 드러나 있는 경우를 단 한 번도 본 적이 없었다. 하지만 열정을 띤 표정 또한 다시 본 적이 없었다. 별로 놀라지도 않고 그다지 마음 상하지도 않은 듯, 그는 다시 조용히 생각에 잠겼다. 알겠어. 결혼은 늘 그런 식인 거야. 결혼은. 그래. 이제 알겠어

기차는 무서운 기세로 앞으로 달려 나갔다. 차창에 몸을 기댄 채 스쳐 지나가는 시골 풍경을 바라보면서 그는 밝고 행복

한 목소리로 아이처럼 말했다. "난 거의 아무 때나 제퍼슨으로 올 수 있었어. 하지만 그러지 않았지. 난 언제라도 제퍼슨으로 올 수 있었단 말이야. 당신도 알겠지만 군인의 예기치 못한 사건과 민간인의 예기치 못한 사건은 다른 법이지. 군인들에게 닥치는 예기치 못한 사건이 뭐냐고? 그건 말이야, 절망 때문에 생기는 우연적인 사건이야. 한 줌의 사람들이 (할아버지는 당시 장교는 아니었어. 아버지와 신디 할머니가 유일하게 의견 일치를 본 게 바로 그 점이었을걸. 할아버지는 칼도 차고 있지 않았고, 그러니 남들보다 앞서서 칼을 휘두르며 말을 달려 나가지도 않았을 거야) 학생들처럼 험상궂은 표정이나 짓고 경솔하게 장난이나 치는 바람에, 4년 동안이나 그들과 대치했던 적들조차 자신들이 제퍼슨에 있는 가게를 습격하곤 했던 사건을 부인했으니 말이야. 남군 병사들은 양키들의 야영지가 숨어 있는 숲이나 마을을 찾아 100마일씩이나 말을 타고 헤집고 돌아다니기도 했고, 때로는 양키들의 수비대가 주둔하고 있는 곳까지 숨어들기도 했지. 그래서 난 그들이 말을 타고 들어갔다가 다시 나온 마을의 거리를 잘 알고 있어. 직접 가보지는 못했지만, 어떤 모양일지는 확실하게 알고 있단 말이야. 언젠가 우리가 소유해 살림을 차리게 될 집과 그 주변 거리가 어떤 모습일지 확실하게 알고 있지. 당장에 그럴 수는 없겠지만 말이야. 처음에는 교구의 목사관에서 살아야 할 거야. 하지만 가능한 한 빠른 시일 안에 우리는 창밖으로 거리가 보이는 곳에서 살 수 있을지도 몰라. 적어도 말발굽 자국이나 말들이 지나가면서 만들어놓은 먼지가 바람에 날리는 모습을 볼 수 있을 거야. 먼지와 진창은 없어졌을지 모르지만 바람은 같을 테니까——굶주려 수척해진 모습으로 괴성을 지르고, 계획된 대로 조심스럽게 가게 창고에 불을 지르고, 말을 타고 다시 그곳을 빠져나오고. 약탈은 전혀 없었어. 구두나 담배를 빼앗기 위해서 말을 멈춘 일도 없었어. 그들은 일을 망쳐놓고 의기양양해하는 그런 사람들이 아니었단 말이야. 그들은 엄청나게 몰아치는 삶의 처절한 격랑을 헤쳐나간 군인들이야. 그렇지, 그들은 군인들이었어. 이런 이유 때문이었을 거야. 아름다운 이유지. 잘 들어봐. 이해하려고 해보란 말이야. 바로 그것이 영웅들을 만드는, 영원한 젊음과 순수한 야망의 멋진 모습이지. 그런 모습을 떠올리면 영웅들의 행동이 거의 믿을 수 없는 것으로 다가올 거야. 그들의 행동이 마치 포연 속에서 모습을 드러내는 화염처럼 보이기도 할 거야. 그들의 육체적인 죽음은 때론 그들의 숨이 끊어지기도 전에 천 개의 얼굴을 가진 소문이 되기도 하지. 역설적인 진실이 그들의 죽음을 욕되게 하지 않는다면 말이야. 지금까지 말한 게 바로 신디 할머니가 내게 들려준 이야기야. 그리고 난 그 말을 믿어. 난 알아. 그 이야기는 의심을 품기에는 너무나 멋져. 백인이 만들어냈다고 보기에는 너무도 멋지고 너무도 단순해. 틀림없이 검둥이가 지어낸 이야기일 거야. 신디 할머니가 꾸며낸 이야기라고 해도 난 여전히 믿을 거야. 사실도 신디 할머니의 이야기에는 상대가 안 되기 때문이지. 할아버지의 기병대가

졌는지 아닌지는 난 몰라. 나는 그렇게 생각하지 않아. 적군의 창고에 불을 지른 할아버지의 기병대가 지붕 너와나 문고리 하나에도 손대지 않았지만, 퇴각하는 길에 친구나 이웃에게서 사과 몇 개 정도는 훔쳤을 수도 있다고 생각해. 충분히 그럴 수 있다고 봐. 그들은 배가 고팠을 거야. 3년 동안이나 굶주렸을 거야. 배를 곯는 일에는 이골이 나 있었겠지. 여하튼 그들은 단지 엄청나게 많은 음식, 옷가지, 담배와 술을 불태웠을 뿐 약탈은 하지 않았어. 그 당시 약탈을 금지하는 어떤 포고령도 없었는데 말이야. 그들은 몸을 돌렸겠지. 모든 것을 뒤로한 채. 등 뒤에서는 깜짝 놀랄 정도로 큰불이 났겠지. 하늘이 온통 붉게 물들었을 거야. 그 모습이 보이는 듯해. 들어봐. 외치는 소리와 총소리, 승리와 공포에 질려 외쳐대는 비명 소리, 달리는 말들의 발굽 소리가 북소리처럼 울려 퍼지고, 붉은 화염에 맞선 키 큰 나무들은 마치 공포에 질려 그 자리에 그대로 박혀 있는 것 같았겠지. 폭발로 갈라진 지구의 날카로운 단면이 마치 삐죽하게 튀어나온 지붕 처마 같았을 거야. 이제 그 현장에 조금 더 가까이 다가간 것 같은 느낌이 들겠지. 이제 느끼고 들을 수 있을 거야. 어둠 속에서 고삐를 잡아당겨 달리는 말을 세우는 소리, 무기들이 부딪치는 소리, 속삭이는 것이라고 보기에는 너무나도 큰 목소리, 거칠게 내뿜는 숨소리, 여전히 승리에 도취해 내지르는 소리 말이야. 그 뒤로 집결을 알리는 나팔 소리를 향해 나머지 병사들이 말을 타고 달리는 소리도 들렸을 거야. 당신도 듣고, 느끼고, 봐야 하는데. 꽝 하는 소리가 나기도 전에 갑자기 터지는 붉은 화염 속에서 땀에 젖어 흔들어대는 말 대가리의 치켜뜬 두 눈과 콧구멍을 봐야 하는데. 금속이 번쩍거리는 광경과 한 번도 마음껏 먹어본 기억이 없는 비쩍 마른 허수아비 같은 허연 얼굴들. 어쩌면 그들 가운데 몇몇은 이미 말에서 내렸고, 한두 명은 벌써 닭장 안으로 들어갔는지도 모르지. 이 모든 건 산탄총이 불을 뿜기 전에 벌어진 상황이야. 그런 다음 세상은 온통 암흑 천지였어. 단 한 발의 총성이 울렸을 뿐이지. '물론 할아버지는 정확하게 목표물을 맞히셨지' 하고 신디 할머니가 말했어. '닭이나 훔치다니. 다 자란 어른이 말이야. 그것도 장가간 아들까지 둔 사람이. 양키들 죽이려고 전쟁에 나간 사람이, 남의 집 닭장에 들어가 닭털이나 한 아름 안은 채 총에 맞아 죽는 꼴이라니.' 그래 닭이나 훔치다 죽었지." 그의 목소리는 어린아이처럼 톤이 높았고 약간 우쭐해하는 것 같았다. 아내는 벌써 그의 팔을 붙잡고 있었다. 쉬이이이이! 쉬이이이이이! 사람들이 당신을 보고 있잖아! 하지만 그는 아내의 말을 전혀 듣지 못한 것 같았다. 그의 야위고 병색이 도는 얼굴과 눈에서 어떤 빛이 품어져 나오는 듯했다. "바로 그거야. 그들은 누가 총을 쐈는지 몰랐던 거야. 그들은 전혀 몰랐어. 누가 쐈는지 알려고도 하지 않았어. 총을 쏜 사람이 여자였는지도 모르지. 남군 병사의 아내였을 가능성도 충분하니까. 난 그렇다고 생각해. 아주 그럴듯한 이야기야. 한창 전투가 벌어지는 중에는 전쟁의 심판관과 전쟁의 규칙을 만든 사람들에게 허가받은 무기로 병사가 적군에 의해 죽는 일은 얼마든지 있을 수 있지. 아니면 침실에서 여자에 의해 죽을 수도 있고. 하지만 닭장에서 닭이나 훔치다 죽는 것은 말도 안 돼. 그러니 이 세상이 죽은 사람들로 가득 찼다고 한들 뭐 그리 대수겠어. 그러니 하느님이 인간의 후손들을 보시고 결코 자비를 베푸시지 않는 것도 당연한 일이야."

"조용히 좀 해. 쉬이이이이이! 사람들이 우릴 보고 있잖아!"

그러는 순간 기차는 천천히 시내로 접어들고 있었다. 칙칙한 도시 외곽의 모습이 차창을 통해 미끄러지듯 빠르게 사라졌다. 그는 여전히 창밖을 바라보고 있었다――창에 비친 그의 모습은 야위고 깔끔하지 않음에도 불구하고 어딘지 모르게 자신의 천직에 대한 소명감에서 사그라지지 않는 밝은 불꽃이 피어오르는 듯했다. 다급해지려는 마음을 조용히 감싸고 억누르면서, 그는 이곳이 내가 살아갈 마을이라고 믿는 사람에게는 마을이나 언덕이나 오두막이 어떤 모습이나 색깔을 띠든 천상의 것과 같을 것이라고 조용히 생각한다. 그 순간 기차가 멈춰 섰다. 여전히 창밖을 바라보고 있던 그는 천천히 객차 통로를 지나, 심각하면서도 단정하고 숙연한 표정으로 자신을 기다리고 있던 교회 사람들 사이로 내려갔다. 친절하기는 하지만 여전히 판단을 유보한 사람들의 목소리, 중얼거림, 아직 인정하는 것도 아니지만 (이른바) 편파적인 것도 아닌 단편적인 문장들이 그의 귓가를 스치고 지나갔다. '난 그 점을 시인했어.' 그는 생각한다. '난 내가 교구의 신도들에게 손직하지 않았다는 점을 인정했다고 믿어. 어쩌면 내가 한 일은 그게 전부일지도 몰라. 아, 하느님 저를 용서하소서.' 땅거미가 진 대지는 이제 눈에 들어오지 않는다. 거의 밤이 다 된 모양이다. 붕대를 칭칭 감은 그의 머리는 아무 깊이감도 중량감도 없어 보인다. 꼼짝하지 않는 그의 머리는 마치 열린 창문턱 위에 얹힌 그의 양손이 만들어내는 한 쌍의 희미한 얼룩 위에 매달려 있는 것 같다. 그는 몸을 앞으로 숙인다. 그는 벌써 두 개의 순간이 자신에게 다가오는 것을 느낄 수 있다. 하나는 땅거미가 질 무렵과 어둠 사이에서 다시 살아나고 있는 인생 전체의 순간이고, 다른 하나는 말들이 요란한 소리를 내면서 곧 달리기 위해 잠시 멈춰 있는 순간이다. 그가 젊었을 때, 즉 그를 붙잡아두기에는 그물코가 너무 촘촘했던 때조차, 그는 때때로 자신을 속이고, 이제 그 시간이 되었다는 사실을 미처 알기도 전에 두 순간이 다가오는 소리를 들었다고 믿곤 했다.

'아마 내가 한 일은 그게 전부일 거야, 그게 전부야.' 그는 생각한다. 그는 얼굴을 떠올린다. 너무도 당연히 그의 젊음에 의심의 눈초리를 보내면서, 마치 아버지가 딸을 신랑에게 넘겨줄 때처럼 질투심에 사로잡혀 교회를 넘겨주는 노인들의 얼굴을 떠올린다. 그들의 얼굴에 드러난 굵은 주름은 좌절과 의심이 쌓여 만들어진 것이며, 그 주름은 종종 원기왕성하고 존경받던 시절의 이면이기도 하다――그런데 이 이면은 그림의 소유자가 반드시 보아야 하는, 외면할 수 없는 측면이기도 하다. '그들은 자신들이 맡은 역할을 한 거야. 규칙에 따라 행동한 거야.' 그는 생각한다. '실패한 사람은 나지. 아마 그것이 사회에 대한 가장 큰 죄일 거야. 아, 아마도 도덕적인 죄겠지.' 생각은 조용하고 고요하게 이어져, 소리 없이, 단정적이지도 않고 비난하지도 않고 딱히 후회하지도 않는 상태에 빠져든다. 그는 그림자들 가운데서 희미한 자신의 윤곽을 본다. 그 모습은 지상에 대해 초연한 신학교에서는 이룰 수 없었던 꿈의 실현을, 두 손을 높이 쳐들고 맹목적인 열정에 휩싸여 괴성을 질러대는 신도들 가운데서는 이룰 수 있으리라고 믿는, 거짓된 낙관과 자만심이 뒤엉킨 역설적인 것이다. 또 그 모습은 교회를 파괴하는 것은 교회 내부에서 바깥을 향해 손을 뻗는 사람들이나 교회 밖에서 안으로 손을 내미는 사람들이 아니라, 교회를 장악하고 첨탑에서 종을 떼어버린 전문적인 목사들이라고 생각한다. 그에게는 그 목사들이 황홀감이나 열정은 없이, 간청하고 협박하고 운명을 들먹이며 끝도 없고 질서도 없고 공허하고 상징만 가득한 을씨년스러운 태도로 하늘만 가리키고 있는 것처럼 보인다. 또한 그에게는 이 세상의 교회들이 죄를 짓고 용서를 받는 인생의 진리와 평화를 외면한 채, 효력을 상실한 날카로운 말뚝을 박아대는 중세의 방책이나 요새처럼 보인다.

'난 그 모든 것을 용인하고 말았어.' 그는 생각한다. '난 그것을 묵인했어. 아니야, 단지 묵인한 것이 아니라 더욱 나쁘게 이용했어. 난 그것을 섬겼던 거야. 난 내 욕망을 위해 이용하려고 그것을 섬긴 거란 말이야. 나는 당혹감과 갈망과 진지함이 가득한 얼굴들이 기꺼이 믿을 준비를 마치고 나를 기다리고 있는 곳으로 왔어. 하지만 내게는 그들이 보이지 않았어. 사람들이 내가 자신들에게 줄 것으로 믿으며 두 손을 쳐들고 있는 곳에서 나는 그들을 보지 못했지. 난 단 한 가지 믿음만을 가지고 왔어. 아마도 그것은 인간에 대한 최초의 신뢰였을 거야. 내가 하느님 앞에서 나의 의지로 받아들인 그 신뢰 말이야. 하지만 그 약속과 신뢰가 너무도 보잘것없어서 내가 그것을 받아들였다는 사실조차 나는 알지 못했지. 그녀에게 해준 것이 그게 전부라면, 내가 뭘 기대할 수 있겠어? 치욕과 절망, 그리고 수치 때문에 외면한 하느님의 얼굴 이외에 내가 뭘 기대할 수 있겠어? 난 그녀에게 내 갈망의 깊이뿐만 아니라, 그녀에게는 내 갈망을 달래줄 수 있는 부분이 전혀 없다는 사실도 드러냈을 거야. 어쩌면 바로 그 순간에 난 그녀를 유혹에 빠뜨려 수치와 죽음에 이르게 하는 도구가 되었는지도 몰라. 내가 바로 그녀를 유혹하고 살해한 장본인이었던 거지. 결국 하느님에게는 인간이 비난하거나 책임을 물을 수 없는 그 무엇이 있는 게 틀림없어. 틀림없이 그래.' 이제 생각은 느려지기 시작한다. 생각은, 마치 마차 바퀴가 모래에 파묻혀버렸지만 바퀴에 동력을 전달하는 차축과 차체는 아직 그 사실을 모르고 있을 때처럼 속도가 느려지기 시작한다.

그는 얼굴들 사이에서, 언제나 자신을 둘러싸 자신을 가두고 있는 그 얼굴들 사이에서 자신의 얼굴을 보고 있는 것 같다. 마치 교회 끝에서 설교단 위에 있는 자신을 보고 있는 것 같다. 혹은 자신이 어항 속의 물고기인 양 느껴지기도 한다. 사실은 그 이상이다. 사람들의 얼굴은 그가 자신을 비춰 보는 거울 같아 보인다. 그는 보이는 모든 얼굴을 알고 있다. 그는 사람들의 얼굴 속에서 자신의 행동을 읽을 수 있다. 그는 그들의 얼굴에서 조금은 거친 오래된 연극배우의 모습이 반영된 것을 보는 것 같다. 그것은 이단보다 더 사악한 내용을 설교하고 있는 사기꾼의 모습이다. 또 그것은 교회를 손에 넣자 기존 설교를 완전히 무시하고, 연민과 사랑의 성스러움을 설파하는 대신에, 잠시 동안 자신의 임무가 살인이기라도 한 듯, 평화로운 닭장에서 산탄총으로 사람을 죽인 것이 잘한 일이라고 고래고래 허풍이나 떠는 모습이다. 생각은 마차 바퀴처럼 느리게 움직인다. 차축은 이제 그 사실을 알고 있지만, 차체는 아직 알아채지 못하고 있다.

그는 자신을 둘러싸고 있는 사람들의 얼굴에서 놀라움과 당황스러움이, 이어서 분노가, 이어서 두려움이 차례로 드러나는 것을 본다. 그 얼굴들은 그를 내려다보면서, 그의 거칠고 기괴한 모습 너머에서, 그의 배후에서, 그는 의식하지 못하지만, 궁극적으로 지고한 하느님의 얼굴을 보는 것 같다. 전지전능하고 무심한 표정 때문에 하느님의 얼굴은 차갑고 무시무시해 보인다. 그는 그 얼굴들이 자신이 생각하는 것 이상을 보고 있음을 안다. 그 얼굴들은 이제 그의 징벌에 익숙해져서, 그가 스스로 자신이 무가치하다는 것을 입증한 그 신탁을 보고 있다. 이제 그는 하느님을 대면하고 말하는 것 같다. "저

제가 감당할 수 있는 이상을 감내하고 있는 듯합니다. 하지만 그것이 죄를 범하는 겁니까? 그것 때문에 벌을 받아야 합니까? 제 능력을 벗어나는 일에 대해 책임을 져야 합니까?" 그러자 하느님이 말한다. "네가 그녀를 받아들인 것은 네게 부여된 의무를 실천하기 위한 것이 아니었다. 네 이기심을 달성하기 위한 수단으로 그녀를 받아들인 거야. 제퍼슨으로 부임하기 위한 도구로 말이다. 나의 목적을 달성하기 위한 것이 아니라, 너 자신의 목적을 달성하기 위한 것이었다."

'그게 사실인가?' 그는 생각한다. '그게 사실일 수 있단 말인가? 수치심이 밀려오자 그는 다시 자신을 바라본다. 그는 그 일이 일어나기 전에 자신이 미리 감지했던 일, 그리고 그런 생각을 지우려 했던 일을 기억한다. 그는 불굴의 정신과 관용과 위엄을 유지하기 위해 자신을 미끼로 내던진 기만적인 모습을 바라본다. 그것은 그가 순교를 이유로 성직을 포기했을 때 이미 드러난 모습이다. 그때 순간적으로 그의 내면에서는, 높이 쳐든 찬송가 뒤에서는 안전하다고 믿으면서 자신을 배반한 한 얼굴 이면에 승리에 도취한 의기양양한 부인의 표정이 도사리고 있었다. 사진사가 셔터를 누르는 순간 카메라에 잡힌 것처럼 말이다.

신학교에 들어가기 전부터 자신이 그런 욕망을 갖고 있었다는 것을 끝까지 인정하지 않는 쪽으로 몰고 가면서 자신이 조심스럽지만 솜씨 좋게 카드를 치고 있는 것이 그의 눈에 보이는 듯하다. 그는 마치 돼지들을 몰고 가기 위해 썩은 과일을 미끼로 던졌다는 식으로, 여전히 자신이 순교자의 삶을 살았다는 비열한 증거를 들이대고 있다. 아버지에게서 받은 변변찮은 수입 가운데 일부를 계속해서 멤피스에 있는 기관에 떼어주었으며, 한밤중에 잠자리에서 끌려 나와 숲 속에서 몽둥이질을 당하는 박해도 견뎌냈고, 마을 사람들의 따가운 시선과 소문을 부끄러움 없이 참아냈으며, 순교자의 인내심 있고 감각적인 자아와 태도와 행동으로 무장한 채 오 하느님, 얼마나 오랫동안 시련을 견뎌야 합니까 하고 소리쳤다. 그는 집 안으로 다시 들어가 문을 걸어 잠그고는 쓰고 있던 가면을 벗어 던지고 승리에 취해 의기양양한 표정을 지었다. 아, 이제 다 끝났어. 이제 다 지나갔어. 이제야 속죄를 하고 죗값을 치렀어

'하지만 그땐 내가 젊었지.' 그는 생각한다. '난 내가 할 수 있는 일보다, 알고 있는 일을 할 수밖에 없었어.' 이제 생각은 다시 너무나 둔중하게 흐르고 있다. 그는 그것을 알고 느껴야만 한다. 아직도 차체는 자신이 어떤 것에 접근하고 있는지 모르고 있다. '결국 나는 다 갚았어. 난 그 빚을 갚는 데 내 인생을 걸었지만, 어쨌든 영혼을 구했어. 누가 그 일을 막을 수 있겠어? 누구든 자신을 파괴할 권리가 있는 거야. 다른 사람을 다치게 하지만 않는다면 말이야. 그렇게 망가진 삶을 기꺼이 살아간다면 말이야——' 그는 갑자기 생각을 멈춘다. 꼼짝하지 않고 숨도 쉬지 않고 있는 그에게 진짜 공포로 닥칠 경악이 엄습해온다. 이제 그는 생각의 발목을 잡고 있는 모래 구덩이를 의식한다. 그것을 깨닫는 동시에 그는 자기 내부에서 엄청

난 노력으로 기운이 모아지고 있다고 느낀다. 조금씩 앞으로 나가는 것 같지만, 그는 방금 지나온 모래밭에서 얼마 나가지 못했다는 사실을 안다. 돌아가는 바퀴에 달라붙은 모래는 사각거리는 메마른 소리를 내며 뒤쪽으로 흘러내리고 있었고, 그는 미처 이 경고를 알아듣지 못한 듯하다. '……아내에게 나의 갈망과 내 자아를 드러내고 말았어……그녀의 낙담과 수치를 이용해서 말이야…….' 아무 생각도 하지 않았는데 문장 하나가 그의 두개골을 가로질러 그의 눈앞에 척 펼쳐지는 것 같다. 난 이런 생각을 하고 싶지 않아. 난 이런 생각을 하지 말아야 해. 감히 이런 생각을 할 수 없어 양손을 앞으로 쭉 뻗어 가만히 둔 채 창가에 앉아 있던 그는 피가 솟구쳐 나오듯 땀을 흘리고 있다. 모래 구덩이에 빠져 있던 생각의 수레바퀴가 구덩이를 벗어나는 순간, 바퀴는 중세의 무자비한 고문 도구처럼 천천히 돌아가기 시작한다. 그 아래서 그의 영혼과 생명을 담고 있는 육신은 비틀리고 부서진다. '그게 사실이라면, 내가 그랬다면, 내가 그녀에게 절망과 수치를 안겨준 도구라면, 결국 나는 나 이외의 존재를 위한 도구였던 셈이지. 그래, 난 지난 50년 동안 실체가 없었던 거야. 난 한순간의 어둠에 지나지 않았어. 말들이 질주하고 총이 불을 뿜어대는 그런 어둠 말이야. 내가 죽음의 순간에 처한 돌아가신 할아버지라면, 그 할아버지의 손자며느리인 내 아내라면……내 아내를 타락시키고 죽음에 이르게 한 사람이라면, 그렇다면 난 내 손자를 살게 할 수도 없고 죽게 할 수도 없는…….'

모래 구덩이에서 벗어난 마차 바퀴는 긴 한숨 소리를 내며 앞으로 굴러가는 것 같다. 그는 여전히 꼼짝 않고 앉아 있고, 계속해서 식은땀을 비 오듯 흘리고 있다. 마차 바퀴는 계속해서 돌아가고 있다. 이제 바퀴는 빠르고 부드럽게 굴러간다. 마차는 이제 무거운 짐에서, 차체에서, 차축에서, 그리고 모든 것에서 자유롭게 벗어났기 때문이다. 밤이 완전히 내려앉으려고 하는 팔월의 부드러운 대기에 걸린 마차 바퀴는 후광과 같은 희미한 광채를 만들어 자신을 감싸려고 한다. 그 후광은 얼굴들로 가득 차 있다. 그 얼굴들은 고통으로 일그러진 모습이 아니며, 아무 표정도 띠고 있지 않다. 공포나 고통, 혹은 비난하는 기색도 없다. 그 얼굴들은 마치 신에 대한 숭배 속으로 피신한 듯 평화로워 보인다. 그 얼굴들 속에 그 자신의 얼굴도 있다. 사실 그 얼굴들은 모두 약간은 비슷해 보인다. 지금까지 그가 보았던 얼굴들이 모두 합쳐진 모습이다. 하지만 그는 얼굴을 하나하나 구별해낼 수 있다. 거기에는 아내의 얼굴, 마을 사람들, 자신을 거부했던 신도들, 열망과 갈망의 눈빛으로 그날 기차역에서 자신을 맞이했던 교회 사람들의 얼굴, 바이런 번치의 얼굴, 아이를 낳은 그 여자의 얼굴, 그리고 크리스마스라고 불린 남자의 얼굴이 모여 있다. 하지만 크리스마스의 얼굴만은 유일하게 분명치 않다. 이 얼굴은 최근에 평화를 얻기 위해 필사적으로 노력한 듯 더욱 복잡하게 얽히고설켜 있어서 다른 얼굴들보다 훨씬 구별하기 힘들다. 그러다가 그는 그 모습이 두 개의 얼굴이 서로 싸우는 것처럼 보인다는 것을 깨닫는다. (하지만 그 두 얼굴은 단지 싸움을 원해서 혹은 싸움 그 자체를 위해서 싸우는 것이 아니다. 그는 그 사실을 알고 있다. 그들이 싸우는 것처럼 보이는 건 마차 바퀴의 움직임과 관성 때문이다.) 두 사람은 서로에게서 벗어나기 위해 몸부림을 치다가 힘이 빠져 다시 뒤엉키고 만다. 그러나 그는 다른 사람의 얼굴, 크리스마스가 아닌 다른 사람의 얼굴을 본다. '아니, 저 얼굴은……' 그가 생각한다. '저 얼굴을 본 적이 있어, 최근에……누구지, 저 얼굴은……바로 그 젊은이야. 저 검은색 권총은 사람들이 자동 권총이라 부르는 것인데. 바로 저 젊은이가 부엌으로 들어와……총을 쏴 사람을 죽였어——' 그러자 그는 자기 내부에서 마지막까지 막혀 있던 물줄기가 자신을 뚫고 밖으로 터져 나온 듯한 느낌이 든다. 그것이 눈에 보이는 것 같다. 대지와의 교감이 끊어져, 자신이 점점 가벼워지다가 공중으로 붕 뜨는 기분이다. '내가 죽어가고 있어.' 그는 생각한다. '기도를 해야 해. 기도하려고 노력해야 해.' 하지만 그는 그렇게 하지 않는다. '대기와 천상에 생명을 유지했던 모든 생명체의 공허하고 무심한 울부짖는 소리가 가득하구나. 차갑고 매몰찬 별만이 가득한 밤에 길 잃은 아이가 울부짖는 것 같구나……내가 원한 건 별게 아니었는데. 내가 요구한 건 별게 아니었는데. 그것조차……' 마차 바퀴는 계속 굴러간다. 마차 바퀴는 이제 헛돌고 미끄러져 전혀 앞으로 나아가지 않는다. 마차 바퀴는 마침내 그의 몸에서 뽑어져 나온 마지막 물줄기 때문에 돌아가는 것 같다. 그의 몸은 텅 비어 있고, 잊힌 나뭇잎보다 가볍고, 산란이 끝난 뒤 물 위를 떠다니는 곤충보다 보잘것없으며, 전혀 무게가 나가지 않는 그의 팔을 받치고 있는 창틀은 여전히 아무런 실체가 없는 듯하다. 그때 돌진하는 기병대가 바로 지금, 바로 지금 시야에 들어온다.

기병대는 마치 마지막 남은 명예와 자긍심과 생명을 지닌 채, 그가 거칠게 숨을 내쉴 뭔가를 찾을 때까지, 승리를 확인하고 욕망을 확신할 수 있을 때까지, 그저 기다리고 있는 것 같다. 그는 자신의 심장 박동이 점점 빨라져 무수한 천둥소리와 드럼 두드리는 듯한 소리가 나는 것을 듣는다. 그 소리는 바람에 나뭇잎이 살랑거리는 긴 소리로부터 시작된 듯하며, 그런 다음 환영 같은 먼지구름 위로 드러나더니, 빠르게 시야 속으로 들어온다. 기병대는 앞으로 돌진한다. 안장에 앉아 머리를 숙인 채 무기를 휘두르며, 비스듬히 기울어진 날카로운 창의 끝에 띠를 매달고, 함성과 깊이를 알 수 없는 고함을 지르며 물밀듯이 돌진한다. 그 선봉은 뾰족하게 튀어나온 야생마들의 머리와 무기를 휘두르는 군인들의 팔 때문에, 마치 폭발로 새로 생긴 분화구의 가장자리처럼 들쭉날쭉하다. 기병대는 앞으로 달려 나가 눈앞에서 사라진다. 모래 먼지가 위로 솟구쳐 공중으로 빨려 올라간 다음, 완전히 어두워진 밤하늘 속으로 사라져간다. 하지만 창에 기대어 있는, 창틀에서 희미하게 보이는 양손으로 떠받치고 있는 붕대 감은 그의 머리는 거대해 보이지만 깊이가 없다. 그는 여전히 기병대가 질주하는 소리를 듣고 있는 것 같다. 미친 듯이 울려 퍼지는 나팔 소리와 칼 부딪치는 소리와 서서히 사라지는 천둥 같은 말발굽 소리에 여전히 귀를 기울이고 있는 것 같다.

21

앨라배마 주 동부에서 가구 수리와 판매를 하며 사는 사람이 있는데, 최근에 통신 판매로 구매한 낡은 가구 몇 점을 가져오기 위해 테네시 주로 출장을 갔다. 그는 자기 트럭을 타고 떠났다. 트럭이 그를 데려가는 셈이었는데, 이유는 그 트럭(그것은 집처럼 꾸며지고 뒤에 문이 달린 캠핑용 트럭이었다)은 새것이었고, 그는 시간당 15마일 이상 달릴 생각이 없는데다가, 호텔 비용을 아끼기 위해 모든 캠핑 장비를 다 갖추고 있었기 때문이었다. 그는 집에 돌아와 출장 중에 있었던 일을 아내에게 이야기해주었다. 당시에도 그는 그 일이 무척 재미있다고 느꼈고, 되풀이해서 들려줘도 충분히 흥미를 끌 만하다고 생각했다. 그가 그 일이 흥미롭다고 생각하고, 아내에게 다시 한번 들려줘도 재미가 줄어들지 않을 거라고 생각한 것은, 그가 일주일 이상 집을 떠나 있었다는 점(그는 아주 천천히 차를 몰았는데, 속도를 자제하는 것이 현명하다고 느꼈기 때문이었다) 이외에 그와 아내가 아직 나이가 많지 않다는 점 때문이기도 했을 것이다. 그 이야기는 출장 도중에 그가 태워 준 두 사람에 관한 것이었다. 그는 테네시 주로 넘어오기 전에 있는, 미시시피 주에 속한 그 도시의 이름을 입에 올렸다.

"내가 그 젊고 호감 가게 생긴 여자를 모퉁이에서 발견한 것은 기름을 넣기 위해 천천히 주유소로 접어들 때였지. 그녀는 자신에게 차편을 제공할 누군가를 기다리고 있는 것 같더군. 팔에는 뭔가를 안고서 말이야. 처음에는 팔에 안고 있는 것이 뭔지 잘 몰랐지. 그리고 그녀와 함께 있던 사내가 다가와 내게 말을 걸 때까지는 그자와 함께 있는지도 몰랐어. 처음에는 그 남자를 보지 못했지. 그가 그 여자 옆에 서 있지 않았거든. 그런 다음에야 알았어. 그 남자는 텅 빈 콘크리트 수영장 바닥에 혼자 있어도 사람들이 전혀 알아차릴 수 없는 그런 종류의 사람이었단 말이야.

그가 다가오기에 내가 재빨리 대꾸를 했지. '난 멤피스로 가지 않아요. 혹시 당신이 가려는 곳이 그곳이라면 말입니다. 난 잭슨 시를 지나 테네시 주로 갈 겁니다.' 그러자 사내가 말하더군.

'그거 좋습니다. 우리에게 딱 맞는군요. 편하게 갈 수 있겠는데요.' 그래서 내가 말했어.

'어디로 가실 건데요?' 그러자 사내가 나를 쳐다보더군. 그 모습은 마치 거짓말을 해본 적이 없는 사람이 스스로 내뱉은 말이 도무지 먹혀들 것 같지 않다는 것을 알고 재빨리 대책을 생각해내는 것 같았지. '그저 이곳저곳을 돌아다니고 있는 겁니까?' 내가 물었지.

'맞습니다.' 사내가 대답하더군. '그래요. 우리는 여행 중입니다. 어디로 데려다 주시든, 우리에겐 더할 나위 없이 고마운 일이죠.'

그래서 내가 사내에게 차에 타라고 말했어. '댁이 나를 털고 죽여버릴 사람 같아 보이지 않아서 태워주는 겁니다.' 사내는 여자에게 가서 그녀를 데리고 오더군. 그제야 나는 여자가 안고 있는 것이 아기라는 것을 알게 됐지. 채 돌도 지나지 않은 갓난아기더군. 사내는 여자를 트럭 뒷자리에 앉도록 도와줬어. 내가 한마디 거들었지. '아니 앞자리에 한 사람이 앉을 수 있는데 왜 뒷자리에 앉아요?' 그러자 둘이서 몇 마디 나누더니 여자가 앞자리에 앉았고, 사내는 다시 주유소 안으로 들어가 가죽처럼 보이는 종이로 된 가방들을 들고 나오더니 그것들을 트럭 뒤에 싣고 차에 탔지. 그래서 그렇게 함께 트럭을 타고 길을 떠나게 된 거야. 여자는 앞자리에 앉아 아기를 품에 안은 채, 사내가 혹시 차 밖으로 굴러 떨어지지나 않을까 이따금 뒤를 돌아보더군.

처음에 나는 두 사람이 부부인 줄 알았어. 달리 생각할 방도가 없었으니까. 저렇게 젊고 건장한 여자가 어쩌다가 저런 남자에게 걸려들었을까 하는 생각을 했을 뿐이지. 그렇다고 그 사내가 나쁜 사람 같았다는 말은 아니야. 그 사내도 사람은 좋아 보이더군. 한번 일자리를 잡으면 꾸준하게 그 일을 하고, 계속 일을 하도록 내버려두면 누구와도 문제를 일으키지 않고 자기 일을 할 사람처럼 보였어. 그 사내는 그럴 사람 같았어. 일할 때를 빼놓고는 우리 주변에 있는 평범한 사람처럼 보였지. 난 어떤 여자가 그런 작자와 잠자리에 들었다는 것을 도무지 상상할 수가 없었어. 물론 사람들에게 증명할 수는 없지만 말이야.”

부끄럽지도 않아요? 그의 아내가 나무란다. 숙녀를 앞에 두고 그런 말을 하다니 두 사람은 어둠 속에서 이야기를 계속한다.

어쨌거나 당신이 얼굴을 붉힌대도 난 볼 수가 없지 그가 대꾸한다. 그는 말을 잇는다. “여하튼 나는 우리가 야영을 할 때까지는 그런 일은 생각조차 하지 않았어. 그 여자는 내 옆자리에 앉아 있었고, 나는 늘 하던 대로 그녀에게 말을 걸었지. 이야기를 나누다 보니 두 사람이 어떻게 앨라배마 주에서 그곳까지 오게 됐는지 밝혀지기 시작했지. 그녀는 ‘우리는 왔어요’라는 말을 계속 되풀이하더군. 난 그녀가 자기하고 뒷자리의 사내를 가리켜 우리라고 말하는 줄 알았어. 두 사람이 길을 떠난 지 8주 정도 되었다고 하더군. ‘그렇다면 저 젖먹이는 태어난 지 8주도 안 됐겠네요.’ 내가 말했어. ‘아기의 피부를 보니 그런 것 같은데요’ 하니까, 여자는 3주 전에 제퍼슨에서 아기를 낳았다고 하더군. 그래서 내가 ‘아, 그래요. 거기가 어떤 흑인이 린치를 당했다는 곳 맞지요. 그렇다면 그때 그곳에 있었겠군요’ 하고 말했어. 그러자 여자가 입을 굳게 다물고 말더군. 마치 뒷자리의 사내가 그 이야기를 입 밖에 내지 말라고 명령이라도 내린 것처럼 말이야. 아마 분명히 그랬을 거야. 여하튼 우리는 계속 차를 달렸고, 밤이 되자 내가 말했어. '자, 이제 조금 있으면 시내로 들어갈 겁니다. 난 시내에서 묵지 않을 거예요. 하지만 댁들이 내일도 나와 함께 가고 싶다면, 아침 6시경에 호텔로 태우러 가리다.' 여자는 꼼짝 않고 앉아 있더군. 사내가 무슨 말이라도 하길 기다리는 것 같았어. 잠시 후 사내가 말하더군.

'이런 캠핑용 트럭이 있으니 호텔을 찾아다닐 필요는 없겠네요.' 사내가 한마디 했지. 난 아무 대꾸도 하지 않았어. 그러는 사이에 우리는 시내로 접어들고 있었지. 그러자 사내가 묻더군. '거리가 제법 커 보이는데요?'

'글쎄요.' 내가 말했지. '시내에 여인숙이나 뭐 그런 게 있을 겁니다.' 그랬더니 사내가 말하더군.

'근처에 여행자를 위한 야영장이 있을까 모르겠네요.' 난 아무 말도 하지 않았어. 그러니까 그자가 입을 열더군. '천막 같은 것을 빌려주는 곳 말입니다. 여기 있는 호텔은 숙박비가 비쌀 테고, 갈 길도 멀고 해서요.' 두 사람은 그때까지 어디로 갈 것인지 행선지를 말하지 않은 상태였어. 글쎄, 자신들도 정확히 모르는 것 같기도 했고. 아니면 어디로 갈 수 있을지 두고 보는 중인 것 같기도 했어. 하지만 난 그런 줄을 모르고 있었지. 그렇지만 난 그자가 내게 무슨 말을 하고 싶어 하는지 알았고, 또 그자가 즉시 마음을 드러내고 내게 부탁을 하지 않으리라는 것도 알았지. 그자는 트럭 주인인 내가 먼저 말을 꺼내라는 식이었고, 아니면 호텔로 가서 방 하나에 3달러를 주고 묵어야지 별수 있겠느냐는 표정이었어. 그래서 내가 말했지.

'날씨가 따뜻하네요. 모기에 물려도 상관없다면 트럭 바닥에서 자는 것도 나쁘지 않을 겁니다.' 그랬더니 그가 말하더군.

'그러죠, 뭐. 그거 좋습니다. 그녀에게 그런 호의를 베풀어주시다니 너무 좋은 일이죠.' 난 그때 그자가 그녀라고 부르는 것에 신경이 쓰였어. 그런 다음부터 둘 사이에 뭔가 묘한 긴장 관계가 흐르고 있다는 게 느껴지기 시작했지. 남자는 마치 겁나기는 하지만 자신이 원하던 일을 실행에 옮기려고 작정한 사람 같았지. 그렇다고 그자가 자신에게 닥칠 일에 대해 두려움을 느끼는 것 같았다는 말은 아니야. 뭐랄까, 그는 절박해졌을 때까지는 아무것도 시도해본 적이 없는 사람이거나, 이번에 마음먹은 일을 실행에 옮긴다는 생각만으로도 숨이 막혀 죽을 사람 같았지. 내가 아직 사건의 전모를 알기 전이었어. 그때까지만 해도 그자에게 그렇게 절박한 게 무엇인지 난 몰랐지. 그날 밤이 아니었다면, 또 그 일이 일어나지 않았다면, 그들이 잭슨 시에서 나와 헤어졌을 때조차 난 상황을 전혀 모를 뻔했어."

그 남자가 마음먹은 일이 뭐였는데요? 아내가 묻는다.

그 이야기까지 들으려면 좀 기다려야 해. 곧 알게 될 거야 그는 이야기를 계속한다. "그래서 우리는 가게 앞에 차를 세웠어. 그는 차가 멈추기도 전에 벌써 트럭에서 뛰어내리고 있었지.

내가 선수를 칠까 봐 두려워하는 모습이었다고나 할까. 그의 얼굴은 마치 자신에게 뭔가를 해주기로 약속한 사람의 마음 이 변하기 전에 그 사람에게 자신도 어떤 것을 해주려고 노력 하는 어린아이처럼 환하게 빛나고 있었지. 그는 가게 안으로 뛰어 들어가더니 가방과 주머니들을 가득 들고 나오더군. 그 것들이 눈을 가려 그는 앞을 제대로 못 볼 지경이었어. 그래서 나는 속으로 '어럽쇼, 저 친구 좀 보게. 트럭에다 영원히 살림 을 차릴 셈인가' 하고 중얼거렸어. 그러고 나서 우리는 트럭 을 몰고 조금 더 갔고, 길을 벗어나 적당한 곳을 발견하고는 숲가에 트럭을 세웠어. 그러자 그자가 차에서 뛰어내려 앞으 로 오더니, 그녀와 아기를 마치 유리나 계란 다루듯이 조심스 럽게 차에서 내리도록 도와주더군. 그는 여전히 조금 전에 지 었던 표정을 하고 있었고, 해야 할 절박한 일을 하기로 마음 먹은 것처럼 보였어. 나나 그녀가 방해하지만 않는다면, 그리 고 그녀가 그의 얼굴에서 뭔가 절박한 표정을 읽어내지만 않 는다면 말이야. 하지만 그때도 나는 그가 하려던 일이 뭔지 몰 랐어."

그게 뭐였는데요? 아내가 묻는다.

내가 당신에게 한번 해 보였던 일인데. 설마 나보고 다시 한번 해보라는 건 아니겠지?

하기 싫으면 안 해도 돼요. 하지만 난 하나도 재미있지 않아요. 도대체 그 사람은 왜 그렇게 뜸을 들였대요?

그것은 말이야, 두 사람이 결혼한 사이가 아니기 때문이야 낢

편이 말한다. 그 아기도 그 남자의 아이가 아니고. 하지만 난 그 순간에도 그 사실을 몰랐지. 그날 밤 모닥불 옆에 앉아 두 사람이 나누는 대화를 듣고서야 비로소 그 사실을 알게 된 거야. 물론 그들은 내가 엿듣는 줄 몰랐을 테지만. 그 일을 감행하기 전까지 그는 내내 절박한 마음이었을 거야. 어쨌거나 그 남자는 속이 무척 탔을 거야. 아마도 그 여자에게 기회를 한 번 더 주려는 것 같았어 남편은 이야기를 계속한다. "그는 야영 준비를 위해 이리저리 사방을 허둥대고 다녔어. 나중에는 신경이 곤두서 무척 초조해 보이더군. 어디서부터 일을 시작해야 할지 모르면서 무작정 달려드는 것 같았어. 그래서 내가 한마디 거들었지. 땔감이나 좀 찾아보라고 말이야. 그리고 난 담요를 꺼내 트럭 바닥에 깔았어. 그때 나 자신에 대해 조금 부아가 치밀더군. 어쩌다 이런 일에 말려들어 모닥불에 발을 녹이며 맨바닥에서 잠을 청하게 됐나 싶어서 말이야. 기분이 언짢다 보니 내가 야영 준비를 하면서 퉁명스러운 모습으로 돌아다녔던 모양이야. 그러자 나무에 기대 앉아 어깨에 걸친 숄로 몸을 가린 채 아기에게 젖을 물리고 있던 여자는 불편을 끼쳐 미안하다느니, 자신은 하루 종일 차를 타고 다니기만 하고 아무 일도 하지 않아 피곤하지 않으니 불 옆에 앉아 있겠다느니 하면서 끊임없이 말을 늘어놓았지. 그러다가 그 남자가 돌아왔어. 송아지 한 마리쯤은 통째로 구울 수 있을 만큼 나무를 해가지고 말이야. 그러자 그녀가 그 남자에게 무슨 말인가 하기 시작했고, 그녀의 말을 들은 남자는 트럭으로 돌아가 가방을 꺼낸 다음, 그 안에서 담요를 빼내더군. 그런 다음 우리는 한바탕 난리법석을 피웠어. 왜 있잖아, 신문 연재만화에서 두 명의 프랑스 남자가 서로 양보하느라 손을 싹싹 비비고 머리를 굽실거리는 장면 말이야. 집을 떠나 여행을 하다 보면 맨땅에서 자는 게 오히려 특권이라며, 우리는 마음에도 없는 말을 점점 더 많이 늘어놓았지. 잠깐 동안, '좋아. 원한다면 네가 바닥에서 자. 난 그러고 싶은 마음이 전혀 없으니까' 하고 말해버릴까 하는 생각이 들더군. 당신은 내가 이겼다고 생각할 거야. 아니면 나와 그 남자가 이겼든지. 그 남자가 트럭에다 담요를 깔아놓고, 나와 그는 모닥불 옆에 자리를 마련하는 것으로 결말이 났으니까. 어쨌거나 그자도 그렇게 될 거라고 알고 있었겠지. 그 여자가 말한 대로 그들이 남부 앨라배마 출신이라면 그럴 수도 있다고 생각해. 커피나 좀 끓이고 깡통 음식이나 좀 데워 먹기 위해 그렇게나 많은 나무를 해 온 걸 보면 말이야. 여하튼 우리는 저녁을 먹었고, 그런 다음 난 사실을 알게 됐지."

알게 되었다니, 뭘요? 그 남자가 원하는 게 뭐였는데요?

아직은 그 대답이 나올 때가 아니야. 이거야 원, 당신보다는 그 여자가 좀 더 참을성이 있는 것 같군 그는 이야기를 계속한다. "우리는 저녁을 먹었고 그런 다음 나는 담요 위에 누워 있었지. 피곤했는데 몸을 쭉 뻗으니 좋더군. 자고 있지 않으면서 자는 척한 것도 아니고, 일부러 귀를 기울인 건 더더욱 아니었어. 하지만 차를 태워달라고 한 쪽은 그들이었어. 내가 먼저 트럭에 타라고 한 게 아니란 말이야. 자기들 얘기를 누군가 엿

들고 있는지 주위를 살피지 않은 것은 그들 잘못이지 내 잘못이 아니야. 여하튼 내가 알아낸 것은 그들이 누군가를 찾고 있다는 거였어. 어떤 사람의 뒤를 쫓고 있었더군. 적어도 그런 노력을 하고 있었어. 특히 여자가 그러는 것 같았지. 갑자기 난 혼자 중얼거렸어. '어머니도 목사님께 물어보기 위해 일요일까지 기다려야 하는 남녀 간의 은밀한 문제를 토요일에 미리 알 수 있다고 생각하는 그런 여자가 여기 또 한 명 있군.' 그들은 찾고 있는 사내의 이름을 입에 올리지 않았어. 그리고 정확히 그 사내가 어느 쪽으로 도망쳤는지도 모르더군. 설사 그가 도망친 곳을 그들이 알고 있었다 해도, 그것은 도망친 놈이 저지른 어떤 실수 때문은 아니었으리라는 것도 알겠더군. 그 사실을 재빨리 알아챘지. 그런 다음 그 남자가 여자에게 말하는 소리를 들었어. 그것은 이런 식으로 평생 트럭이나 얻어타면서 이 주에서 저 주로 헤매고 다녀도 도망친 녀석의 그림자도 찾아내지 못할 거라는 내용이었지. 여자는 아기를 안은 채 통나무 위에 앉아 그 남자의 이야기를 조용히 듣고 있더군. 돌부처처럼 꼼짝도 않고 조용하지만 호감을 보이며 이야기를 듣고 있었지만 마음이 움직이거나 설득당할 것 같은 기색은 추호도 없더군. 그래서 난 속으로 중얼거렸어. '어이, 형씨, 댁이 트럭 뒤 칸에서 발을 대롱거리며 오는 동안 계속해서 저 여자가 앞자리에 앉아 있었다고 해서 하는 말은 아니지만, 아무래도 이번 여행은 저 여자가 주도권을 잡은 것으로 보이는구려.' 하지만 입 밖으로는 한마디도 내지 않았어. 난 그저 자리에 누워 있었고, 두 사람은 소곤거리며 이야기를 나누고 있었지. 그 남자는 결혼이라는 단어를 입 밖에 내지 않더군. 하지만 그가 말하는 내용은 결혼에 관한 것이었고, 그녀는 그저 조용히 그 말을 듣고 있었지. 마치 그런 이야기를 이전에도 들은 적이 있는 것 같았고, 굳이 긍정적이거나 부정적인 반응을 보여 그의 이야기를 막을 필요가 없다는 듯한 태도였어. 얼굴에 약간의 미소를 띠기도 하더군. 하지만 그 남자는 그 모습을 볼 수 없었을 거야.

그러고 나서 남자가 포기하더군. 그는 통나무에서 일어나 자리를 뜨더군. 그가 돌아섰을 때 내가 얼굴을 힐끗 봤는데, 전혀 포기한 얼굴이 아니었어. 그는 자신이 방금 그 여자에게 한 번 더 기회를 준 것임을 알고 있었어. 또 모든 것을 위험에 빠뜨릴 정도로 절박한 상황에 이르고 말았다는 것도 알고 있었지. 그는 처음에 했어야 할 결정을 그제야 하고 있는 거였어. 하지만 난 그에게 그럴 만한 이유가 있겠거니 생각했지. 여하튼 남자는 여자를 그곳에 남겨둔 채 어둠 속으로 사라졌지. 여자는 고개를 약간 숙이고 있었지만 얼굴에는 미소를 띠고 있었어. 그 여자 역시 그에게 눈길을 주지 않았고. 어쩌면 그녀는 그가 잠시 자리를 떠나 다시 기운을 차리고 나면, 그에게 자신이 언제나 하고 싶어 했던 일을 과감하게 실행하라고 충고하려 했는지도 몰라. 물론 그런 말을 입 밖에 내지는 않고 속으로 중얼거렸겠지만 말이야. 그런 말을 입에 담는다는 것은 여자로서 도저히 할 수 없는 일이지. 토요일에 가족과 함께 있는 여자도 할 수 없는 일일 거야.

하지만 그런 내 생각이 틀렸는지도 모르지. 아니면 때와 장소가 그녀에게 편치 않았을 수도 있겠고. 더군다나 나 같은 구경꾼까지 있었으니 말이야. 잠시 후 여자가 자리에서 일어나 나를 쳐다보더군. 하지만 난 꼼짝도 하지 않았어. 그러자 여자는 트럭으로 올라갔고 곧이어 몸을 뒤척이는 소리도 들리지 않더군. 그래서 난 여자가 잠을 청할 준비를 다 끝냈다고 생각했어. 나도 자리에 누워 있었고——이제 잠이 완전히 달아나 있었지——한동안 그런 상태였어. 하지만 난 그 남자가 가까운 주변에서 불이 꺼지거나 아니면 내가 잠들기를 기다리고 있다는 것을 알고 있었어. 아니나 다를까, 모닥불이 꺼지자 그자가 고양이처럼 내 곁으로 살금살금 다가오더니 귀를 기울이며 나를 내려다보고 서 있더군. 물론 난 아무 소리도 내지 않았지. 확실하지는 않지만 그자를 안심시키기 위해 한두 번 코를 골았는지도 몰라. 여하튼 그자는 마치 계란이라도 밟고 가는 듯 조심스럽게 트럭을 향해 걸어가더란 말이야. 난 그대로 자리에 누워 그자를 쳐다보다가 속으로 중얼거렸어. '이보시게 형씨, 지금 하려는 행동을 어젯밤에 해치웠다면 지금쯤 60마일은 족히 남쪽으로 내려가 있었을 거요. 그 일을 이틀 전에 해치웠다면 내가 당신 두 사람을 볼 일도 없었겠고 말이오.' 그런데 조금 걱정이 되더군. 하지만 혹시 그자가 여자가 원치 않는 일을 저지르지 않을까 하는 걱정은 아니었어. 그저 속으로 그자에게 욕을 몇 마디 퍼부은 게 전부야. 사실 내가 걱정한 건 바로 이런 거였어. 혹시 그 여자가 비명이라도 지르면 내가 어떻게 해야 좋을지 결정을 못 내리고 있었던 거야. 그녀가 비명을 지를 경우 만약 내가 자리를 박차고 일어나 트럭으로 달려간다면 그자는 겁을 먹고 도망가겠지. 만약 내가 달려가지 않는다면, 그자는 내가 깨어 있으면서 자신을 내내 감시하고 있었다는 것을 알게 되고, 겁을 먹고 더욱 재빨리 도망치겠지. 하지만 그런 걱정을 할 필요도 없었어. 그 두 사람을 처음 봤을 때 그럴 필요가 없다는 것을 알아차렸어야 했는데."

당신이 걱정할 필요가 없었던 건요, 그 여자가 그런 경우 어떤 식으로 행동할지 당신이 정확히 알고 있었기 때문일 거예요 아내가 남편 말을 거든다.

물론 그렇지 남편이 대꾸한다. 당신이 그런 것까지 알아낼 줄은 몰랐는데. 그래, 제대로 맞혔어. 이번에는 내가 제대로 사태를 파악했다고 생각했지

어서 계속해요. 어떻게 됐죠?

어떻게 됐을 것 같아? 그 여자는 비록 사내가 트럭을 향해 다가오는 낌새를 알아채지는 못했지만 건장하고 강하기 이를 데 없는 사람이고, 반면에 사내는 목표에 이르기도 전에 울음을 터뜨릴 것 같은 표정이나 짓는 좀팽인데. 남편은 말을 잇는다. "비명을 지른다든가 하는 일은 없었어. 나는 남자가 천천히 트럭에 기어올라 안으로 사라지는 것을 지켜보았어. 당신이 천천히 열다섯을 셀 동안에도 아무 일도 일어나지 않았지. 그런 다음 그녀

가 깨어나서 깜짝 놀라 소리를 지르는 것 같았어. 겁에 질려 비명을 지른 것은 전혀 아니고, 그저 조금 놀라 몇 마디 내뱉은 정도였어. 소리가 크지도 않았고. '아니 세상에, 번치 씨. 부끄럽지도 않아요. 아기를 깨울 뻔했잖아요.' 그러고 나서 남자가 트럭 뒷문으로 나오더군. 잽싸게 빠져나온 것은 아니었지. 자기 발로 걸어 나온 것은 더욱 아닌 것 같았어. 모르긴 해도, 마치 대여섯 살 먹은 아이 다루듯 그녀가 그자를 번쩍 들어 땅에다 내려놓은 게 틀림없어. 그런 다음 그녀가 말하더군. '자, 이제 가서 좀 주무세요. 내일도 갈 길이 멀잖아요.'

그 친구, 솔직히 보기 안쓰럽더군. 누군가 그런 상황을 보고 들었다는 걸 본인이 알게 된다는 건 정말 딱한 일이거든. 쥐구멍이라도 찾아 그 친구와 함께 기어 들어가야지, 그렇지 않았다간 내가 몹쓸 놈이 되겠더군. 하기야 몹쓸 놈이 된 게 사실이지. 그 친구는 그 여자가 내려놓은 그 자리에 그냥 서 있었어. 모닥불도 완전히 꺼져버린 상태라 난 더 이상 그자의 모습을 볼 수 없었지. 하지만 내가 그 친구라면 그 자리에 그냥 서 있는 심정이 과연 어땠을지 충분히 이해가 가더군. 나라면 말이야, 고개를 푹 숙인 채, '저놈을 끌어내 당장 목을 매달아라' 하시는 하느님의 호통 소리를 기다리고 있었을 거야. 물론 난 찍소리도 안 냈지. 잠시 뒤에 그자가 그곳을 떠나는 소리가 들리더군. 나뭇가지 부러지는 소리가 들린 걸 보면 그자는 숲을 향해 맹목적으로 달려간 것 같아. 날이 밝았는데도 그는 돌아오지 않았어.

어쨌든 나는 아무 말도 하지 않았지. 뭐라고 말해야 할지 몰 랐으니까. 난 그가 숲에서 걸어 나와 우리 앞에 나타날 것을 믿고 있었어. 어떤 표정으로 나올지는 알 수 없었지만 말이야. 그래서 난 모닥불을 피우고 아침 식사를 준비하고 있었지. 조 금 있다가 여자가 트럭에서 내려오는 소리가 들리더군. 난 주 변을 돌아보지도 않았어. 하지만 그녀가 서서 주변을 살피며 내는 소리를 들을 수 있었지. 모닥불 상태와 내 담요 모양을 살피는 게 마치 그 남자가 거기에 있는지 없는지 알고 싶은 것 처럼 보였어. 그래도 난 여전히 아무 말도 하지 않았어. 그 여 자도 입을 다물고 있기는 마찬가지였지. 짐을 꾸려 출발하고 싶었어. 하지만 그 여자를 길 한가운데 그대로 두고 떠날 수는 없더군. 그리고 내가 매력적인 시골 여자와 3주일 된 아기를 데리고 시골 곳곳을 누비고 다닌다는 소문을 마누라가 듣기 라도 한다면 큰일이라는 생각이 들더군. 설령 그 여자가 자기 남편을 찾고 있는 중이라고 주장한다 해도 말이야. 아니, 이제 는 남편이 두 명인 셈이었지. 아침을 먹은 다음 내가 말했지. '자, 갈 길도 머니 이제 출발하는 게 좋을 것 같군요.' 그래도 여자는 전혀 대꾸하지 않았어. 그러고 나서 내가 그 여자의 얼 굴을 쳐다봤는데 여전히 침착하고 차분해 보이더군. 하긴 그 여자가 놀란 표정을 짓기라도 했다면 무척 난감했을 거야. 난 그 여자를 어떻게 처리해야 할지 몰라 멍하니 있었는데, 여자 는 벌써 짐을 다 꾸리고, 고무나무 가지를 이용해 트럭 안을 깨끗하게 쓸어냈더군. 종이로 만든 옷가방을 다시 안에 들여놓고 담요를 접어 그것으로 트럭 뒤 끝에 자리를 만들어놓을 작정으로 말이야. 그래서 난 속으로 중얼거렸어. '저 여자가 저렇게 잘 지내는 것도 놀라운 일이 아니군. 당신이란 여자는 사내들이 나타났다가 도망가면, 그들이 남기고 간 것을 잘 꾸려 그렇게 계속 삶을 이어갈 수 있는 사람이군.' —— '전 뒤에 앉아 가겠어요.' 그 여자가 말하더군.

'길이 험해 아기가 많이 흔들릴 텐데요.' 내가 말했지.

'그래도 아기를 잘 안고 갈 수 있어요.' 그 여자가 대꾸하더군.

'편할 대로 하시구려.' 내가 응수했지. 그런 다음 우리는 트럭을 몰아 그곳을 떠났어. 트럭이 모퉁이를 돌 때면 난 혹시 그 남자가 보이지 않을까 하는 기대로 차창 밖으로 고개를 빼고 뒤를 돌아보곤 했어. 하지만 그자는 보이지 않더군. 역에서 낯선 사람의 아이를 맡는 바람에 이러지도 저러지도 못하는 사람 이야기를 들어봤어. 내가 꼭 그 꼴이었지. 낯선 여자와 낯선 아기를 태우고 가면서, 나는 우리 트럭 뒤에 다른 차가 나타나 우리를 지나칠 때마다 그 차에 남편들과 아내들이 가득 타고 있었으면 좋겠다고 기대하곤 했지. 보안관이라도 타고 있다면 금상첨화고 말이야. 그때 우리는 테네시 주 경계에 가까워져 있었는데, 나는 다른 트럭이 나타났을 때 그 여자를 그 차에 태워 보내고 줄행랑을 놓든가, 아니면 부인복지회 같은 단체가 있을 법한 큰 도시로 가 그런 곳에 그 여자를 떠넘기든가 해야겠다고 마음을 굳히고 있었지. 이따금 그 작자가 우리를 뒤따라올 수도 있다는 기대로 뒤쪽을 기웃거렸어. 하지만 트럭 뒤에서는 교회처럼 평온한 얼굴을 하고 앉아, 흔들리는 차체에 부딪히지 않도록 조심스럽게 아기를 안은 채 젖을 물리고 있는 그 여자의 모습밖에 보이지 않았지. 당신도 그 여자와 아기를 어쩔 수 없었을 거야.” 남편은 침대에 누워 껄껄거린다. “맞아, 맞아. 도저히 그들을 당해낼 수 없지. 당신이 그들을 당해낸다면 내 손가락에 장을 지지지.”

그래서 어떻게 됐어요? 그때 그 여자가 뭘 했어요?

아무것도 안 했어. 그저 트럭 뒷자리에 그대로 앉아서, 마치 시골 풍경을 생전 처음 보는 사람처럼 차창 밖을——길, 나무, 들, 심지어 전신주를——바라보고 있었지. 그 남자가 트럭 뒷문에 이를 때까지도 여자는 전혀 그를 보지 못했어. 여자는 굳이 그를 찾거나 할 필요가 없었지. 그저 기다리기만 하면 되는 거였지. 그 여자는 그 사실을 잘 알고 있었던 거야

그를 봤단 말인가요?

그렇다니까. 우리가 굽은 길을 돌아 나가니까 그 작자가 길옆에 서 있었단 말이야. 그 자리에 그렇게 서 있었어. 체면이고 뭐고 없더군. 처량하기 짝이 없는 몰골이었어. 차분하면서도 마음을 단단히 먹은 것 같았어. 마지막 기회를 잡으려는 듯 필사적인 모습이었지. 마치 이제 더 이상 필사적인 노력을 하지 않아도 된다는 것을 알고 있는 듯했어 남편은 말을 잇는다. “그는 나를 전혀 보지 않았어. 나는 당장 트럭을 세웠고, 그는 벌써 트럭을 돌아 그 여자가 앉아 있는 뒷문을 향해 달려가고 있었어. 그가 트럭 뒤

에 나타나 그녀의 코앞에 서 있는데도 여자는 눈 하나 깜짝하지 않더군. '이제 나는 너무 깊이 개입하고 말았어요.' 그 자가 말하더군. '여기서 단념하면 난 사람도 아니에요.' 그 남자를 바라보는 여자의 눈길은 마치 그 남자가 자신이 무엇을 하려고 하는지 미처 깨닫기도 전에 그녀는 언제나 그가 무엇을 할지 알고 있었다고 말하는 것 같았어. 그리고 한술 더 떠, 그 남자가 어떤 행동을 하든 그건 그의 진의가 아니라는 것도 알고 있다고 말하는 것 같았지.

'누구도 당신에게 단념하라고 말한 적 없어요.' 여자가 말하더군." 남편은 침대에 누워 계속해서 웃음을 터트린다. "그렇지, 그렇고말고. 여자를 이길 수야 없지. 내가 무슨 생각 하는지 당신 알아? 난 그 여자가 단지 여행을 하고 있었다고 생각해. 그 여자가 쫓고 있던 사람이 누구든, 그 여자에게는 정말로 그 사람을 찾고 싶은 생각은 없었던 것 같아. 그럴 마음이 아예 없었던 거지. 다만 그런 생각을 그 남자에게 아직 말하지 않고 있었던 것뿐이야. 그 여자가 그렇게 멀리까지 나가본 건 생전 처음일걸. 기껏해야 해 지기 전에 돌아올 수 있는 곳까지 나가본 게 전부였겠지. 그 여자는 사람들의 친절한 보살핌을 받으면서, 그렇게 먼 곳까지 잘 지내며 온 것 같았어. 이왕 길을 떠났으니, 갈 수 있는 곳까지 좀 더 멀리 여행을 하기로 결심을 했던 게지. 이번에 정착하면 평생 그곳에서 살게 될 거라고 생각하는 것 같았어. 물론 내 생각이지만 말이야. 남자는 이제 여자 옆에 앉아 있더군. 아기는 쉬지도 않고 먹어대고 있었어. 트럭이 10마일 정도를 달리는 동안 아기는 트럭이 마치 열차 식당칸이라도 되는 듯 계속 아침을 먹고 있었지. 여자는 밖을 내다보고 있었어. 전신주와 울타리가 마치 서커스단의 행렬이라도 되는 듯 넋을 놓고 바라보더군. 내가 이런 말을 하는 건, 잠시 뒤 내가 '이제 솔즈버리를 지나고 있군' 하니까 그녀가 이렇게 물었기 때문이야.

'뭐라고 하셨어요?' 그녀가 묻기에 내가 말했지.

'테네시 주의 솔즈버리를 지나고 있단 말입니다.' 그러고는 고개를 돌려 그 여자의 얼굴을 쳐다봤지. 그 여자의 얼굴은 이미 놀라기로 작정하고 있는 얼굴이었어. 놀라운 일이 생기면 기꺼이 그것을 즐기겠다는 그런 표정이었어. 그러다 정말로 놀랄 일이 생긴 셈이니 그렇게 준비하고 있던 보람이 있었다고나 해야 할지. 그녀가 이렇게 말했거든.

'어머나, 세상에. 사람은 돌아다니기 마련인가 봐요. 앨라배마를 떠난 지 두 달도 채 안 됐는데, 지금 벌써 테네시 주에 와 있다니 말이에요.'"

남부를 사랑한 남부의 작가, 윌리엄 포크너

이 인터뷰는 포크너 소설의 주해서 연작 가운데 하나인 휴 루퍼스버그Hugh M. Ruppersburg의 《포크너 읽기―팔월의 빛Reading Faulkner : Light in August》(Jackson : University Press of Mississippi, 1994), 포크너 자신이 '대학 내 거주 작가Writer in Residence'의 자격으로 버지니아 대학에서 잠시(1957~1958) 학생들을 가르친 경험을 기록한 책 《강단에 선 포크너Faulkner in the University》(Charlottesville : University Press of Virginia, 1959), 그리고 미시시피 대학이 운영하는 포크너 웹사이트(http://www. mcsr.olemiss.edu/~egjbp/faulkner/faulkner.html)와 미국 포크너 학회 웹사이트 (http://faulknersociety.com/)의 자료를 참고해 옮긴이가 가상으로 구성한 것이다.

이윤성_ 포크너 선생님, 건강하신지요? 이렇게 인터뷰를 할 수 있어서 무척 기쁩니다.

포크너_ 네, 저도 무척 기쁩니다. 한국 독자들과 만나게 되리라고는 생각도 못했으니까요. 제가 동양을 잘 모르고 특히 한국에 대해서는 아는 것이 거의 없습니다.

이윤성_ 그래도 동양을 좀 아시지 않나요. 선생님은 1955년 여름에 약 한 달간 일본을 방문하셨고, 그때 나가노〔長野〕에서 간단한 강연도 하신 걸로 알고 있는데요.

포크너_ 네, 일본을 방문하기는 했었죠. 제가 노벨 문학상을 받은 것이 1950년 겨울이었으니 그 후 한 5년쯤 지나서였네요. 미국 국무부가 지원하는 일종의 친선 프로그램에 따라 세계 여행을 할 때의 일이었어요. 일본에서 강연도 몇 번 하고, 일본식 정원이 있는 여관에 묵었어요. 하지만 그때는 일본에만 잠시 머물렀을 뿐 한국에 갈 생각은 못했어요. 이미 계획이 다 짜여 있는 여행이었으니까요. 일본을 떠나 필리핀으로 갔고, 거기서 다시 이탈리아, 프랑스, 독일로 갔다가 마지막으로 아이슬란드에서 닷새쯤 머문 뒤에 다시 뉴욕으로 돌아왔죠. 일종의 포상 여행이었어요. 그때 한국에도 들렀으면 좋았을걸 하는 아쉬움이 있긴 하지만, 저는 원래 어디 돌아다니는 것을 그다지 좋아하는 사람이 아닙니다.

이윤성_ 그래서 1949년도 노벨 문학상 수상자이신 선생님이 1년 늦은 1950년 12월에 스톡홀름에서 열린 시상식에 참석하신 건가요?

포크너_ 그런 건 아닙니다. 1949년도 노벨 문학상 수상자 발표가 1년 늦어져 1950년 11월에야 수상자가 발표되었습니다. 제가 1949년도 수상자이고, 영국의 철학자인 버트런드 러셀 경이 1950년도 수상자였죠. 그렇게 수상자 발표가 1950년 11월로 늦어지는 바람에 1949년에는 노벨 문학상 시상식이 아예 없었죠. 그래서 1950년 12월에 두 사람이 동시에 시상식에 참석하는 진풍경이 벌어지기도 했고요. 하긴 스톡홀름이 제가 사는 곳에서 너무 멀리 떨어진 곳이라서 처음에는 수상식에 참석하고 싶은 생각이 별로 안 들기도 했어요. 딸아이인 질이 가는 길에 파리에 들르자고 하도 졸라대서 참석하게 된 거죠.

이윤성_ 아, 그런 사연이 있었군요. 한데 수상식에서 하신 연설이 굉장한 반향을 불러일으켰다고 들었습니다. 한 대목쯤 소개해주실 수 있을는지요.

포크너_ 오래전 일입니다. 기억도 잘 나지 않는군요. 작가라면 누구나 하는 그런 정도의 연설이었지요. 지금도 노벨상 위원회 홈페이지에 가면 저의 연설문과 그때 찍었던 동영상을 보실 수 있을 겁니다. 흑백 동영상에 녹음이 구식이라 뭐 별 감동은 없겠지만요. 그래도 연설문 가운데 한 대목 정도 소개하자면, 인간은 자신에게 닥친 고난과 시련을 단지 견뎌내는 것이 아니라 극복한다는, 뭐 그런 내용이었습니다. 작가의 임무는 그런 상황을 자신의 솜씨로 녹여내는 것이겠지요. 이거 좀 쑥스럽군요. 새로울 것도 없는 내용인데 말이에요.

이윤성_ 아닙니다. 노벨상 수상자들의 연설 가운데 가장 매력적인 것은 문학상 수상자의 연설이지요.

포크너_ 그렇게 생각해주시니 고맙습니다.

이윤성_ 이번에 한국에서 다시 번역된 《팔월의 빛》이 선생님의 노벨상 수상 연설 내용에 부합하는 작품이 아닐까요?

포크너_ 모든 문학 작품이 어느 정도 그 내용에 부합하겠지요. 작가가 글을 쓰는 이유야 뭐 비슷하지 않은가요? 그다지 잘 쓴 연설문은 아니지만, 거기에 문학에 대한 제 생각을 압축해서 표현한 것은 맞습니다. 좀 전에 제 작품이 다시 번역

되었다고 하셨는데, 이번 번역 이전에도 《팔월의 빛》이 번역
된 적이 있었다는 뜻인가요? 금시초문이네요.

이윤성_ 선생님의 책이 몇 권 번역되어 있습니다. 오래전
에 《음향과 분노*Sound and Fury*》, 《팔월의 빛》, 그리고 단편 몇
편이 번역되었죠. 1960년대 말, 1970년대 초에요. 잘 아시겠
지만, 그 시대에는 저작권에 대한 개념이 없었지요. 최근에는
정식으로 저작권 계약을 맺은 상태에서 선생님의 작품들이
번역되어 나오고 있습니다. 2007년에는 《음향과 분노》의 주
해서가 출간되기도 했고요. 그리고 이번에 《팔월의 빛》이 다
시 번역되어 나오게 되었습니다. 이전 번역서가 워낙 오래전
에 출간되어서 책을 구하기도 쉽지 않고 또 세로 읽기로 조판
되어 있어서 불편했던 모양입니다. 그리고 《내가 누워 죽어갈
때*As I Lay Dying*》가 2003년에(번역본 제목은 "내가 죽어 누워
있을 때"), 또 《성역*Sanctuary*》이 2007년에 출간되었지요. 《압
살롬, 압살롬!*Absalom, Absalom!*》의 경우에는 1980년대에
나온 번역판이 있지만 구하기가 쉽지 않고요.

포크너_ 생각보다 번역된 작품이 많군요. 좋은 일이지요.
제 작품을 통해 인간에 대한 이해가 넓어진다면 작가로서 그
보다 좋은 일은 없지요. 그런데 제 작품이 번역하기 까다로워
서 미안한 생각이 들기도 합니다.

이윤성_ 그 말씀 하실 줄 알았습니다. 정말이지 번역하기

까다로운 작품이더군요. 그렇게 쓰신 이유라도 있는 것인지요? 이번 기회에 선생님께서 꼭 말씀해주셔야겠습니다.

포크너_ 일부러 어렵게 쓰려고 한 것은 아닙니다. 하지만 쉽게 쓸 수도 없었어요. 흔히 내가 쓴 작품에 '모더니즘'이라는 딱지를 붙이더군요. 그 '모더니즘'이라는 말이 정의 불가능한 어휘이긴 한데, 여하튼 이전 작품들과는 다르다는 말이겠죠. 이전까지 문학은 인간과 사회가 맺는 관계를 집중적으로 탐색했습니다. 이 말은 소설의 탄생 이후 20세기 초반까지 적용될 수 있을 것 같군요. 그런데도 여전히 미진한 구석이 남아 있었지요. 그럼 어떻게 할 것인가. 이게 문제겠지요. 인간과 사회의 관계는 언제나 중요합니다. 그런데 지금까지 작가는 혹시 외부에서 인간과 사회를 바라보지 않았나 하는 생각이 들더군요. 그렇다면 작가가 할 일은 인간 안으로 들어가보는 것이겠지요. 물론 이전 작가들도 인물의 내면으로 들어가지 않은 것은 아닙니다. 다만 저는 저자의 목소리로 등장인물들의 내면을 드러내지 않고, 그 인물들이 직접 목소리를 내는 방식을 취한 것이고, 이것이 이전 작가들과의 차이일 거라고 생각합니다. 등장인물들이 직접 이야기를 하도록 만들다 보니 시간의 전개도 앞뒤로 자유롭게 넘나드는 거고요. 큰 차이는 없다고 봅니다. 사소한 차이를 전면에 내세운 정도죠.

이윤성_ 하지만 예술에 커다란 변화를 가져오는 것은 사소한 차이라고 생각합니다. 어떻게 생각하시는지요?

포크너_ 물론 그렇죠. 하지만 지나치게 부풀리는 것도 적절치 않다고 봅니다. 예를 들어 저를 포함해 흔히 '모더니즘' 작가라고 불리는 몇몇 소설가들이 사용하는 기법을 가리켜 '의식의 흐름stream of consciousness'이라고 말하는 모양인데, 이름 하나는 잘 붙인 것 같지만 사실 그리 거창한 것은 아닙니다. 내면을 들여다보려면 좀 특이한 방식이 필요하기는 하겠죠. 등장인물들의 내면은 겉으로 드러난 현재 시간과 좀 다르게 흐르니까요. 또 그것을 단순히 등장인물들이 나누는 대화에 이어지는 지문으로 설명하는 것도 적절치 않지요. 그래서 제 경우, 인물의 내면을 들여다보는 데 편리하다고 생각한 것이 현재 시제의 사용이에요.

이윤성_ 정말 그렇더군요. 과거 시제가 나오다 갑자기 현재 시제로 바뀌더군요. 번역하는 데 신경이 많이 쓰이더군요.

포크너_ 이거, 미안한 마음이 좀 드네요. 읽을 때나 번역할 때 신경을 많이 써야 하는 건 사실이죠. 사실 제가 그런 식으로 소설 쓰는 데는 이유가 있습니다. 작가가 최소한으로 인물에 개입하는 방식이 뭐 없을까 고민한 끝에 그렇게 쓰게 된 것이거든요. 그러니까 등장인물과 작가 사이에 가능한 한 거리를 유지하자 뭐 이런 의도였죠. 작가가 작품을 쓰기는 하지만, 작가에 의해 등장인물이 왜곡되는 경우도 많거든요. 물론 그 왜곡을 완전히 없앨 수는 없지만 말입니다. 생각해보세요. 면전에서 대화를 나누고 있는 사람이라 할지라도 그 사람의 마음을 정확히 꿰뚫어 볼 수는 없잖아요. 그래도 가능한 한 그 사람의 속마음을 표현하고자 했던 겁니다. 화자가 따로 등장하지 않는 방식으로 말입니다. 쉽게 설명하면, 작가가 세세하게 직접 말하지 말자, 그냥 보여주자, 작가의 개입을 최대한 자제하고 등장인물들의 행동을 보여주자는 겁니다. 마치 카메라가 거리를 유지한 채 아무 말 없이 등장인물들을 쭉 찍어가듯, 작가의 판단을 최대한 억제하자는 거죠.

이윤성_ 이야기를 듣고 보니 수긍이 가능 점이 많군요. 한데 선생님은 평론가들이나 문학계가 선생님에 대해 흔히 하는 설명, 예를 들어 모더니스트라든가 의식의 흐름 기법을 사용하는 작가라든가 하는 설명에 별로 동의하시지 않는 것 같습니다.

포크너_ 글쎄요, 동의하지 않는다기보다, 그런 설명들이 일방적인 것으로 여겨지기도 하고 저를 어떤 틀 안에 가두는 것 같기도 하고 그렇습니다. 제 작품에 대한 여러 평가가 있을 수 있지만, 전 별로 신경 쓰지 않습니다. 저는 인간이란 어떤 존재인가 하는 점에 관심이 있을 뿐이죠. 여러 방식으로 인간을 들여다보는 것이지요.

이윤성_ 네, 잘 알았습니다. 이번에는 선생님의 《팔월의 빛》을 번역하다 겪은 어려움을 털어놓을까 합니다. 작품 자체도 복잡하고, 시간도 뒤엉켜 있고, 또 흑인이나 교육을 많이 받지 못한 사람들의 말을 번역하는 데 신경이 많이 쓰이더군요.

포크너_ 네, 그랬을 겁니다. 이거 작가로서 조금 미안한 생각이 드는군요. 우선 흑인이나 교육을 많이 받지 못한 사람들이 사용하는 말에 대해 이야기를 좀 하죠. 흑인들의 영어가 좀 다르긴 합니다. 소리를 철자로 표현한다는 게 쉬운 일은 아니죠. 사실 흑인들이 영어를 조금 다르게 말하는 데는 이유가 있습니다. 흑인들 자신의 정체성을 표현하는 것일 수도 있고요. 사실 아프리카에서 흑인들이 노예로 잡혀 올 때 한 부족 출신만 잡혀 온 것은 아니지요. 피부색은 같았지만 사용하는 말은 다 달랐습니다. 그렇다 보니 흑인 노예들끼리도 의사소통을 위해 영어를 사용해야 했습니다. 하지만 흑인들이 하는 영어를 백인 주인들이 잘 알아들으면 안 되는 경우도 있었죠. 예를 들어 19세기 말에 흑인 노예들이 백인 농장주들을 습격하는 일이 일어났는데——실제로 일어난 일이에요——, 이럴 경우 비밀을 유지하기 위해서도 흑인들끼리만 알아들을 수 있는 어투가 필요했지요. 그렇다 보니 발음도 조금 다르게 하고, 문법도 표기도 조금 틀리게 사용할 필요가 있었을 겁니다. 소리나는 대로 표기를 한다고 할까. 사실 그것도 정확한 설명은 아니지만요. am not을 ain't로 쓴다거나 뭐 그런 식이죠. so를 길게 sho로 적는다거나. 하지만 이런 어투가 외국어로 어떻게 번역되어야 하는가 하는 문제는 사실 생각해본 적이 없습니다.

이윤성_ 선생님의 설명을 들으니 이해가 가기는 합니다.

하지만 실제 흑인 영어를 한국어의 표기법에 맞게 번역하는 문제는 상당히 까다롭더군요. 다행히《팔월의 빛》에서는 등장 인물 가운데 중요한 역할을 맡은 흑인이 없어 고민을 좀 덜기는 했지만 말입니다.

포크너_《음향과 분노》의 마지막 장을 이끄는 인물인 흑인 여자 보모 딜시의 경우는 상당히 문제가 될 겁니다. 예를 들어 아침에 해당하는 morning을 mawnin으로 표기했는데. 이게 한국어로 어떻게 옮겨질지 궁금하군요.

이윤성_ 그럴 경우, 정말 난감합니다. 아침은 표준어고, 그렇다고 '아치ㅁ' 이런 식으로 쓸 수도 없고. 사실 한국어 표기로 그 차이점을 드러내면서 정확하게 옮기는 일은 불가능할 겁니다. 가장 이상적인 것은 흑인의 어투에 맞는 새로운 번역어와 철자법을 만들어내는 것이겠지만, 이 역시 아직 불가능한 일이기는 마찬가지죠. 그래서 일부 다른 옮긴이들은 한국의 사투리로 번역을 하곤 합니다. 하지만 문제가 많더군요. 예를 들어 마크 트웨인Mark Twain의《허클베리 핀*Adventures of Huckleberry Finn*》의 경우, 도망친 노예 짐의 말투를 한국의 특정 지역 사투리로 번역을 하곤 했습니다. 하지만 그 지역 학생들의 반발이 심했습니다. 왜 우리 지역어가 흑인들의 어투냐고 말이에요.

포크너_ 지역 학생들의 반발은 당연한 일이지요. 얼마 전에 우연히 영어로 번역된 한국 단편 소설을 읽었습니다.

이윤성_ 아, 그러셨군요. 어떠셨나요?

포크너_ 〈메밀꽃 필 무렵When Buckwheat Flowers Bloom〉이라는 단편 소설이었어요. 아름다운 문장이었다는 것과 표준 영어로 번역되어 있었다는 것만 기억이 나네요.

이윤성_ 바로 그 점이 문제입니다. 그 작품의 배경이 되는 곳은 강원도 남부인 평창과 충청북도 북부인 제천 근처이고 소설 속 등장인물의 어투나 지문 속에는 그 지역 사투리가 제법 등장합니다. 하지만 영어 번역본에서는 그런 사실을 전혀 알 수가 없지요.

포크너_ 번역문이 원문을 그대로 정확하게 재현하는 것은 아니지요. 흑인의 어투를 번역해 표현할 적절한 어투와 철자가 없다면 의미가 통하게 읽어낼 수 있는 방식으로 번역을 하는 게 최선이겠지요. 그렇다면 지역 사투리를 조금씩 섞어가면서 번역하는 것도 한 방법일 수 있지 않나 하는 생각이 듭니다. 물론 잠정적으로 말이에요.

이윤성_ 네, 저도 선생님의 의견에 동의합니다. 그리고 다음으로, 선생님 소설 속의 시간은 왜 그렇게 복잡한 건가요?

포크너_ 또 미안한 생각이 드는군요. 모든 이야기에는 두 개의 시간이 있죠. 작품에 배치된 대로의 시간이 그 하나고, 다른 하나는 이야기의 흐름을 이루는 시간이죠. 앞의 것을 '서사의 진행 시간narrative time'이라 부르고, 뒤의 것을 '스토리의 진행 시간story time' 이라고 부를 수 있겠죠. 독자를 위해서 옮긴이가 스토리의 진행 시간을 좀 정리해서 뒤에 첨부하면 독자가 이해하기 훨씬 쉽겠죠. 하지만 좀 복잡한 책을 읽으면서 독자 스스로 순서에 맞게 이야기를 짜 맞춰가는 것도 독서의 큰 즐거움일 겁니다.

이윤성＿ 물론 옮긴이가 스토리 진행 시간을 정리해서 첨부하는 것이 친절하기는 하죠.

포크너＿ 그래요. 하지만 작가가 작품을 쓸 때 등장인물의 탄생, 성장, 죽음, 이런 시간 순서로 써 내려가지는 않죠. 동화라 할지라도 말입니다. 아무래도 조금 복잡할 수밖에 없어요. 제 작품이 좀 심하다는 소리를 듣기는 하죠. 그러나 《팔월의 빛》의 경우, 처음부터 시간 순서대로 중요 사건을 정리할 수도 있지만, 조 크리스마스가 조애나 버든을 죽이고 그녀의 집에 불을 지른 뒤 거기서 피어오르는 노란색 연기를 마을 사람들이 목격하게 되는 순간 전후로 사건의 진행을 나눠볼 수도 있을 겁니다. 우선 리나가 제퍼슨에 도착하면서 이 노란색 연기를 목격하죠. 같은 시간에 마을 사람들 일부도 서로 다른 지역에서 이 노란색 연기를 보게 됩니다. 그때가 1932년 7월 중순의 어느 일요일 아침이죠. 그리고 그 주 토요일 아침에 조 크리스마스가 체포되고, 다음 주 월요일 아침에 리나가 아기를 낳지요. 바로 그날 오후 5시경 크리스마스가 총에 맞아 죽고 거세를 당합니다. 탄생과 죽음이 동시에 일어나는 셈이죠.

그렇게 보면 리나가 제퍼슨에 도착해서 보낸 9일 동안 중요한 사건이 전부 일어납니다. 나머지 부분은 이 비극적인 사건을 설명하기 위한 장치들이지요. 소설의 맨 마지막 장은 리나가 아기를 낳은 지 3주쯤 후의 이야기입니다.

이윤성_ 선생님이 정리를 해주시니 조금 그림이 그려지네요. 그럼 이제 작품의 등장인물에 대해 말씀해주세요. 이 소설의 주인공은 누구인가요? 조 크리스마스인가요?

포크너_ 글쎄요. 조 크리스마스가 이야기의 중심에 놓이기는 하지만 그 혼자만이 주인공은 아니라고 봅니다. 사실 제 소설에서는 주인공이 특정 인물 한두 사람이라고 할 수 없을 겁니다. 단편인 〈에밀리에게 장미를A Rose for Emily〉의 경우, 에밀리가 가장 중요한 인물이긴 하지만 유일한 주인공이라고 말할 수는 없을 겁니다. 마을 사람들 전부가 에밀리를 그렇게 만드는 일에 동참한 셈이고 그들 모두의 관심사는 언제나 에밀리였으니, 마을 사람들 전체가 에밀리만큼 중요한 주인공이라고 생각합니다. 《팔월의 빛》도 비슷합니다. 주인공 한 사람만 꼽으라면 조 크리스마스이겠죠. 하지만 리나 글로브, 바이런 번치, 하이타워 목사 등의 비중이 조 크리스마스에 비해 작지 않습니다. 그 인물들 모두가 주인공이라고 봅니다. 인간의 삶에서 주연, 조연을 따지는 게 좀 그렇죠. 예를 들어 조 크리스마스를 총으로 죽이고 그를 거세하는 퍼시 그림의 경우, 등장하는 분량은 많지 않지만 중요도는 떨어지지 않아요. 왜

나하면 인간 세계에, 아니 남부로 범위를 축소해도, 무수히 많은 퍼시 그림의 후예가 존재하기 때문이지요. 내면의 속성을 드러낼 기회가 주어지면 얼마든지 퍼시 그림같이 행동할 사람이 우리 곁에 많이 있습니다. 우리가 살아가는 세계는 그들도 포함된 그런 세상이죠. 또 리나가 낳은 아기의 아버지인 브라운은 아직은 퍼시 그림 같은 사람은 아니지만, 그 성향은 이미 가지고 있습니다. 나중에 어느 정도 사회적 지위를 얻게 되면 언제라도 퍼시 그림같이 행동할 가능성이 농후하지요.

이윤성_ 그렇다면 조 크리스마스를 어떤 인물로 볼 수 있을까요?

포크너_ 크리스마스라는 인물은 말 그대로 비극적 요소가 가득한 주인공이죠. 그러나 이 말을 오해하면 안 됩니다. 그는 운명이 아니라 자신의 행동을 통해 비극적인 인물이 됩니다. 물론 미혼모의 아들로 태어나 고아원에서 성장한다는 설정 때문에 얼핏 그의 운명이 비극적이라고 볼 수도 있을 겁니다. 하지만 이후의 성장 과정에서 그는 자신이 하는 행동을 통해 비극적인 인물로 성장합니다. 여기에 남부 특유의 인종 문제가 개입합니다. 물론 상황이 그를 비극적으로 몰고 가기도 하지만, 궁극적으로 그는 자신의 행위를 통해 비극적인 인물이 됩니다. 20세기 초반에 미국의 남부에서 살아남기 위해서는 흑이면 흑, 백이면 백, 이 양자 가운데 하나를 선택해야만 합니다. 크리스마스는 이 문제에 관해 그 어떤 선택도 하지 않았습니다. 이럴 경우 그는 설 자리가 없습니다. 그는 자신의 정체성을 스스로 정하는 대신 그것을 남들이 하도록 내버려뒀죠. 흑백 자체가 아니라, 흑도 백도 아닌 상황으로 자신의 삶을 내버려뒀다는 것이 비극을 낳고 말았죠. 이는 그런 결정을 내리지 않으면 살 수 없는 곳이 당시의 남부였다는 말이기도 합니다.

이윤성_ 흑이든 백이든 양자택일하지 않으면 안 되는 상황으로 몰아간 것은 당시 남부라는 말씀이죠?

포크너_ 그렇습니다. 남부의 신화라는 게 있죠. 이 신화는 남북 전쟁 이전에 형성된 겁니다. 남부인들은 자신들이 산업에 기반을 둔 북부 양키들과 달리 대농장을 경영하면서 우아한 귀족 문화의 전통을 지키며 살고 있다고 믿었죠. 그런데 사실은 이게 허상이고 이데올로기죠. 남부의 경제를 떠받치고 있는 거대 농장은 흑인 노예들의 노동력에 의존하고 있었으니까요. 그런데 이 남부가 남북 전쟁의 패배로 완전히 무너져 내리게 됩니다. 남북 전쟁 직후부터 남부는 북부에 완전히 흡수통합이 된 거죠. 이 당시를 부르는 이름이 있습니다. '재건의 시대'가 바로 그것입니다. 명칭은 그럴듯하죠. 하지만 안을 들여다보면, 북부가 산업 생산 기지인 반면에 남부는 완전히 공산품의 소비 시장으로 전락합니다. 남부에는 변변한 공장 하나 없었죠. 남부가 일종의 내부 식민지로 전락한 셈이죠. 하지만 남부인들은 이런 사실을 받아들이지 않았죠. 받아들이기 힘들었다는 게 솔직한 표현일 겁니다. 그 이후에도 상황은 바뀌지 않았죠. 가난한 남부의 소득은 부유한 북부의 절반 수준에 지나지 않습니다. 자, 그러면 문제는 남부의 열패감을 어디서 만회할 것인가 하는 것이겠지요. 사실에 맞서기 위해 허구를 만들어내는 게 하나의 해결책이긴 하죠. 그 허구란 바로 남부는 여전히 대농장을 거느리며 풍요롭게 살고 있다고 주장하는 것이고, 다른 하나는 남부인은 북부의 양키처럼 '잡종'이 아니라 순수한 혈통을 유지하고 있다고 주장하는 것이겠죠. 전통이란 본래 상당 부분 허구이며 날조이게 마련이죠. 바로 그 가운데 정체성이 분명치 않은 조 크리스마스가 존재하는 겁니다. 그런데 그에게 남부가 어떤 곳인지 정확하게 가르쳐줄 사람이 없었죠. 하지만 정체성에 혼란을 주는 곳이 어디 남부뿐일까요? 사실 인간이 사는 곳 대부분이 그럴 겁니다. 문제는 그것을 어떤 식으로 극복할 것인가 하는 것이겠지요.

이윤성_ 이제 크리스마스의 비극에 대해 좀 이해가 되네요. 그렇다면 소설에서 가장 지적인 인물인 하이타워 목사 같은 사람은 그런 사실을 꿰뚫어 볼 능력을 갖고 있지 않나요?

포크너_ 좋은 질문입니다. 물론 하이타워는 개인적으로 그런 능력을 지니고 있는 인물이죠. 하지만 그는 과거에 짓눌려 사는 인물입니다. 그는 불만스러운 과거의 무게를 견디지 못한 겁니다. 특히 그는 여자와의 정상적인 관계를 맺는 데 실패한 인물이지요. 사실 이것은 모든 남자 등장인물에게 적용되는 점입니다. 조 크리스마스도 이 범주에 해당하는 인물이죠. 크리스마스 주변을 맴도는 여성 가운데 그가 진정으로 소통을 시도한 인물이 없습니다. 특히 크리스마스의 소년 시절, 여성과의 관계가 최초로 형성될 때, 그는 누구에게도 그러한 일에 대해 물어볼 수 없는 상황이었어요. 그를 입양한 양모는 그저 그를 감싸기만 할 뿐이었죠. 그가 흑인 소녀를 폭행할 때 그의 몸에 전달되던 이상한 느낌, 이 최초의 느낌이 대단히 문제적입니다. 그 이후 크리스마스는 어떤 여성과도 정상적인 관계를 맺지 못하지요. 젊은 시절에 잠시 만난 매춘부 바비, 그리고 제퍼슨에서 만난 북부 출신의 조애나 버든 등 누구와도 인간적인 관계를 맺지 못합니다. 여성만이 아니라 남성과도 제대로 된 관계를 맺지 못하죠. 그는 철저하게 고립된 인간이에요. 이 자체가 비극이지요. 그런데 문제는 이런 인물일수록 왜곡된 자아가 너무 강하게 내면에 자리 잡고 있다는 것이지요. 조애나 버든의 함께 부부처럼 살자는 부탁, 함께 기도하자는 애원이 통할 수 없는 사람입니다. 그런 달콤한 말에 넘어가는 것이 자신의 정체성을 무너뜨린다고 여기는 거지요. 사실 크리스마스의 정체성은 모호함 그 자체인데 말입니다. 아주 가련한 인간입니다. 그러나 이런 인물이 주위에 한둘이 아니라는 게 더 문제겠죠.

이윤성_ 이 작품에서 눈여겨볼 여성이 두 명 정도 있는 것 같습니다. 아주 대조적인 인물인데, 설명 좀 해주시죠.

포크너_ 잘 보셨네요. 저 역시 여성들과 그리 관계가 좋은 편이 아닙니다. 물론 아내와 딸은 빼고요. 하하, 그래요. 《팔월의 빛》에는 리나 글로브와 조애나 버든이라는 여성이 등장합니다. 우선 조애나 버든부터 언급할까요? 그녀는 북부에서 온 이방인이지요. 노예폐지론자이기도 하고요. 하지만 시대를 앞서 간 사람들이 그렇듯 그녀 역시 고립된 인간입니다. 그리고 자신의 신념을 크리스마스에게 강요하기도 하죠. 물론 이 일은 성공할 수 없습니다. 오히려 그 일로 그녀는 죽음을 맞이하게 되죠. 아주 비참하게 말입니다. 그에 비해 리나는 자신의 신념을 남에게 강요하지 않는 인물입니다. 아니, 자신의 신념이 무엇인지 의식하지 않고 살아가는 인물이라고나 할까요. 마치 거친 물살에 온힘을 다해 저항하는 대신, 편하게 그 물살에 몸을 맡기는 듯한 그런 인물이죠. 그렇다고 아무렇게나 살아가지는 않죠. 어떤 선(線)을 지킨다고나 할까. 목표나 목적을 미리 정해놓고 그것을 추구하는 인물이 아니라, 자기에게 닥친 상황을 받아들이고 그 상황에서 가장 현명한 선택을 할 줄 아는 인물이라고 보면 될 것 같은데요.

이윤성_ 그렇다면 리나가 가장 긍정적인 인물로 보이는데요.

포크너_ 글쎄요. 딱히 긍정적이라기보다는, 당면한 문제를 어떻게 해결하는 것이 가장 좋은지 본능적으로 알고 있는 여자라고 보는 편이 더 정확하지 않을까 합니다. 예를 들어 리나는 아기를 낳았고, 아기 아버지는 도망을 친 상태죠. 그렇다면 리나에게 가장 급한 일은 자신을 진심으로 도와줄 누군가를 구하는 일이겠죠. 생활을 해야 하니까요. 그렇다고 아기의 아버지가 돼달라고 아무 남자에게 매달릴 수는 없는 일이죠. 자신에게 관심을 보이는 누군가를 조용히 관찰하는 것이 최상의 선택이겠죠. 그 사람의 심성을 살피면서, 그 사람이 기꺼이 자신과 아기를 맡아줄 사람일지 스스로 판단도 해가면서 말이에요. 즉 바이런 같은 사람 말입니다. 그런 점에서 리나는 같은 실수를 두 번 저지르는 여인은 아닌 거죠. 그렇다면 이제 바이런이 남는군요.

이윤성_ 그렇습니다. 바이런이라는 인물은 판단하기가 쉽지 않더군요. 조금 모자라는 것도 아니고. 하지만 심성은 고운 그런 인물 아닌가요?

포크너_ 네, 부분적으로 맞는 말입니다. 바이런 같은 사람도 드물지만, 바이런 같은 사람의 진가를 알아주는 사람은 더 드물죠. 소설에서는 하이타워가 비교적 바이런의 진가를 알아주죠. 바이런은 겸손하고 인내심 많고 결코 지나친 욕심을 부리지 않는 사람이죠. 답답할 정도로요. 하지만 소중한 시간을 쪼개 남몰래 봉사를 하고, 불쌍한 사람에게 연민을 느낄 줄 아는 인물입니다. 역사란 어쩌면 혁명가에 의해서 한걸음에 이루어지는 것이 아니라, 이런 사람들에 의해서 아주 천천히, 소설 속의 표현을 빌리자면 다 늙어빠진 노새가 끄는 마차처

럼 가는 건지 안 가는 건지 모를 정도로 아주 천천히 앞으로
나가는 것인지도 모르죠.

이윤성_ 지금 하신 말씀이 선생님이 바라보는 이 세계의
모습인가요?

포크너_ 글쎄요. 저도 잘 모르겠습니다. 하지만 크게 다르
다고 할 수 없을 것 같은데요. 하하.

이윤성_ 소중한 시간을 내주셔서 감사합니다. 《팔월의 빛》
만이 아니라 선생님의 모든 작품이 이번보다 훨씬 훌륭한 번
역으로 한국에서 출간되기를 기원하겠습니다. 마지막으로 한
국의 독자들을 위해 한 말씀 부탁드립니다.

포크너_ 우선 번역하기 까다로운 작품을 흔쾌히 맡아주신
옮긴이께 감사드립니다. 그리고 출판사의 살림에 결코 큰 도
움이 될 것 같지 않은 제 책을 출간해준 책세상에도 고맙다는
말씀을 드리고 싶군요. 점점 더 책을 읽지 않는 시대인 것 같
습니다. 여유가 없어서이기도 하고, 활자 매체에 대한 감수성
이 변한 탓이기도 하겠죠. 하지만 책을 읽으며 혼자 사색에 잠
기는 것만큼 인간의 내면을 성숙시키는 계기가 또 있을까요?
독자들은 제 책을 읽으며 제가 생각해온 인간의 문제들을 함
께 고민하면서 때로는 공감하고 때로는 고개를 젓기도 할 겁
니다. 하지만 바로 그 공유의 순간, 공유의 장소가 있다는 사
실 때문에 작가들은 작품을 씁니다. 제가 쓴 더 많은 작품들이

한국에서 출간되기를 바랍니다. 더불어 주옥같은 한국의 문학 작품들이 영어를 비롯한 많은 외국어로 번역되는 날이 빨리 오기를 기원합니다. 고맙습니다.

작가
연보

　　20세기 미국 문학을 대표하는 작가 윌리엄 포크너William Faulkner는 미시시피 주 뉴올버니에서 머리 포크너와 모드 버틀러의 장남으로 1897년 9월 25일에 태어났다. 아버지인 머리 포크너가 철도 회사 회계원으로 임명되면서 가족이 같은 주에 있는 소도시 리플리로 이사한다. 할아버지인 윌리엄 클라크 포크너가 세운 철도 회사가 매각되자, 아버지는 가족들을 데리고 역시 같은 주의 북부 도시인 옥스퍼드에 정착한다. 이 옥스퍼드 시는 《팔월의 빛*Light in August*》을 비롯한 포크너 소설들의 주요 무대인 제퍼슨 시의 모델이 된다.

　　학교에 들어간 포크너는 공부에는 별 관심을 두지 않는다. 11학년 때인 1915년에 포크너는 학교를 그만둔다. 이후 미시시피 대학에 등록은 했지만, 공부보다는 학생 활동에만 참여한다. 그는 당시 그림에 관심을 보였는데, 그의 드로잉 한 점이 미시시피 대학 연감(*Ole Miss*)에 실리기도 했다. 1918년 5

월 18일, 나중에 포크너의 아내가 되는 에스텔 올덤이 코넬 프랭클린과 전격적으로 결혼한다. 올덤은 어린 시절부터 포크너의 친구였지만 아직은 그 이상 관계가 발전하지 않은 터였다. 올덤의 결혼에 충격을 받은 포크너는 막바지에 이른 1차 세계대전에 참전하기 위해 군대에 지원하지만 신체검사에서 탈락한다. 그러자 포크너는 미군 입대를 포기하고 캐나다로 가서 영국 공군에 입대한다. 하지만 훈련을 받던 중에 1차 세계대전이 끝나, 1918년 12월에 옥스퍼드로 돌아온다.

1919년, 포크너는 미시시피 대학에 등록하고 잠시 대학을 다닌다. 하지만 다음 해인 1920년에 대학을 중퇴한다. 1921년 12월에는 미시시피 대학의 우체국에 일자리를 얻는다. 1924년, 그는 다니던 대학 우체국을 그만두고 그동안 틈틈이 써온 시들을 자비로 출간한다. 시집의 제목은 "대리석 목양신 *Marble Faun*"이었다. 그의 문학적 영감은 뉴올리언스에 머물던 시절에 만난 친한 친구 셔우드 앤더슨Sherwood Anderson에 의해 촉발되었다. 포크너의 첫 소설인 《병사의 보수Soldier's Pay》가 1926년에 출간된다. 그다음 해에 풍자 소설인 《모기들Mosquitoes》이 세상에 나온다. 다음 소설인 《먼지 쌓인 깃발들Flags in the Dust》은 출판사의 요청으로 편집 과정에서 많은 분량이 삭제되고 이야기 배치가 바뀐 끝에, 1929년 "사토리스Satoris"라는 제목으로 출간된다. 이러는 사이에 포크너는 초기의 대표작인 《음향과 분노Sound and Fury》를 완성한다. 1929년 이 작품이 출간되었을 때 그는 《성역Sanctuary》

을 탈고하고 《내가 누워 죽어갈 때*As I Lay Dying*》의 집필을 시
작한다.

　포크너의 어린 시절 친구인 에스텔 올덤이 코넬 프랭클린
과의 결혼 생활을 청산하고 1929년 4월 29일에 이혼한다. 그
해 6월 20일, 포크너는 드디어 에스텔 올덤과 결혼한다. 결혼
을 하고 생활의 안정을 찾은 포크너는 본격적으로 집필 활동
에 들어간다. 그리하여 1932년에 《팔월의 빛》을 출간하고,
《비행 안내탑*Pylon*》(1935), 《압살롬, 압살롬!*Absalom,
Absalom!*》(1936), 《정복되지 않는 사람들*The Unvanquished*》
(1938), 《야생 종려*The Wild Palms*》(1939), 《작은 마을*The
Hamlet*》(1940), 《모세여 내려오라*Go Down, Moses*》(1942) 등
의 작품을 연이어 발표하면서 명성을 얻는다. 장편 소설을 발
표하는 것만으로는 생계를 유지할 수 없어서 그는 정기적으
로 잡지에 단편 소설들도 발표한다. MGM, 20세기폭스, 워너
브라더스 등의 영화사를 위해 영화 대본도 집필한다. 특히 영
화감독 하워드 호크스Howard Hawks와 친밀한 교분을 유지
했고, 그와 함께 〈가진 자와 없는 자To Have and Have Not〉,
〈깊은 잠The Big Sleep〉, 〈파라오들의 땅The Land of
Pharaohs〉과 같은 영화를 만든다.

　1944년에 이르자 그의 소설들은 단 한 작품만이 품절될 정
도로 판매가 부진했고, 포크너의 개인적인 삶은 쇠퇴한 상태
였다. 주요 원인은 만성적인 과도한 음주였다. 2차 세계대전
이 한창일 때 그는 사르트르J.-P. Sartre나 카뮈A. Camus의

눈에 띄어 프랑스 문학계에 알려진다. 2차 세계대전 이후 맬컴 카울리Malcolm Cowley가 엮은 포크너 선집(選集)《휴대용 포크너The Portable Faulkner》(1946)가 출간되자 그의 명성은 다시 회복된다. 이 책은 미국에서 포크너에 대한 새로운 관심을 불러왔고, 유럽에서 얻은 포크너의 평판이 전 세계적으로 공고해지는 계기가 되었다.

1950년에 포크너는 노벨 문학상을 수상한다. 그는 인생의 말기에 쓴 작품들——《오지의 침입자Intruder in the Dust》(1948), 《수녀를 위한 진혼곡Requiem for a Nun》(1951), 《우화A Fable》(1954), 《마을The Town》(1957), 《대저택The Mansion》(1959), 《강The Rivers》(1962)——을 통해 그 자신이 "갈등을 일으키고 있는 인간의 가슴속 깊은 곳에서 우러난 문제들"이라 부른 것들을 계속 탐색한다.

이러는 가운데 1955년 8월 포크너는 미국 국무부의 후원으로 일본, 유럽 등지를 여행한다. 1957년부터 1958년까지는 '대학 내 거주 작가Writer-in-Residence'의 자격으로 버지니아 대학 학부와 대학원에서 강의와 강연을 한다.

포크너는 1962년 6월에 낙마 사고를 당했고, 그 후유증으로 7월 5일에 병원에 입원한다. 그리고 다음 날인 7월 6일 오전 1시 30분경에 심장 발작으로 사망한다. 그의 시신은 7월 7일에 옥스퍼드 시의 성 베드로 성당 묘지에 안치되었다.

20) 크리스마스를 가리킨다.

21) 테니슨Alfred Tennyson(1809~1892)은 영국 빅토리아 시대의 시인이다. 대표작으로 《왕의 목가*Idylls of the King*》, 《이녹 아든*Enoch Arden*》 등이 있다.

22) 소설의 시간 흐름에 따르면 크리스마스가 붙잡힌 날은 토요일 아침나절이다. 15장에서 그 사실이 밝혀진다.

23) 달걀·우유·설탕을 섞은 것에 브랜디나 럼 등을 첨가한 음료.

24) 몽골이 원산지인 소나무의 일종.

25) 미국산 녹나뭇과의 나무로 열매는 장뇌의 원료 약재로 쓰인다.

26) 그리스 신화에서 사자의 머리, 염소의 몸통, 뱀의 꼬리를 가졌고 입으로 불을 뿜는다고 묘사된 괴물.

27) 미국 전역에 전보 및 전신환을 배달하는 회사.

28) 옥수수가 주성분인 미국 위스키.

옮긴이에 대하여

이윤성은 미국 소설과 비평 이론에 지속적인 관심을 보여왔다. 전공 분야는 문학 이론과 현대 사유이지만, 소설에 대한 관심을 버린 적이 없었다. 미국의 19세기 작가 가운데 허먼 멜빌Herman Melville, 그리고 20세기 작가 가운데 포크너가 언제나 관심의 대상이었다.

그가 대학 수업 시간에 포크너의 《팔월의 빛》을 처음 만난 이후, 언젠가 이 책을 우리말로 번역하리라고는 꿈에도 생각해본 적이 없었다. 그러나 우연히 기회가 찾아왔고, 위험하기 짝이 없는 시도라는 것을 알면서도 그는 번역 작업을 시작했다. 그것은 원작의 깊이와 폭을 수려한 우리말로 담아내는 일이 얼마나 무모하고 두려운 것인지를 절감하는 과정이었다. 그는 번역이 한 번으로 끝나는 일도 아니며, 더욱이 완벽한 번역이란 불가능하지만 계속 시도할 수밖에 없다는 점을 위안으로 삼기도 했다. 하지만 그것을 이유로 번역 작업에 매달려야 하는 자신을 설득하기란 쉽지 않았다. 그가 이번 작업을 마치고 혹시 번역의 불가능성, 혹은 번역은 반역이라는 진부한 명제에 대해 그럴듯한 글을 쓸지는 모르겠다. 그렇다 하더라도 그것은 실수에 대한 변명이 아니라, 더 나은 번역의 출현을 기대하는 희망이 담긴 그런 글일 것이다.

그는 경희대 영어영문학과를 졸업하고 같은 대학교 대학원에서 석사·박사 학위를 받았다. 논문으로 〈문학, 문학사, 그리고 폴 드만 개인의 역사〉, 〈지젝의 포스트모던 이데올로기론 혹은 판타지와 유령을 가로지르기〉, 〈평행선 위의 두 담론—불온한 문학과 윤리적 비평〉 등이 있으며, 저서로는 《영미명작 좋은 번역을 찾아서 1, 2》(공저), 역서로는 《질 들뢰즈》가 있다.

현재 그는 경희대학교 학부대학 객원교수로 재직 중이다.

yoonslee@khu.ac.kr

문학의 세계

팔월의 빛 2

초판 1쇄 발행 2009년 8월 30일
개정 1판 1쇄 발행 2025년 11월 30일

지은이 윌리엄 포크너
옮긴이 이윤성
펴낸이 김준성
펴낸곳 책세상
등 록 1975년 5월 21일 제2017-000226호
주 소 서울시 마포구 월드컵로23길 28, 2층 (04011)
전 화 02-704-1251
팩 스 02-719-1258
이메일 editor@chaeksesang.com
광고·제휴 문의 creator@chaeksesang.com
홈페이지 chaeksesang.com
페이스북 /chaeksesang   트위터 @chaeksesang
인스타그램 @chaeksesang   네이버포스트 bkworldpub

ISBN 979-11-7131-168-2 04840
ISBN 979-11-5931-863-4 (세트)

• 잘못되거나 파손된 책은 구입하신 서점에서 교환해드립니다.
• 책값은 뒤표지에 있습니다.